"谁要和你俩呀…"

——三水

坡西米

魅丽文化
心晴坊
女性新阅读

溯回

坡西米 著

江苏凤凰文艺出版社
JIANGSU PHOENIX LITERATURE AND ART PUBLISHING

图书在版编目（CIP）数据
溯回 / 坡西米著. -- 南京 : 江苏凤凰文艺出版社, 2025. 7. -- ISBN 978-7-5594-9687-4
Ⅰ. I247.5
中国国家版本馆CIP数据核字第2025041KJ5号

溯回

坡西米 著

责任编辑　周颖若
出版统筹　曾英姿
选题策划　石　颖
特约编辑　伊　万
封面设计　苏　茶
插画绘制　镜　子
责任印制　杨　丹
出版发行　江苏凤凰文艺出版社
　　　　　南京市中央路 165 号，邮编：210009
网　　址　http://www.jswenyi.com
印　　刷　长沙金鹰印务有限公司
开　　本　880mm×1230mm　1/32
印　　张　9
字　　数　276 千字
版　　次　2025 年 7 月第 1 版
印　　次　2025 年 7 月第 1 次印刷
书　　号　ISBN 978-7-5594-9687-4
定　　价　46.80 元

目录

CONTENTS

第一章 月食

广播里说新市飞往北京的航班因为天气晚点，我乘坐的这班飞机本来预计下午一点起飞，我现在已经登机一个小时，还没有要飞的迹象。

机舱里有点儿闷，我的座位靠窗，坐我旁边的是一对华人母子。我偷听到小男孩在小声和妈妈说想坐窗户边看风景，妈妈鼓励他："你想坐的话就有礼貌地问问姐姐想不想换，姐姐如果想换的话记得要说谢谢哦。如果姐姐不想换，就不要打扰人家了。"

我倒是无所谓，于是趁小男孩鼓起勇气找我之前，率先转过头微笑着说："可以换哦！你坐过来吧！"

小男孩瞪大眼睛，诚惶诚恐地抓着妈妈的衣角冲我说"谢谢姐姐！"奶声奶气的。

母子俩一起换了位置，这下我的座位靠走廊。眼睛没处放，就盯着应急灯看。空姐以为我有事，过来问我需要什么，我有点儿尴尬，于是就抽出前面座位靠背上的杂志百无聊赖地翻着。都是汽车广告什么的，我也不太认识牌子。

过了会儿，我感到旁边的妈妈轻轻拍我。

我回过头用询问的眼神看她。她一脸歉意地和我说道："抱歉，打扰你了，我的儿子想送你一个小礼物。"

她说着便递过来一张黄色卡纸叠的星星。是我小时候经常叠的那种，长长的纸，折啊折，到最后用指甲掐着边一捏，星星就鼓起来了。

我接过来先是对女人说"谢谢"，然后转过头看着小男孩的眼睛，真诚地说：“这是你叠的吗？真好看，谢谢你！”

小男孩打扮得很洋气，像个英伦风侦探，白色小衬衫配卡其色格纹背带裤，戴厚厚的瓶底棕色边框眼镜，头发还上了发蜡，见我看他，脸瞬间变红，支吾着说：“不……客气。”

随后他又结结巴巴地补充道：“姐姐，今晚有几年难遇的月全食，月亮很大，我说是在……北京。你下了飞机后要记得看哦！”

我眯起眼睛笑：“谢谢你告诉我，你很喜欢天文吗？”小男孩点点头。

旁边，他妈妈对他说：“刚才听飞机广播，到时候落地，如果北京暴雪没有停，就不一定能观测到哦。”

女人转过头来和我说：“我儿子从小对这个感兴趣。星象网站说2018年1月31日晚间，也就是今晚会有月全食。开始于20时51分，如果飞机能在三点前起飞，落地时北京的雪停了，天空晴朗，您说不定就能看到。”

我礼貌性地点点头。

晚上九点，飞机落地京都机场T3航站楼。我特地看了一眼窗外，暴雪没有停的迹象，鹅毛般的雪花飘飘洒洒从空中落下来，天空因为雪的反光又明亮又厚重。月亮无影无踪。小男孩撇着嘴，这景象明显不是他所期待的样子。

飞机滑行停稳后，舱门打开，乘客们纷纷开机，然后拿着手机一边讲电话一边起立拿行李。

我打开手机，弹出来的第一条短信来自移动，然后是唐祁的短信：“我到了，在出口等你。”手机显示短信发出时间是七点半。

我赶忙给他回信息：“你到得好早啊，我刚落地，取行李还要等一会儿！”

过了大概两分钟，收到他回信：“不急。”

基于和唐祁认识十几年的交情，我都能想象到他发这个信息时脸上那种无所谓的表情。一般有谁等我这么久，然后再回一个带句号的“不急”，我会觉得他一定是很生气了。但唐祁不会。可是他不着急我会着急。

等我急吼吼地推着两个拉杆箱冲在人群的最前面跑到出口处时，赶忙左右张望，随后在一群举着明晃晃灯牌的追星女生中间看见一个显得十分突兀的男人。

大冬天的，傻得不行，一头小圆寸，穿短裤短袖，多能现啊这人。

唐祁手插兜，大剌剌地站着。我俩目光对视上，他下巴冲我抬了抬，像老首长一样把手从兜里抽出来挥了一下，然后从人群前端缓缓退出去迎我。

我没减慢速度，肩膀上挎个包，双手各推一个最大规格的拉杆箱，冲刺。我也不知道我急什么，就是不好意思让人等这么久。

等我感觉到不对时，已经左脚踩上右脚，膝盖撞到拉杆箱，拉杆箱撞到另一个拉杆箱上了，我像百米运动员冲刺终点一样，整个人起飞扑到了箱子上，砰的一声扑跪在地。

人群一阵惊呼。

我想着完蛋，引起骚动了。我赶紧拍拍身上的灰尘，撑着想站起来，膝盖那里火辣辣的，我强颜欢笑，冲人群挥手："没事！我没事！不用担心！"声音中气十足，说明没摔出内伤。

结果大家都没往我这边看，闪亮的灯牌和女生们簇拥着跑向另一端，噢，有明星出来了。

头顶上传来一声轻笑。我抬头看，唐祁笑得眼角的褶子都出来了。一般来说，皮肤好的人，通常是干性皮肤，容易长皱纹。这是我的结论。

他把我从箱子上捞起来，"捞"是字面意思。

"你急什么呀你？"他问我。我也不知道怎么回答。

唐祁接过我所有行李，往停车场走，边走他边上下打量我，然后说："你行李里有厚外套不？外面挺冷的，你穿上。"

我摆手："你车停哪儿了？没事，不就两步路。"他点头，也没再坚持。

我上次见他差不多是两年半前。那时候他大学毕业，马上要去当兵，而我正好回国看姑婆，我俩在楼下匆匆见了一面，他帮我把牛奶和水果提到三楼，我送了他一袋金牌榴莲糖。

之后他去当兵，中间还给我写过信，问问我近况，不过我俩再也没见过面。

如今我竟然觉得他又长高了，粗略估计他现在得有个一米八五。我寻思着这二十五六岁的男的还能蹿一蹿？

他步子大，我跟他身边像个碎嘴师爷：

“哎，您能走慢点儿吗？哎，你当兵两年，我看人家都说当兵回来站得笔直，你怎么还不直溜儿？对了，感觉你好像没怎么晒黑？哎，你冷不冷啊，短袖短裤，真能造啊这是。我妈说你这么穿老了以后膝盖不行……”

他把我行李扔后备厢，咣的一声把后备厢关上，瞥了我一眼：“我姥姥前段时间中风，话比你少。”

车开上高速。这个点竟然没什么人。我这样想着，唐祁就像能猜到我在想什么，他手放方向盘上，抬起食指指前面：“就这段路还行，刚才我听交通台，三环出事了，咱得绕条远路走，可能到你订的地方要将近十一点了。你没其他安排吧？别耽误了。”他说完转头飞速地看了我一眼。

我讷讷地点头，随后连连摇头：“没事没事，我没啥安排。”

他说的地方我压根儿没听说过，反正他开车带我过去，我也不用知道得那么清楚。他可能识破了我的反应，笑了一声。

我打小就在北京生活，活到十八岁，没操心过去哪儿怎么走。我爸身体还好时都是他带我去。之后我爸生了病，身体不大好，那时我已经跟我妈去了新市，我跟我爸关系又不尴不尬的，也没怎么再联系。去了新市我开始操心找路，开始学车，所以导致我现在熟悉新市地图更甚于北京。

车里很安静，没有放广播，也没有音乐。

我抽鼻子闻了闻，有一股非常好闻的味道。不像是市面上能买到的任何香薰，不过或许是买了很久的香薰，放久了闻起来就自然了。

还真挺好闻的。我眼睛随意地看看他车内，试图找到香薰，然后我也买个。

他见我四处看就问：“找什么呢？”

我拨了拨车载空调的出风口：“你车里真好闻！买的什么牌子的香薰？”

他思索了一下，缓缓说道：“哦，那应该是……我的体香。”

我啰了一声，恨不得掐死他。听他这话，一般人可能会信以为真，不过我认识他这么久，知道他单纯就是嘴欠。

我当然没信，摸摸他车的内饰，又说：“你这内饰我也挺喜欢的，有品位，这是什么牌子的？要不贵的话，等我安定下来后也买一辆。”

他说："夏利，三万。"

我瞪大眼睛："真的假的？！现在夏利这么厉害了？"我属实是震惊到了。

唐祁看我："你……对价格是不是没概念？"

我彻底不想和他聊了，靠着副驾驶座靠背伸直腿。车内安静了一会儿，我不想聊，他又开始想聊，他问道："你这次打算彻底回来了？那你妈怎么办？一个人在那边你放心吗？"

"也还好。我没和你说吧，就是我妈最近结婚了，和一个华侨。那叔叔人挺好的，之前一直照顾我们。所以我才能放下心回来。"

"为什么突然就想回来了？"他问。前面的车打双闪靠边停了，灯光传到我们车内，闪得我有点儿晕车，于是我别过头去，让更多的皮肤贴着冰凉的玻璃，这能让我舒服点儿。

"嗐！"我大概知道他为什么这么问。

因为我和初高中时期的同学几乎都没什么联系了，就个别几个人知道我回北京了，我都能猜到他们是怎么想的。很明显，他们肯定猜，我啊，肯定是因为梁禹回国了我才回国的。

说到这儿我心里生出一股无名火，没头没脑地说了句："我有病啊我，梁禹是回南方，我真要追他，我肯定去南方啊！我回北京是因为想回就回了，不是因为谁。"

唐祁开车，眼看前路，淡淡道："我没问这个。"

我不肯罢休，很想证明自己，腾的一下坐直身体，义正词严地说："我真不喜欢他了。不过你们误会我也很正常。但就说哪个人会幼稚到十几岁喜欢的人，到二十多岁这么多年没见面还喜欢啊？我真服了！"

我话音刚落，唐祁轻描淡写地接了一句："我啊……"

他这句话后面还轻声说了句别的，可我没听清楚。说完，他看了看我，睫毛在眼底打下一片阴影，眼神很认真。

这一下给我说愣住了。我一时半会儿没反应过来他这句"我啊"是针对我哪句话，我还在想唐祁难道也喜欢过梁禹？

我嗫嚅出一句："你后面说什么？我没听清……"他没说。我的话就卡在那儿了。

他也没有要往下问、往下说，车里气氛一下子变得有点儿尴尬。而这寂静无声竟让我觉得有点儿压迫感，这压迫感来自驾驶位上的唐祁。

可能是好久不见后，我拼命想装出和他还有以前上学时的熟稔，但他说话的声音、说话的语气，逐渐让我意识到他不再是一个十几岁的毛头小子，这让我有种割裂感。

那股说是薄荷也不完全是的香气一丝丝钻进我的鼻子，我觉得他这车里的香肯定有蹊跷。不然为什么我现在脑袋有点儿晕晕的，心脏也开始怦怦怦地跳，简直莫名其妙。

“我，我……”我像个傻子一样想挑起话头，结果半天没说出一句完整的话。而唐祁也没有要给我解围的意思。他安静地开车，雪天大家都开得慢，而他也没有路怒症，就慢慢地、安稳地开。要看后窗确认盲点时，他的目光才会扫到我。我感觉他生气了，但我不知道为什么。

车停在我订的宾馆前面时，时间真如唐祁预料的那样，差不多十一点。

虽然我一贯认定北京就是我最初和最后的家乡，但是在这城市里我已经没有一个可以称之为家的地方可以落脚。

我和我爸关系闹僵以后，到现在都憋着一股气没低头，再也没回过他在工体对面的老破小，后来我又和梁禹闹掰了。

现在想想，整件事就挺没意思的，就为了点儿小情小爱，我和我爸就这么不来往了。年少时爱得惊天动地，现在我已二十五岁，在职场上混了两年多，见识了形形色色的人，比梁禹优秀很多的男人也通过相亲认识过几个，我真的已经对梁禹没感觉了。刚刚之所以像个斗鸡一样反应，单纯只是因为想到当初恋爱脑的自己，就恨不得扇自己两巴掌。我那反应压根不是旧情未了，只是悔不当初，我后悔和梁禹的恋爱，后悔和我爸吵架。我想先向我爸服软，但想起过去我的种种行径，这歉意却又难以启齿。

我推开门，脚踩在厚厚沙沙的雪上时，发现暴雪竟然停了。大自然真奇妙，刚刚还是漫天盖地、洋洋洒洒的大雪，现在已经把安静的北京还给了百姓。

唐祁拒绝了侍应生帮忙取行李的服务，自己把行李拿下来，他不想让轱辘在雪上走，双手提着两个大箱子踏上宾馆的台阶，他站在台阶上看我：“挎包你自己提啊。”说着转身就要进门。

我跑上去，嬉皮笑脸地逗他：“哎？不是不理我了吗？又和我说话了啊。”

他气得笑出来：“我没不理你啊！别给我扣这屎盆子。”

“我刚才就是忽然头疼，懒得说话。”他小声补充一句。

这么说的话，我的确发现他说话时鼻鼻齉齉的，就问：“你感冒了？”说完我反应过来，声音高了八度，“感冒了你还穿这么少？不对，你一定是因为穿这么少才感冒的！”

他站在宾馆大堂前，眼神却定定地看着我：“您终于关心我了。我实话告诉您，发烧39℃。您刚在车里和我嚷嚷的时候，我人快没了，刹车都快踩不住了。”

我十分惊讶，很自然地去碰他晾在外面的手臂。这人在部队练了一身精肉，我碰他时感觉在摸一块滚烫的铁板。

“这么烫！”我真是要被他气死了，“你吃药没？哎，你说一声啊！发烧就不要来接了，我可以打车的！”

唐祁把俩箱子撂地上，盯着我摸他手臂的地方看了几秒钟，抬起眼看我说：“退烧药容易犯困，我上午睡了一觉，下午没吃，我怕睡过点忘了来接你。穿这么少就相当于降温了，没事儿，在部队里发烧时我冲几个凉水澡就好了。”

他这番话听得我皱起眉头，这都是什么歪理？

他又像是想起了什么似的，带着嘲笑的口吻说：“你说得轻巧，这大雪天你打车打三小时都不一定有出租。”他张眼看看我订的酒店，颇为嫌弃地说，“再说你订的这破酒店，齁偏，你打个黑车再把你拐大山里卖了。”

这话把我气够呛，我又没法反驳。我这次回北京，是拿了公司给的搬迁补贴的。一个月算住宿5000元，没找到租房时住酒店，平均下来可不是只能找三四百的酒店住。这都算好的了！

办入住时我找证件耽误了一会儿，拿到房卡后我有点儿犹豫，这大黑天人开车把我送来，我不能就直接让人走，于是就想说让他进我屋坐坐，至少喝杯热水。我还没开口呢，唐祁站我旁边跟大堂服务员报了串手机号，放了身份证在台子上：“唐先生订的房，给开一间她房间边上的，谢谢。”

我扽他衣服：“你也住这儿？”他没回我，继续和服务员说：“问下您，咱这边有急救箱吗？我这朋友刚才摔了一跤，需要处理一下。”

电梯上到十二层，丁零一声，电梯门开了。唐祁大步迈开去找房间，我磨磨蹭蹭地跟他后面。等他把我送到房间门口后，他站门外没走，扶着门框问我：“你会自己处理膝盖吗？”

我没讲话，不知道是我的哪个微表情出卖了我的心思，只听他点评：“你这一脸提防的样子真挺逗。”

“不过有警戒心是好事。”他又说，神情颇为欣慰。

我只能讪笑。也不明白此时我复杂的心情到底说明了什么，只是心里有种怪怪的感觉。就算是我和唐祁认识多年，交情再深，学生时代再熟，都改变不了现在他是一个和我体格悬殊的成年男子的事实。他真要怎么样，我只有哭的份儿。

唐祁说：“你别多想，是我妈让我住的。她说你一个姑娘家家的，一个人住这么偏的酒店，怕有危险，就让我在你边上开间房，之后再陪你找房。

“之前邀请你去我妈家住，你不愿意，我们都理解。其实我现在早搬出去单独住了，所以让你去我妈家，家里其实就我爸妈和你，没我。”

他都这么说了，我再防他，就有点儿说不过去了。我让他进屋里去，他也没客气，进我房间就忙乎起来，还拿出一个发紫光的小手电照啊照，我问他在干什么，他回我一句：“帮你检查下有没有摄像头。”

我笑死，在他旁边咯咯了半天，越想越逗：“这你部队学的啊？真厉害！”

他瞥我一眼：“电视台，《法治进行时》。”

等他检查完，手电往我床上一扔，拍拍床沿儿，示意我坐下：“来吧，大小姐，给你看下膝盖。”

我因为坐飞机，穿的是特别宽松的阔腿羊绒裤，又软乎又暖和，我卷上去，两边膝盖都已经瘀青了一大片，还有干涸的血迹。唐祁蹲我跟前，仔细看完蹙着眉头啧了一声：“摔得不轻。”

我倒是觉得没太所谓，疼是疼，但是我没那么娇气。以前刚进职场，天天穿高跟鞋，没少摔跤。有一次抱着一摞文件从五级高的台阶上滚下去，直接跪在大老板跟前。那是个德国人，墨绿色的眼珠子瞪得老大，差点儿没被我吓得又蹦起来。

别看唐祁那么大一男的，他手上动作轻柔得不像话。哪怕我和他说“我不疼，赶紧吧”，他依然轻轻地擦拭伤口边沿，把混杂着我羊绒裤毛的伤口清理得干干净净。

这触感像羽毛一样，弄得我怪痒痒的，小腿乱动。他一只手握住我小腿，手心的温度烫死人，我腿缩了一下，为了掩盖内心突如其来的慌张，我说：“你一大男的，怎么这么磨叽呢？”

他没好气道：“给您处理伤口，您还嫌弃上了？真行。”

我苦口婆心：“我真不疼。你看你也发着烧呢！我记得我行李里好像有感冒药，给你一板，咱们赶快弄好，好各自休息。”

他聚精会神地上药，随口回了一句：“你不疼我疼，行了吧！快闭嘴吧！”

听他这么一说，我愣住了。

他看我不讲话了，也意识到了什么，握着湿纱布的手攥成拳头搁在膝盖上。有点儿桀骜不驯的样子，就这么从下往上看我的眼睛。

我能感觉到血液正从我的脖子蔓延到脸颊。真没出息，一句模棱两可的话，竟然也会让我误解，并且因此脸红。

唐祁可能看出了我的窘迫，这次他没有像刚才在车里那样保持沉默。只见他嘴角一咧，熟悉的学渣专有的表情浮现在脸上，语气颇为欠扁：“哟，瞧这热的，脸成猴屁股了。”

我赶紧就着这台阶下，大声应和：“酒店房间就是闷，开空调热，不开空调冷。”

他不咸不淡地看我一眼，点点头，随即起身到窗户前，拉开一半窗帘，试图把窗户掰开一道小缝。

我想起什么，跳着站起来，跟到窗户边。我扒着窗台往外面天空瞧，然后从兜里掏出飞机上小男孩送给我的星星给唐祁看：“飞机上遇到个小孩，他告诉我说今晚北京能观测到月全食，几年难遇。喏，你看，这是他送我的星星，可爱不？”

唐祁看了眼我手上的星星，没接过去，而是把窗帘拉得更开了。

这酒店确实偏僻，但有个好处，就是周围光污染少。远处是低矮的民房，还有市区内少见的绿化树林。

可能是房间开着灯，玻璃反光，我们两个抻着脖子没看出五六来。

我想说，把灯关了说不定能看得清楚些，又想，孤男寡女本来就共处一室，还要关灯那像话吗？

正在这时，我看见远处低矮的民房的灯光陆续熄灭，随后这片黑暗逐渐往我们这里蔓延。我觉得奇怪，房间的灯光闪烁两下后，屋内彻底黑暗下来。

我吓得想叫出声，结果口干舌燥，喉咙里只是咕噜了一下。唐祁听见我这奇怪的声音，转头看我。他倒是没什么反应，声音特别平静："好像停电了。"

"嗯。"我有点儿发抖。眼睛还没有完全适应黑暗，唯一确认世界真实的证据，是我胳膊旁边不停散发惊人热度的唐祁的胳膊。

世界变黑了，唐祁反而离我远了一步。我快吓死了，赶紧问："哎，你去哪儿？"

黑暗中他轻轻笑："瞧你这小胆儿。我不走，就在这儿，是离你远半步，怕你待会儿污蔑我耍流氓。"

我无语。

"咱们等会儿，停电可能是下大雪，把电线压断了。酒店一般都有备用电力的，说不定过几分钟就能亮回来。"他说。

过了几分钟，还是没亮。我更害怕了，主要是太黑了。即使眼睛习惯了黑暗，还是觉得黑得不太正常。一般停电，夜空至少有点儿亮光。后来又想起来，可能是赶上月食的原因，今天停电，天和地都是黑的，就很瘆人。

唐祁听了我的话，安静了半晌，又突然开口："去接你的路上听广播，广播里聊今晚的月全食，你刚才又说几年难遇，我倒想起来咱高中时上老陈的语文课，有一次讲什么古诗里也有科学，什么月亮、潮水啥的，我跟你挨在一起说小话，还跟她抬杠，结果被她罚抄带'月'字的诗，抄了我好几天。"

我笑了："那叫《春江花月夜》，你说的是头一句'春江潮水连海平，海上明月共潮生'，您可真不愧是学渣，连第一句都记不住。"

唐祁也笑了笑："就是这首，刚才广播还说着呢，涨潮、退潮都是月球引力造成的，还说月食会影响人的情绪。"说到这儿，他又开始嘲笑我，“那你可不能盯着天上看，别到时候又和高中一样，一会儿咋咋呼呼一会儿哭哭啼啼的。”

我没再说话，只心想，古人对月感慨物是人非，能写出“人生代代无穷已，江月年年望相似”这样的千古名句，唐祁这傻子回忆高中青春时光，只想着调侃我，我便又回了句：“您高中只顾着打篮球了，我这是少女情怀。”

这话刚一说出口，我便知说错了，只得愣愣地盯着唐祁看，唐祁却也沉默了，不知他想到了什么。

我哑然了，这确实是我不对。我那时和梁禹闹得轰轰烈烈，之后跟唐祁也不常在一块玩，眼下我们关系又有些尴尬，不该拿这事出来说嘴。但我又不知该说什么来缓解气氛，想到当初惹出的种种事端和带来的种种后果，心里五味杂陈。

最终还是唐祁打破了沉默：“酒店的维修人员也乱了，估计一时半会儿没法立即恢复。要不我下去帮他们看看？我会弄。其实很简单，几下就能好。”

我以为他要把我一个人丢下，正想拉住他，下一秒，他把手臂伸过来：“我带你一块儿去。来，你拉着我。我们走楼梯。”

出门前他特意摸了摸床上的手电，没摸到，他奇道：“怪了，刚才就扔这儿了，怎么不见了？算了，没事。”

我们在的十二楼说高不高，但是要在漆黑的夜里下十二层楼梯，还是挺瘆人的。

安全通道里风声很大，不知道是哪层楼的窗户没关严，呜呜的，像是野兽的嘶吼，吓得我这一颗心七上八下。

我抓着唐祁的胳膊，迈着小碎步跟在他旁边。唐祁放慢脚步，和我说：“你别怕。”我说：“我没怕！”他说：“你没怕，那你抓我抓得这么紧干啥？”

我侧耳倾听，然后凑到唐祁边上小声说：“唐祁……”

唐祁哎哟了一声。他这反应又把我吓一跳，我也哎哟了一声。他带着气笑道：“您有事说事，弄得这么神秘干什么？”

我还是不敢大声讲话，保持气声：“唐祁……”

“嗯。”

“唐祁……”

“说话，别光叫我名字。”

我终于鼓起勇气，但是眼角不争气地被吓出眼泪，我颤抖着说：“你有没有发现，整栋楼安静得不像话。”像一个巨大的沉默的怪物。

我不是危言耸听。这里只有风声，没有任何人发出的声音。就算是大楼停电，也该有住客的声音吧，就算是大家睡了，也该有服务员的声音吧。都没有。除了呜呜的风声，什么都没有。好像在这个漆黑的世界里，只剩下我们两个人。

唐祁顿住脚步。他在思索，我知道他应该也意识到了。可是他可能怕加重我的恐惧，没有说“你说得对”，而是说了一句：“没事儿，你跟我在一起怕什么。就算是有鬼，我也能给揍趴下。”

我听话只听了后半句，一行眼泪立马流下来，声音也开始拐弯儿：“啊？鬼？你说有鬼？”正说着话，我的注意力没放在楼梯上，脚底又开始拌蒜，一个前扑就往楼梯底下摔去。

我惊呼一声，唐祁见我要摔倒，赶忙来拉我，却抵不住我整个人下坠带来的巨大动能，他被我扯得也往下摔去。

我的头很疼，恍惚间，好像听见有人在说话，吵得我脑袋嗡嗡的。

那声音由远及近：“我的天哪！这么黑啊！原来防空洞长这样。可我怎么感觉他们在骗我，这里哪有什么干尸啊？幼稚死了！编瞎话也不带打草稿的。”

“再往里走走，说不定就有。你不会害怕了吧，宋周淼？害怕了直说。”欠了吧唧的男生声音说道。

我愣住了，因为我就叫宋周淼。而那个欠了吧唧的声音，正是唐祁的。2008 年 6 月，中考完的我们回初中领成绩。

班上几个男生说学校体育室旁边的门后面其实是防空洞，非说在里面看到了骸骨。虽然不相信，但出于好奇，我和唐祁也溜进去瞧了瞧。

一股寒意从我的后脊梁升起，但这时，深深的困倦向我袭来。

“喂！嘿！宋周淼！醒醒——”唐祁的声音在我耳边响起。

我睁开眼就看见唐祁的手在我面前挥动，他另一只手拼命抓着我的肩膀摇，我整个人前后摆动，都要被他晃吐了。

我恍惚了一会儿，瞳孔才完全聚焦，但脑子还是蒙的，一片空白，忘记了发生了什么。胃里涌起一股酸水往上冒，那种想吐的感觉越来越明显，我使劲儿挣脱他抓着我肩膀的手，跑到防空洞的墙角干呕了几下。

我肩膀耸动，却什么也没吐出来。等那股反胃的感觉慢慢退下去，我大声冲唐祁吼，声音嘶哑："你有病啊！晃我干什么？！"

唐祁一脸震惊，战术后仰。我继续大声给他补习常识："你知不知道 TVB 电视剧里有一个父亲把儿子摇晃死了，我是认真的！摇晃真能死人！《养生堂》也说过！"

我愤愤地以为我刚刚想吐都是唐祁摇晃的，心里正在想他是不是要在这里谋杀我……不对，等等。

想起来了，我想吐好像不是因为唐祁晃我肩膀，而是因为我刚刚在楼梯间摔倒磕到头了。

此时我站在狭窄昏暗的防空洞走廊正中央，前后左右上下看，难以置信。

我手上没镜子，看不见自己，但我能看见唐祁。

在我身边的唐祁穿着中学的夏季校服，是宽松蓝色那套。他下巴上有一道刮胡子刮破的小口子，清晰可见。

我上下打量他。他看我看他，于是也看着我，眼神里写满疑惑。

这男人……不，这男孩儿一头利落短发，额前有些碎发，不是部队里流水线的圆寸头，身量瘦高。我一把拉过他，唐祁开口："喂，宋……"我面无表情地说："你闭嘴。"

我一丝不苟地在他浑身写满抗拒的情况下检查他的身体。

先是扯了扯他的脸颊，嗯，很嫩的脸，胡楂都是青的。

然后使劲儿拍了拍他的胸膛，他被我捶得闷咳一声，嗯，不中用的中学男生。

最后又捏了捏他胳膊，唰地掀起他衣服，看了一眼他的腹肌。唐祁猝不及防，猛地攥住我手腕，低声吼道："你疯了？！"

我毫无反应，只是在心里默默确认：嗯，之前的铁板烧肌肉也没了。

我每确认一处，心就上升几寸。直到发现站在我面前的是不折不扣的十五岁的唐祁时，我的心已经提到了嗓子眼儿。

我整个人颓丧地蹲在地上，手指插在头发里，暴躁地想骂人。

而在我抓狂的同时，一旁站着的唐祁用腿撞了撞我膝盖：“喂。”

我没理他，兀自沉浸在深深的震惊中，为什么从昏迷里醒来后我的意识会回到十年前？！

我十分不甘心，于是确认完他后，我又开始上下确认我自己。唐祁没有发烧的迹象，而我稍稍撩开短裤，就能看见之前的摔伤都没了，如我预料的那样。

我低头看脚，鞋底带气垫的，自高中毕业后就没穿过这种叫运动鞋的物品。

我又去摸我的脑袋，摸完我心彻底凉了。

我蹲着哀号一声，完蛋，我花一千二百元烫的大波浪变成了学生妹的低马尾。就算是唐祁可以找个和他长得很像的小男生来骗我，可我自己的脑袋不能骗人吧！

唐祁又朝我喊了一声：“喂。”我抬头看他，眼泪汪汪的。

这时我才想起什么来，几乎是蹦着站起来，脑袋差点儿撞到他下巴。

“唐祁！”我开始晃他。

他镇定地应：“嗯。”

我继续晃：“唐祁！”

“有事说事，别光叫我名字。”

我神秘兮兮地想和他对暗号：“我们住的酒店楼层是多少，房间号码是多少，三二一，请回答。”

很明显，我想起来了，我摔倒了，我的意识回到了过去，而唐祁和我一起摔倒，他的意识也跟我回到了过去。

唐祁脸红了，嘴唇动了动，张嘴就是声讨我：“宋周淼，你知道自己在说什么虎狼之词吗？”

我瞪他，捏他，试图拆穿他的装蒜。

这小子肯定在和我装呢！他最擅长做这种事。从小到大，他和我说的十句话里，九句都是在一本正经地说胡话，什么夏利三万，我不疼他疼，就为了看我笑话。我才不信呢！

但是这一次，即使我用上了指甲，掐出十字之刑，他也没有就范，而是倒抽着冷气挣开我的桎梏，一脸警惕，生怕我再对他上下其手。

我眯起眼睛打量他，他一脸坦然地正对我，我竟从他的脸上看出了几分担忧和纯真，他好像把我当成了发疯的精神病人。

我当然没有善罢甘休，继续试探："唐祁，我们在这里讨论一件非常认真严肃的事情。你的态度最好给我摆端正！都这时候了，不要再和我逗闷子！对你我都没有好处！"

他抿嘴笑，然后把笑容恰到好处地收束起来，但还是保留了一丝不易察觉的隐秘的笑意。而我恰恰捕捉到了。我蹦起来打他脑壳儿："你笑了！你笑了！我就说！你是装的！"

我大声问，声音激动到开始发颤，这是一种老乡见老乡的感动："我求你了！你别给我装了！我真的吓得不行了！我们的意识为什么会回到过去？呜呜呜……"

我像个疯子一样在这边又跳又哭的时候，唐祁则不为所动，少年的脸庞难得呈现出静谧的样子。

看我激动完，他缓缓伸出手，探了探我的脑门："宋周淼，你没发烧啊，怎么糊涂了？什么回不回的？"

我不想面对这个只有我有十年后记忆的现实，怔怔点头："对，我们回到过去了。"

唐祁冷静地问："你怎么证明你有未来的记忆？"

我纠正他："不是我，是我们。你是装的对不对？没关系，那我证明给你看。你——"

我手指点点他，说出一个高考完同学聚会，玩真心话大冒险，轮到他说以前骗人的经历，这是他喝酒喝多了才透露的以前小时候我都不知道的秘密："你上小学的时候装病逃学，你爸为了治你非要带你去医院，麻醉做手术把你包皮割了！"

唐祁眉头跳了一下，随后他伸手按了按那根不听话的筋。

我得意扬扬："怎么样？我说得对不对？这是拥有未来记忆的人才知道的秘密！"

唐祁似乎开始半信半疑，为了乘胜追击，我拍着胸脯向他保证："你想怎么确认？你随便问，我知无不言。我不会骗人你是知道的，所以但凡你能看出我是瞎编，那就算我输。"

"我未来去干什么了？"

“你呀！大学被你爸逼着学计算机，后来去当了两年兵。退伍后接手了你爸的生意，也做体育器械。”

“听起来蛮无聊。”

“嗯……也还好。当兵的时候你给我写信，说你得了这表彰那奖励的，具体我记不清了，但总之就是，你只要认真做事，就能做得很好！”

随后他又问了几个关于我们共同认识的朋友的未来际遇，我都一一给他说了，这可不是现编能编出来的，反正十五岁的我可没有那个张嘴就来的本事。

他似乎被我说信服了，最后他问道：“好，我最后一个问题。”

“你说。”我信心满满。

“十年后的我，和我最喜欢的女孩子在一起了吗？”他问出这个问题的时候，眼睛一瞬不瞬地看着我，我的魂都被他这目光盯颤了。

我卡壳了，心想，要不要实话实说他十年后还是单身，连个女朋友都没找过。就怕他恼羞成怒，不想听实话，最后一口反咬我说的都是假话，诅咒他二十五岁了还单身。

再一个，他这个问题完全就是钓鱼问题，我哪里知道他最喜欢的女生是谁啊？他说过吗？我记得是……《小神龙俱乐部》的胡可？还是谁来着？

“你、你呀……”我抓抓下巴，权衡再三，开始给他编，这个年龄的男生喜欢幻想什么我就给他说什么，“有哇！有很多！你每一个女朋友都贼漂亮，我和你说！而且都喜欢得死去活来的，轰轰烈烈……还有个是当红演员呢！”

我话还没说完，就听唐祁冷哼一声，抱臂看着我：“编，接着给我编。”

我挠挠头，试图说得更真一些：“是我说谎啦！抱歉，不是当红演员，其实就是个小演员……”用一个小谎去解释一个大谎，我真聪明。

但我感觉唐祁的脸更黑了。

脑子在疯狂转动，想该如何解释的同时，我开始觉得不对劲儿。

“哎？”我声音高了八度。唐祁机警地退后一步，但是我没给他逃脱的机会，一个箭步上前，使劲儿扭住他胳膊，咬牙切齿地说，“你才给我装呢你！我什么时候说过我有十年后的记忆？！嗯？”

防空洞里传来一声狼嚎。

我先是对唐祁一顿拳打脚踢，气他蒙起我来没完没了，一环套一环，好话不听，非要我彻底戳穿他。随后打累了，我一把抱住他大哭，七上八下的情绪终于安定下来。

“太好了，呜呜呜！我有伴儿了！是不是、是不是、是不是？！唐祁，你是不是跟我一起的，我不是一个人对不对？”

半晌，我感觉他在我的腰际抬起手，轻轻摸了摸我的马尾辫，他轻声说道：“嗯。”

正常人昏迷后意识回到过去了，他的第一反应是什么？

正常人的意识回到过去后的第一反应是想赶紧醒来！这是我和唐祁得出的结论。

我看着防空洞更深处的黑暗，咽了一口唾沫：“我觉得咱俩最好不要分开。”

唐祁开玩笑说：“咱俩也没在一起过啊。”

我知道他又在瞎打岔，啧了他一声：“我说认真的！”

他声音稍稍正经：“宋周淼，相信我，就算这里真有骸骨，也不会比意识回溯到十年前更离奇了。你要是害怕，咱俩可以聊着天。”我点头。

在这里待着也不是事儿，我俩一边说着，一边往防空洞门口走，有一搭没一搭地唠嗑。

唐祁问我：“说真的，如果咱一时半会儿醒不来，那你什么打算？”

我用脚踢地面，试探地上是不是有洞，忧心忡忡地说：“我现在其实脑子很乱。我们对意识的知识几乎是一无所知。你想啊，我们昏迷了，意识回溯到了 2008 年，那 2018 年现实中昏迷的我们呢？我妈估计得急疯！我醒不来，就算是瞒得了几天，她和叔叔年后举行婚礼，我还要全程视频，帮她选婚纱呢！”

唐祁顿了顿，说：“要这样想，万幸的是我们的意识是回到我们曾经走过的、熟悉的时间节点。最坏的打算不过是重新过一遍青春，也许就能醒来了。而我比较担心的是我们到了一个我们不熟悉的过去。”

我停住：“你什么意思？”

唐祁的声音在黑黢黢的环境里显得有些陌生：“宋周淼，我们现在唯一能确定的是，你是你，我是我，学校是学校。我们还没有走出去，但如果……你有没有想过，如果走出去发现你妈、你爸、我爸妈……所有这些人都还在，但是他们不是我们之前认识的他们，那我们该怎么办？”

我凭空打了个寒战。

他看我紧张兮兮的，又说："那只是我对最坏情况的一个猜测。别担心，不管外面是什么世界，都有我呢！就算是外面的人都感染病毒变异了，我也一定会保护你。"

我完全没有被感动到，哭丧着一张脸："我谢谢您嘞！不过如果外面都是变异人，那我先一头撞死，立马放弃抵抗。"

唐祁轻笑出声："别介啊！你怎么这么没出息？好歹挣扎一下啊！"

我猛摇头："不挣扎，你让我重新高考我可以，重新经历初恋、失恋也没啥，反正现在对爱情我已看开，还是工作赚钱最重要，但你让我对抗变异人不行。"

说到初恋，我又补充道："真烦哪！以前电视剧都白看了。以我有限的心理学知识，我只知道一个《盗梦空间》。"

唐祁说："你还知道《盗梦空间》？真令人欣慰啊！"

我不想和他贫嘴，又突然想起："哎，听你刚才说的意思，你本身也知道这里没什么骸骨啊，那咱们两个当初为什么要进来探险呢？"

唐祁破天荒没回答，我只能听到咚咚的脚步声。我以为他没听清我的问题，也没再问，专心地在黑暗中往前走。

突然，只听寂静的黑暗中传来一丝声响，接着是噼里啪啦的墙壁碎裂声。我的心一下子收紧，回头一看，还没反应过来，唐祁就一把拉住我，想往前跑。他吼道："快走！"

转头的瞬间，我才看清我们身后是迅速塌陷的防空洞。

一切发生得太突然了，巨大的石块飞扬到半空中，又砸下来。轰隆隆的声音由远及近，飞尘几乎扑到我的脸上，我眨了一下眼睛。

唐祁看我愣在原地，一把抄起我的腰，奔到门边，一脚把虚掩着的铁门踹开，带着我扑了出去。

我俩坐在外面喘着粗气，等心跳稍缓，我问他："刚才怎么回事？洞怎么说塌就塌了？"

我们从门里出来后，紧闭的铁门后静悄悄的，没有塌陷，没有石块，世界归于宁静。我以为刚刚是幻觉，皱着眉头。

唐祁转头看我："宋周淼，我突然意识到一件事。"没等我回答，他继续说道，"咱们学校是不是2018年打算扩建？同学群里说了这事。"

我其实没有印象，因为我把同学群屏蔽了。唐祁自我确认道：“对，我在机场等你，无聊翻看群消息，群里有人提了一嘴，说我们那届之后每届都有同学来防空洞探险，校方十分头疼，于是率先从西边操场这边动工。开工时间对得上。”

“你想表达什么？”我问。

唐祁冷静地看着我，一脸严肃，直到我被看得不自在，他的嘴角才弯起一个弧度：“我想表达的是，我现在十分确定，我们意识存在的时空，是我们十年前的那个世界。这是个好消息。”

我没理解他怎么就推导出这个结论了，但他似乎不想现在给我解释，拍拍身上的土站起身，拉着我的胳膊也让我站起来。他又推开门，我们探头往里看，发现防空洞内部完好无损，没有石块，没有尘土。

唐祁在我身边说：“坏消息是，我们刚刚错过了一个能立马醒来，让意识回到 2018 年的门。”

我有点儿不甘心，再次试探了下墙壁，那里坚硬无比。我使劲儿捶墙，对墙壁说道：“墙，我恨你是块石头！”唐祁拍拍我肩膀：“淼，但你是肉做的，别捶了。”

再次站在日光下时，我的眼睛眯了好久才适应天光。唐祁也有点儿恍惚。

“没关系。”唐祁说，“走一步看一步，也许是好事。既然都回到过去了，咱也别闲着，你就没什么遗憾想要弥补吗？”

我没回答。我不确信他说的“也许是好事”是不是在安慰我。但他说“遗憾”时，我想到的不是梁禹，而是我爸。而关于我爸的事，我打算之后再和他详细说。

我依稀还记得那天中考出分，我们回学校领成绩单。因为还在暑假阶段，所以大家领完分就放学了，操场上稀稀落落地有男生穿着校服打篮球，女生很少，基本上都回家了，没人在学校待着。

我之所以还没回家，一是出于好奇探险，想看看防空洞里的骸骨，二是想等唐祁打完球，中午一起回我姑婆家吃午饭。

那时候我还没有认识梁禹。不，确切地说，应该是已经见过面，但是还没了解他。梁禹是从外校考进我们学校高中部的，今天领分、分班、见班主任，我们才见了第一面。

我不是一个喜欢沉湎于过去的人，所以坦白说，我对第一次和梁禹见面的场景一点儿印象也没有。因为他还没有领校服，第一次见面，他穿着自己的衣服，就是一身最简单不过的打篮球时的短袖、短裤穿着，好像是这样。

说到篮球……我往不远处的操场看去。

骗我们进来看骸骨的同学蹲在不远处的篮球架下看人打球，正好转头看我们从体育器材室旁边的小门走出来。那人冲唐祁吹了一声口哨："祁祁，有没有看见骸骨啊？"

唐祁听到这学生时期的外号，浑身颤抖了一下，随后稳住身体。他想回一句，但顿住了，缓缓转头用手掩住嘴，小声问我："他叫杨什么来着？"

我也忘了，搜肠刮肚："咱班最早的……体委？"

唐祁叹了一口气，发现我这记忆也不大行。

我们年级的班经常被打散重组，所以好多人只当过一段时间的同学，更何况毕业后有些人还联系，有些人很久没联系了，我哪儿记得住？再说了，唐祁不也没记住吗？

杨什么看我们俩没理他，拍拍屁股站起身，带了一帮男生向我们走过来，边走边说："怎么？吓傻了？"他们这群人脸上带着一副我不大看得懂的窃笑，还冲唐祁挤眉弄眼儿。我和唐祁面面相觑，以为他们集体脸抽筋了。

唐祁被三四个男生夹在中间，而我被挤到一边。他硬着头皮打招呼："哎哟，杨体委。"

杨体委用胳膊肘拐着唐祁的脖子，把唐祁拉到一边去窃窃私语，声音很小，但我听得清清楚楚："嘿嘿，谢谢哥们儿吧！给你创造机会，有没有把握住？"唐祁听他这话，突然大声咳嗽，试图掩盖他的声音，但是我早听到了。

男生们开始推搡，一副你小子不上道，还给我装蒜的玩笑劲头，唐祁几乎是被拥着抬到了篮球场边。他有些无助和尴尬地笑，还不忘往我这边瞧，做贼心虚的样子。

唐祁冲我比画手势和口型："等我一会儿，校门口会合。去你姑婆家商量后面的事。"

我在熟悉又陌生的校园里闲逛了一下，走到校门口等唐祁。

第二章 银杏树下

2008年的北京拥有一个很晴朗明媚的夏天。

今天中午的太阳散发着炽热的白光，我站在学校门口的银杏树阴影下等待唐祁打发走他那帮狐朋狗友，看着大街上往来的车辆，偶尔经过的中学生，心里说不上是什么滋味。

很奇妙，难以形容的感觉。我觉得我来自这里，但是早已不属于这里。而我指的“这里”，不是指地理意义上的这里，而是指一段时光，一段回忆，一段青春。

“梁禹！”街对面有穿着其他学校校服的男生大声喊，“下午东球场约不约？”

我耳膜震了一下，随后从树后微微探头，看见穿着一身白底红字克利夫兰骑士队篮球服的男生抓着篮球懒懒散散地走出校门，冲街对面的男生招手。

我俩就隔了一棵银杏树。

校外这一排银杏树是之前修路时新移栽过来的，单薄的树干并不足以把我的身体完全遮挡住。听见梁禹这个名字时，我只觉得耳熟，下意识就越过树干去看他。

十五六岁的少年和新栽的树没什么两样。他们还没有像成年人那样在一片名为“社会”的土地上深深扎根，他们虽然高，虽然有了青涩的胡楂和故作稳重的表情，但是身量单薄，枝叶蓬勃又鲜嫩，一脸坦然地去承接阳光和雨水，还不知道怎么用冷漠和无知去伤害一个女孩子。

我看向他时，梁禹这棵新树显然也注意到了我。他看着我，顿了几秒，应该是觉得我眼熟，但是又想不起来我这张脸刚刚只在新班级集合时见过一面。

我们在大学的时候分手，以至于直到前不久，我都还会在午夜不清醒的时候突然幼稚起来，幻想着如果有一天再见面，我要怎样做。或许会烫着大波浪，对着他的脸吐出烟圈，缓缓地说一句“滚”；或许左边牵一个猛男，右边牵一只杜宾，对他一脸抱歉地说“你不配做老娘的狗”……

可以看出，无论是哪种重逢方式，我都不打算保持体面了。可是谁能想到，我再见到的不是二十五岁的梁禹，而是十五岁的他。我的脑子乱成一团，竟然开始想起物理问题：现在的梁禹，理论上说和我还没有瓜葛，对不对？

我完全沉浸在自己的想象里，以至于梁禹说完一句话我才反应过来。

面前抓着篮球的少年抬起胳膊，抓球变成举球，嘴唇动了动，手指点点自己，又点点我：“我觉得你看起来很眼熟。”

可恶，被他抢了先机。我攥紧拳头。

但是据我的回忆，当初我俩初次见面，也是差不多的地方，差不多的场景，他的朋友在街对面笑嘻嘻地看他和我。

我几乎本能地要回答他：“对，我们一个班的。”但话到嘴边被我憋住了，为什么要按照他的节奏走？

可是非常奇怪，这普普通通的一句话竟然把我憋出了冷汗。对的，我不想说，脑海里偏生有一个天外来音用大锤子砸地，庄严肃穆且有节奏地宣鸣：说！说！说！

鸡皮疙瘩开始从我的后脖颈蔓延。我知道这不寻常。

随着憋的时间越长，我感觉有一种无形的力量要把我挤扁，我仿佛在被逐渐抽真空，心跳因为缺氧开始加速，伴随着心慌和心悸，没来由的恐怖感几乎要把我逼疯。我知道我没有力气放弃抵抗的那一瞬间，我大概就会真的把那句话说出来。

太奇怪了，只是一句话而已。

我现在的样子一定恐怖极了。我缓缓抬起手，抓住身旁的树干，手指死死掐着树干，仿佛那是梁禹的脖子……不，没那么骇人，我这样做只是因为我喘不上气，且马上就要站不稳。

那种压迫感上升到顶点，有那么一瞬间我眼前一片黑暗，正如我的来处，也如我的去处。我感觉天旋地转，实在是忍受不了了，但我不打算妥协，吐出那句那年我初遇梁禹时一模一样的话：“我不愿意！”于是我死死掐着银杏树的树干，蹦得老高，将脑门儿撞了上去！

咚——疼痛袭来时，我的眼泪也飙出来了。可是身上所有的压力都减轻了。我大口喘着气，像是一条垂死的鱼。我哪有什么力气看梁禹的反应？老娘才不在乎他怎么看我！我的目的又不是给他留下好印象，我管他怎么看我奇怪的举动。我只是不想向命运屈服——我指的是，脑子里那个声音，偏要我说一模一样的话。我觉得这十分蹊跷。

可能是刚才抵抗得太激烈，我感到一阵虚脱。银杏树的树干近在咫尺，我却觉得它上面长出了人类的手掌。

我眯着眼睛瞧了一瞬，下一秒，那个手掌真的向我伸过来，直接覆盖住了我的眼睛，另一只手掌则环住了我的腰，我整个人被银杏树抱起来了！

我惊恐万分，张牙舞爪，喊道：“救我啊，救我啊，这树要吃了我！”随后只听树木冷冷开口，是唐祁的声音：“回家。”

我泪眼蒙眬，这才看清，原来我像一颗国际象棋一样，被唐祁抱着往梁禹相反的方向走，而他脸颊上肿起一个大包。

“你脸怎么了？”我蒙蒙地开口问。是被杨体委他们打的？不能够吧？唐祁人缘这么差吗？

唐祁一路走到自行车棚，气喘吁吁地把我放下，他弯腰开锁，锁头被他挂在车把上，他直起身居高临下地看着我说：“你还好意思问？”

随后他跨上山地车，往前骑了一下，而我还站在原地，奇怪我为什么不好意思问。

唐祁转身看我说：“你上不上来？”一副没好气的样子。

我颠颠儿地坐上他那狭窄的后座。每次坐屁股都要变成四瓣，但是没办法，坐人车屁股短，不好抗议的。

理智和体力慢慢回归，我才意识到原来刚刚我撞上的是他的脸。啊呀！

唐祁一路安静地骑着车，一路往北就是我姑婆家。街道喧嚷，我不得不侧过头伸过去，在他的胳膊底下露出一颗脑袋来同他讲话。

“我感觉你好像气不顺的样子？”我试探地问他，“你就没什么要问我的吗？”譬如我刚才为什么精神失常。

唐祁蹬了几下车，神色淡淡的，答非所问：“宋周淼，原先没发现，我感觉你好重。”

我啧了一下：“不是我重，是现在的你身体不行。”

唐祁的眼刀穿过他自己的胳膊，扎到了我的脸上。只见他缓缓抬起手，伸出食指，将我的脑袋戳了回去。

“哎，疼疼疼……”我捂着脑门嘀咕，“我没在讽刺你啊，我是说你看你二十五岁的身材就很好，小肌肉什么的，十五岁的你太瘦啦！”

说完，我又把脑袋伸过去，竟然发现唐祁的嘴角在微微上扬。

他正一脸臭屁地笑着，随后他发现肋骨下又长出一颗头盯着他看，赶紧把笑容收起来，继续装严肃。

半晌，他开口回答我一开始的问题：“你想我问你什么？为什么看见前男友突然发疯？”

我说：“我就是要和你说这事！刚才真的太奇怪了！”

唐祁点头：“是挺奇怪的。反正我遇见前女友不会是这种反应。”

我惊讶：“你有前女友？天哪！大学里交的，还是部队里交的？”

唐祁的嘴抿成一条线：“没有前女友，我只是在对比。你继续。”

我说：“刚才其实我不想和他打招呼，也不想和他讲话。但是当我产生这个念头的时候，全身的力量都在和我的意志作对。就好像……好像冥冥之中我必须在那个时间、那个地点，和他讲那句话一样！如果我不照做，我就要被闷死，被憋死，心慌得不得了。”

我伸出手心给他证明：“我现在手上还都是冷汗！”

唐祁没说话，也没摸我手掌，他一脸严肃。

我掐他腰：“你别不信！我认真的！”

唐祁被掐到痒痒肉，龇牙咧嘴：“别动手动脚的，宋周淼。”

“我没不信，只是在思考。”他又说，说话时竟然又露出一丝笑意，感觉痒痒的。

“所以你是说，当时你那个反应，是有外力逼迫你，而不是你见到他兽性大发？”

我没理会他的用词不当，疯狂点头。

“你说这是怎么回事？会不会是咱们意识回溯的副作用？还是其他的什么原因？为什么我支配不了我自己了？”我商量着问道。

自行车停在小区的门口，唐祁和我推着车往小区里走。一路上经过几个扇着扇子的奶奶，都一一打招呼。直到进入了昏暗的自行车棚，午后的阳光在唐祁身后戛然而止，他锁好车，站起身，语气平静：“我有一个猜想，会不会是我们的意识不能试图改变过去？”

我的冷汗又冒出来了。其实和我心底的那个想法对上了。只是我非要听到唐祁也这么说，才会彻底绝望。

也就是说，我得走我的老路，以后和梁禹恋爱，然后分手，再然后目睹家里鸡飞狗跳……还包括，和我爸有很多很多想说的话，但没有说，和他的关系一直僵持着。

我不要。

他半靠在车上，打量我的神情。

我捶了一下他的车座，坚定地说：“我不要。”

他的山地车震了一下。唐祁站直身体。

我像个战士一样双手垂在两边，缓缓攥紧拳头，咬牙切齿地复述：“我不要！”

在我沉浸在自己的激动情绪中时，唐祁看着他的山地车向旁边倒去，然后是他山地车旁边的自行车，再然后是自行车旁边的自行车……

哗啦啦……一整排自行车在我的暴捶之下纷纷倒下。

唐祁叹了一口气，随后脸上的表情变得轻松。他想说什么，但是没有说，而是轻轻拍了拍我的脑袋，然后俯身开始抬车。

从小我姑婆家就相当于我和唐祁的根据地。一连几天，我俩都边就着小茶几吃饭，边头脑风暴有关意识的知识，不放过任何一个细节。我们还跑遍了周围所有的书报亭，把和科幻、心理有关的杂志都买回家——就为了研究这到底是什么情况。

别说，还真有收获。

有个故事讲的是蝴蝶效应，说是有个人机缘巧合地在梦里回到过去，醒来就想买彩票中头奖，这样他就可以有钱给他妈妈治病了。结果他妈妈的病是治好了，全家还过上了很好的生活，但是有一天开豪车出了车祸，还是死了。因为命运是定局，无论中间怎么变，结局不会变。

这故事看得我心脏怦怦跳。

其实我心里有件事，而这事呢，和当初我与梁禹谈恋爱，或多或少有些关系……

梁禹和我突然提分手那天，是我生日。那天我几乎崩溃，心情很糟，不想回家。我爸妈离婚以后，我一直跟我爸住。我想着我爸那天值夜班反正也不回家，干脆我就在外面网吧刷夜好了。可是没想到我爸请假回来陪我过生日。

我手机打不通，人也找不到。那天傍晚下起了暴雨，我爸骑着他的小摩托转了大半个北京才在家附近的网吧找到我。他有轻微夜盲症，平时不碍事，但是那天地上全是水，反光得厉害，他还跌沟里了。找到我之后，我们还大吵一架。回家后，我爸急性胃出血，送医院 ICU（重症监护室），之后人是抢救过来了，但身体也不好了。

这件事我不敢和人说。唐祁不知道，我妈不知道，所有人都以为我爸是胃疾已久，突然发病。那一天过去后的每一晚，我都恨不得扇自己两个嘴巴子。有时候到深夜，心脏就像开了一个大洞，把我所有的悔恨、眼泪和内疚全丢进去，都不会有回声，因为那是无底洞。

我觉得啊，自己是全天下最大的傻子，偏要去为一个不值得的人伤心，还害得爱我的人因此受苦。

这是我最大的秘密，也是我这次回北京，最最最想挽回的事。

看我一脸担忧，唐祁以为我只是担心和梁禹的未来发展，于是拍拍我："别担心。这回说什么都不会让你追着梁禹跑了。"他说这话时脸上带着很奇怪的笑，说是嘲笑吧，也不太像，我总感觉他在幸灾乐祸还是什么的。

"你这次要是和他谈，就先从我尸体上迈过去。我拼上我这条命都不会让你输给命运的。"他又给我打包票。这话就更奇怪了。

我挑起眉毛："不至于不至于。"

他一脸郑重地说："至于至于。"

上学时觉得暑假幸福又漫长，夏天和西瓜、冰棍儿、电风扇，还有分工做暑期作业是挂钩的。

如今身体可能在现实里昏迷着，意识回溯到了十五岁，再次拥有暑假，我和唐祁甚至有些无所适从。更不要提我姑婆进门看见我俩一派和谐地商讨秘事、闲闲斗嘴、电视上放着新闻频道时那种吃惊的眼神。她有点儿不能接受我俩不再因为我想看《红苹果乐园》，唐祁想看《体育快讯》而掐架的这个事实。

一周后我姑婆终于不能忍了，早早从麻将馆回来，忧心忡忡地要找我俩谈一谈。

“淼淼。”我姑婆开口就叫我小名，“唐祁。”她又看向唐祁，叫的是他大名。

我俩乖巧地点点头，默默将摊在茶几上的、剪下来的写着新闻的纸张拨到地上，不想让我姑婆发现古怪。

可乐见地上有宝贝掉落，哈着舌头跑过来，它是我姑婆养的八哥犬。

“可乐！”姑婆拿拖鞋抡可乐的屁股，“出去！这里没你什么事！”可乐又哈着舌头跑走。

姑婆清了清嗓子：“其实我也不想多管闲事，毕竟谁都是从年轻时过来的。”

我和唐祁又乖巧地点头。

“可是淼淼，你妈让你在我这儿待着，我就得担负起一份家长的责任。还有你，小唐，也十五岁啦，大小伙子啦，有时候也得体会一下你家里长辈的心情。”

我和唐祁再次乖巧地点头，但根本不知道她想说什么。

姑婆酝酿了一下，开门见山：“那我就直说了。你俩是不是早恋了？！”

我一脸问号。

还不等姑婆说话，我赶紧站起身。小茶几上的瓜子被我的腿掀翻，可乐又跑过来，于是又被我姑婆撵走。

“啊哈哈哈！怎么可能？！”我夸张地大笑，希望姑婆认识到她刚刚说了一件非常荒谬的事。

我边说边拨唐祁的肩膀。他淡定多了，至少他还坐着。我使劲儿推搡他，示意他赶紧说几句话打消姑婆的疑虑。可是他十分不上道，沉默着，静静地看了我一眼，他又看向姑婆，目光澄澈，随后开口：“姑婆，我是对宋周淼有好感，她被我弄烦了才同意。这事和她没有关系。希望您不要和她父母说，也不要因此责怪她。”

姑婆老人家根本没想到唐祁这么有种，这么坦诚……这也是我没想到的。啊不，呸呸呸，我俩根本没早恋啊！

姑婆唉声叹气好一阵儿，最后点点我："你给我坐下！"

"这事一个巴掌拍不响。这样，小唐，你也不用再给我家淼淼找借口了。年轻人，有点儿小想法、小互动是正常的。但是呢，姑婆就这样和你说，学生还是要以学业为重。"

姑婆看我："不单是说给唐祁听，你也听着。你们俩的事，如果今后能懂得轻重，那我也就睁一只眼闭一只眼。该做的，不该做的……你们也要对得起姑婆的信任啊！"

唐祁点点头："放心吧，姑婆。我是您从小看着长大的。我爸妈、我姥姥您也都熟。但凡我不懂事，耽误了淼，无论是学业啊还是其他，您用拖鞋抡我，不……用擀面杖，我都不带反抗的。"

我震惊了，一旁的可乐也震惊了。我俩齐齐看向唐祁，都觉得他疯了，只有姑婆一脸赞许。

姑婆走后，屋里特别安静。可乐把舌头缩回去，坐在瓷砖上瞪着唐祁。我相信我的表情和可乐是差不多的。

我俩本来是坐在地上的，经历刚刚那一出，我的屁股往旁边挪了挪，不再和他挨着。

唐祁沉浸在刚刚的"承诺"情绪中几秒，随后松弛下来。

他先看看可乐，伸手够到沙发上可乐的玩具球，嗖地扔到一旁，可乐也嗖地奔向一旁。趁这个机会，唐祁站起来，把门关上，于是小客厅只剩我们两个。

他走向我，我本来坐得离他远了，见他走过来，又往相反的方向挪了挪屁股。瓷砖冰冰凉，我却无暇顾及这些，心跳怦怦的，被他刚才那一通鬼话搅得脑子里一团乱。而且他把可乐支走，我以为他又要说什么惊天动地的话。

唐祁经过我身旁，我整个人坐直，像只受惊的小鸡仔。但是他并没有什么动作，只是又坐回地上——不经意地坐下。和我的距离缩回了之前——膝盖会碰到的那种距离。

我感觉我的膝盖触碰到他的腿，从皮肤接触的那一点开始发散，然后整条腿都麻了，微微抽了几下。

为了掩盖腿部的异样，我率先开口，声音有点儿抖："你刚才为什么那样说？"说完不动声色地把膝盖挪开，可是那种麻劲儿并没有得到好转，反而让我半边身子都开始发麻。

唐祁没说话，把剪报捡回桌面，慢条斯理地按照之前摆放的位置摆好，转头和我说："没为什么，只是觉得这样以后会比较方便。"

"啊？"我有点儿被吓到，嗓子哑了，发出乌鸦的叫声。

唐祁打量了我几秒，笑出声，有点儿吊儿郎当："宋周淼，你不会当真了吧？我那样说，只是因为，我俩以后势必会行为反常，有这个借口，别人不会觉得我俩奇怪。要是有什么情况需要咱俩单独行动，就说咱俩早恋就行。大不了被批一顿。"

我竟然觉得他说得有道理，这人真会未雨绸缪。

唐祁看着我，目光无限包容，像是包容我这个神经兮兮的蠢蛋，但还有些意味不明的情绪，我读不太懂。

他看了我一会儿，没再多做解释，拿起遥控器，无所谓地换台，换到体育频道，是 NBA（美国职业篮球联赛）重播。也不是他喜欢的球队，他就安静地看起来。

我假装陪他看球赛，可是脑子里想的唯一的事是：怎么还在麻？怎么还在麻……

脑袋里轰隆隆的，好像有什么奇怪的情绪在爆发，而我并不能准确描述我自己的心情。

直到中场休息放广告，唐祁忽然开口，用有一搭没一搭的语气问了我一句，眼睛都没看我，看着电视："哎，宋周淼。"

"啊。"我又发出了一声乌鸦叫。他笑了。

"你说咱俩也算认识快二十年了。别人说这是什么青梅竹马，那在你眼里，我是什么人？没别的意思，纯好奇啊！"

这个问题把我给问住了。我没有直接回答他这个问题，而是想到了一个很久远的故事。

我姑婆家所在的这片小区说实在挺老的。

两栋一排五层小板楼，大概有将近二十栋，是附近最大的居民区。这边原先是单位分的房，政策上不能正常买卖，所以我从小到大在这边看到的都是同一拨人。从最南这排走到最北那排，街坊邻里基本上都眼熟。

可是我特别小的时候，大概六七岁吧，每次被送来姑婆家都害怕。

我家情况比较复杂，简单来说就是之前我爷爷帮人做贷款担保，结果贷款人卷钱跑了，还钱的重任就落到我爸头上。

我爸和人合伙做生意，卖 VCD（影音光盘）和 DVD（数字视频光盘），起初业绩挺好的，家里看新房都是去高级小区看。我爸对人也大方，亲朋好友过年都是几百几百地包红包。朋友谁说借钱，立马送去几万。不是装阔的那种大方，而是真的心系天下，自己有能力了就拼命对周围人好，出钱、出力、出主意。

后来政策一出台，这门生意黄了，还完债，家里银行账户就剩几千块，亲戚、朋友突然和我爸不熟了，买房也不了了之。那之后家里一直住着十五平方米的客厅和卧室共用的老房，算上厨房、厕所可能也就二十几平方米，那还是我奶奶原先单位分的。

所以小时候我印象最深的事情，就是我爸妈一开始吵架，他们就骑车沿着晚上的二环路，把我撂去我姑婆家。

有时候是我妈骑自行车送，有时候是我爸开着他的小摩托送，夏天的时候他光着膀子骑摩托，我抓着他的皮带，摩托车刹车时，我人往前靠，一靠他后背就能靠一脸的汗。

但是甭管谁送，他们都只把我放在小区门口，让我自己走进去。

那会儿我是真的害怕，老小区的路灯昏暗，道路两旁的杨树树影重重，偶尔自行车棚里还会传来野猫的叫声，再加上我这人对认路和认门特别不在行。

我姑婆家在三楼，有次我走到了四楼敲门，敲半天门才开。防盗门开了后，隔着纱门我看到唐祁。唐祁小时候可淘了，老被他爸妈揍，他来开门时可能是正在挨打，脸上全是眼泪，疼得表情狰狞。我一看不是我姑婆，立马慌了，开始哭。唐祁看我哭，可能调动了他大哭的神经，也继续哭。

我俩一个在门外，一个在门内，分别因为不同的事哇哇大哭，我哭一嗓子，他号一嗓子，比谁声音大，全楼道的声控灯都被我俩震亮——直到唐祁他妈领我下楼去找我姑婆。

这就是我俩第一次见面的场景。

再后来上小学，我姑婆退休在家闲着也是闲着，就开办起“小饭桌”。所谓“小饭桌”，就是让在附近上小学的小孩中午来家吃午饭，下午放学来家吃晚饭，一天解决两顿饭，一个月交三百块钱。我姑婆因为只会做大鱼大肉，不会搞营养搭配，生意惨淡，她开办的“小饭桌”只有我和唐祁两个小朋友——我还不用交钱。

小朋友不多，我姑婆的任务就也不重，每天操心完我俩的饭菜还有大把的时间。她去棋牌室打麻将，认识了住附近的唐祁的姥姥。唐祁的姥姥打麻将属于人菜瘾大，玩五毛钱的，她一个月能输给我姑婆两三百。所以那之后唐祁吃“小饭桌”也不用交钱了。

这一吃就是好几年，上初中后，唐祁不好意思蹭饭了，就改成来我姑婆家写作业——我俩一起。他有他的朋友，我有我的朋友，在学校我俩也玩不到一起，只是放学后习惯了去姑婆家写作业、看电视。

所以在唐祁问我这个问题之前，我都没想到这可以叫青梅竹马。

一直以来，在我的感觉里，我和唐祁的关系与其说是青梅竹马，不如说是饭搭子、作业搭子……

但是我不可能真的说：饭搭子、作业搭子。我感觉他会生气。

就在我绞尽脑汁想一个高大上的词语时，下半场比赛开始了，唐祁却忽地按了一下遥控器，把电视关掉，这下客厅里静得可怕。

不到十平方米的客厅内，只能听到卧室门缝下可乐趴着玩球的喘气声。

我又不傻，当然知道唐祁生气了。他希望我说什么？朋友？同学？发小？青梅竹马？

可是在我心里，这些他都不是啊！是有问题第一个找他倾诉吗？也不是。因为我是那种有问题会自己消化的人，不会去找他解决。

所以他是什么，我说不上来。唐祁在我这里没有特定的角色，只是认识了很久很久，两个人很熟很熟，两家人也很熟很熟……而已。

他似乎很不满意我此时的犹豫、纠结，还有支支吾吾。我听到他自嘲般的很轻很轻地笑了一下，这让我心里有点儿难过。

大概是从来没见过唐祁这个样子，我大脑里的某个保护机制被触发了，迫切想要终结这可怕的安静。所以脑子里除了在想刚刚和他膝盖相触的感觉，还在想着得把可乐放出来，其他什么都没想。

我试图站起身，边撑着地边碎嘴叨叨：“哎呀，我得把可乐放出来。它该吃饭了！”其实我姑婆早晚各喂它一次，现在离它下次吃饭还有五个小时。

卧室内的可乐听到“吃饭”，也站起来，然后开始激动地扒门汪汪叫。这小崽子，估计在想今天是什么日子，难不成是过年了？

可是就在我要彻底站起来离开唐祁身边时，我感觉到自己的手腕被一股大力攫住。唐祁毫无预兆地伸出手，把我拽回了地上。

他的掌心烫得不行，像是攥了块烧红的煤炭在手里。我完全猝不及防，眼看着膝盖就要撞上小茶几，唐祁稍稍撑起来，用另一只手挡在茶几边角，我咕咚一声坐回地面，膝盖撞上了他另一只手的掌心。

我俩现在的姿势怪异极了。

本来我俩都面朝电视，现在变成他背对电视面朝我，而我俩挤在茶几和沙发间的缝隙中，贴得非常近。

我完全进入了唐祁的领域，他身上淡淡的洗衣液香味传来，还有一种说不上是什么的味道，不算香，但也不令人讨厌。还有扑面而来的热气，老天，他好热！男生都像火炉吗？

我的大脑瞬间宕机。心脏的跳动起初还算平稳，而后不争气地开始狂跳。不用看都知道，我的脸也烧起来了。

我很想捂住我的心脏，我的一只手被他按住，另一只手是自由的。但不知为何，我有点儿不敢轻举妄动。

客厅里静得可以听到挂钟秒针行走的声音。

卧室门后的可乐等了半天也不见狗粮，认命般地又趴回去玩球，哈气声又起。

电视遥控器被唐祁随手放在茶几边沿，刚才一撞后已经到了即将要掉落的边缘。

窗户外面的喜鹊一会儿跳上枝头，一会儿又俯冲去追小麻雀。

世界如此喧闹，可我只能听到自己的心跳。

在我陷入这样的窘迫时，面前的少年神色镇定。

哼，也许他真如他表现出来的那样淡定吧！但我也看见，从刚刚到现在，短短两分钟，他的喉结动了五六次。他可能是渴了。

半晌，唐祁终于开口。他的声音有些沙哑，我说什么来着，他应该去喝水！而不是把我困在这里还按着我的手腕！

“宋周淼，我问你，给你写信你为什么不回我？”他有些艰涩地问出声。

嗯，换了个问题。

唐祁的眼神里有一种淡淡的情绪，不是责怪，也不是埋怨，他是明明知道答案却偏要问的那种执拗。他就是想看我出丑。

对呀，我为什么不给他回信？

十九岁的事情发生后，趁着我妈外派去新市的契机，我几乎是逃到了新市。

我转学、搬家、重新开始，怀揣着一个不敢让人知道的、和我父亲有关的秘密，还有对他深深的内疚与悔恨，开启了忙碌的新生活。我故意让自己变得非常忙。

我在生活起居上照顾妈妈，学着做饭，把家里收拾得干干净净，努力学英语，交新的外国朋友，甚至选了一个很有挑战性的辅修课程攻读，每周都去请教教授，问他有什么可以让我帮忙的……我一下子长大了，把那个幼稚恋爱脑的自己狠狠地关在了北京二十几平方米的小屋里，背起行囊逃去异国他乡。

有相当长一段时间，我不敢和国内的朋友联系——这里面也包括唐祁。因为他们熟知我过去的一切，而那正是我想逃离的。我以为不联系就可以忘记曾经的我有多么蠢。

唐祁从我妈那里知道我的新电话，知道我的新住址，起初他每周给我打电话，特意避开那些事，聊的都是超幼稚的话题。

可他越是这样，我越是不敢面对。我有时接，有时不接。即使看到他的未接来电，我都是过了好久才回过去，用抱歉的语气说“刚刚被教授找，没有看见电话”。他也不在意，顶多用那种欠了吧唧的语气调侃我一句。

后来他大学毕业因为未来职业的问题同他爸掐架，掐完后立马转身去当兵。部队里手机一周发放一次，有时打不通，他联系不上我就还要再等一周，于是他开始给我写信。电话可以接不到，但是信件总能抵达。

送到我妈家的信攒了厚厚一摞，都是唐祁那狗爬字体写的无聊事件大集合。什么今天戏弄了连长，被连长罚做俯卧撑，明天被派去给老乡家挑大粪，还扛了半兜土豆回部队……有时他也会说自己被表彰了，但就一笔带过。

每次读他的信，我都能想到他四仰八叉地坐在我面前，用那种闲闲的语气给我讲故事的样子。无论是被罚，还是被奖，他总是波澜不惊，说笑话一样说出来。我认识的唐祁就是这样子，他正儿八经的样子非常稀有。

唯一稀有的一次，是他退伍前的一封信。

那封信里他说：

宋周淼，我要退伍了。

回去后我爸让我接手他的生意，我也不跟他掐了。可能岁数到了，突然就不想折腾了。以前还想说退伍后玩几年摩托，但是这两年我肩膀受了伤，不适合搞那个了。

你也了解我家，不算大贵，顶多小富。就他那体育器械的生意，赚钱倒在其次，主要能给边远山区的小学时不时捐点儿器材，整点儿篮球架之类的。

挺好的，我觉得也算有意义。再说我这脑子，我这人际交往能力，做什么都能成功，你说是吧！

对，还有件事要和你说。

我也等得够久了，不是等你回信啊！你知道我在说什么，别装傻。

算了，你装傻也没关系。我这人别的不灵，专治人装傻。

退伍后我会去找你。你继续躲着也没意义。

唐祁

这封信最后一句话直接把我炸出来了。那一周我别的什么事不干，就等着接他的电话。

结果我等了三周，都没有接到他的任何电话，连信件也没有。

我慌得不行，守着他发手机的时间，一个电话拨过去，是他连长先接的。连长把手机递给他时，我听到那边有一堆战友在大笑，发怪声。

唐祁接起电话时还在喊："都给我闭嘴！"然后他喂了一声，温和又柔软，声音轻轻的，和刚刚骂战友的语气判若两人。

听到他声音的那瞬间我整个人都是软的，拿手机的手哆哆嗦嗦。

印象中那通电话我的表现特别㞞，全程就是"嗯嗯，啊啊，对对，是是"，像个被抓包的小学生。那时他没问我为什么以前一封信不回，今天怎么突然想起给他打电话。

唐祁呢，就是笑。我说什么，表现得多傻，他都包容地轻轻笑。他根本不是温柔那一挂的男生，他属于嘴欠手欠那一类。可是他面对我时变成这样，我竟然觉得心里有一处特别痒。

他还明知故问：“宋周淼，你怎么了？怎么听声音蔫蔫的？”

我为什么蔫蔫的？我还不是被吓的！被他那封什么都没说，但又好像什么都说了的信吓的！

最后我完全放弃抵抗，为了稳住他不让他来找我，我老实交代了自己年后要回国工作的打算。

他在那边顿了顿，估计也挺意外的。他说：“好，航班到时发我一下。我去接你。”他的语气不容拒绝。

在之后的这半年，他退伍、回家、工作、跑生意，突然就很少联系我了。

实际上，在他来机场接我给我发短信前，我俩已经半个月没通话了。

而我越发坐立不安。山雨欲来风满楼，我觉得他在等我回国秋后算账。他越是淡定，越是不挑明，越是和我像往常那样说话，像是那封信、那通电话不存在，我就越疑惑和不敢轻举妄动，属实是完完全全被他拿捏了。

我很怕自己误会了他信里的意思，但又觉得不应该，我是成年人了，也有过感情经历，我的直觉告诉我唐祁不对劲儿，可是唐祁未免太淡定了，撒出去鱼饵就不管了，他怎么可以这样？！

然后我就开始生气。你不是和我装蒜吗？我也和你装。

可是鄙人段位还是太低，装也装不像，这才有宾馆那晚的脸红和紧张，这才有他问我他是什么，而我支支吾吾回答不上来。

我简直太屄了。

一种委屈在我心里悄然弥漫开来。我有点儿气他为什么要这样折磨我，写完那封奇奇怪怪的信，对我的态度又突然变得冷淡，如今还要质问我为什么不给他回信？！明明那时候他不在意的！我以为不回信这事都翻篇了！

唐祁还在等我回答，我却从喉咙处发出一声呜咽。我没精打采地抠了抠膝盖，愤恨地说了句：“都怪你拉我，我膝盖撞疼了！”

面前的少年惊呆了。他难以置信：“你别碰瓷，我用手帮你挡住了。”

我不管，一口咬定：“那你说，刚才是不是你拉我来着？”

“是，”唐祁松开我的手腕，去捏自己的眉心，感觉他头有点儿疼，“别转移话题，回答我的问题。”

可是人性之间的较量就是这样，他弱一分，我就强回来了。

我提高声音：“好啊你！欺负良家妇女！还逼迫良家妇女回答她不愿意回答的问题！看我怎么收拾你！”

卧室门后的可乐听到我的声音，也来劲儿了，叫了一声为我助阵。随后它开始刨门，小爪子吧嗒吧嗒的。

我及时拉可乐和我一个阵营，指着紧闭的卧室大声地声讨：“你还把可乐关起来不让它吃饭！你欺负我，你还虐待它！”

唐祁瞳孔紧缩，他看看我，又看看卧室门缝下的可乐。趁他这时分神，我逃命般从他用身体围挡起来的小角落里蹦起来，去把门打开，可乐哈着舌头扑出来，左看右看。

我指着唐祁冲可乐说：“可乐，咬他！他欺负你外甥女我！”辈分不能乱，可乐是我姑婆的孩子，而我是我姑婆的孙辈。

可乐的眼神里透露出迷茫，它先是虚张声势地冲唐祁吼了一声，而后迅速被门外的动静转移了注意力，扑向防盗门那边。防盗门那边有响动，随即防盗门开了。

居委会的刘大妈推开门站在门口，向屋内四处张望：“淼淼，没锁门啊。正好，我找你姑婆。”刘大妈是我姑婆的老闺密了，两人成天黏在一起。唐祁的姥姥想加入她俩的小团体，起初还遭到刘大妈的排斥。

因为正处于和唐祁掐架的间隙，我脑袋一下子僵住了，手保持指挥可乐的姿势，愣愣地问唐祁：“唐唐唐祁……我姑婆呢？”

唐祁反应快，立马接话：“她在棋牌室。”

刘大妈噢了一声，看看唐祁，又看看我，觉得有些古怪，委婉地说了句：“小孩子家家的，整天在家待着，暑假还不出去溜达溜达？在家待着多没意思，我走了，去找你姑婆了啊。”

我们正做贼心虚呢，这话把我和唐祁说了个大红脸。

刘大妈颠颠地要走人，可能是听到“找姑婆”三个字，一旁的可乐就像离弦的箭一样，嗖地钻到她脚下，顺着楼梯就飞奔下楼，差点儿把刘大妈撞得摔一跟头。

刘大妈和我同时哎了一声，我踹了坐在地上的唐祁一脚，使唤他：

“快追！可乐跑出去了！！”唐祁腾地一下站起来，迈开步子就追了上去。我一把抄起门口鞋柜上的狗绳也赶忙跟着奔出去。

我脑袋都要炸开了。可乐这狗不咬人，尿得要命，别人不咬它我就谢天谢地。我主要担心的是小区内行驶的机动车撞到它。小区不让汽车进，却总有人不守规矩，开车进来。

这时，我突然想起来，之前可乐就是因为刘大妈敞着门和我姑婆聊天，它钻门缝跑出去让一宝来撞了。狗命保住了，但是撞出了癫痫，之后每个月都要犯病，口吐白沫什么的。接下来的狗生里，可乐得了好多并发症，到最后直接瘫痪了。瘫痪半年后，它老人家去了狗狗天堂。我姑婆伤心极了。

等等，之前？

这个“之前”，不就是现在！

想到这里，我一脚踩空差点儿跌一跟头。等我到楼下，发现可乐和唐祁撒了欢儿在楼栋间乱窜。

这小崽子属于时不时抽风，唐祁追它，它以为唐祁在和它玩儿，甩着舌头喘着粗气玩疯了，越跑越快。唐祁两驱的追不上可乐四驱的，关键可乐还时不时给他整个急停然后掉头。

我一面怒吼着“可乐！可乐你给我过来”，一面也不闲着，撸起袖子和唐祁两面夹击，准备堵它。就在这时，小区内停着的一辆车启动，开始倒车。

我扫了眼那辆车，宝来。我的心脏咯噔了一下。

可乐还在没心没肺地撒欢儿，看到这辆车，它摇着尾巴就冲上去要和汽车轮胎玩你追我赶。

开车的司机看了眼后视镜，打了把方向盘开始讲电话，从后视镜里往后看有视觉盲区，他根本没有注意到后车轮边上有条狗。

眼看着车轮就要碾上可乐，我和唐祁同时冲过去。

怦怦怦……和梁禹说话时那种心脏的沉重感又一次袭来。

冲到半截我感觉自己像是撞进了一个巨大的、黏稠的果冻里，所有的动作都变慢了，寸步难行。

我越想往前走，那股力量就越把我往后拉。就像我的腰间被系了弹簧，而那种弹力几乎要把我的腰拉断。

与此同时，我的呼吸开始变得困难。眼前的景象像被泼了五颜六色的反光胶水，所有事物都变形、变色，在碎裂后融化又重组……物理意义上的坐标开始不清晰，我一下子分辨不清自己与眼前事物的距离远近，我的脑袋变得眩晕迷乱。

而道路另一边的唐祁也同样变成了慢动作。

我们就像不属于这个世界的两个人，各自在自己黏稠的果冻中艰难行动，但是周遭的一切都遵循着它们固有的速度——

可乐在冲刺，汽车在行驶，刘大妈在怒吼："小区内不能开车！你给我停下来！罚款！"

就在我焦急万分时，对面的唐祁直接狠狠地撞在地上，有那么一瞬间，我感觉他的动作恢复正常。只见他滚在地上，抓住时机稳、准、狠地揪住了可乐的后腿，把它往后拖。这时，居民楼的一扇窗子打开，一个老奶奶站在窗口喊："大米没拿！"

汽车嘎的一声刹住，车窗摇下来，司机冲老奶奶摆手："妈，我有急事，下次再拿吧！"

我身上所有的压力全部消失了。

唐祁喘着粗气一把将可乐薅进怀里，可乐许久没有被这样紧紧拥抱了，兴奋地开始狂舔唐祁的脸。

刘大妈见车停下，赶紧挥着袖标冲上去，让汽车去小区门口登记罚款。

汽车驶走后，我和唐祁坐在路边看着彼此。几分钟内，我们都没说话，也实在力竭到站不起来。

半晌，唐祁起身，单手夹着狗，冲臂弯里的可乐无奈说了句："还舔，你命都快没了还舔？"可乐才不管，水汪汪的大眼睛看着唐祁，扁平的脸上显露出智商不高的快乐。

回家后，唐祁把可乐放到地上，可乐冲去一旁啃狗咬球，一点儿都没意识到刚刚从鬼门关前走了一遭。

唐祁盯着我把防盗门老老实实锁好。我们都没进客厅，而是站在门口。他靠墙，我靠鞋柜，细细地倒着呼吸，仿佛全部力气被抽走。

过了一会儿，唐祁开口，神色有些凝重："我刚才也感受到了。"

他指的是汽车要撞上可乐的瞬间，我们的动作都被一股无形的力量阻滞了。

我点头应道："我知道。这下你总相信我没有骗人了吧。你是不是觉得行动困难，心跳沉重，头晕目眩？"唐祁没回答，只是看了我一眼。这说明我感受到的，他也同样感受到了。

当时身上的那种压力要把人逼疯，很想狠狠地撞上什么东西，只有身体的某一处疼痛，才能让人暂时清醒，然后摆脱那种压迫感。当你试图去改变一个事实时，整个世界都在和你对着干。

所以我那时才要撞树，而唐祁要撞地面。

想到这里，我看唐祁的左手臂一直垂着，指指他肩膀："你这里没事吧？"

唐祁愣了一下，随后嘴角浮出微笑："为了救你家狗脱臼了，你要不要帮忙看看？"

他不笑还好，一笑我就知道他在蒙我，我拍了一下他手臂："我好心关心你，你别装啊。看我信你吗？"

唐祁被我拍得嗞地倒吸一口冷气。我有点儿不确定，赶忙道歉："抱歉抱歉，真的啊？真脱臼了？"

他瞥了我一眼，然后晃荡着左手臂："喏，脱臼了啊，这还能骗你？你真下得去手。你得帮我接上。"

我看他左手臂以肩膀为轴呈钟摆状自由摇摆，好像是真的脱臼了，于是我感同身受般龇牙咧嘴："这、这我不会接啊！哎，你别演示了，看着就好疼！停！"

唐祁继续笑看着我："其实还好，刚才那一下特别疼，现在没知觉了。而且很正常，以前打球经常这样。"

他越说我越觉得恐怖。这都没知觉了！

"很简单，你这样。过来。"唐祁把我拉到他面前，右手环过来，比画着指导我怎么把他胳膊接上，"你这样，这样，然后这样，就可以了。学会了吗？"

我瞪大眼睛看着他比画，欲哭无泪道："啥？慢点儿、慢点儿，你再演示一下？"

他又比画了一通，似笑非笑地看我："这下总学会了吧？笨蛋。"

我咬紧牙关，摩拳擦掌，如壮士赴死："我、我试试吧！如果不行，我送你去医院。"他点头："我相信你。"

我下定决心，伸出手轻轻碰上他胳膊，他立即皱了下眉头，我吓哭了："不是没知觉吗？"

他的额头上渗出冷汗："是没知觉啊，你弄。没事的，别怕。快点儿。"

我哪儿能不怕？！可是手再抖，也要试试看。我照葫芦画瓢，按着他教我的步骤，边做边问："这样对吗？然后呢？这样？疼不疼啊？"

唐祁则好整以暇地靠着墙，懒懒散散地捧哏："对，是，真厉害。"

最后接那一下子，我感觉自己没使上力气，以为搞砸了，但是唐祁的左胳膊突然抽了一下，他哟了一声，然后条件反射般抬起胳膊来，像机械手臂一样，把我搂进怀里。

"哟！它怎么动了？"我不仅跟着哟了一声，我的神经也跟着他手臂抽动了一下。我以为他胳膊诈尸了，手赶忙放在他肩膀上任由他搂着我的腰，动都不敢动，生怕碰到他哪儿再把人碰残废了。

我趴了一秒，听见他在我脑袋顶上轻轻笑，这才意识到不对劲儿。我从他怀里挣脱出来，看见他眼睛里全是戏谑，嘴角都扯到天上去了，一副"逗你玩你还真信"的表情。我直接蹦起来抽他："你小子耍我？"

唐祁松开我，捧腹笑出声，一口白牙要多气人有多气人，而且左手臂根本就不像有事的样子。

"宋周淼，胳膊哪儿那么容易脱臼啊，你有没有常识？"

我大声指控："你、你不要脸！你明明没事，还骗我，还……"可是后半句我怎么也说不出口，囫囵嘀咕过去。

唐祁一脸无所谓，站直俯视我："是是，你说得对。我不要脸了。还什么，怎么不往下说了？"

我不想理他了，气哼哼地往客厅走，高抬腿走路拿拖鞋撒气，一下子跌坐在沙发上。

唐祁慢慢跟过来，也一屁股坐在沙发上，坐在我旁边，用完好无损的左胳膊肘顶我胳膊："哎，宋周淼。"

我不想说话，晾着他。

唐祁见我不搭理他，换了个语气，慢慢说道："我刚才逗你呢，看你紧张兮兮的，就说缓解下气氛。得，我错了成了吧。咱说回正事。"

哼，我这会儿正在气头上呢，懒得理他。

唐祁不以为意，继续道："你有没有发现，虽然咱们被阻碍了，但是这一次可乐没有被撞。”

听唐祁这样说，我缓缓转过头：“原来你也记得这件事。”

唐祁不置可否：“差不多就是这时候，可乐被小区里的车撞出癫痫。那之后它每次玩兴奋了、吃多了就会吐。有次就在那上面……”

他指了指卧室的床铺：“我看着它在上面啃骨头，啃了几下就开始抽搐，口吐白沫。具体日子我真记不太清了，差不多咱上大二、大三的样子，可乐去世了。享年十岁零八个月。”

我有点儿惊讶：“可乐的事情你竟然记这么清楚。”

唐祁闷笑了一声，看我一眼，意味深长：“不然呢，我记的东西多了去了。”说着他点了点脑袋，“没办法，虽然咱中学时候成绩一般，但脑子大体是好使的。”

他又补充道：“找墓地还是我陪你姑婆去找的，因为小区内不让随便埋动物。当时出席可乐哀悼会的有我、你姑婆、我姥姥、刘大妈。你姑婆说让我建个可乐的纪念网站，上面贴一些可乐生前的照片。”

我实在没忍住插嘴：“哟，您还会建网站。”

唐祁说：“多新鲜呢，我本科学的就是这个。”

“学修电脑、建网站。”我继续调侃。

“宋周淼，你别瞧不起人。虽然我那专业是被我爸逼着学的，但好歹咱也是正经四年计算机系本科毕业生。”

唐祁想到什么好笑的，嘴角咧开：“说出来你可能不信，我的论文还被评为优秀毕业论文呢。嗐，最后毕业典礼的时候邀请你来你也没来，可惜了。没有看到我被系里教授簇拥的样子。”

这属实震惊到我，我怎么也没办法把“优秀”同唐祁联系到一块儿去。

“我怎么这么不信呢？”我说。

“爱信不信。本科没干别的，就好好学习来着，心无旁骛。最后系里都以为我是学霸，放屁，就是没事干只能学习而已。”

我觉得他这话说得挺欠揍的。

“厉害厉害……哎，可是可乐哀悼会这事儿我怎么不知道，还有建网站，优秀论文……这些你们谁也没告诉我啊。”我抠着膝盖说。那里有点儿痒，可能刚刚撞茶几撞的。

唐祁顺着我的手指也看向我的膝盖，伸出手来阻止我抠：“抠它干什么？”

我晃了晃膝盖，跟他开玩笑：“有点儿痒，还隐隐作痛，不知道为什么。是不是刚才你拉我时我撞的？完了，我要截肢了，都赖你。”

唐祁则一脸正色，俯身过去帮我瞅，他的手指在我膝盖上按了按，观察是否有瘀青的趋势。可是瞅半天也没瞅出五六来，直接大手盖住我膝盖，他的掌心滚烫，隔着我的手，不让我自己再碰：“什么事儿都没有，搁这儿跟我碰瓷呢？白白净净的一条腿，别抠来抠去的。”

不知道怎么的，我脸突然通红，把自己的腿往边上一侧，远离他的手：“本来就白，基因好。你少占我便宜。”

唐祁嘿嘿笑了两声，挺违和的。顶着十五岁少年的一张脸，愣是笑出了二十五岁成年男子的流氓气质。

然后他直接往后仰，接着刚才的话头说：“这些事谁没告诉你啊？要么我，要么你姑婆，肯定都说了，只是你不往心里去而已。”

“宋周淼，你就说你怎么回事儿吧。你错过太多事情了。”他的语气轻飘飘的。

唐祁的语气带点儿调侃意味，可是据我对他的了解，他总是很擅长把一些走心的话通过调侃的语气一笔带过——就跟我爸一样——我发现北方的男人都这样，以前我很不喜欢这一点。

好像在他们那里，就没办法好好说话。要么调侃，要么装无所谓，总是让我猜他们是不是内心受伤了，是不是走心了，交流起来特别累。

在我成长过程中，也遇到过交流不累的。想到这里，我的心一下子沉到谷底。我变得很颓丧。因为为数不多的，让我觉得说话正经、好交流的人，居然是梁禹。

有一说一，梁禹其实是个很安静、内向的性格……别看他交了一堆女性朋友。

就不说他有多渣、多会演了，但是和他谈恋爱时，我确实觉得和他说话很舒服。他不经常夸我，但是偶尔一句夸奖，会让我开心很久。他很能哄女孩子开心，让人心花怒放，让人着迷。不像我爸，不像唐祁，他们总捉弄我，把我当小孩子逗。好话从他们嘴里说出来，都觉得带有淡淡的讽刺。

不过知人知面不知心啊，我曾觉得最正经、最真诚的人，在和我谈恋爱时竟然还同时谈着其他两个女朋友……

而我觉得特别烦、没正形的人，譬如我爸，譬如唐祁，他们反倒显得傻兮兮的。我知道了，他们就是嘴上欠。

看我没反驳，反而安安静静发呆，唐祁问：“嘿，想什么呢？”

我下意识又去抠膝盖，他啧了一声，我不敢抠了，而是小声说道：“唐祁，大学时候我不主动给你打电话，你当兵时我不给你写回信，是因为看见过去认识的人就会让我想起自己犯的错……”

我又去抠。这下他没阻止我。他的呼吸绵长而安静，耐心地等我往下说。

我纠结万分，承认自己的错误是件很难的事，承认自己因为愚蠢而犯错，是件更难的事。可是事到如今，我和唐祁两个人陷入这样奇怪的境地，我们不知道自己的意识能不能回去，也不知道自己将要面对什么。此时此刻，我觉得真诚是十分必要的。

于是我抬头，看着他的眼睛，说道：“我一直觉得，我爸身体不好是我害的。”

好的。我成功地从唐祁，还有一旁的可乐眼中看出“好家伙！”三个字加一个叹号。

我清清喉咙，解释道：“你不要想歪，我是说，是我恋爱间接导致了我爸身体出问题。”

好的。我又成功地从唐祁，还有一旁的可乐眼中看出“好家伙……”三个字加一个省略号。

接下来我不看他们了，一鼓作气把事情的前因后果给唐祁讲了一遍。

我家的事唐祁基本是知道的，所以很多事我不用讲得特别详细，只是把他也许不清楚的小细节补充一下。

高中毕业之后，梁禹被家里送去国外读书，他每周跟我联系，怂恿我也去国外念大学。

他说异地多没劲儿啊，谈恋爱就是要在一起才有意思。

当时我简直被爱冲昏了头脑，一方面知道我家里这状况肯定负担不了我去国外念书的费用，另一方面却一门心思研究怎么去国外和他会合。

那段时间我和我爸的关系降到冰点。我可以找出一堆冠冕堂皇的理由来论述我为什么和我爸不和。

但实际上我心里清楚，只有一个原因，我嫌弃他。

你现在让我客观评价我爸，那我会说，他不是一个坏人，也不是个不负责任的丈夫、父亲。

我只能说他的天真和善良没有被这个社会善待，而他的智慧和才能也没有到可以无视人生残忍的地步。

于是像他这样人到中年还有赤子之心的人，就过得很惨。住在我奶奶留下的二十几平方米小屋里，赚一个月三千七百块钱的死工资。

可是那时候我太小了，十几岁的年龄，没遭受过社会的毒打，以为自己爱情的不幸就是全天下最委屈的事情。于是我埋怨我爸，和他吵架，不听他的话。

我之前说过了，梁禹和我分手那天，是我生日。我白天出门找他时，还和我爸吵了一架。

我爸和我说，去国外的钱他再想想办法，如果本科去不了，就读研究生去。他打听好了，国外研究生一年起，这钱他还是能凑出来的。

“我家姑娘想做的事，我尽量满足。”他这样说，但是他又说，“不过你去读书，一定要是为了你自己，不要为了别人去。”

梁禹这个孩子，他始终不看好，觉得那孩子心眼多，家庭背景复杂，我玩不过梁禹。

而我只是嫌他烦，我当时说了什么，我现在仍记得很清楚。

我说，我不用你掏钱，我自己想办法——打工、兼职、找学校内部的留学项目。总而言之，你自己赚那么点儿钱就别操心了。没人管你要钱，也没人问你要建议。

我爸的眼神我至今都记得，就像狗肉店门口关着的老狗，无能为力，无可奈何，连心痛都免了。

在之后的日子里，每一次、每一次我想到那一天，想到我爸的眼神，想到大雨天我爸骑着他那破摩托为了找我这个破孩子跑了大半个北京，想到我爸被推进 ICU（重症监护室）前使劲攥住我的手，但是说不出一句话，我就心碎到无以复加。

而最可笑的是，我爸住进 ICU（重症监护室），他后续治疗所花费的费用，加起来将将够我留学一年。

但我已经不需要了，我无颜见他，我内心只有悔恨。

我……只想要我爸平安幸福。

“所以我现在不急着醒来了。既然可乐能在我的意识里幸免于难，那我想留在这里，改写我爸的命运，至少能在我的意识里幸运一次。”

说到这里，我整个人缩起来。我没哭，哭不出来，就是心里难受，特别特别特别难受。

我不知道我能不能成功。

命定的悲剧有一万种可能再次发生，但我只想抓住这一次机会，去试试看。

一旁的唐祁没说话，很识时务地没伸出手搂我，来占我便宜。我对此很欣慰。

我转过头，眼圈红了，我怕他笑话我，于是故意扯出一个笑，先发制人地冲他说：“唐同学，我现在给你一个讽刺我的机会。你说吧，我是不是世界上最大的笨蛋？”

唐祁的视线落在我脸上，包容又怜悯。他先是点点头，然后轻轻摇头，手指碰触我的手背，像安抚一只小狗。

他说：“你是。但是没关系。既然我们能在脑海里再来一次，无论这是不是真的，这一次，就别犯傻了。”

2008 年中考完的暑假算得上是我青春中最开心的夏天了，没有之一。

在这之后的夏天，我不是忙着写暑期作业，就是陷入和梁禹的感情纠葛中，要么就是急着赚钱，妄想能够凭我在快餐厅打零工赚的仨瓜俩枣飞去国外……

2008 年的夏天能成为我的最爱，曾经还有一个原因，就是这一年有朋友给我爸找了个新工作。

那份工作是在一家食品厂当后勤部经理。

这工作除了稳定以外没有任何优点了。工资低，要值夜班，事情又杂又多，领导给他穿小鞋……

哦，我还没说这和那时候的我超级爱这一年的夏天有什么联系，很简单，就是他总睡在厂里宿舍，我可以不用看见他。很显然这一点对于如今的我来说可算不上什么好事，我迫切地想要先见我爸一面。

第三章 别扭

8月28日这天，开学前返校。我和唐祁特地早些出门，他推着自行车，我俩一边走，一边等我给我爸打电话。

电话响了好几声后才被接起来。我紧握着手机，手心都出汗了：“喂……喂，爸！”

我的声音颤抖，莫名的高亢，还带点儿哽咽。

“哎，哎。闺女……”我爸在那边呼哧，旁边还有老爷们儿咯痰的声音。然后我听到他走路，过了几秒钟，环境安静下来。

宋卫国同志甚至有点儿受宠若惊，他问：“什么事儿啊，淼？”

我皱起眉头，刚才我好像听见他咣的一声把一个很沉很沉的东西撂下，于是问：“爸，你刚才扛东西呢？”

“噢，对。食堂到了一批大米，我看着他们在那儿卸货。”

“是看着，还是帮着？”我不依不饶。

“也得帮啊。不能干看着啊。”

“你不是后勤部经理吗？管值班，管采购，怎么还做体力活儿？”

我爸在电话那边尴尬地笑了几声，没回答，反而想起来问道：“打电话来是有什么事？今天开学啊。”

“不是，返校。九月一号才开学。那个……”我卡壳了。

北小街熙熙攘攘，有早点包子摊，有穿着校服的学生，还有在自行车潮中艰难前行的车辆……

我一只手举着电话，一只手按着另一边耳朵，旁边有辆出租车一直在按喇叭。

我找了个墙角，背冲唐祁抠墙面，心跳怦怦。

好难啊。有些话和最亲近的人反而很难直白地说出口。

如今虽然做了决定，可决定和行动根本不是一码事。

就比如现在的我已经很能体会我爸的难处，但是我还是抑制不住对他生气——你看，他又说谎，明明之前向我妈和我保证说这份工作就是值班和采购，顶多管一下宿舍，如今看来每天还要扛东西。

我转过头看了看唐祁，他把自行车靠在墙上，在一旁等我。他给我比画了一下手表，时间还早，让我慢慢说。

我深呼吸调整情绪，在心里演练：爸，我爱你！你要好好的！

这是我和唐祁商量好的。既然要扭转我爸的命运，就要双管齐下。

一方面，我要控制自己不要做学习之外的杂事，这简单，毕竟发挥我自己的主观能动性就好。

另一方面，和我爸改善关系，而改善关系的第一步，就要从大胆说爱开始……个屁。

我发现我说不出口，真说不来，这就相当于一步登天，一口吃个胖子。

"爸！"我大声说，"我、我……"

旁边车喇叭嘟的一声，把我的支支吾吾和好不容易鼓起的勇气尽数吞没。

出租车司机向右打方向盘，试图从自行车道超车。唐祁一直看着那辆车，皱起眉头。现在是早高峰，这里特别堵，一辆车不守规矩，后面的车都跟着堵。我转过身侧靠着墙，试图重整旗鼓。

我低下头专心致志地在电话上，再次调整呼吸："爸，我打电话来就是想说……"

"说……"我开始面目狰狞，嘴唇发干，声带紧绷，发不出完整的声音来。我干脆用耳朵和肩膀夹着电话，腾出一只手掐自己的大腿，唐祁把他的大腿横过来让我掐他的。

"爸，我……"就在我马上要说那句肉麻的话时，我听到了嘎的一声，十分短促刺耳，是车轮和地面摩擦的声音。

紧接着，一股巨大的力量把我拽到一旁，我手里的电话飞出去，砸在地上。唐祁整个人压上来，抱着我的头把我按在地上。

有那么几秒钟我的耳朵边嗡嗡的，我不知道发生了什么，因为唐祁挡在我面前。

一旁的人群爆发出叫声，有行人围过来问我们："同学，没事儿吧？撞到哪儿了吗？"

唐祁缓缓把我松开，我这才看到我们刚刚站着的地方躺着一辆电动三轮车，它拉的土豆散落一地。一个包着头巾的妇女缓缓从地上爬起来，操着口音说："对不起，对不起！"

刚刚出租车右变道没看后视镜，这辆电动三轮车眼看着要撞上出租车，三轮车紧急向右拐，结果失去平衡向我们冲了过来。唐祁单臂拉着我站起来，拍拍我膝盖上的土，上下左右打量了一圈："没受伤吧？"我有点儿蒙，讷讷地说："我没事，你呢？"他一脸严肃环顾四周："我也没事。"

他捡起地上的手机看了一眼屏幕，对着话筒说："叔叔好，我是唐祁。我骑车带宋周淼去学校，不小心摔了一跤。"然后把电话交给我。

我顺着唐祁编的话往下说："爸，我们没事儿。地上有个鼓包，没看见，摔了。没有，没有受伤。"

"那个你……"我忽然觉得现在不是延续之前话题的时机，于是很快说了结束语，"我真没事儿，打电话来就是想问问你，好久没见你了。什么时候回家啊？我想吃你做的红烧鲫鱼了……嗯，好，拜拜。"

挂断电话，唐祁询问地看我。我冲他耸了耸肩："这次没说，不过再过一周他能回家，到时候我再说吧。"唐祁点头："也好。"

我俩径直走到学校所在的街道，然后往西拐，沿着学校的围墙走。这时候认识的同学已经很多了，我们不时地要和人打招呼。

唐祁和马路对面的熟人招手，马上要进学校大门时和我说了句："宋周淼，我觉得这事可以先不着急。刚才挺不对劲儿的，不是吓唬你，我待会儿和你说。"

说完，他整个人往下一陷，黎元从马路那边助跑过来跳上了唐祁的后背。

"说什么？有什么悄悄话也和我说说呗。"黎元掐着嗓子和唐祁说话，"祁祁，你好冷漠，刚才叫你怎么不答应？光顾着和女生走路了？嗯？"

唐祁把他甩下来："你好好说话。"

黎元和唐祁勾肩搭背的，不好好走路。后面值日生喊他："同学！几班的？穿校服！"他这才从书包里抽出一件皱巴巴的校服套在乔丹短袖外面。

上楼梯时，我非常识时务地让出位置，放慢速度走在他俩后面。有女生拍我，我就跟女生一块儿聊着天往上走。

黎元转过头看我一眼："嗨，你好！一个假期没见，我现在一米八三了，你好像没长个。"

我翻了个白眼，回了句："是啊，不像有些人，光长个子不长脑子，上高中了还像个二百五。"

唐祁在一旁笑出了声。我心想，你笑啥啊你，我也内涵你了。

学生时期，如果说还有谁比唐祁更烦，那就是黎元了。他们两个可不是好莱坞电影里那种经典组合：一个冷静的智囊，一个嘴碎的跟班。他们两个在我眼里是一个欠，另一个更欠。只不过现在唐祁的意识是二十五岁的唐祁，显得稍微稳重了一些，只是稍微。

到了班级，因为还没有排座位，大家都跟熟人坐一块儿，是随便坐的。

唐祁和黎元很自觉地去坐窗边最后排，开始聊球。唐祁用眼神找我，示意我坐过去，但是我有点儿怕黎元那张嘴一直瞎说，就找了个倒数第三排的位置坐，没和他们紧挨着。

杨其奥背着书包进教室时，我俩对视了一眼，我一个激灵坐直，激动地和她招手："这里！"想让她坐过来，结果她进门以后没朝我走，找了个靠门的空位坐下，没理我。

我愣在那里，想起来了，我和我最好的朋友目前好像……处于冷战中。原因是我喜欢流行天王，她喜欢一个流行乐团，我俩之前为这俩谁更厉害大吵了一架。

就在我坐在位置上仔细回忆我俩因为什么事情吵架时，杨其奥身后跟着进来一个男生，也许是以为我刚才那声是喊他过来坐，他直直走过来把书包撂在我旁边的桌面上。

"你叫我？"梁禹在我身边坐下时，我脑子一片空白，说对也不是，说不对也不是。

前桌男生转过来问我俩："你俩认识啊？你叫梁禹是吗？我小学同

学和你一个初中的。他说你在你们初中打球特别牛，弹跳一绝。”两人聊了起来。

牛个屁，小屁孩会吹牛而已。我在心里吐槽。

教室后方传来一声尖笑，不用转头我都知道是黎元。

黎元捏着鼻子喊我的名字：“宋周淼，宋周淼，回头！有人找你。”

我回头看，看见黎元正拍着唐祁的后背怪笑，唐祁则面无表情，但我觉得现在他心情不太好。

重新回到学生时代，可能是我心智成熟许多，也可能是我有更重要的事情要操心，我发现很多事情我都不在乎了。

就比方说以前，我特别怕落单。不管是下课去接水、上厕所，还是上体育课自由活动，还是现在这种没打铃前大家自由聊天，我都必须融入一个小团体才行。

现在我觉得无所谓。我是大人哎，落单就落单，没什么大不了。

可是，这并不代表我可以无所谓地和最好的朋友冷战，被唐祁误会我主动和梁禹打招呼，还有，和“前男友”坐同桌！

我心里有点儿烦，我转过头来，扒着书桌的前沿咚的一声砸过去，用脑门撞了下桌面，把梁禹和前桌吓了一跳。

梁禹先是惊讶，然后看看我的脑门，发现那里没事，才故作关切地问道：“为什么我每次见你，你都要撞脑袋？”

我压根不想回答他的问题，可是我的头不听话，啪地转过去面冲他，就好像有一双无形的手扭着我的脑袋转过去一样。与此同时，我的嘴唇开始颤抖。嘴想说话，可是我不想，两相较量中我几乎要把牙齿咬碎了。

我两只手紧紧扒住桌沿，浑身使劲儿试图将自己的脸扭过来朝桌面，脖颈发出咔咔声，转得十分艰难。我屏住呼吸，动弹不得，内心不停地哀号：又来了，又来了！

前桌和梁禹十分讶异地看着我的反应。就在我与那股隐形的命运之力抗衡时，前桌忽然说：“宋周淼，你要是想放屁的话不要憋着，没事的。”

梁禹目露怜悯，十分贴心地说道：“宋同学，你放吧，完后我会揽到自己身上。男生不怕丢脸。”

我……我……竟有些感动，而这一念之差打败了我。可恶！我实在没有坚持的力气了，虚脱着向命运投降，不再坚持扭头，身上的压力也小了很多。

我决定同梁禹讲话，张嘴的一瞬间所有的压力都没了。

可能是今天一早经历了太多，我实在是没有精力和体力去想我要如何如何和“前男友”对着干，我虚脱地、没过脑子说了句：“是啊，我练铁头功。”

这句话自然无比，没人拦着我，没有神秘力量掐着我的脖子不让我说，我就这么说了。

当我听到我嘴里说出的话时，我自己都惊愕不已。

哎？我这也算是改变过去了吧，毕竟我和梁禹没说过这样的话，可是为什么“它”不阻止我呢？

我心念一动，试探着说道：“哎……”还是没人阻止。

我抬头看天花板，又探头去窗外看天空，心里大喊：嘿！是我，宋周淼！我在说从前没说过的话哎，你为什么不来阻止我？

天空晴朗，白云飘飘，一只小鸟在树枝上叫，除此之外无事发生，连一道闪电都没有劈下来。

“a、o、e、i、u、ü……”我先是背了一句拼音字母表。前桌和梁禹脸上展现出错愕，可我开心极了！

于是我咳嗽一声，清清嗓子，随后面容严肃，信誓旦旦地跑起火车：“你不知道吧，我家世代练铁头功，传到我这一辈是二十三代传人。我不仅要顾及学业，也要每天撞头七七四十九次。”

周围一阵沉默，大家脸上的表情十分精彩。

前桌愣了半秒钟，然后习以为常地转身过去，转过去前和梁禹说：“梁禹，你别理她。我和她初中一个班的，她初中就时不时抽风。”

他说的是实话。实际上，在和梁禹谈恋爱前，我一直疯疯癫癫的。不过我不愿意称之为疯疯癫癫，我更愿意说我是开朗阳光，性情中人。这说法多有朝气啊。和梁禹谈恋爱后，他给我洗脑，说他喜欢文艺、安静、听话、乖巧的，我才开始逼迫自己四十五度仰望天空，大冬天光脚穿帆布鞋去走火车铁轨。

梁禹瞳孔在持续地震，但是他一向走温柔男生路线，所以没有把嫌弃表现得那么明显。他只是微微笑着点头：“原来是这样。”他这话不知是回复我的，还是回复前桌的。

他和我笑或许是出于礼貌，但我和他笑完全是因为我好像有点儿理解意识运转的机制了。

我俩就这样，他嘿嘿笑，我嘿嘿笑，笑了几个来回，随后梁禹意识到这样很傻，有损他的帅哥包袱，坚定地把笑容收敛，转过身去了。

好家伙，别介啊，这次我不干了。我试图去证明一些心里的猜测。于是我轻轻推他的手肘一下，小声说：“我还没和你说完呢，我们家啊……”梁禹躲了躲，我心里大笑，瞧把咱孩子吓得。

我不管，我开始给他讲我从盗版武侠小说上看到过的剧情：“我家呢，祖上有个仇家，他们家是练剑的，天下无双之剑，你听说过吗？天下无双剑，练的是内心无欲无求、无垢、无净，一旦心境破了，那就废了……”

班主任李老师拿着学生名单以及我们的中考分数进教室时，我已经成功地被梁禹遗忘，他开始目光放空，把我的喋喋不休当空气，甚至不动声色地把椅子挪得离我远了那么一点点儿，他肯定觉得我是个神经病，这很好。

李老师指挥我们都站起来，把桌椅按照七乘六的方阵摆放。但是因为我们班一共有四十三个人，李老师假装思索了一下，让人把多出来的一套桌椅放在了他讲台旁边，然后让我们都站到教室外面去，挨个进去被指定座位。

因为是返校报到，今天不上课，就发发书、排排座位，所以老师也不怎么管我们的纪律。楼道里闹哄哄的，其他班级的学生也都站出来等着排座位。所谓队形什么的早就乱了。

一开始，我和徐卿卿站并排。我个子不高，踮踮脚一米六四。其实也不算矮了，可是我们班人均“长颈鹿”，男生高，女生也高。女生平均一米六八，我就成小排头了。徐卿卿是男生小排头，和其他人的自由散漫不一样，他站得笔直，炯炯有神地看着班内空位。

代理班长徐卿卿少年老成地对着空气自言自语：“那座位肯定是我的。”我顺着他目光一看，是讲台边上的座位。大家谁不知道坐那里就跟蹲监狱没区别啊！根本没人愿意坐那里。

出于好奇，我下意识问了句：“为什么啊？”

徐卿卿瞥我一眼，用手指往上顶了顶眼镜，眼镜反光：“那里最能让人心无旁骛。”

说完，他又补充：“是离神最近的地方。我对此势在必得。”

我点点头，心说其实没人和你抢。

徐卿卿是个很神奇的人。他和我们一样都是从初中部直升上来的，以前和我也在一个班。他生来长了一张班长的脸。的确，他一直都是班长，人缘很一般的那种。

不过他并不在乎同学怎么看他，依旧我行我素地坚持走他的路线：拍老师马屁，做老师跟班，下课时间恨不得住在年级办公室问问题。刚刚他就是跟着李老师一起进来的，和李老师谈笑风生。

徐卿卿自己的小团体是另外两个戴很厚瓶底眼镜的计算机宅男，他们几个人物理好到几乎次次拿满分，其他科目一般般。他们的小团体坚不可摧，平时聊天时别人都插不进去话，什么宇宙啦，动漫啦，代码编程啦。他们不爱运动，不爱打篮球，遵守课堂纪律，中午吃饭吃三碗，下午上课脸颊上还带着饭粒，是女生绝缘体。

我和徐卿卿说熟不算熟，只是一直以来走队列都和他并排。当时班里都说他就会和老师搞好关系，我却几乎从来没有反感过他，只是觉得他这人挺逗。现在我工作了，更能体会到像徐卿卿这样的人才是真正的拎得清——对上学有着企业级的理解。

如果把老师当作老板，同学当成同事，那么自然不需要太顾及同事怎么看，我管他们怎么看。和同事差不多过得去就行了，最主要的是做好自己的事，完成老板的任务，在老板那里有一个好口碑。这个道理我工作两年半才懂，而徐卿卿这样的人，十几岁时就明白了，实在令我佩服。

楼道里没开灯，有些暗，大家在走廊里嘻嘻哈哈地聊天，班级和班级之间混杂着，我和徐卿卿说完话，他就兴致索然，根本不想和我这个凡夫俗子多说一句。

我转身想去找杨其奥，我看她的瞬间发现她也在偷偷看我，但是当我想往她那边走的时候，她立马拉了其他两个女生说要去厕所。我看她背影不像是去上厕所，像是去偷地瓜的，一副做贼心虚的样子。女孩子之间这种别别扭扭的劲儿还挺可爱的。

我思来想去，跟杨其奥和好是肯定要做的，但是现在我有很重要的事要去和唐祁分享，于是我没有跟着她去厕所，而是拨开层层人群到了队伍最末尾。

唐祁和几个男生靠在墙边闲聊，他一个二十五岁的男的，回到高中，和一帮十五岁小孩聊天竟毫无生疏感。

是黎元先看到我过来的，唐祁侧站着，黎元推了他一下：“祁，你家宋周淼来了。”其他男生瞥见我，都默默给我腾出空地来站着，可是唐祁无动于衷。

我没有注意到他的奇怪，也没顾上反驳黎元说的“你家宋周淼”，而是拉他袖子，压低声音：“唐祁唐祁，快过来我和你说个事儿，重要的！”但没拽动他。

唐祁平时和我讲话，都会下意识低头，或是弯腰。他初中就一米七几了，高一蹿到一米八三，不俯下身和我聊天的话，有时候我说话他听不清。此时他像个硬邦邦的脚手架一样高高架在那里，面无表情，还问边上的男生：“继续啊，你说周中比赛怎么了？”

边上几个男生察觉到气氛的不对劲儿，不仅没接话，反而走到别处去，给我俩留出空间来。现在唐祁边上只有我和黎元。黎元一只手挡着嘴，一只手指指唐祁，假装小声和我说：“生气了，你快哄哄他。”

唐祁啧了一声，把黎元嘴捂住，颇为不耐烦地反手钩住他，顺势一推：“你给我一边儿去。”

现在这个小角落只有我和他。我踏步到他面前，他手插兜转身，侧过去不和我面对面。我再踏一步回到他面前，他又转身。这样转来转去到最后，我不跟着他转了，过了两三秒，他回头瞅我为啥不跟着他转，我可逮到他了，憋笑望着他，慢悠悠问：“哟，您老人家愿意看我啦？”

唐祁被我这句气笑了，可他还偏要端着，嘴唇抿成一条线，整个下颌线都在绷着劲儿。那种微微的愠怒和别扭在少年的脸上体现得淋漓尽致。

明明知道他不高兴了，我却不合时宜地想，其实这么看唐祁长得挺帅的，鼻子是鼻子，眼睛是眼睛。但我不打算说出来。

“哎，唐祁，我刚发现你生气的样子还挺帅的。”

好吧，我还是说了。我这人永远嘴比脑子快，什么事都憋不住。

我眼睁睁看着唐祁慢慢瞪大眼睛，难以置信地看着我，一脸“你疯了”的神情。少年喉结滚动，他艰难地吞咽了一下，嘴角抽了一下，我猜他要么是想笑，要么就是想说话。

可是最后他没发出声音，只是将抱起的手臂垂下来，想插兜，第一次戳口袋没戳进去，尴尬地将手悬在口袋的位置，假装插进去了。

我见状，好心帮他把口袋拉开，示意他把手放进去。唐祁板着脸闷声说了句：“谢了。”这才顺着口袋把手放进去。他低垂眼眸看着我，表现出一副严肃沉思的模样。

“找我什么事，宋周淼？”他语气硬邦邦的。我的名字几乎是从他牙齿缝里挤出来的。

我很不解，要是有谁夸我好看，我能蹦三米高，脑袋把天花板戳穿。他倒是淡定，甚至生气。我真是不理解他。

不过话说回来，学生时期，个子高点儿、打篮球好点儿、五官过得去的男生好像都很受欢迎。唐祁也不例外。但是他那时候就是太没心没肺了，见天和一帮男生混在一起，冒傻气捅娄子，正事是一件不干。

我们女生也是看内涵的好吧，所以那时候梁禹的人气和其他男生的人气是断崖式的领先。现在看来我们那时候之所以被梁禹迷得不要不要的，只是因为他心理比一般同龄人成熟很多，和我们的交往是向下兼容，他应付我们游刃有余。

于是我忽然生出一种老母亲恨铁不成钢的心情，不禁感慨道：“唐祁，你青春期的时候就是太快乐男孩了。但凡多生气几次，别成天傻乐傻玩儿，把那个臭脸忧郁帅哥的气质表现出来，咱中学贴吧校草榜你都不会只排第六。”

唐祁啧了一声：“宋周淼，你没完了是吧……哎，等会儿，我才排第六？”

我点点头，嗯，顺便掏出手机登录 UC 浏览器。界面加载太慢了，唐祁本身脑袋低着看，过了几秒界面还没加载全，他直起身子按住我的屏幕：“不对，我为什么要跟着你看这么无聊的东西。你到底找我什么事？”

“哦。”我看他并不感兴趣，于是也就把手机放下，放下前瞥了一眼，补充道，“不对，你是第七，不是第六，时间太久远了，我给记错了。第七也不错啦，小伙子！”

听了我的话，唐祁摆出一脸无语的表情。

“来来来，你低下来点儿，我和你说件非常重要的事！”我拉他袖子，顺便踮起脚，手卷成筒凑到他耳朵边。

唐祁还处在刚刚的别扭劲儿里，他下意识后退半步，我本身踮着脚没掌握好平衡，直接就往他怀里栽去，脸一下子就撞他胸膛上了。十五岁的唐祁还不曾拥有坚实饱满的胸肌，我的颧骨磕得生疼。

“和你说事儿躲什么啊你！”我捂着脸怒视他，“还有，你十五岁时身材也太矬了，连胸肌都没有！”

唐祁怔住，刚要回答，就听边上他的几个狐朋狗友望着我们这边窃笑。我们转过去看他们，他们见被我们两个抓包，非但不掩饰，直接就从窃笑演变成尖声怪笑：“吁，抱上了，抱上了……”楼道里还有他们的回声。

我在内心摇头叹气，再次面对时还是会被十五岁男生的幼稚震惊到。那时候班上传绯闻的男生女生一起被老师喊起来回答问题，在底下同学眼里这就算官宣了。我刚刚只是用脸撞了下唐祁，就被说成抱上了，呵呵。

唐祁瞪他们，黎元立马心领神会，张开双臂按着几个男生的头转过去面朝墙，和唐祁打包票：“我们不看了，你们两个继续。”我很无语，明明刚刚黎元吁得最欢实。

“别理他们。”唐祁看我，这时他微微弯腰，低头，像以往听我讲话那样。我要开口，又被他制止，我转过头去看黎元他们，原来面冲墙的几个人憋笑憋红了脸，眼睛斜着往我们这边瞅。

最后唐祁不耐烦一直被打断，干脆拉着我到楼梯那边，下了半层，离开众人视线。

“终于安静了。”唐祁无奈，“话说咱们那时候有这么幼稚的吗？”

“不是咱们，是你们！你们那时候就是这样子的，所以你看我都习惯了。”我撇撇嘴，“你那时候最经常做的就是下操后从后面冲上来在我耳边打响指，每次都把我吓一跳……”

我话音未落，唐祁就忽然伸手在我耳边打了个清脆响指：“你说这个啊？”

“呀！”我脖子吓得缩了一下，随后气得脸鼓起来抗议，“就是这样！真的很吵！”

唐祁笑眯眯地垂头看我，丝毫没有悔过的意思。我俩旁边就是窗户，明亮的天光照在他的侧脸上，他的眼神里既有笑意又有得意。这次换我怔住了。

我觉得我错了。唐祁似乎不只有生气时才显得帅，他笑的时候好像更好看。不过我发誓，这次我真的不会夸他。

说到做到，我只是气哼哼地说："我们快说正事吧！"

"呼……"我顺了顺气，让自己冷静下来，正色道，"事先声明，我不知道我的猜想对不对，联系起早上发生的事，我觉得这个事我们得慢慢来。"

"是这样的，如果说窗户代表我的意识，"我冲着窗户哈了一口气，窗上布满雾气。随后我用手指在上面写了A和B，我指着A说，"如果把这个点看成我，把B看成'和我爸搞好关系，不要让他生病'，我们早上做的事，就是直接——"

我画了一条从A到B的直线，说道："直接想要在我的意识里改变这个情况。我们一开始想得非常简单，我恋爱、我和我爸存在很深的隔阂等……导致了之后我和我爸吵架，我爸生病。我之前想的是压根不理梁禹，直接和我爸说爱他，和他解决父女矛盾。这两件事就相当于直接连接A和B。似乎是做不到的。"

我看向唐祁，他点头，显然他也明白早上的事绝非偶然。

于是我又指着窗户："可我刚刚发现，虽然我不能直接一步到位，但是我和梁禹说一些疯言疯语是顺畅无比的。我成功地被他嫌弃了，他连理都不想理我。"

我摊手："你看，这也改变了事实呀。我十分确信我之前是没有和梁禹说过什么铁头功的。"

唐祁指出漏洞："过去这么久的事，你为什么这么确信？"

我有些羞赧："嗯……因为当初我……我对梁禹一开始就有好感，然后我就一直装文静人设，压抑自己的本性，我……"

唐祁瞬间失去兴趣，打断我："好的，不用说了，你继续刚刚的。"

"哦哦。所以这就给了我一点儿启发。或许我可以不用跟因果正面硬刚。或许可以这样——"看着窗上的雾气渐消，我重新哈了一口气上去，这一次画了一个巨大的圆弧连接A和B，"曲线救国。通过一点点改变偏离以前的事实，试图达到目的。"

说到这里，我怕唐祁没跟上，就问他："我说的你懂不？"

唐祁蹙眉，似乎是在思考。我有些着急，又补充道："我说了这只是我的猜测，我们可以后续找别的事验证一下。你也可以提出你的异议。"

他眼睫微抬，问道："所以你刚刚是在做实验？"

"啊？"我愣了一下，随即意识到他在说我和梁禹交谈甚欢的事，狐疑点头，"不然你以为呢？"

"没什么。"他说着，突然避开了我的眼神，他刚刚一直紧绷的状态忽然松弛了，语气略带轻快地岔开话题，"对了，其实我还有其他的想……"

我警觉起来，伸手挡在他嘴前，拉长声音："不对，你等会儿。"

"唐祁，你不会以为我傻到又对梁禹有什么想法吧？我傻啊我！"我指出他刚刚的不对劲反应。

过了半秒钟，我摸着下巴，语气带着调侃："还是说你吃……"

可是话到嘴边我怎么也问不出来，我完全卡壳了。就算是我现在或多或少感受到了我和唐祁之间的微妙气氛，但我也没有那么自恋，他要是否认了，那我多下不来台。

我支支吾吾地站在他面前，随之而来的，是新一轮的脸红。我不仅脸红，脖子也红，耳朵也红，心、肝、脾、肺都因为情绪激动开始颤颤悠悠的。这是什么奇妙的感觉？

唐祁却没有善罢甘休。

"还是说我吃什么？"他问。

他直勾勾地看着我，似笑非笑。这让我觉得他可能是故意的，他应该知道我要问什么。我好气啊！

"吃、吃你个大头鬼啊！"我忽然发难，伸手就掐他胳膊。他疼得眉头皱到一块儿去，还不忘嘴角上扬地挖苦我："宋周淼，我怎么觉得，你刚刚不是要说这个？到底吃什么啊？"

就在我单方面殴打他时，楼梯口出现黎元的身影，他半捂着眼睛冲我俩说："嗨，我没想偷看你管教祁哥，但是班主任叫到你名字了。"

我气势汹汹地踏步上楼，路过黎元时大声抗议："住嘴！"

我穿过拥挤的楼道来到班门口，路过徐卿卿小团体时，听到他们在说科幻世界、潜意识、地月引力什么的。我停住脚步，集中注意力看他们，结果被徐卿卿发现我在偷听。他扶了一下厚厚的眼镜片，警惕地压低声音，拉着他那几个哥们儿往远处站。

班门口，李老师拿着手里的中考分数册，又看看班里已经坐下的同学，思索着安排我坐哪里。

李老师有一颗方方正正的大头，鱼泡眼，欧式大双眼皮。和我们班熟了以后训人时，特爱用他那双大眼睛真诚地瞪着你，你要是不服管教、油盐不进，过了一会儿他眼圈红了，说你不懂老师的苦心。他是个感情特别丰沛的爱哭鬼物理老师。我从心底里很喜欢他。

李老师全名叫李铁，那时候班上男生都管他叫铁子哥。

接手我们班时的李老师我记得还是个二十七八岁的新人老师，我们是他当班主任带的第一个班。我站他边上看，发现他头发这个时候还是乌黑发亮的，厚厚一层。我特自然地说了句："李老师，您头发这时候真黑啊！"

李老师转头看我，略带疑惑地问："宋同学，你不是刚认识我吗？我头发一直很黑的好吧！"

我却在心里感慨，确实。我们刚进高一时照过一张集体照，毕业时又照了毕业照。毕业照上，李老师也才刚过三十的岁数，已经是满头花发了，像个小老头。不夸张，不骗人。

带我们班三年真挺不容易，李老师是个有抱负的老师，像我们这种普普通通的班级，高考理综平均分居然是年级第一。而且愣是让他带出来了一个物理竞赛第二，那个人就是徐卿卿。

当时徐卿卿实在偏科严重，语文、英语一塌糊涂，好在他物理成绩着实强悍，物理竞赛又拿到了降分录取的机会，还是考上了第一志愿，就是挺险的。他高考成绩就比分数线高了三分，就一道选择题的事儿。挺不错的，他一直想去科大。

回忆起这些，我凑到老师跟前，踮着脚看了眼他手里的册子："对了，李老师，有件事和你商量。"

说话前，我还特意瞟了一眼徐卿卿，他带领他坚不可摧的小团体向我无情地关闭了交流的大门。这可怜的徐卿卿，肯定还不知道他为此要付出怎样的代价，哈哈哈。

"我——想坐这儿。"我指了指那个离讲台最近的位置，信誓旦旦地说道。

声音不大，但是周围站着的一小圈学生都听到了。大家顺着我手指的位置看过去，我听见有人哦了一声。

李老师十分惊讶：“你确定吗，宋同学？这个位置我其实另有打算。像你这样有自控力的学生没必要坐这里。”

我一脸凛然，语气坚定，看向李老师的眼神里写满了向往：“老师，我非坐不可。您知道吗，我这辈子最大的愿望就是离讲台近一些、再近一些。我视力没问题！只是上课爱走神，坐这里有助于我专心听讲。”

小团体里这才有人反应过来，拍了拍徐卿卿：“宋周淼要坐你的位置……”

徐卿卿终于转过头来，难以置信地看着我。我用余光看看他，然后背着手冲他比了个剪刀手。

李老师有些为难，他看看花名册又看看我，我知道他心里肯定有几个坐这个位置的人选，但这里面绝对没有我。况且这种特殊位置都是留给特殊的人的，譬如唐祁那帮人，是老师拿捏不听话学生的制胜法宝，谁还抢着去坐呢？

我深刻明白，这时候我要加砝码了，我一定要用我的故事打动李老师。

“老师，”我语气诚恳地说，“您知道，我从小就有一个清北梦。或许像我这样资质的学生，这辈子都不可能考得上，但是我想为之努力奋斗，不想轻言放弃。我妈说了，高中三年非常重要，我想给自己争取一个全力以赴的机会。只有坐在那里，我才能心无旁骛地学习。”

动之以情，晓之以理。工作后没别的经验，PPT 展示时必须带动客户情绪。

李老师说：“宋周淼，没有必要妄自菲薄，我看你的中考成绩还不错……”

我用一声哽咽打断了他，说道：“不、不！没有人懂的，只有我自己心里清楚，我是多么没有自制力！”

我狠狠地捶打着自己的胸膛：“我必须给自己创造这样一个孤立的环境，才能学得进去。其他的，我不在乎！”

情绪层层递进，我又指了指讲台边的座位：“所以说，只有坐在那里，我才会破釜沉舟！”

我捏紧拳头：“老师，您，会成全我吗？”

李老师的瞳孔震颤，我感觉他眼眶红了。我知道我做到了，于是我说出了压垮李铁的最后一根稻草：“或许大家都觉得这是后进生才坐的位置，但是我不那么觉得！我觉得、我觉得这就是离‘神’最近的位置！”

说完，我又补充：“而您，就是‘神’！”配合着我的话，我双手做撒花状，完美收官。

如我所料，李老师已经被我说迷糊了。

抱歉了，徐卿卿！小宋我真的很需要坐在这里。

李老师脸通红，不知道是激动还是害羞，他眼含热泪道：“宋同学，老师是人，不是神，你不用这样客气。你既然这样说了，做老师的也不能再阻拦什么。你很好，真的，十几岁的孩子就能有这样的觉悟，老师非常欣慰。这样，你去坐吧。如果后续觉得不方便，你再来找老师换。”李老师最终被我打动了。

我背着书包来到讲台边，坐下后，感受到教室外的徐卿卿好像要用眼神把我杀了。

黎元拉着唐祁站在门口，猛拍唐祁的后背：“祁哥，太感人了，我都要哭了。你家宋周淼为了不让你我坐那里，不惜牺牲自己！”

我一个人状似平静地坐在那里，眼角湿润，我用手背擦擦眼角，发现没有流泪，只是冒了点儿汗。看来我需要平复一下情绪，刚才入戏太深了。

等我稍微缓过来些，我向后看，左右看，抬头看。突然发现坐在这里真的好爽！

以前没发觉，做学生时我对这个座位避之不及，坐得越靠后越好，想和大家聚在一起，不想搞特殊。

我现在则认为，没同桌，没小组，没人跟我挤着，我一人吃饱全家不饿，这就是天堂吧！徐卿卿诚不我欺，这里果真是离神最近的地方！

更何况，我选择坐这里，是在下一盘大棋。宋周淼，真有你的！

返校发完书，分配完座位就放学了。果然，放学后，徐卿卿气冲冲地走过来找我。

他走路时好像每一步都力有千钧，要将地板踏碎，最后他咣当一声将书包摔在我桌上，咬牙切齿道：“宋周淼，你卑鄙！”

班上此时人走得差不多了，我也收拾好书包，今天发了一堆书，书包特别沉。我费劲地背上书包，往外走，徐卿卿跟上来声讨我的罪行："你抢我座位，还偷我的台词！还有，你根本用错了'神'这个词！"

"我说离神最近的地方，'神'不是指李老师，是指知识！"他痛心疾首。

我恍然大悟："哦，你的意思是说，你想离知识更近，而不是老师？嗯……这个说法的确更好，谢啦！下次我就这么和李老师说。"

我故意气他的。不过我确实有点儿意外，想不到徐卿卿这人格局如此大。我一直以为他追着老师屁股后面只是为了拍马屁。

听我这么说，徐卿卿更气了，他"啊"了半天，伸手将自己的头发搅得乱糟糟，一根一根揪着头发含恨道："我怎么摊上你这么个前同桌？！你太卑鄙了！"

楼道里路过的学生都在看他。我赶忙拉着他往楼下走，边走边拍他："哎，徐卿卿，你冷静些。好歹咱也十五岁的大小伙子了，别啊啊啊的。嘘！"

他惊讶地指着我："你敢嘘我！"

我打掉他的手指："说件事，你有没有兴趣和我做个交易？"

"什么交易？"徐卿卿离我远远的。

"你帮我研究一件事，如果你研究得好，我就和李老师提出换座位。"我说。

徐卿卿狐疑地问："什么事？"

此时此刻，我俩已经来到教学楼外，操场上都是放学的男生在打球，唐祁被拉去打篮球，我有点儿犹豫要不要先和他说一下我接下来的打算。可是一想到他刚才恶劣的明知故问，我和他讲话又有点儿发怵，所以我决定先斩后奏。

我和徐卿卿站在校门外，我说："在说那件事之前，我要约法三章。"

"一，我和你说的所有事情你都要保密，不许和其他人说，你的兄弟们也不行。"

"二，之后我找你问关于这件事的问题，你必须耐心给我解答，态度要好。"

"三，没想好……想好再说。总之你要记得，你表现好，我就把你的神座还给你。你表现不好，那抱歉了，这座位一直归我。"

徐卿卿挑起一边眉毛，有些不相信："宋周淼，到底什么事啊这么神秘？你别告诉我你暗恋我。我告诉你啊，我最爱的事情是学习，我要上科大，我以后要去造火箭，其他一切都不关心。你不要想拖我后腿。"

"我呸！你暗恋李老师还差不多。"我朝他翻了个白眼，我发现了，男人，甭管是什么类型的男人，像徐卿卿这样的人，都不能免俗，都有一个共通点，就是自信——盲目的自信。

"这个事情呢，其实是这样的，你先不要急着反驳，听我慢慢和你说……"

和徐卿卿在路口分开后，我一个人慢慢往姑婆家走，心里盘算着一些事情。身后有自行车的丁零声，我回头看，是打完球满头大汗的唐祁。

他没有推着车，而是坐在后座上，长腿着地，悠闲地迈步往前顶着车滑着走。

他问："刚才你放学出来怎么不叫我？一个人就往外走了。"

"哦，我看你在打球，不想打扰你。"这话不假。可是我又知道，我刚刚也不清楚是怎么了，一想到要去叫他，要和他讲话，还要坐他车后座，就忽然有一点点退缩的心理。

我在怕什么呀？真是的。

"你喊我的话我肯定不打了啊。"唐祁不以为然，"对了，你刚和徐卿卿说什么了？我看他过马路时精神恍惚，差点儿被车撞到。"

"是吗？他这个人怎么这么禁不住事儿。"我扯开嘴角笑了一下，越过唐祁，往徐卿卿的方向看，徐卿卿已经走远到只剩一个小黑点。

唐祁坐在车后座上，人矮下去一截，和我的视线将将齐平。我和他坦白："唐祁，刚才我把我们昏迷后意识回溯的事告诉徐卿卿了。我想让他帮我们想一想我们解答不了的事情。作为交换，我把我现在坐的位置还给他。他答应了这个交易。"

唐祁想了想，说："我记得徐卿卿天文物理不错。"

我点头："对的，这就是我的打算。而且他本身就对这方面感兴趣，知道得也多。你觉得我这个主意怎么样？你会不会不希望我把这事告诉别人？"

"你说都说了。"唐祁耸耸肩，"不过我也觉得挺好的啊。就算他把咱们的事说出去，别人也顶多觉得他疯了。”

看唐祁领会我的意思，我嘿嘿笑道：“对对对，我也是这么想的。”

因为阴谋得逞，又得到唐祁认可，我终于没忍住对着他傻笑起来，越想越觉得自己太聪明了，做事滴水不漏，天衣无缝。

因为太得意了，我像个魔头一样仰天长笑：“我才是神！”

唐祁拧开瓶盖喝水，听我那么说，呛了一口，在一旁附和道：“你是，你是。”

起初唐祁也跟着我笑，后来笑了一会儿，我发现唐祁没有在笑，而是看着我笑，眼神颇为认真，看我就像看一只冒傻气的小动物，慈爱得不得了。

我立马收住笑容。完了，气氛又变得怪怪的，而我又不擅长应付这种“怪”。为了打破我俩之间升起的不对劲气氛，我眨巴了一下眼睛，赶紧转过头大步往前走，没心没肺地说：“哎呀，我饿了，咱们快去吃饭吧！吃完饭还要去买书皮！”我不敢再去看他。

唐祁换到自行车座上坐，空出后面的位置。他也不追上来，在我后面差半步，骑车慢慢跟着：“上来不？祖宗，我带你。想吃什么？”

我自顾自地往前走，低头摆手说：“不用了，不用了。我不要坐。”

他问：“怎么又别扭上了？”

“我才没有别扭！”我虚张声势，摆出一副嫌弃面孔，“你身上汗太多了！我不想搂你的腰，搂一手的汗！”

唐祁轻笑：“以前也没见你嫌弃啊？怎么突然就嫌弃了？”

我的借口被他戳穿，我气不打一处来：“一直很嫌弃的好吧！”

“哦。”他说。

正式开学前有两件事成了我的心病，一个是我和我爸约好了周末回我爸那个家吃饭，一个是我要赶在学校拉我们去郊区军训前同杨其奥和好。

关于第一件事，我需要解释一下，什么叫“回我爸那个家吃饭”。打我记事起，我在我姑婆家住的时间就比在我自己“真正的家”住的时间长。在我的概念里，一般我和唐祁说回家，就是回姑婆家。而我嘴里真正的家，是我爸这个家，我爸、我妈和我真正的家。

我真正的家在市体育场南门对面，地理位置特别好，就是太小了，真的特别小，长大后我都不好意思带同学回去。

我这么说可能很多人没法想象它有多小。它的厨房和厕所是通着的，一细长条，上厕所时或是要炒菜时就把中间的门拉上，平时就是通着的。有时候我妈一边炒菜，一边能听到旁边马桶反水的咕嘟咕嘟声。我住习惯了还好，但如果带同学去那个家，别人不习惯就非常尴尬。

除此之外，家里只有两扇窗，客厅和卧室打的是临时隔断，隔音很差。我爸妈睡卧室，我睡客厅沙发床。家里如果来人，就是坐沙发，实际上就是坐我床上。

这个家我认识的人里也就唐祁来过。我俩太熟了，所以他来我不会不自在。其他人我不敢带来这里，我怕厕所的咕嘟声吓到他们，也怕狭小的客厅惊讶到他们。

还好的是，我长大后，大部分时间都是住在我姑婆家。那时候我小姨在海南工作，所以正好空出卧室给我睡。爸妈的家实在是太不方便了。说句有点儿羞耻的，我小时候，曾经半夜听到我爸妈……听得一清二楚。我只能窝在小床上死死装睡，其实心里吓死了。

之后他们关系恶化，不再有夫妻间的深入交流。这让我陷入了进退两难的境地，我既希望他们关系恢复如初，但好像又不希望他们和好，这样我就不用一个人窝在沙发床上挨过不敢动弹的半夜了……

也是因为家里房子的事，我爸妈没少吵架。那时候北京房价已经涨起来了，就我家那点儿存款，六环外都买不到好房子。即使贷款，买到离市中心很远的地方去，但因为我还在上学，不可能每天花四五个小时通勤上学，另租房的话，租金也是一笔钱。

因此，我妈觉得对不起我，认为应该给我一个女孩更稳定、更私密的空间。她埋怨我爸不愿意安定下来，老换工作，说明他心里不踏实，总想着东山再起做生意。

我爸也有他的无奈，他不是不愿意安定下来，只是别人给他找的所谓的安定工作都太不靠谱了。我记得他曾经还做过八个月的茶餐厅后厨工作，钱没赚多少，却累出一身的病。这样的话还不如自己重操旧业，做做小生意，说不定还能赚到更多的钱。

后来好了，他们闹离婚。我妈几乎常年外派在外地，我爸则是住公司宿舍，我就更加名正言顺不回家了。

家里的事真是说不清楚谁对谁错，唉。

所以其实我也挺难面对我爸的。我知道他很爱我，而且后来还因为我，间接害了他。可是我一想到要和他一对一吃一顿晚饭，就觉得好难。那句“爸，我爱你”，对于现阶段的我来说，即使没有意识运转机制阻拦我，我也同样说不出口。

人类真是复杂的生物。

杨其奥和我家完完全全相反。她家那一片居民区老楼住的都是曾经的外交官。她姥姥、姥爷据说很厉害。也是分的房，不过不是老破小，是老大豪。

她、她爸妈，还有她姐，住四居室，一百四十多平方米，房顶很高，冬暖夏凉，家里书房比我家都大。我去她家玩，客厅最显眼的位置摆着一架三角钢琴，琴盖上铺一层白色蕾丝布，上面摆满了她姥姥、姥爷从国外带回来的世界各国的旅游纪念品。

说起来，我和杨其奥渐行渐远，就是从中考完吵架冷战开始的。一般好朋友吵架、再冷战，过段时间也会和好的。可是那会儿我和梁禹走得近了，然后就再也没想着和杨其奥回到从前。

挺感慨的。我长大后才发现，时间是检验一段感情最铁面无私的法官。高中三年我俩几乎没说过话，高考完她家搬去美国了，而我之后去了新市。中间断联了差不多六年。

在我决定回国工作的那年元旦前，曾收到了一封邮件，邮件名显示的是“Qiao”，我一时没反应过来，觉得自己好像没认识谁姓“Qiao”。

邮件里只有寥寥几句话：

宋周森，就在刚刚，我参加完了我姐姐的葬礼，现在在回家的路上。

你知道吗，我记起来一件事。初中放假时你来我家，我们挤在我的床上，你一个耳机，我一个耳机，一起听歌，一起看《东京巴比伦》。我们两个还因为皇昴流和皇北都谁更好看争论不休。

就像我们当时为了你喜欢的流行天王和我喜欢的流行乐团谁更有才华吵架一样，我们好像总会有意见分歧。可是在我心里，你一直是我最好的朋友。

其实，后来他去了他们的演唱会当嘉宾，他还邀请了他们来当嘉宾。

那我们打赌吧，如果他们一起出歌了，我们就真的和好，好不好？

桥 2018 年 1 月 1 日

“桥”是我给杨其奥起的外号，我们这儿的人说话爱吞字，所以我从来都管她叫杨桥儿。这么多年她竟然还在用我给她起的外号。

我当时看着这封邮件哭成傻子。那时候也是什么事情都赶在一起了，我妈宣布要再婚，我心里高兴；我马上要回国，我激动；而唐祁写完那封信之后没有下文，我紧张……然后又忽然接到旧日好友的“和好邮件”，心里五味杂陈。

其实我哪里还在生她的气呀？这么多年不联系，仅仅是因为当初渐行渐远，久而久之，就不知道怎么开口了。看来她比我勇敢。也或许她借着她姐姐去世这个契机，说出了我俩这么多年都没敢说的话。

人哪！

开学前一天，就是我晚上要和我爸回家吃饭的这天。

这天早上我一睁眼，就明白我想做什么了。我借了唐祁的自行车，一路飞驰到杨其奥家楼下。唐祁的山地车又高又难骑，我停下的时候几乎是摔下来的，也不管了，车歪倒一边，我站在楼下灌木丛前喊她：

“杨其奥！杨其奥！”

我喊了差不多三分钟，她家窗户开了，杨其奥头顶着毛巾往下看我，怒气冲冲：“宋周淼，你神经病啊你！我在洗头！什么事？”

白色的泡沫和着水顺着她的脸滴答下来。她的表情根本没有她的语气那么生气。她看向我的眼神写满了惊讶。

我傻笑着抬头看她：“杨其奥！咱俩和好吧！”

“啊……”

“我说！我们和好吧！今晚，我想邀请你去我家吃饭！”

“你姑婆家吗？”

“不！是我真正的家！我爸爸、我妈妈和我的家，超级想带你去看看！”

杨其奥从没来过我这个家，而姑婆家她也只是知道在哪儿，没进去过。之前她去我姑婆家给我送作业，也只是在楼下喊我，我下楼拿。

关于初中的记忆已经非常久远了，但说实话，我清楚地记得我当时有多不情愿让杨其奥知道我住在哪里。我俩的生日隔一个月，她是金牛座，我是双子座。记得初中时她过生日请我去她家，我去了。等轮到我生日时，她想来我家，我就故意装听不懂她的暗示。

最后她生气了，直截了当地说："宋周淼！你为什么不邀请我去你家过生日？！为什么唐祁可以去你家我不可以？！"

吓得我直接骗她："因为我从来不过生日！！"

天知道十几岁时候的我有多害怕她知道我家只有她家书房那么大，我怕她嫌弃我，觉得我不够格做她的好朋友。

有时候半夜我还会做噩梦，梦见我开门进家，结果有人拍我肩膀，我一回头，是狞笑着的杨其奥，梦里她笑得阴森森："宋周淼，我终于知道你住哪儿了，原来你家长这个样子！"

等我长大了，经历过了一些事情，在乎的事情不一样了，自卑和害怕的事情发生了根本变化。作为大人的我，已经能够很坦然地接受物质上的匮乏，没别的，努力就是了。钱都是凭本事一点点赚和攒出来的，就算是住下水道也没什么可丢人的。

大概晚上五点，我爸还没回家，给我打了个电话问我除了红烧鲫鱼还想吃什么。

我在路上呢，推着唐祁的自行车和杨其奥并排走。我问杨其奥："我爸问咱们还想吃什么？"

杨其奥还处在"我和宋周淼吵架的那个劲儿还没过去"和"宋周淼竟然邀请我去她家"的矛盾情绪中，因此表现得分外客气："我都行！看叔叔拿手什么。"

我噢了一声，对电话里的我爸说："爸，你看着买就好了，对了，晚上我还叫了杨其奥来家吃饭，可以不？"

我爸有点儿惊讶："哦，可以啊！当然可以。那个什么，也有小唐吗？"

"他不来，只有我和杨其奥。我和她说你做饭好吃，你可得好好露一手啊！"

我爸又噢了好几声，感觉他比杨其奥还受宠若惊。

因为要征用唐祁的车一天，我特地给他发短信："我晚上再还你啊。"唐祁说没问题，还对我说："晚上我打算拿我爸做个实验。"我一愣，问他什么实验？他说上次我试图和我爸说肉麻话未果，他今天想试试他和他爸成不成。

要说带杨其奥回家心里丝毫不忐忑那是假的。我俩差不多走到我家楼群附近时，我快跑了两步到前面，转过头装作导游的样子冲杨其奥竖起食指说："你马上要看到的，是这一片最最最旧的老楼，也是你的好朋友宋周淼出生和长大的地方！"

杨其奥被我逗乐了，她说："宋周淼，你有病啊你！我又不是不知道你家在哪里。你忘记了？之前咱学校春游，放学我爸正好来接我，顺便也把你送回家了。"

我一脸坦然道："哦，那你说，我家是哪栋楼？"

杨其奥想了想，指了一下："我记得当时你让我们把你放在这栋楼前面。挺好的呀，哪有你说得那么糟糕？感觉年头和我家也差不多。"

我摇头："不是的。这里不是我家。"

说着，我带她往楼后面拐，穿过一条狭小的路，来到我家楼前。刚刚她指的楼挡在我家楼前。之前政府为了美化市容，把所有露在外面的楼都出钱整修了一遍。刷新漆，换窗户。但是我家楼在后面，大路上看不到，就没轮到。

它灰扑扑的。每家每户的窗户框都褪了色，漆皮剥落后露出的木头框。我家楼后面是一大片施工地，这里据说要盖一大片步行街商城。平时白天的噪声十分扰民，工地暴土扬尘，建筑材料上铺着蓝红白相间的塑料布，和水泥的土堆摊在一旁。

我指着这栋楼对杨其奥说："这才是我家。当时怕你和你爸嫌弃，我就骗你们把我早点儿放下来。实际上等你们走了以后，我绕了一大圈才回家。"

杨其奥脱口而出："啊？为什么啊？"

我耸耸肩："可能是因为虚荣吧，怕你知道我不好的一面。"

"吼！"杨其奥忽然学起港台腔，双手抱胸说道，"我还好意思说我是你好朋友！我的地位明显就不如唐祁！为什么他可以知道，我不可以呢？再说，这也不是不好的一面哪！”

我说：“因为唐祁和我从小一起长大，不是我愿不愿意让他知道的问题，是他本身就知道。如果可以选择的话，那我可能连他都不愿意告诉。”

我这个说法很显然没能让杨其奥满意，她气哼哼的，嘴里一个劲儿嘟囔着骂我傻死了。我带她进门洞前，在一块砖前面停住，换回导游语气：“嘿，别骂我了杨同学。你快看！”

杨其奥嗯了一声，顺着我手指的方向低头看，没看出所以然来：“看什么？”

我得意扬扬地说：“你现在看见的这块砖，是让宋周淼从小摔到大的砖块。它意义非凡，我膝盖上的大部分疤都是因为它！”

杨其奥没再骂我，而是蹲下来煞有介事地夸这块砖：“你真棒，你怎么不让宋周淼摔聪明一些呢？她真的太蠢了！”

之后我就开启了介绍模式。楼道阴暗又狭窄，但是我介绍得津津有味。

我指着角落里的垃圾说：“你看这里，我曾经在这里发现了一只巨大的黑色蜘蛛。我不骗你，有碗那么大，唐祁可以帮我作证！”

来到家门口，我边掏钥匙边说：“你没见过这种户型吧？我告诉你，很神奇的是，这扇门后还不是我家，里面分成了两户！”

终于进家了，我家小得一目了然，一边是厨房厕所，一边是客厅卧室。杨其奥没有嫌弃，只是有点儿不知道如何落脚，缩在门口等我安排。

我特自豪地说：“我家不用换鞋！因为是水泥地！我和你说啊杨其奥，水泥地其实超酷，水洒在上面一会儿就干了。夏天的时候用什么加湿器啊？往地上泼一盆水就好舒服的！”

我拉着她先去厨房，我说：“厨房和厕所是挨在一起的，有时候我妈在这边炒菜，我就在旁边上厕所，我俩各干各的还能聊天！”

我站在那里等了一会儿：“你等一会儿哦，这里每隔半小时就会发出咕嘟咕嘟的声音，所以我写作业的时候不用计时，四次咕嘟咕嘟，就是一张数学卷子。”

门框被水汽腐蚀出了一个大洞，我指着那里说：“潮虫你见过不？这里有潮虫一家，我晚上洗脚时，它们会出来在我脚盆边爬来爬去，还有点儿可爱。它们的生命力十分顽强，我爸用白醋杀过它们，用水淹过它们，还用烟熏过，它们都活下来了，子孙还日益壮大。真的非常了不起。”

参观完厨房、厕所，我领着杨其奥来到客厅。我指着沙发说："你坐这里吧。晚上睡觉时，这里是我的床。不过……"

杨其奥没等我说完，先乖乖坐下，只听砰的一声，沙发陷进去了一半，给她吓一跳。我哈哈大笑："我没和你说呢，你不要坐右边，之前我家空调坏了，我爸踩着那里修空调，把我床踩塌了一半。之前唐祁来也被吓一跳。"

杨其奥也傻傻笑起来："抱歉哪……"

我靠在墙边："又不是你坐塌的，你抱歉什么啊？"

窗外太阳西沉，我家光线从来不好，此时夕阳的余晖斜斜地透过树枝照进屋内，我才发现，我忘记开灯了。可是我不太想开灯，因为我觉得我家此时此刻的光线美丽极了。

橘红色的光落在水泥地上，我甚至能看见空气中的灰尘。

小时候我没有一天不嫌弃这个家。有时候也说不清是嫌弃这个家，还是嫌弃我爸妈，还是嫌弃他们一直吵架……总而言之，在之前的那次成长中，我是个有些自卑却故作嚣张的臭小孩。我想要的，只有逃离和否定。

因此后来我会毫不犹豫地选择和梁禹谈恋爱，因为在他面前，我是一张白纸，他不了解我的过去，也不了解我的内在。我可以完全以一种新的身份活着——我可以自欺欺人。

可是如今重新回到十五岁，我发现我心里只有怀念。拜托，我的这个小家太酷了好不好！它有大蜘蛛，有会咕嘟咕嘟响的马桶，有斜斜的夕阳，还有可以不用换拖鞋的水泥地。如今，我还坦坦荡荡地把我最好的朋友带来了。

"杨其奥，你看夕阳。"我说。

杨其奥看向窗外："嗯，我看到了。"

"我家怎么样？"

"你家超酷，以后我还想来。"

"谢谢你。"

"该我谢谢你的。你终于邀请我来你家做客了。这下，我终于和唐祁平起平坐了。"

太阳在我俩的哈哈大笑中落了山。

第四章 证明题

晚上十点多，我回到姑婆家。时间不早了，一大半窗户都是黑着灯的。唐祁的自行车我给他推回车棚里，车棚里没灯，我借着外面的路灯半摸黑锁了车。

从车棚里出来，到楼栋这一小段路，我故意走得慢慢腾腾。直到我进楼洞前，才意识到楼门前的树下坐着一个人，把我吓一跳。

“是我。别怕。”唐祁出声。

“你大晚上不在家待着在这儿吓唬谁呢你？”

唐祁坐在马扎上，穿着短裤、人字拖：“这不等你吗？给你发信息不回，我本来说太晚了的话我去接你。”

“你自行车在我这里你怎么接？”

“废话，我不会坐车过来啊？”

他也帮我翻出一个马扎来，让我也坐：“不困吧？来，坐下聊聊。今儿你和你爸，和杨其奥怎么样？我还挺好奇的。”

“你冷不冷？”我瞅他光着的小腿，这都秋天了，昼夜温差大，就算白天还二三十度，晚上也冷得很。我穿卫衣都还有点儿打哆嗦。

唐祁看我缩着，干脆把自己穿着的帽衫也脱下来，自己穿短袖，塞我手里：“真不冷，给，你套上吧。”

我胡乱把他的衣服穿上，一开始还穿反了，重新调整时我头找不到领口了，头闷在衣服里喊救命，唐祁一边啧着一边帮我把头露出来：“穿个衣服都穿不利落。”

等我终于呼吸到新鲜空气时，我的头发因为静电变成了爆炸头。初秋的夜有丝丝冷冽，但是身上暖暖和和的我，并不觉得冷，只是觉得心里分外温暖。

“我今天还成。”我看着夜空说道，“我和我爸……嗯，就还那样。你也知道，我俩隔阂太深了，一时半会儿也不是说点儿肉麻的话就能改过来的。饭桌上基本上都是他和杨其奥在聊天。”

“那杨其奥呢？”唐祁问。

“我带她回家了啊！”我说，“好像心里的一块大石头落了地。她很喜欢我的家。对了，你怎么样？”

唐祁挠挠头：“说出来你可能不信。今晚上吃饭时，我拿我爸做实验，我和他说‘爸，我爱你。’”

我瞪大眼睛：“你说了吗？”

“说了啊！没任何阻碍。你说奇不奇怪？”

“然后呢？”

“然后，”唐祁笑出声，“我爸把我骂了一通，说我抽的哪门子风。然后他老人家连着干了三小盅白的，他平时喝酒不上脸的，今儿也不知道怎么了，脸通红，然后还骂骂咧咧去兜里掏出五百块钱塞给我。”

我笑死：“他为啥给你钱啊？！”

“不知道，可能喝晕了吧。他说这钱给我，让我哪儿凉快哪儿待着去，别成天在家犯病。对了，他还说让我带你去玩儿，看电影、吃饭什么的，就拿这钱。”唐祁从兜里翻出钱来，“喏，你看，还是新票儿。”

“叔叔这是害羞了。哎呀，你爸太可爱了。可能你从来没和他说过这话。”我说。

“确实。好像我家人都不擅长把这种话说出来。”唐祁点头，“不过说了也就说了，好像也没什么。”

说着，唐祁看向我：“你别忙点头。你家人和我们家人比起来，更不擅长。你姑婆、你、你妈、你爸，平时说话特爱反着说，实际上都特在乎对方。”

我有点儿不服气，刚想反驳两句，发现不行，这不更坐实了唐祁的指控，于是我说：“可能吧。这样是不是挺不好的？我现在就是有点儿发愁，我和我爸这事儿到底怎么改善。”

“你知道不，我爸连我开学要军训都不知道。他还问我学文学理，拜托，选文理那是高二的事情好不好！你看他这样子，也不怪我每次面对他，内心都有一股烦躁。我算是知道了，爱是一码事，上心又是另外一码事。他觉得所有问题都是因为他没钱，实际上并不是。我和我爸这事儿哦，难。”

唐祁说：“慢慢来吧。总会有办法的。退一万步说，你现在和以前的你比已经有根本的改变了。这就是好事。”

唐祁想起什么来，一脸坏笑：“哎，对了。”

我双手支着下巴转过头看他：“什么？”

唐祁说：“你之前不是说，你以前和那个谁那个什么，故意装人设吗，你可以试试啊。”

我：“哪个谁哪个什么？哦，你说梁禹啊！对啊，我那时候装得可文静了，又文静又温柔。”

唐祁说：“我还真挺好奇，那样的宋周淼，是什么样子的。”

我忽然来了兴致：“哦，你想看看不？今晚姐心情好，给你独家表演一下。”

说着，我转向唐祁，因为他本身就高，所以我不用刻意制造身高差。我抬眼看他，这个要有技巧，要眼睫毛扑闪着从下往上。我把眼神替换成楚楚可怜的小白花，声音也是柔得不得了：“唐同学……”

话一出口，我和唐祁同时打了个哆嗦。这种声音我都多少年没用过了。突然转换，自己都被自己吓到。

可是看到唐祁被吓到的样子，我就很想笑。我憋住想笑的表情，继续给他演，甚至手上还开始学动漫女主角对手指：“那个唐同学……人家……”

我话没说完，就见眼前一黑，唐祁伸出手将卫衣帽子唰的一下从后面翻到前面来，抽绳一拉，反着将我的头包得严严实实。

不仅如此，我的手还被他用袖子裹起来，他掌管着两个袖口。

“喂！”我在衣服里扑腾，“你干什么，唐祁？！你有病啊你！”

“你才有病，给我老老实实安静一会儿。”唐祁手里攥着抽绳和两只袖口，愣是把我憋在里面不让我出来，声音闷闷的，似乎非常不爽。

高一开学第一周，我们就要去郊区进行为期七天的军训。学校要求早上六点半在大门口集合。唐祁在楼下给我发短信时才五点五十，我还缩在被子里躺着。

这男人简直变态，回到高中，他竟然还能说起床就起床，当真是个狠人。

我不行，我平时上午九点半上班，都是定九点零一分的闹钟起床，每天踩着点去公司打卡。如今回到学生时代，感觉学生实在太惨了，那公鸡还没打鸣呢，我们就要赶去学校，这真不是人过的日子。

我想到今天就是集合去郊区，又不是日常上课，再说了，沿街排队上大巴车还要等一段时间，我就更不着急了。

于是我给他回："别等我了，一会儿我自己去。"

唐祁回："好，那我给你带早饭。"

我："灌汤小笼包六个，记得要一包醋，谢谢。"

秋天的早晨特别容易让人产生抑郁的情绪，尤其是犯困的时候，还要顶着黑色的天，萧索的冷风出门。我出门前换了厚校服，将自己裹得严严实实的，步行去学校。

北方的秋冬总是灰蒙蒙的，弥漫着烟味，笼罩着雾气，眼前的景象和记忆里的并无二致。我姑婆家小区这一片没什么高楼，沿路都是上了年头的居民楼、平房和胡同。

我对这块地界可太熟悉了。不和唐祁一起去学校时，我总是走着去。从姑婆家到学校的路，我走了六年。我知道每一条通往学校的小路，我也知道每一条通往学校的路上开的小吃店、服装店和小卖部。

来这个中学上学的，基本上都是住在附近的学生。梁禹也不例外。梁禹家的情况比我们家还要复杂许多。他很少谈及他的家庭，我只知道他父母分居很久了，他和他爸住在雍和宫附近的胡同里。他对我家住哪里不感兴趣，同样的，他也不告诉我他具体住哪里，比我还神秘。

之所以说这个，不是为了怀念什么，单纯就是此时我在胡同里走着，忽地想起来了。我路过一家家紧闭的大门，心想，梁禹家应该就是其中之一吧。

一只灰喜鹊在电线杆上落下，叫了两嗓，又扑棱棱飞到更高的树杈上。我有个癖好，我特喜欢看胡同里大家怎么停车的。因为胡同道路不宽敞，住这里的都是停车高手，小轿车挨墙停，和墙几乎没有缝隙，这才能给往来的人和自行车腾出空儿来。

我以前上学时，会在心里感叹一路。一辆比一辆停得近。有个高手甚至把车卡在两根电线杆中间，我都不知道司机怎么停进去的，一会儿要怎么出来。

就在我路过一辆香槟色的富康时，忽然被地上什么东西绊了一下。

我低下头一看，地上一条腿伸着，我差点儿就要叫出声，随后顺着脚往上看，那里一团黑影。一个醉汉在别人家台阶上蜷缩着，酒臭熏天，嘀嘀咕咕着醉话，还用空酒瓶一下一下敲着人家家门。

我心想这家人也太惨了，大早上的被一醉鬼堵住门，我很想快点儿走，可是又担心我踩他腿的一幕被监控拍下来，要是有个三长两短的到时候讹我。

于是我慢慢贴近那个人，他的头低着，窝在胸前，我轻轻问："对不起，您的脚没事儿吧？"

醉汉微微抬起头，我看他眼神涣散，心说问了也是白问，我在犯什么傻啊，踢一脚能出什么大事儿？于是想起身离开。

结果下一秒，那人将手里的酒瓶咣的一下往旁边一摔，我的心也跟着咣当一下。

没等我反应过来，醉汉伸出手抓住我脑袋后面的马尾辫，破口大骂："贱人！"随即揪着我的头发就把我往门上撞。

我疼得眼泪飙了出来，浑身打起了哆嗦，他比我力气大很多，我根本挣扎不开。更何况事情发生得太突然了，我整个人吓蒙了，腿发软。

就在我头即将要被他摔到门上时，我感觉身体重心一歪，我和那个醉汉同时往门的里侧倒去，门开了。

醉汉四仰八叉地躺在人家院子里，抓住我头发的手也松开了。

我大脑一片空白，头皮生疼，只是感觉到自己被人扶着站起来了，那人问我："你没事吧？"

我瞪着眼睛看了他几秒钟，意识才逐渐回来，站在我面前的人是梁禹。他手里拎着一个包，身上穿着校服，俨然一副已经收拾利落了要出门的样子。我忽然不知道要说什么，只是摇摇头。

然后我就看他叹口气，没再管我，我以为他要把那人扔出去，结果他蹲下身，手伸到那人的胳肢窝下面，将那个人半扛着架起来了。

“这人在你家门口醉倒了，你要不要报警什么的？”我赶忙说。

“哦。”梁禹神色严肃，和平时、或者说是和我之前一贯认识的他不太一样，他有些冷淡地简短回答我说，“这是我爸。我现在要把他扛回屋去，你稍等我一下。”

我站在梁禹家的院子四处看看，原来这就是他家。这是大杂院儿，和其他家合住。墙角摆着尿盆。几家人共用的厨房是小棚子搭出来的。

可能是我们的声音比较大，没一会儿另一边房子的灯打开了，一个穿着睡衣的女人一边刷牙一边走出来骂：“天天大早上的不消停！怎么不喝死呢？吵人没完！呸！”一口牙膏沫被吐在了地上。

梁禹没应声儿，推开屋门将父亲架了进去，任由对门骂了差不多有两分钟。

虽然知道骂的不是我，可我这替人尴尬的毛病犯了，于是缩到角落里站着，缓了一会儿，只感觉心里的震惊像海浪一样一波一波地袭来。我总感觉自己还在做梦。

梁禹进屋没多久，我就听见杯子摔在地上的声音。梁禹拿着笤帚、簸箕扫完屋里又扫院子，他爸在里面又开始骂，话脏得不行，祖宗十八代都被他问候了一遍。

有的人喝醉是温和型，有的人喝醉是暴躁型，我看他爸是极度暴躁型。摊上这么一爸也是没谁了。我竟有点儿同情梁禹。

可能是我以前以为自己太了解他了。

梁禹这个人，怎么说呢，我一直觉得他挺自恋的，而且自尊心特别特别强，展现出来的都是他闪耀的一面。大家都知道他球打得好，十五六岁就去体育馆的篮球场混，好多人拍他照片传到贴吧上。

我想表达的是，我印象中的梁禹，无论是上学时打球出名，之后去国外读书，我一直以为他是个家境优渥的渣男精英，被家里惯坏了，自恋自私。我怎么也想不到，真实的梁禹住在这里，家可能还没我家大，还有个这样的父亲。

梁禹收拾好出来时，我在盯着他家墙根叶子蔫了的白菜发呆。梁禹很平静地往外走，喊我：“走了，‘铁头功’。”

我俩距离一米，他走前，我走后，什么话都没说。从胡同走到大路，周遭一下子喧嚣起来，他忽然转头：“今天的事，你会说出去吗？”

我摇头，有点儿没力气：“我说它干什么？”

梁禹笑了一下。

这笑和他平时的笑不太一样。他平时的笑说实话挺油腻的，有些明确知道自己帅的感觉。他不是扯着嘴角，就是用舌头抵后槽牙，觉得自己跩到不行。可他此时的笑，就是简简单单一个弧度，我竟看出有几分凄凉，看得我心里挺不是滋味的。

我就是个普通人。我的确讨厌梁禹没有错，可是我讨厌他，顶多是希望他这辈子买方便面没料包，出门被鸽子屎砸，洗澡忘拿裤衩，再劈腿时赶上会跆拳道的女人揍他一顿……

梁禹又问我：“你头没事吧？”

我又摇头：“没事了现在，幸亏你开门及时。”

梁禹说：“确实，不过你不是会铁头功吗？”

我没笑出来，这笑话太烂了，我问：“你爸是天天这样吗？”因为看他的样子像是已经习以为常。而且他手指破了，应该是刚才打扫碎玻璃弄伤的。

梁禹耸耸肩，察觉到我的视线落在他手指上，他把手揣兜里藏着：“差不多。这还算好的，他有时候回来会打人。”

“打你吗？”

“不然呢？”梁禹又笑起来，笑我问这问题多傻。

他不愿多说，再次试图开玩笑：“你应该传授我你家祖传的铁头功。你叫什么来着？宋什么淼？”

“呵呵，我叫宋周淼。”我挤出个笑，告诉他，“一点儿也不好笑。再说了，我家铁头功传女不传男。”

“真是可惜了！入赘的话有可能吗？”

他又来。果然渣男本质就是随时随地都可以瞎聊。我不愿意搭理他了。刚才的那一点点同情即将被消耗殆尽。我俩走到差不多学校路口，我停住了。

十辆大巴车沿街排开，我们年级的同学站在学校外面分班上车。

“哎，梁禹，你听着，你在这里等一会儿，我先走，然后你再走。”我嘱咐道。

梁禹挑了一下眉："干什么？嫌和我一起走路丢人？"

"啊，对对对。"看他不听我的，兀自向前，我有些着急，不知怎么的，不太想让别人看见我和他走一块儿。

我推了他一下："定！你在心里数到十再出去，听见没？好了，我先走了！"

不等他说完，我装出一副快要迟到的样子，飞奔着从路口拐过去和大部队会合。

和杨其奥挤在一块儿后，我偷偷往路口看，做贼心虚。梁禹过了好久才从那个路口后面走出来，不止十秒了，他慢慢走过来，看都没看我一眼。

我们排队上车后，车厢里乱哄哄的，每一次集体出游学生的心情总是高涨的。

好像只有我一个人心情很忐忑。杨其奥想靠窗，我也想靠窗，我俩因为谁靠窗"石头剪刀布"，最后我输了，只好坐靠过道。我快烦死了，生怕因为刚刚那事梁禹心里觉得和我熟识起来，找我自然而然地搭话。

我这人本身就不擅长伪装，答应帮他保密自然是会保的，但不代表我能说谎话。万一杨其奥问起来，哎，你俩刚一起来的学校啊？我怎么回答啊我？

不过万幸的是，梁禹坐在很后面，和男生聚在一起，他们好像是要斗地主，行李堆起来放在过道当桌子。他并没有要和我讲话的意思。

我本来还想问唐祁要早饭的，可他们男生集体霸占了最后几排座位。我不想这时候凑过去。可气的是唐祁也不自觉一点儿，我偷偷回望他，眼睁睁看着我的包子静静躺在他书包上，也不知道给我拿过来。

隔着那么老远，我几乎能闻到早饭的香气。我缩在位子上给唐祁发信息：我的包子！

他没回，没看手机，打得正欢。

车开上高速时，杨其奥已经用外套搭好了窝，邀请我一起补觉。我饿得不行，肚子咕咕叫，摆摆手谢绝了她的好意。

此时车厢内两极分化，前半车厢女生们睡意正酣，后半车厢男生们聚众打牌，只有我一个人处于又饿又困又气的边界，气梁禹的存在让我不得安宁，气唐祁只知道打牌，气自己这么大人了还这么容易被人影响心情。到最后不知道在生谁的闷气。

我闭上眼睛，试图说服自己："宋周淼，你不饿，饿只是躯体的假象，你要灵魂升华。"

说服了大概十分钟，越饿越想，越想越饿，看着前方李老师的后脑勺都像撒着芝麻葱花的包子。我感觉自己分泌的胃酸都要将肚皮腐蚀透了，去他的灵魂升华，我要吃包子！

于是我腾的一下转身，跪在位子上往后看，越过重重熟睡的人头小声呼喊："唐祁！"

不出我所料，男生开始起哄。他们用胳膊撞唐祁，挤眉弄眼的。唐祁手里攥着牌，抬眼看我，气定神闲。我指指肚子，又指指他书包，希望他能明白我的意思。

黎元那个大嗓门自行给我解读，他冲唐祁说："宋周淼是要上厕所吗？问你有没有纸。"

唐祁也不知是真傻还是假傻，冲我摇头，和我比口型："高速上哪儿给您找厕所去啊？憋着吧您。"

我赶紧摇头，不是，不是。

黎元说："完了，宋周淼好像憋不住了。"

我真是，恨不得掐死这两人。拳头都攥紧了。我又拿起手机，狠狠戳屏幕，示意他看手机。

黎元又说："宋周淼手机没电了吧，问你要充电器。她怎么那么多事儿？"

唐祁一面计算着牌，一面又冲我比画："充电器下车再给你找。"

男生起哄的架势一波比一波热烈，李老师闻声转头，大家这才消停。我赶紧坐回位子。

过了好一会儿，我手机振动，唐祁发来短信：包子自己过来拿。

我探出头去看他，真不想过去，结果唐祁没看我，好像在很认真地打牌，抽空才给我发的短信。发完短信手机又撂到一边去了。正常来说，唐祁其实不喜欢男生们开我俩玩笑，谁说我俩怎么的，他会比我先制止。可是今天的他好像很享受的样子，巴不得我去找他。

我实在是等不及了，走过摇摇晃晃的车厢过道，来到他们的牌桌旁，伸手：“包子，唐祁。”

可能因为我当着他们的面，他们也不好大张旗鼓，但男生们眉眼间憋着的笑仍然清晰可见。唐祁踹了一脚黎元：“让一下，让宋周淼进来。”

我：“啊？我不进来，我要回去坐着吃。”

“好。”唐祁说，慢条斯理地顺着手里的牌，并没有要把包子递给我的意思。

梁禹就坐在唐祁的斜后方，我没敢往他那里看，只是感觉他扫过来几眼，这几眼看得我心虚不已。

“好你个头啊！还不……”我打算速战速决，可是话没说完，前面李老师又高声说：“哎，后面的同学安静些！还有那个谁，宋周淼，赶紧坐下！”

“啊，好好好，李老师。”我应声。

唐祁笑了下，轻轻拉住我手腕，他掌心的热气比包子还烫，借着车厢的惯性顺势让我坐下。坐在他里面的位置，他长腿一挡，把我的出路堵得死死的：“别废话了，快吃吧。”

他把包子搁在我腿上，顺带地从校服下面给我取出一杯热腾腾的豆浆：“用肚子给您老人家暖着呢！别太感动。”

我举着豆浆，喝也不是，不喝也不是。豆浆确实很热，可我总感觉我在摸唐祁肚子上的热气。随后我不合时宜地想起了二十五岁的唐祁的铁板烧腹肌，愣怔在那里。

一旁的黎元大声点评，声音大到一圈人都听得见：“啧啧，瞧人家这青梅竹马的，跟看电视剧似的。”有不知道的人额外问了句：“唐祁和宋周淼从小认识啊？”黎元说：“对啊，穿开裆裤时就认识了。”

唐祁对黎元的旁白感到十分满意，手抓着牌笑得又贼又灿烂。他俩配合得如此天衣无缝，我恨不得把包子上的芝麻抠下来甩他俩脸上。

我翻开塑料袋找醋，没找到，我捅唐祁：“醋呢？你没给我要醋？”

“被我喝了。您将就吃吧。”唐祁说。

“你有病啊你，平白无故喝什么醋？你骗人吧！你肯定忘给我要了！”我戳穿他。

“啊呀，被你发现了。”他敷衍着说，往牌桌上按下两张牌问谁要。没人要，这把他赢了，又唰唰地开始洗牌。

车开去郊区全程大概三个小时，后半程男生们也安静了，牌桌散了，大家睡的睡，听歌的听歌。

我包子吃了一半没吃完，剩下的本来被我攥在手里，唐祁看见后问道："你不吃了？"我说嗯。他接过去几口就吃完了，解决战斗。小半杯豆浆也被他十分自然地拿走喝光了。

见我瞪着他，唐祁一愣："怎么？你还要吃啊？"

我蒙蒙地摇头，有种说不上来的感觉。

我们意识回溯已经有一段时间了，或许是环境使然，很多时候我会恍惚地以为所谓二十五岁只是一场梦，而我和唐祁实际上还是那个十五岁的少年。

可是就在刚刚，我意识到唐祁确实和十五岁的他不一样了。

在我的记忆里，我和唐祁几乎是从小打到大的。

之前不是讲过吗？小学时我俩在我姑婆的"小饭桌"。那时候唐祁小朋友才不懂什么谦让呢！我俩曾经为了一盘红烧鸡中段挥舞扫帚，比试剑法；也曾因为可乐沾了对方的口水彼此嫌弃不已。

初中时，唐祁开始叛逆，和所有青春期惹人嫌的男生并无二致。他会躲在角落里突然蹦出来吓唬我，也会笑嘻嘻地拆我的台。我呢，会对他的每一次欠招儿追上去打，而这好像正中他下怀。有时候我都怀疑他这人是不是贱骨头，非要打他、骂他，他才不会皮痒。

高中的事就不多说了。我和梁禹关系好，和唐祁还有其他伙伴似乎一下子就疏远了。他偶尔远远旁观我和梁禹玩，大多时候也还是没心没肺地和男生混在一起打球、打游戏。

在我们的成长历程中，他表现得很正常，太正常了。他走过了每一个正常男生的正常人生阶段。所以他大学毕业当兵后突然给我写奇奇怪怪的信，我的第一想法是他是不是犯病了。

毕竟在那之前，我几乎没有感受到他对我有其他想法……可能有过，但是我记不清了，或者说是，我没太往心里去。

说我迟钝也好，傻气也罢，如今和唐祁回到十五岁，就在刚刚，他无比自然地吃我剩下的包子、豆浆，我的心第一次有了一种说不清道不明的感觉。包括他逗我过来坐他旁边这件事，我吃包子的时候才恍然发觉他是故意的。

唐祁变了，具体变得哪里不一样，我说不来。可能变狗了吧。阅历不仅带给他一身腱子肉，还让他蜕变成了心机狗男人。他不知不觉入侵我的边界，插上小旗宣示主权。

可我似乎并不十分反感。

我正胡思乱想着，唐祁的头歪到我肩膀上睡着了。他毛刺刺的头发扎得我脸痒，身上若有若无的柔顺剂香味让我有些心慌意乱。我托着他的头让他往另一边歪："嗞——你别靠着我！"

可是我劲儿没他大，睡着了的唐祁死沉，我使劲儿托着、顶着，嘴里小声骂骂咧咧："你是不是装睡？啊？唐——祁——给我醒醒！坐直了！"

他闭眼没醒，可我明明看见他嘴角上扬起弧度。我被他挤在座位和大巴窗户间的小角落里，顽强抵抗着。他这么大一坨，枕我这小肩膀，他也真好意思。

寂静车厢这小小一隅，没有人知道我和唐祁在暗中较劲。他好像不折磨我就不舒服一样。他闷闷地笑起来，整个胸膛都在颤动，他实在憋不住了，稍稍离开我的肩膀，眼睛睁开，里面有着狡黠的笑意，他说："宋周淼，有没有人说过逗你奓毛是件非常有意思的事？"

"才没……"我坐直身体，想反驳。

唐祁打了个哈欠，眼睛又缓缓闭上："其实我是真困了，让我枕会儿吧，保证不压疼你。咱不闹了。"说着，他缓缓垂下头，虽是那么说，可他这次没有主动靠过来。

我有点儿于心不忍，于是坐得更直些，小声嘟囔："那好吧，算还你包子的人情，但是你忘记给我要醋，所以你只可以靠十分钟。"

唐祁闭眼笑着说："谢了，您真大方。"

可不止十分钟。因为后来我也睡着了。一睁眼，变成了我靠在唐祁的肩上，他醒着，一根手指顶着我的脑门，怕我滑下去。

我睡眼惺忪："到了？"

"到了。"他见我睁眼，立马把顶着我脑门的手指放下去，指着我脑门正中央被他顶出的红圈印子说，"宋周淼，你现在像个印度人。"

大巴车停在空旷的黄土操场上，军训开始了。

我们下了大巴，老师按班级分配宿舍。我们班女生少，总共十几个，干脆给我们安排了一间大宿舍。我们住的都是平房，前面一溜儿是女生住，后面一溜儿是男生住，男女生宿舍中间是一排水池，供大家洗脸洗衣用。

分配完宿舍，我们换上军装，然后去操场集合见教官。教官都很年轻，看起来也就二十岁左右的样子。我们班的教官姓刘，女生大喊“报告教官！想去厕所！”时，教官黝黑的面庞还会泛红，太逗了。

可千万别说秋天军训不辛苦，秋天的太阳可毒了。上午站军姿、踢正步、喊口号，我们练了差不多两小时。训练间隙在树下休息时，帽子掀起来，脑门儿上全是汗。

杨其奥有刘海儿，她的刘海儿被汗水打湿，变成一缕一缕的。她捻着自己的头发，嫌弃得不行：“完了，都油了，也不知道晚上能不能洗澡。不洗澡我也得去把头发洗了。哎呀，好烦哪！”

我单手托腮休息，另一只手用帽子给她扇风，试图把她的刘海儿吹干：“不是油，是汗，没事的。”我从头发上摘下一枚发卡递给她，“喏，要不你把刘海儿别上去吧。”

杨其奥接过发卡，然后看着我，咦了一声：“宋周淼，你为什么用这种眼神看着我？”

我愣住了：“我什么眼神？”

杨其奥面冲我，仔细观察：“你刚才看我的眼神，好像一个慈祥的老母亲。你在想什么啊？”

“我有吗……”我仔细回想刚才心里在想什么。

哦，对的，确实。我刚才看着在树荫下休息的女孩子们，大家有的拿出小梳子梳头，有的补防晒霜，有的一面抱怨好累，一面又在问这样是不是能减肥，不由得心生感慨。学生时代大家介意的事情真的和长大后很不一样。

大家都说青春像阵风，这话不假。青春期的烦恼也像风，轻飘飘的，带着夏天的味道。成年后的烦恼就没那么轻盈了。愁找工作，愁养家，愁父母唠叨相亲，愁升职加薪……这一切俗不可耐又无法逃避的东西可不是风一吹就能消散的。

我说：“杨其奥，等你长大后就明白我现在的心情了。在我看来你们都太可爱了，好好珍惜年少时光吧！”

杨其奥揪住我的脸颊：“说什么呢！不要故意用大人的口吻讲话！”

我：“哎，疼疼疼……”

小刘教官喊男生去抬红豆汤，抬过来时先给女生分。每个女生去打汤时，坐着的男生都要起哄班级里和她关系好的男生：“谁谁谁想问你件事儿！”被调侃的女生脸通红，被调侃的男生则互相拉别人下水，笑骂着推搡：“哎，别介啊！那个谁也有事儿想和你说！”

轮到我接水时，我事先冲黎元比了个“抹脖子”的动作，警告他安静一点儿，结果其他男生掐着嗓子尖叫：“宋周淼！我们唐祁有事儿找你！”

我回复一个尴尬又不失礼貌的微笑：“闭嘴，信不信我拿红豆汤泼你们？”

唐祁被他们疯狂捶打后背：“唐祁别㞞，宋周淼要泼你，赶紧去！”唐祁被推着起身，几乎是被架到我跟前，他咧嘴笑得灿烂，一点儿不觉得幼稚，站定以后插着兜问我：“这帮小孩儿真无聊，不过来都来了……宋周淼，你想不想吃西瓜？”

我狐疑地四周望望，问道：“哪来的西瓜？”满操场的班，没一个有西瓜吃的。

唐祁：“我刚去食堂抬水桶，看见后厨有西瓜，冰镇的。”

“那应该也不是现在吃的吧。”我问。

“啧，你就说你想不想吃吧。”

“啊……”我正犹豫，唐祁立马大吼一声：“报告教官！”把我吓得一激灵。

就看他冲小刘教官招手：“教官，俯卧撑！”

树荫儿下的小刘教官正和其他班的教官坐着聊天，一帮教官听说有学生主动要做俯卧撑都来了兴致。

空地上，唐祁和教官商量：“光喝红豆汤不解暑，这样，十个俯卧撑换一牙儿西瓜，您看成不？”

小刘教官故意板着脸：“哪儿来的西瓜给你吃？”

唐祁笑着说：“您别蒙我，刚去食堂我看见了。这样，二十个俯卧撑成吧？我也不是给自己讨福利，想让我们班女生吃。是吧，兄弟们？”

他回头招呼大家，男生们群情激昂：“对啊，教官！我们做俯卧撑，女生吃西瓜，成交不？”

教官们彼此看一眼：“一百个俯卧撑换一牙儿。”

男生：“五十个换一牙儿！”

教官：“成交！”大手一挥，“女生给数着，别包庇啊！”

黄土操场上先是我们班的男生排开做俯卧撑，随后其他班的教官回去也跟同学们玩这个游戏，一时间大太阳地里全是数数儿的声音：“一，二，三……”

我蹲在唐祁跟前：“二十，二十一，二十二……要不你休息会儿？你行不行？不行就算了，我也没有很想吃其实……你是不是忘了你现在是十五岁？”

“开玩笑，一百个确实够呛，五十个小菜儿……”唐祁这样说着，额头上涌出大颗大颗的汗，说话都喘着粗气，“还有，你对我是不是有什么误解？问就是行，不可能不行。废话这么多，一会儿吃就完事儿了。”

因为这一出，我们本来只休息十分钟，结果休息时间被拉长，还可以坐在阴凉地享受一牙儿冰镇西瓜，惬意得不行。

我举着西瓜问唐祁吃不吃，唐祁用衣角擦汗，咕咚咕咚喝水，不耐烦地摆手说：“就不爱吃甜的，你吃就行了，磨磨叽叽的。”

我把最上面那角吃了，逗他：“这西瓜不是很甜，你这下吃不？”

唐祁信以为真，不过他没说要吃，反而把我的西瓜拿回来：“不甜啊？那不行，我给你去换牙儿甜的去，五十个不能白做。”

“哎哎哎……不用了。超甜的，刚骗你来着。”我拉住他，“话说回来，你怎么知道做俯卧撑可以换西瓜吃？”

唐祁重新坐下，摘下帽子，拂掉脑门儿上的汗，指了指小刘教官：“他啊，之后是我班长。”

“嗯？”我反应了一下，“你是说在你当兵时吗？”

“对。你说巧不巧，我就说入伍第一天怎么觉得他这么眼熟，可就是怎么也想不起来在哪儿见过他。”

唐祁笑着说：“刘良才，刘班长。俯卧撑狂人。犯纪律了，俯卧撑；想额外请假了，俯卧撑。什么都俯卧撑。你可不知道，在部队里，钱不是硬通货，俯卧撑才是。”

“我给你打电话，写信，其实好多时候都是俯卧撑换来的。一百个换一分钟，有时候状态好我能换五分钟，有时候实在太累了，就换两分钟。我们班就我成天缠着班长做俯卧撑换打电话，战友们都笑话我。”

“不过我后来肩伤办退伍，那半年实在做不动了，就好长时间没联系你。退伍后联系你，你说你要回北京，我当时正好和我爸交接生意，一切都从头开始。忙得跟孙子一样，心想也不差这点儿时间，等都解决了再说。”唐祁特自然地说，“该是我的，总是我的，逃不掉。”

我本来吃了一口西瓜，听他那句“该是我的逃不掉”一呛，咳了半天。这人说话怎么这么口无遮拦？什么时候是他的？我可还没想好呢！

见我瞪他，唐祁摇头无奈：“吃我的西瓜，还瞪我。也就你，宋周淼。”

我和唐祁聊着天，徐卿卿蹭过来，鬼鬼祟祟的。站我俩跟前也不讲话，就踢着石子。唐祁哟了一声：“什么事啊？”

徐卿卿看看我，又看看唐祁，鼓足勇气开口：“实话说，我回去想了想，这事儿不太对。我觉得你俩在逗我。”

“你就说、你就说……”徐卿卿竖起一根手指，装出咄咄逼人的架势，“你们怎么证明你们有十年后的记忆。我也是傻，宋周淼说什么我信什么，真被你给唬住了，还傻乎乎地回家给你们查资料。”

这确实把我给问住了，真让我证明，我也不知道如何证明。像影视剧演的，有人从未来回到过去，说出一些未来可能会发生的事以证明自己有未来的记忆，这其实不太现实。我相信大多数人记性没那么好，别说十年前了，你让我说一年前的今天发生过具体哪些事，我都记不得。

“徐卿卿，你就说你想不想坐神位吧。”我放下瓜皮反问。

“你还真别威胁我，宋周淼。”徐卿卿从兜里抽出一个小本子，“看见这个了吗？”

“这是啥？”我问。

“我来军训都带着英文单词本。军训回去第一次月考，我要是能考年级第一，我就有资本和李老师提换座位的事。”徐卿卿得意扬扬。

“哦。”我说，“放心吧，你得不了第一。我忘了第一次月考谁是第一了，但反正不是你。”

“你！”徐卿卿按了按自己的太阳穴，“这不重要。重要的是，其实我查到了一些有关心理学和天文学的重要资料，但是你们不证明你们有十年后的记忆，我是不会告诉你们的。”

唐祁没理会他后半句，而是问：“靠谱吗？你的信息靠谱，我就证明给你看。”

我和徐卿卿同时瞪着唐祁，我们一齐开口问他：“唐祁，你怎么证明？”

唐祁想了想，说：“按理说，我今天是第一天见咱教官吧。这点你要是不相信，那我后续的也就没什么可说的了。”

徐卿卿点头：“我信。”

“好。”唐祁说，“那我如果告诉你，我七年后会当兵，那时候我的班长就是刘教官，每天吃、住、训练都在一起。因此我知道了一些现在的我根本不可能知道的细节，你会相信我吗？”

徐卿卿思索了一下：“你可以先说，然后我会自己判断。”

“那我说了。我说咱教官，听流行天王《以父之名》的前奏嗡嗡那段时会浑身刺挠，不自觉地抓脖子。”唐祁笑着说，“你要不信，可以去确认下。”

徐卿卿眉头皱到一块儿，惊讶不已。确实，唐祁说的这事儿太细节了，如果是真的，那徐卿卿没有道理不信我们。

就在我们仨沉默时，我和唐祁的后背同时被人拍了一下，一回头，是杨其奥和黎元。

他俩不知道什么时候来到我们身后，此时他们的表情和徐卿卿一样，震惊加怀疑。

“杨、杨、杨其奥，咱俩是听到了他们刚才说的吧，不是幻觉吧？”黎元喃喃说道。

黎元和杨其奥两人突然蹦出来，我和徐卿卿都吓了一跳。我瞪徐卿卿：“你站在我俩面前，没看见后面的他们吗？！”

我之前和徐卿卿说了一切的前提就是要保密，越多人知道越麻烦。现在他看到我们的对话被人听见，有点儿语无伦次：“他、他们躲在树后面，我哪里知道啊？！我又不是故意的！”

唐祁比较冷静，给了我一个眼色，让我别担心。他淡定地反问黎元：“你们听到什么了？我们这儿聊电视剧呢！你们以为呢？”

我立马领会，也大声说：“对，就那个什么，新上映的。”我临时编瞎话的本领真是够糟糕的，因为我说完后，我听见唐祁微不可闻地叹了一口气。

黎元很显然没被诓住，一把按住唐祁的头顶，使劲儿揉搓，笑得牙花子都呲出来了：“编，给我编。我和杨其奥可是听得清清楚楚。杨其奥，咱俩是从哪里开始听的？”

杨其奥脸上挂着谜一样的姨母笑，似是还在回味。她两只手揣着，像是水族馆里微笑的大白鲸：“俯卧撑。”

黎元说：“对！你说你在部队里为了给宋周淼打电话，做俯卧撑。行啊你，一百个换一分钟，您能做五百个。你跟我说说这是什么电视剧，我也去瞅瞅，剧本写得不错，这角色够痴情的……你别误会，我和杨其奥不是故意偷听的。”

这段话唐祁说，行；我听着，行；让第三个人复述，就不行了。这不亚于公开处刑。饶是唐祁这么厚脸皮的人都老脸一红。我们本来以为他们俩是从徐卿卿说话开始听的，没想到一开始说的也被听了去。

杨其奥说：“黎元，你说啥呢。咱俩就是故意的啊！不是你过来找我说，看宋周淼和唐祁在这边坐着说话，拉我一起来偷听的吗？”

黎元保持微笑，看着杨其奥，从嘴巴的缝隙里挤出一句话：“此时此刻不需要这么诚实。”

“不过不管怎么说，唐祁。”黎元大力拍着唐祁的后背，“祁祁，这大热天的人家也想吃西瓜。你去给我做俯卧撑换一牙儿西瓜来，我和杨其奥就能保证帮你们保密。”

唐祁从我手里抄起吃剩下的瓜皮砸在黎元怀里：“吃你个头。”

黎元和杨其奥根本没有要罢休的意思。他俩开始你一言我一语地复述我们刚刚的对话。但不一样的是，杨其奥说的是唐祁那一部分，黎元则掐着嗓子学我说话。

我被恶心得够呛，捂着耳朵嚷嚷着不想听。

最后他俩终于肯放过我们，是因为那群教官冲唐祁招手：“小子，你过来一下。”

唐祁走后，树荫底下剩下我们四个人。杨其奥稍稍正经起来：“其实我刚没太听明白，什么意识来着？宋周淼，你和唐祁有未来的记忆啊？”

我打量杨其奥和黎元的表情，随后问：“你俩其实不信，对不对？”

黎元挠挠后脑勺：“怎么说呢，你要是告诉我，十年后我和流行天后在一起了，我大概能信你们是真的。”

我白眼都要翻到天上去了：“拜托，流行天后和一个港台男明星结婚了。你省省吧你。”

徐卿卿、黎元还有杨其奥同时问：“那个港台男明星是谁？”

我顿了一下，忽然灵光乍现。

对呀，根本不用给刘教官听《以父之名》，我可以讲一些娱乐圈发生的事儿啊！我这个脑子虽然记不住什么重要事件的时间节点，但是从小到大我可是对各路明星的八卦如数家珍。

我妈一开始喜欢一个老牌男明星，后来迷恋上了一个影视小生，中青年内地男演员我都熟；我跟着我爸则是熟悉一众20世纪90年代的歌星；我姑婆喜欢看各种狗血苦情剧，因为跟着她看《哑巴新娘》，我至今都会用手语打“我是周家的儿媳妇”……

如果我没记错的话，那个港台男明星是2009年出道演的《痞子英雄》，因为这部剧爆红。现在是2008年9月份，2009年离我们并不遥远，我完全可以告诉徐卿卿这个信息来证明我昏迷后意识回溯到了2008年！

我深吸一口气，先是看看不远处同刘教官聊天的唐祁。唐祁也正好看向我，只一瞬又把视线移开了。我从石台上跳下来，郑重其事。

既然黎元和杨其奥听到了我们的对话，对我们拥有未来记忆这事半信半疑，与其遮遮掩掩不如开诚布公，不然一直被缠着拿这个说事儿。退一万步说，他俩都是很熟的朋友，帮忙比添乱的可能性要大。

“大家听我说。尤其你，徐卿卿。你不是要证据吗？我想起一个来了。”

“2009年春天会出现一部电视剧叫《痞子英雄》，里面的主演之一是个刚出道的港台男明星，他会因为这部剧爆红！从现在开始到明年开春儿没几个月了，你可以到时候看看我说的对不对。”

我信心满满地说完，大家沉默了一秒钟，随后黎元扑哧一声笑出来。

我看他：“你笑什么？”

黎元竖起三根手指："时间，人，剧名，这种我也能给你编啊！还有，《痞子英雄》这什么烂名字哦？我还《火锅英雄》呢！你看大家信不信？"

"咦？"我想了想，一种既诡异又激动的感觉涌上心头，我大声说，"你别说！还真有的！有的有的！2016年还真有一部电影叫《火锅英雄》！"

黎元像个凯旋的英雄一样摊手："我说什么来着？那好了呀！我其实也是在现实中昏迷了然后意识回溯来的。"

"不不不不……"我开始原地背着手转圈，心头那种诡异感挥之不去，但又不知道是哪里奇怪。

为什么2016年的事实这么自然地从黎元的嘴里说出来呢？非要说的话，或许是因为火锅是比较常见的食物，英雄题材的电影也比较常见。可我总觉得没那么巧。

我停下看黎元："你刚刚……为什么联想到火锅和英雄？"

黎元一脸坦荡："我现编的，话到嘴边就说了。"

我："那你再现编一个，你说女演员是谁？"

黎元："宋周淼，你没病吧？不会真的有啥潜意识？"

我："真的有！别不信！你快说！用瞬间的意识，不要思考，直接说出来。"

黎元："现在那个感觉没有了。我猜，女主角是流行天后？"

我用瓜皮抽他："你就知道个流行天后！"

"是不是吧你就说？"

"不是！"

唉……我就知道。不过我也没期待黎元能再次很巧地猜对。但不管怎么说，我总觉得奇怪。我转向徐卿卿："我告诉你了一个能证明的事实，那你现在可以告诉我们你的发现了吗？"

徐卿卿吃惊道："你证明什么了？"

我也吃惊："我说了啊！2009年会出现一部电视剧。电视剧的名字和电视剧的主角我都说了啊！"

徐卿卿依旧吃惊："所以呢？"

我："所以呢？这还不行吗？"

徐卿卿看着杨其奥："杨其奥你告诉我，是我傻了还是宋周淼傻了？就算宋周淼说的是对的，那难道不应该也要等到2009年才能证明你是对的吗？再说了，与其让我信你，我不如信唐祁说的那个。至少唐祁说的事实接地气，现在就能验证。"

他又说："而且根据我查到的资料，如果我们现在所处的环境是你脑海中的意识，那我和你不是一个时间的人，你可能也等不到2009年春天就会被弹回去，然后你就会在现实里苏醒。所以我需要的是一个立马能够证明你没有骗人的证据。"

我皱着眉头："你什么意思？弹回去是什么意思？"徐卿卿没说话。

杨其奥还沉浸在刚刚的话题中，她点头说："作为一个理智的旁观者，我甚至觉得徐卿卿是对的。淼子，你不能拿未来的事情来论证现在。"

我要奓毛了："杨其奥，你跟谁是一拨的？我那不是觉得唐祁说的事实很难实现吗？你们就说，咱出来军训，手机都被收上去了。谁能带MP3？"

杨其奥指了指站在不远处的梁禹："好像梁禹带了。刚才我在梁禹的隔壁数俯卧撑，我看见他兜里掉出来一根耳机线。"

我有点儿无语，这话怎么又扯到梁禹那儿了？

我说："那也得他的MP3里有这首歌才行。"

杨其奥："有啊，刚才有人问他MP3里有什么歌，他说流行天王的歌都有。梁禹喜欢流行天王，你也喜欢流行天王，宋周淼，你和咱们班的这位新同学很有共同语言啊，我发现。"

我更无语了，多新鲜呢，当初我和梁禹玩得比较好时，就是会他一个耳机、我一个耳机一起听音乐。

我不愿多回忆这段不堪回首的过去，心里暗暗庆幸这段对话没有被唐祁听到。我立马打断她："就算他有MP3，有这首歌，那我们怎么让刘教官听？总不能等刘教官上厕所时给他听吧？唐祁说的这个事就是很难实现啊！"

黎元点头："上厕所时确实奇怪。不过洗澡的时候、睡觉的时候可以。而且也不一定非要听原唱，我可以哼。这事儿可以交给我，实话说我挺感兴趣的。如果你们真的知道未来的事儿那该有多好啊。我要是你宋周淼，我就回来称王称霸。"

"唉……虽然说提前知道了在未来我并不是我爱的那个她的归宿，这多少令我有些沮丧。"黎元大言不惭地说。

我知道黎元是在开玩笑，也没觉得他有多喜欢流行天后，这个年龄的男生就是喜欢耍嘴皮子。可我还是忍不住反驳他："那你更应该沮丧的是为什么你二十五岁的时候还没有拥有买游戏机的自由，听唐祁说，你买了游戏机还要藏在他家，玩的时候去他家玩儿，不然你女朋友会揍你。"

黎元摸着下巴说："这么说来，我二十五岁有女朋友了。太好了，我和唐祁不愧是步伐一致的兄弟。"

他的这个妄自推断把我噎住了，理论上说，他的好兄弟唐祁在二十五岁的年纪还是单身。但我肯定不会说出来，并且再次庆幸唐祁被教官喊走了，没有经历这段尴尬的对话。

与此同时，徐卿卿的欲言又止让我十分介意。他刚刚的只言片语让我有些不安。我不明白为什么他执着于让我们先证明，明明他可以直接告诉我们的。

黎元问徐卿卿："宋周淼让你查什么啊？这是能说的吗？"

徐卿卿看看我，我还在沉思，徐卿卿立马把我的沉默误解成了默许："噢！能说，能说。她让我查的是……她的意识从未来回到过去，能不能影响过去的一些既定事实。"

黎元："她想改变什么啊？当高考状元？"

徐卿卿："具体我也不知道，但她说和她家……"

我反应过来时，嗞了一声，一把捂住徐卿卿那张大嘴："和我能不能嫁给男明星有关系。"

徐卿卿、黎元、杨其奥都一脸震惊地看着我。

黎元："好家伙，宋周淼你还好意思嘲笑我，你也不看看你这什么狗屁梦想。"

集合哨响时，我们几个人各怀心思地归队。

唐祁回男生队前跑过来和我低声说了一句话，面色有些凝重。

他说："宋周淼，我觉得有些不对劲儿。刚刚刘教官找我聊天，最后问了我一句话。"

“他问你什么？”

“他问，是不是在哪里见过我？为什么看我有些眼熟？”唐祁说。

我们终于结束了上午的训练，全年级都以班级为单位在食堂门口排开，等着进食堂吃饭。

唐祁说的那句话一直困扰着我。因为说得仓促，他说完我们马上就归队集合了。他没头没脑的一句话，却让我在大太阳底下起了一身的鸡皮疙瘩。

就是很奇怪，不是吗？按照正常的时间线，我和唐祁现在是十五岁，第一次来这边军训，当然也是第一次见到小刘教官。他怎么可能会觉得唐祁眼熟呢？

不仅如此，黎元刚刚的脱口而出也让人细思极恐。这绝对不是偶然，我敢肯定。

我怎么也想不明白这些事，相信唐祁也没比我好到哪里去。

或许是看了太多经过美化的电视剧，电视剧里主角回到过去可以轻易改变事实，所有遗憾的、后悔的事情都可以拥有重新来过的机会。这就是影视剧的爽点，不是吗？

可是现在看来，现实并非如此，是我把这一切想得太简单了。我对个体意识运转的确切机制一无所知。而徐卿卿那个拧劲儿上来，偏要我证明给他看，不然他就不把他的发现告诉我。想到这里，我真恨不得爆捶他那颗大脑袋。

这时，站在我右边的杨其奥忽然转身，面朝我，冲我挤眉弄眼。我瞥她一眼，心想这杨其奥疯了吗？想找我讲话竟然这么明目张胆。

见暗示我不行，杨其奥紧接着推了我一下，小声提醒我：“教官让左转！”

杨其奥的声音像是钻进了我耳朵里的钥匙，她说完，随后整个世界的声音汇集在我耳边嗡了一声，所有喧嚣一下子涌进我的耳朵。我这才听见教官大声说：“宋周淼，出列！”

此时我面朝前，站在队伍里突兀无比。我刚刚因为想事情太专注而忘记了转身。

我慢吞吞地走出队列，来到教官身边。小刘教官让全体队友转回来，所有人的眼睛齐刷刷地看着我。

“让大家转身？为什么就你一个人不转身？”教官说。

我：“没、没听见。”

“啊？！”教官一声吼，我抖了三抖。

小刘教官因为生气，鼻孔一张一合：“我这么大声音你没听见？耳朵被吃进去的西瓜堵住了？”

队伍里徐卿卿扑哧一声笑出来。他皮肤比大部分女生都白都嫩，脸蛋上肉很多，笑起来褶子全堆在脸上，像个白胖包子。很多时候即使不做任何表情，都有一种喜感。

教官大吼：“谁？你！”他指着徐卿卿喊道，“你出来！有什么好笑的？你是笑她还是笑我？转身！”

教官喊徐卿卿转身面朝我：“不是觉得她好笑吗？正对着她，让你笑个够！”

此时的状况就是，我面朝队伍站着，徐卿卿站我身边朝着我。我用余光看他，看见他的身体因为憋笑抖得像筛糠，他的声音憋闷得轰隆隆的：“报告教官！不、不好笑……呵呵，不好笑……”

他强忍住笑，声音因此变得奇奇怪怪，还带拐弯儿的，像是唱歌跑调的百灵鸟。

其实这件事本身真的一点儿也不好笑。我笑点很高的。但是徐卿卿站在我身边一直抖一直抖，队伍里的人看见他这个样子，也开始憋笑。我偷偷抬眼看大家，看见有几个人脸憋成了猴屁股。

当我意识到我的嘴角已经上扬起一个弧度时，赶紧把眼睛垂下来，不敢看了。

真的不好笑啊拜托，这都什么幼稚烂梗？我一边咬着嘴唇一边和自己说。

就在这时，我旁边的徐卿卿放出一声惊天地的转音：“噗——”

声音并不是从他嘴里发出来的。

我扑哧一声笑弯了腰。

我和徐卿卿在食堂门口的榆树下罚站，接受全年级目光的洗礼。

教官罚我俩面朝食堂站着，隔着窗户看大家开饭。屋内飘出的饭菜香味我至少闻出了两道菜的味道，一道是茄子烧豆角，一道是土豆炖牛肉。可恶，还有紫菜蛋花汤，我最爱喝这个汤。

真正开饭后，大家的注意力也就不在我们身上了。只有杨其奥，她每夹一筷子，都要举得老高再往嘴里送，生怕我看不到她吃了什么。当我恨不得被全世界遗忘时，我这个好朋友还能记得我……我真是谢谢她了。

教官时不时停下筷子往外看我们，我们既不敢说话，也不敢动。汗顺着脸颊往下流，我也不敢擦。

这顿饭吃了大概十分钟，有人吃完饭，陆陆续续出来。训练基地的大喇叭里开始放广播，让同学们回宿舍午休，午休时间两小时，午休完毕检查内务。也不知道我们还要站多久。

徐卿卿站了一会儿，开始扭动，像大卖场门口充了气的气球一样随风摇摆。

我用微不可闻的声音问他："你扭什么？"

徐卿卿满脸痛苦："后背腰那块痒……好像被蚊子咬了一口。"

我低声道："衣服穿得好好的，腰怎么会被蚊子咬……别扭了！你给我忍着！"

"忍不了！我、我好想挠！"徐卿卿声音都变形了，痒得面目狰狞。

我气不打一处来，明明刚刚教官看我俩时，我都感觉出来他目光中的怜悯和不忍心。眼看着就要放我们进去吃饭了，徐卿卿不能在这时候掉链子，我说："你笑憋不住，屁忍不了，痒不能不挠，你要把我气死啊你！"

徐卿卿委屈得不得了："人有三急，其中一急就是屁急，我当然忍不了。"

"你……"我用余光看四周，最后给他出主意，"你听我指令，慢慢往后退，你不要挠，挠的动作太明显了，你撞树。"

我又同他确认："腰是吧？"

"其实好像是屁股上方一点点。"

我制止他："可以不用说细节。"

"好嘞！"徐卿卿说。

我看食堂内，小刘教官正在打第三碗饭，背对着门口。我冲徐卿卿比画，示意他缓缓平移着往后退。

“停！”我看见小刘教官坐回位子，往我们这边看了一眼。

“嗯，好，安全，继续退。我让你蹭你再蹭。”等教官收回视线，我继续说。

“可以撞了吗？”徐卿卿问。

“我看下，现在可以，你撞三秒钟先。不要贪多。”

就这样，徐卿卿断断续续撞了三四次。往外走的同学越来越多，我赶紧喊停他：“别撞了，现在人多。”

这会儿唐祁也吃完饭出来了，他和黎元一前一后出来的，但是他俩去往不同的方向。黎元往宿舍走，唐祁则是往另一边。我觉得有点儿奇怪，不知道他去那个方向做什么。

“宋周淼……”徐卿卿站在我身后喊我。

我回头看他：“又怎么了？”

他一脸痛苦：“这好像是毒蚊子咬的，越来越痒，不仅痒，还有点儿疼，怎么办？”

如果此时此刻我手里有个电蚊拍，我会毫不犹豫地拍死徐卿卿。

“疼不是好事吗？疼就不痒了。”我试图给他洗脑。

“不能够啊，疼痒疼痒的……”他扭捏道。

就在我帮他想对策时，我俩身旁响起一个严厉的声音：“我让你们罚站，有让你们聊天吗？！”

我俩转过头，小刘教官站在我俩面前，嘴边还挂着一颗米饭粒。

整个食堂几乎都走光了，我和徐卿卿，还有小刘教官还在食堂门口站着。

和刚刚不同的是，我俩现在连树荫都没有了。正午的阳光直直地照射在我们的脑瓜顶上。如果我是河童，那我可能早就因为脑瓜顶的小水洼被晒干而死了。

“不会站，我陪你们站，等你们不讲话了为止！”小刘教官脸上的神情和他嘴边逐渐风干的米饭粒一样严肃。

“喂喂——”整个基地的广播喇叭先是发出了刺耳的拍麦声，随后唐祁的声音从喇叭里面传了出来。他的声音在空旷的操场上回荡。

"借来了吗？"

"嗯，就插在这里就行是吧？"

"对。"

广播里传来唐祁和黎元的对话。

"大家好，大家今天上午训练辛苦了。接下来，请大家欣赏音乐！"随后只听咔嗒一声，广播里开始播放《以父之名》。

这个前奏太经典了，流行天王又是我们这个年龄段绝对的天王偶像。前奏的歌剧咏诵以及祈祷一出来，宿舍区那边传来了轰隆隆的欢呼声。整个基地几乎轰动了。没有人会有胆量闯进广播室，放的还是流行音乐。

而站在我和徐卿卿面前的小刘教官，先是皱着眉头听广播，一边下意识挠着脖子一边问我们："你们觉得这声音像不像是我们班的？这前奏怎么这么奇怪，什么歌啊？听得我浑身刺挠。"

我和徐卿卿没有回答他的问题，而是瞪大眼睛看着小刘教官。他的动作和唐祁说的一模一样。

而小刘教官正疑惑着，广播内就传来其他教官的声音："你们是谁？谁让你们放歌了？开门！谁把门锁了？"

那边一阵窸窣和碰撞，正在发生撞门抢麦争夺战。

直到完整的前奏放完，广播里的唐祁和黎元终于停止反抗，他在被抓走前对着麦克风大声自报家门："徐卿卿，也不知道你看见没……算了，没事。对了，小刘教官对不住了，我是三班唐祁！我自愿申请去食堂门口罚站！"

少年最后轻笑一声，声音里并没有认错该有的态度，而是带着某种愉快和轻松。

第五章 意识回溯

等待唐祁和黎元的可不只有罚站那么简单，徐卿卿也因为唐祁在广播里点到他的名字，被连坐了。我侥幸逃过一劫。一下午的训练没有见到他们三人，听教官说他们仨很惨，被罚去加倍训练外加打扫食堂和大礼堂。

经过广播一事，徐卿卿肯定是信了。但是我现在并没那么迫切地想听徐卿卿找到了什么不得了的信息，反而很想见唐祁。虽然说唐祁肯定是不在意因为我的事被罚，他多仗义啊！但我心里特别过意不去。

晚上洗完澡是短暂的自由活动时间。女生先洗，然后轮到男生；女生洗完后，有的往宿舍走，有的则去操场上放风。我从澡堂出来后去基地的生活超市买了一大包吃的，然后回来在澡堂门口的树下等唐祁。

唐祁和几个男生晃晃悠悠拎着塑料袋出来时，我跟上去喊他：“唐祁。”

他一开始没看见我，听见我喊他时停下脚步回头看，发梢还在滴水。唐祁抄起肩膀上搭着的毛巾盖在头发上，阻止水继续下滴，他顶着毛巾说：“你怎么在这里？怎么不回宿舍赶紧休息？”说完他意识到自己手里塑料袋装着内裤，赶紧塞兜里去。

我假装没看见，噢了一声，把手里的一大包零食递给他，讷讷道：“给你买的，吃的，记得分黎元一半。”

边上男生小起哄了一把，然后见我一副要说正事的神情，识时务地丢下唐祁走了。

唐祁肯定知道我为什么突然给他买吃的，因为他笑得很贼，嘴上说着“哎哟”，手里不慌不忙地打开袋子，看了一番故作惊讶说道：“谁能告诉我这突如其来的客气是为什么啊？”

我踢了踢脚边的石子，小声囫囵：“嗡嗡嗡。”

这话我不经常说，确切地讲，是我从来没有和唐祁说过这话。所以说起来特别别扭。我俩倒是十分习惯互相拆台，互相讽刺。

“什么？没听见？”唐祁一只手放在耳朵边。他骗人，明明就是听见了。

“你耳背啊你！”我嘟囔。

“对啊，就是耳背。你可是不知道，这打扫卫生一下午……”唐祁大言不惭，还搬出悲惨经历来博同情，踩我痛点。

他假装揉太阳穴，叹了一口气：“我现在头昏脑涨，听不清。所以你刚才说什么？”

“我说！”复述前我脸红了，害羞使我生气，生气给我勇气，这次我声音比之前大，也比之前语气冲，我闭上眼睛朝唐祁超大声，“我说，这次很感谢你！”

说完这话，我感觉自己从脖子到耳朵到脸颊都烧着了。幸亏现在天黑了，路灯也昏暗，唐祁看不清我的脸红。

我睁开眼看唐祁，这个男人顶着一张十五岁少年干净的脸，浅浅笑着看我，太犯规了。他眼神里有些呼之欲出却又难以言喻的东西。他好像特别享受看我窘迫的样子。

“喂，我说，人家感谢时，都要面对面，眼神真诚。您倒好，干脆闭着眼睛，还攥着拳头。”唐祁学了一下我的样子。

“我这张脸就这么不能看吗？”他问道。这时后面有人走过，他拉了我一下，带着我走到操场边的阶梯座椅上坐着说话，这样不挡道。

他这话把我噎住了。我大脑僵在那里，因为我一直告诫自己，这次唐祁真的帮了我超级大忙，我要好好感谢他，因此我没有处在和他斗嘴的模式中，一时半会儿没有想到如何幽默地撑他，反而被他的思路带着走。

我支支吾吾：“没、没，你挺好看的。”思忖半天，我又补充道，“你可是年级帅哥榜第七呢。按我如今的审美，你能进前三。”

话音落地，一段小小的沉默在我和唐祁间蔓延。

唐祁定定地看着我，目光幽幽，眼神中黑色的火苗一簇一簇的，看得我毛骨悚然。我感觉我没说错什么啊！

半晌，他说：“又是送零食，又是说谢谢，现在又夸我，犯病了？”说完他就去翻看塑料袋里的零食，岔开话题，“我瞅瞅，都买什么了？”

塑料袋被他翻得窸窸窣窣的，其实我没买多少东西，可是唐祁翻了半天，久到我意识到他可能是害羞了。他终于结束翻看的动作，抬起头，声音里带了点儿不确定:“只是前三？那其他两人都是谁,我能问问吗？”

我：“啊？”

唐祁摇头：“算了，当我没问。”

忽然出现在我俩身前的徐卿卿算是给这段氛围奇怪的对话解了围。

“你俩怎么坐这里？这儿蚊子很多啊！”徐卿卿也刚洗完澡的样子，一屁股坐在了前排，他转过身说，“我有话和你们俩说。”边说还边挠脚踝。

唐祁和我对视一眼，看徐卿卿：“你说。”

徐卿卿又挠了好久，终于是不痒了，这才从兜里掏出一张折叠了两次的纸，纸就夹在他的单词本里。

“这是我之前答应宋周淼帮她找的资料。”他简短地说，“看了那么多，就这个靠谱点儿。”

唐祁接过来，我往旁边一排坐下，和唐祁挨着，两人一起看。

这所谓的资料其实是打印出来的别人写的博客。博客这东西 2018 年已经不流行了，但是2008 年那会儿正是热度最盛时期，有些人写日常，还有一部分博主在上面做科普，写时评，挺多干货的。有段时间我还在博客上跟着一个博主学英语。

徐卿卿打印出来的这篇博客，不像是原创，倒像是搬运的。因为我简单扫了一下，发现里面的内容是翻译一篇名叫 Jonas 的外国人写的文章。

我抬头询问徐卿卿：“这是翻译？”

徐卿卿说：“原文我搜了，没找到，但是我最后找到一篇博客里提到的原作者在 1972 年写的文章。”

我有点儿乱，确认道：“这篇翻译的是哪年的文章？”

徐卿卿说："1982年。"

我试图理清他说的："这篇博客翻译的是Jonas在1982年写的文章，但是1982年的这篇文章原文你没找到，你只找到了Jonas在1972年写的文章。"

徐卿卿也跟着点头："对。"

博客翻译的内容我大致看了，文章不长。简单来说，是这个博客作者依照回忆写下的翻译。

他说，很多很多年前，他写研究生毕业论文时，搜到过一个叫Jonas的天文物理学家在1982年写的一篇关于地月引力对人体潜意识影响的跨学科研究论文。他这几天突然想起来，再要找，却怎么也找不到，只能凭借依稀的印象把当时看到的内容记录下来。

Jonas在文章中说了三点：

第一点他说，人在意识中能复刻过去的场景这一现象不是个例，而是普遍的。因为地球自转与公转，地球和月球、太阳的方位每时每刻都在发生变化，而地月之间的引力也无时无刻不在发生变化。这能直接导致在某一特殊时刻，地月之间的引力变化，引力对人体生理、心理产生影响，激发人潜藏在心底的潜意识，导致人在A时空里昏迷，在意识里构建出B时空，从而产生意识回溯的效果。地球上每三百个人中，可能就有一个人曾在意识里回到过过去。

同时，他也解释了什么是潜意识。这指的是在我们的大脑中已经产生，但并未被主体察觉到的意识。用通俗的话来讲，潜意识其实就是埋藏在我们内心深处，我们自己都不了解的想法，也就是人们常说的"人并不了解自己"。而这种不被我们自己了解的意识很多时候会对我们的行为产生影响，从而产生人的主观意识影响客观世界的效果。并且，人可以主动利用意识的力量，当你意识到自己的潜意识之后，潜意识就会激发出巨大的能量。

第二点他说，和科幻小说里描述的不同，从心理学角度讲，在意识里回到过去的人，其实很难在自己意识构建的世界里改变这个世界的事实。人的潜意识，虽然还未被主体察觉，但可以侧面影响人在现实中的行为选择，但意识毕竟只是意识，无法直接影响现实。这也是为什么在他的猜想中，虽然人群中能在意识里回溯的人的比例不小，但是我们的世界每天都有新的悲惨历史产生，似乎并没有发生什么改变。

第三点他给出了两个理论，进一步解释了为什么在意识里回到过去的人很难改变既定事实。

第一个理论叫弹性因果理论。他将过去—未来的因果律比作一个巨大的弹簧。时间在我们每个人身上流淌，我们每个人身上都背负着因果。

初中时我们学过弹簧有弹性形变和范性形变。说的是将弹簧拉长，弹性产生的弹力会越来越大。直到达到弹簧的极限，弹簧会从弹性转变为范性，从而因范性形变而彻底损坏。

我们每个人身上也同样具有因果弹性。当我们想要在意识里改变过去的“因”时，起初的受力是弹性的，我们越想对着干，就觉得越难。但是当我们觉察到自己的潜意识时，潜意识变成了我们对自己的清晰认知，我们在自己的意识里做出与过去事实不同的行为时，那一瞬间我们身上的“因果弹力”就会变成“因果范力”，意识中的世界才会发生改变，我们的意识继而影响到我们在现实中的选择。

第二个理论叫事实折叠理论。这个有些抽象，我的理解是，这也是人的意识为了修正自身潜意识而自带的机制，本质上也是为了将一个人在意识里回到过去，通过“范性形变”改变历史的可能性降到最低。

理论是说，假如一个人在意识里从 1982 年回到了 1972 年，那么从他回到意识中过去时光的那一刻起，潜意识推动的事实折叠的齿轮就开始运作了。

折叠，顾名思义，意识里的过去将和未来重合。也就是说，当这个人在意识里改变的过去越来越多，意识运转机制为了阻止他进一步改变，会在人的意识里将 1982 年已经发生的事实重合到 1972 年去。

根据这个理论，如果一个人在意识中回到 1972 年想要让自己的意识对某种事实产生影响，那他既需要抵御“因果弹性”带来的巨大阻力，又要同“事实折叠”赛跑，因为很有可能在他改变事实之前，他想改变的事实就会提前到来。

这就是徐卿卿打印的博客的全部内容。

我一路看下来，心跳快到无以复加。因为这个叫 Jonas 写的，和我和唐祁的经历几乎全部吻合。

我强自镇定，问徐卿卿：“你怎么确定这个人写的就是靠谱的？”

徐卿卿竖起食指神秘地说：“我去查了这个叫 Jonas 的人的生平。”

他说：“我怀疑他自己本身就是有过意识回溯的经历。因为网上的资料显示，他 1972 年忽然从研究所辞职，带领全家人回到乡下，1973 年就死了。不可能 1982 年还写了文章。这也是我找不到，而博客作者也找不到他 1982 年写的原文章的原因。博客作者之所以依稀有印象，大概是因为……”

这下我和唐祁还有徐卿卿三人异口同声：“事实折叠。”

话说出口，我不由自主地起了一身鸡皮疙瘩，这是当下本能的反应。

坦白说，无论是意识回溯这样离奇的事情，还是生老病死如此现实的事实，对于我这个心智已经趋于成熟的成年人来说并无任何可怕。我不明白心里那种隐隐的不安是因为什么。Jonas 在文章中可没提到过意识回溯者自身会提前死亡的事。

这令我不禁想到，如果我的意识影响了我和我爸的关系，我会死吗？

如果我知道我会死，我还会试图去改变我爸吗？

如果我知道在我会死的情况下，我和我爸的关系、我爸的命运也不会改变，那我还会这样义无反顾地尝试吗？

就算我敢于尝试，能坦然赴死，且能坦然面对即使我尝试了但依旧无法对我爸人生产生影响的事实，但我能坦然地拉上唐祁和我一起拼命吗？当然不能……可是我该怎么给唐祁一个交代？

心头诸多疑问，好像徐卿卿把他所查到的信息告诉我后，反而引发了我更多的困惑，并且这些困惑涉及灵魂拷问和个人选择，比意识运转机制之类的逻辑话题更加沉重。

沉重到我一时间只想抱住膝盖静静地坐一会儿，什么话都说不出来，什么问题都问不出口。好像有些事情即使以猜测的口吻说出口，也会变成某种诅咒。我突然有点儿害怕了。

之前洗完澡我没有吹头发，穿了一件学校发的作训服。本来不冷，但是现在夜色浓重，心情复杂，秋风习习吹来，我竟然感到一丝冷意。

嘟——尖锐的哨声在全基地响起，我吓得一激灵，才发现这是晚间休息结束的哨声，操场上的人开始缓缓往宿舍区走。唐祁因为我这反应而奇怪地看了我一眼。

徐卿卿和唐祁从阶梯上站起来，一级一级往下走，下了几级台阶后转身，他们发现我坐着没动。

徐卿卿先是问了我一句："你不走吗？"

我在看着空气里的某处。

徐卿卿转而小声问唐祁："宋周淼没事吧？"

唐祁停住脚步，回身看了我一眼，没说话。

徐卿卿挠挠头："我怎么觉得她心情有点儿不好……唉，我明白了。其实人总要面对现实。Jonas 都说了，要改变过去很难。小改变要承受因果弹性，大改变会引发事实折叠。无论是哪一种，她想做的事似乎都很难达成。"

他还不知道我这么急切地想要知道答案实际是因为我爸，而唐祁也不知道我告诉徐卿卿我这么急切是因为想嫁给男明星。

唐祁回答："你又知道她想做什么了？"

徐卿卿："我当然知道了，她和我说了，就是求而不得呗！"

唐祁微微惊讶："她告诉你了？"

徐卿卿信心满满："嗯，她告诉了我们所有人。黎元和杨其奥也知道的。"

唐祁的惊讶升级："他们也知道了？"

徐卿卿不以为然："我跟你说，很多事情其实就是心态问题。像我中考本来打算去四中的，结果英语考砸了，只能继续留在现在这个学校，但是我及时调整心态了。我告诉自己，我徐卿卿最终的目的是考取科大，无论是在现在的学校，还是在四中，只要我好好努力，都没问题的。所以你看，我改变不了现实，但是我能改变自己的心态，而我的心态会促进我的行动，最终也许能影响现实。"

唐祁："你举的这个例子和宋周淼的事还是有本质不同的。有些事光靠努力和调整心态不太管用。"

徐卿卿豁达道："怎么不同了？按理说你们都是二十多岁的成年人了，应该比我更懂这个道理。说到底就是为了个男人。"

唐祁愣了一下，觉得不太对劲儿，又说不上哪里不对劲儿："这话不能这么说，更何况对于宋周淼来说这个男人很重要。"

徐卿卿大声嘲笑道："有什么不同？我们都是碳基生物，是宇宙中的一粒尘埃，是沧海一粟，百年之后都要化成渣，无论是大明星，还是老百姓，我们的骨头渣子都是白色的。她认识到这点就释然了。”

唐祁：“大明星？哎，你等等。”他拉住徐卿卿，“你在说谁？”

对话进行到这里，我才从出神中回过神来，赶紧大声咳嗽，冲徐卿卿使眼色。

唐祁看了我一眼，向前迈一步挡住我的视线。徐卿卿没来得及领会我的意思，直接大大咧咧道：“还能是谁？唐祁，你说宋周淼是不是癞蛤蟆想吃天鹅肉，当时听到我都笑死了。她要是能找男明星，那我岂不是能找流行天后了？”

唐祁：“男明星？”

徐卿卿一脸同情地看着唐祁：“噢，合着你不知道啊。宋周淼说她穿越回来的目的是男明星，年少时爱得死去活来的偶像，长大后不嫁给他就一头撞死，所以才拜托我帮她查资料的。”

随后他嘀嘀咕咕：“我还以为你俩关系有多好，居然没告诉你……”

唐祁一口气噎在那里，瞥了我一眼，那眼神看得我一激灵。他粗声粗气地敷衍徐卿卿：“这我还真不知道。”然后他手按在徐卿卿的脑袋上，强行将他扭转到男生宿舍方向，“你先走，我有话要和宋周淼说。”

我本来踏踏实实地抱膝坐着，听他这话瞬间如坐针毡，手松开来打算起身赶紧融入回宿舍的大队人马。结果被唐祁一掌按住肩膀，压回去坐着。

但是我刚才那么长时间屈膝，蓦地起身又被按回去，不小心抻到了脚后跟的麻筋，瞬间龇牙咧嘴地揉着小腿喊：“哎哟，麻了麻了麻了……”我这当然有夸张成分在。

唐祁居高临下，一只手按在我肩膀上，冷眼旁观我演戏。

我演了差不多一分钟，唐祁愣是没搭茬。操场现在几乎没人了，周围静悄悄的。气氛实在不妙，我心虚地大声说：“哎哟！咱们也得快点儿回去，吹哨了都。”我心想他不是部队待过三年吗？按理说听见哨声就应该立马弹射回去，怎么现在就跟没听见似的？

我依旧想站起来，唐祁依旧按着我肩膀，我俩沉默地暗暗对峙。

最后我干脆破罐破摔，耍赖般号了一声：“放我回去！呜呜呜……你怎么这样啊！”我开始假哭。

这招我第一次在唐祁面前用，之前都是和他正面硬刚的，所以不知道管不管用。我小心地睁开一只眼睛的一条缝打量他。结果直直撞上他的眼神，被他逮了个正着。

唐祁本来一脸严肃，直接被我气笑了，开口道："先是麻，再是哭，看你还有什么招？不就说了一句留你问句话吗，你做什么亏心事了，怎么吓成这样？"

我撇撇嘴："我招儿这么多，还不是一招都不管用。士可杀不可辱，你要问就问，按着我算什么本事？以后要是我个子长不高，都是因为你！"

说着，我逮住唐祁仔细听我讲话的间隙，忽然矮了一下肩，想快快溜走，站起来没跑两步就被他捉住手腕。

"脚不麻了，跑步挺利索的啊你。"唐祁说。

他箍住我的一边手腕，没有攥得很紧，但就是怎么甩也甩不掉，而且他掌心烫极了，又一次被他抓住，气得我使劲儿跺脚，拿大地撒气："你干啥啊你？你恃强凌弱！你使用暴力！我手腕都要断了，肩膀都要碎了！"

"你听听你这话像话吗，宋周淼？"唐祁轻轻拎起我的手，就着路灯搁我眼前晃，"就这小细胳膊我都不敢使劲儿捏，三根手指松着环，你要是找出一处红印子我管你叫爹。"

我像一头老黄牛一样鼻孔狠狠出气，当着他面使劲儿捏了一下自己的手，指着那瞬间红了的地方给他看："喏，你看，红了。"

唐祁不可思议地看着我气势滔天的耍赖行径，半晌眼睛弯成一条缝，笑着说："爹。我真服你了。"

我也跟着笑，突然就很开心。看来不仅男人之间想互相当对方的爹，我身体里也潜藏着想当唐祁爹的冲动。

他继续说："那爹我问你，我爷爷，就是你爹，他老人家什么时候改名叫男明星了？"

我依旧笑容甜美："你爷爷人送外号'西十三楼男明星'，你不知道吧？嘿嘿。"

唐祁说："真厉害。"

我说："你就是留下我问这个？"唐祁摇摇头却没说话。

我俩顺着小路慢慢往宿舍走，走着走着，走到一处树影浓密、街灯未照到的阴影里，我停下，然后缓缓蹲下。我也不清楚为什么我要蹲下，肯定不是为了上厕所。可能只是觉得这个姿势能给我足够的安全感。蜷起来，才能说实话。

唐祁的手还松松地牵着我的手腕，我任他牵着，抬头看他。刚刚短暂的开怀笑意隐去，我大概是第一次这么严肃地和唐祁袒露我的心思："唐祁，我给他们瞎编了一个理由，说我回来最大的目的是嫁给男明星。不告诉他们真话，是我怕说出来就不灵了。我也不知道我会不会成功，但总要试试的。我有点儿迷信，要做的事会放在心里，不想让别人知道我真正想做什么。"

"嗯。"他轻轻回应我，"那为什么要告诉我？"

我给他一个浅浅的笑："你是个例外。"我又补充，"谢谢你。"

唐祁可能是觉得我蹲着，一边手还要举着被他握着，这姿势别扭，他便松开我。我的手垂下来，垂在地上。

军训基地小路的地就是普通的水泥地，经年累月地被大踏步踩，上面凹凸不平。我抠了抠上面的纹理，叹气。然后又抬起手，主动去拉唐祁的手。

我的手指碰触他的手指时，他明显惊讶了一下。

我握住他的手指尖，那里也很温暖，有些粗糙，和手心一样热。他的指甲剪得短短的，长长的手指，分明的指节，却有着圆圆的指尖，怪可爱的。

静默了几秒，我说："唐祁，我有点儿害怕。"

唐祁没取笑，没轻佻，也没进一步动作，他由我轻轻握着他的手指尖，眼神低垂。他的眼神黑亮又笃定："没什么可怕的，宋周淼。"

我前脚进宿舍，后脚外面就吹熄灯哨了。我和杨其奥睡上下铺，我进来时她蹲在我的下铺上写日记。

这是我特别佩服杨其奥的一点，她从学写字开始就养成了每天记日记的习惯，雷打不动，一年写满两本。之前我去她家看，写完的日记本已经有二十多本了。我问过她为什么这么喜欢写日记，她说倒算不上是喜欢，只是已经成习惯了，并且觉得把每一天大小事情记录下来很有意义。

我就不一样，小时候过得稀里糊涂的，光是努力隐瞒自己的家境就已经竭尽全力了，其他时候都得过且过，根本没什么有意义的事情。

“怎么熄灯了？我还没写完呢！”杨其奥骂骂咧咧地站起来，问了一句，“你们谁有手电筒？”

有个正在空中蹬三轮车瘦腿的女生带了：“我有。”她从枕头下摸啊摸，找出弹头小手电，刚要隔空扔过来，忽然大叫出声，随着手电飞过来的还有一只黑色的不明品种的甲虫。

那大甲虫似乎有点儿轻功，直接掀开背上的两片壳亮出翅膀来，在乌漆墨黑的宿舍飞来飞去，女生们都被吓了一跳，从床上跳起来甩着枕头集体尖叫。

眼看着甲虫即将着陆在一个女生的头发上，我走过去，迅速伸手，一下子抓住它了。

“呲——”大家齐齐出声，离我远远的，视线落在我的手上。

我举着拳头站在十几个人的宿舍正中央，杨其奥用手电筒给我打光，那一刻，我感觉自己像个横空出世的大英雄。

“抓到了。”我飞快地摊开手给大家看了一眼又赶紧合上，大家集体咽唾沫，又齐刷刷后退了半步。

我淡定地说：“你们谁开个窗，我扔出去。”

窗户开了一道缝，我伸手出去放开。黑色的甲虫没有急着走，它先是在我的手掌心里蒙了一会儿，随后抖抖身体，展开被我捏得皱巴巴的翅膀扑棱棱地飞上天空，消失在夜色中。

“好了，飞走了。大家睡吧。”我拍拍手，关上窗，转身要回床上躺着。

一声轻轻的击掌在黑暗的宿舍里响起，随后又是另一个角落里传来鼓掌，再然后宿舍里所有女生或站或跪在床铺上给我使劲儿鼓掌。

我傻站在窗前，不知道说什么好。扔只虫子而已，本来不觉得有什么，忽然被全班女生崇拜，怪不好意思的。

“宋周淼，你好厉害啊！竟然敢徒手抓虫子！”有人说。

杨其奥替我回应了这句赞美：“那有什么的？她连碗口大的蜘蛛都不怕！”她好像比我还骄傲自豪。

最后上床前，我帮宿舍里每个女生仔细检查了枕头和被窝，又扔掉了两只蜘蛛、一只甲虫才作罢。有个和我曾是初中一个班的女生，因为刚刚帮她捉了只被窝里的蜘蛛，她偷偷塞给我了一袋芋头味的夹心饼干。这令我有些惊讶，她是舞蹈队的，我一直觉得她高冷得不得了，初中三年我俩几乎没说过话。

因为太累了我直接歪倒在床上，杨其奥继续蹲在我脚边写未完成的日记。

宿舍里虽然熄灯了，但是大家都还没睡觉，有小声聊天的，有偷偷吃零食的，还有在床上拉伸腿的。

“聊天不？”我问杨其奥。

“不许和我说话，让我好好写日记。”杨其奥低头认真地写。

我大概是闲着没事，忽然兴起，用大脚趾和二脚趾去夹她的笔杆。她正写字呢，结果被我的大脚趾推着画出一长道痕迹。

“哎呀，你烦死啦！”杨其奥放下笔抓住我的脚，照着小腿就咬了一大口。

“嗷——”疼得我一下子坐起来抱着腿揉，“你还真啃啊你！”

杨其奥将手电筒放在自己下巴上学贞子，表情阴森森的，她怪腔怪调地说：“我是鬼，我见人就啃。”

再次躺倒时，我换了个方向躺。整个人贴着墙，头冲着杨其奥，往她脸上吹气给她捣乱。

杨其奥啪地放下笔，瞪我：“说真的，宋周淼，你哪里是二十五岁的样子？你好幼稚啊！”

“我幼稚吗？哈哈哈！”我举起一小撮发梢搔她的脸，“连徐卿卿那么拧的人都信了，我骗你干什么，无聊啊我？”

“也对。其实你之前带我去你家，我就发觉你不对劲儿。说不上来哪里不对劲儿，总觉得你和我之前认识的那个宋周淼不是一个人……”杨其奥点点头又摇摇头，“二十五岁的宋周淼，你不知道十五岁的你有多孤僻。要不是我脾气好，你都没朋友的！”

“喂！”我假装生气道，“十五岁的杨其奥，你不知道十五岁的你大小姐病也很要命的好吗？要不是我，你都没朋友的！”

“你没朋友！”

“你没朋友！”

我俩开始互相揭对方的短，最后她得出结论，我是个又孤僻又虚荣的臭小孩，杨其奥是个事儿多说话直的大小姐病患者，谁也没比谁好到哪里去。

而我在心里想的是，原来我们因为流行乐团和流行天王谁更厉害吵架只是导火索，我俩到了高中分道扬镳是因为初中三年彼此都积攒了不少委屈。

杨其奥看我忽然发起呆，她仔细打量我，随后上手掐我的脸：“你二十五岁怎么长得和十五岁一模一样？不老的吗？”

我拍掉她的手：“蠢不蠢？我这是意识回溯，这时我身体还是十五岁的啊！再说了，二十五岁怎么就老了？你们这个年龄的小孩子是不是觉得人大于二十岁就算老人了？”

“噢，对哦。”杨其奥点点头，将我的鼻子掀成猪鼻子，揉来揉去确认我的身体是真实的，“我忘记你只是意识过来了。好神奇！”

说到这儿，她直接把日记本合上，关掉手电，脱掉鞋，爬上我的床铺钻进我的被窝：“我不写了！我们来聊意识回溯的事！”

我们挤在单人床上抢了一会儿被子，最后在被子枕头的比例分配上达成一致后，开始说悄悄话。

“事先说好，聊的话我只能说说我自己，我不太敢说别人的事，你别问我你以后会怎样，我不会回答的。我怕对你未来有影响。”徐卿卿那一席话，让我不得不谨慎一些。谁知道我的哪句话会造成因果的范性形变呢？而范性形变会让事实折叠更快发生，我还没有想好对策。

“无所谓，我又不好奇别人。”杨其奥说，“说说你自己吧，宋周淼，二十五岁的你在做什么？”

“我吗……没什么特别。在一家外企工作，实习一年，转正两年。”我如实回答。

“上班是什么样的？”

“上班？朝九晚六，偶尔加班。每天开会、做报告、回邮件，干活。”我说得很笼统。

“哇，怎么听起来当大人每天做的事这么无聊……”杨其奥兴致索然，她打了一个巨大的哈欠，“所以宋周淼，你回来是不是很开心啊？

当学生是不是比工作有意思？”

这个问题把我问愣住了。

我可能是为数不多更喜欢当大人的人吧。老听人说，好想回到童年啊，好想再体验一遍青春这类的话，我一点儿感觉都没有，一点儿也不想回到过去重新体验童年。

于是我说：“实话说，还真没有，我觉得当大人可爽了。”

“哦？”杨其奥转过来，面对我，“为什么啊？”

“可能是我的学生时代太晦暗了。就像你说的，十五岁正值青春期的我，明明自卑得要死，还偏要摆出一副清高骄傲的样子，努力扮演一个并不是我自己的形象，到最后变得非常迷茫，迷失了自我，还做了不少蠢事。”

“当大人就很不一样。”我说，“我喜欢日渐成熟的自己，二十五岁的我想明白了很多事，也对很多事情释然了。当我能靠自己的双手去赚钱，每天累死累活打工、被老板催进度、处理和同事的人际关系时，我就知道了赚钱不易。所以小时候对于自己家境的自卑也变成了对爸妈的体谅。”

我将手枕在脑袋后，看着上铺的床板：“这么说你会不会觉得我在吹？可是我真的觉得，二十五岁的我比十五岁的我牛好多。”

杨其奥笑出声。

我认真道：“真的呢！最近……就是在我身体所在的那个时空，我刚升职了。工资涨了 12%，每年还有额外的福利。而且我这人挺会理财的，该花的钱绝不含糊，却也不大手大脚，存了一些钱，最近有买车的打算。自己赚钱的感觉真好！我工作后第一年圣诞节，带我妈去泰国玩了一圈。”

杨其奥眼皮渐沉，却没忘夸我：“那是真的很厉害！”

我感觉杨其奥只是随便夸夸，并没有真的理解我的意思。我和她的家庭环境很不一样，像她这样从小物质富足的小孩，可能没有办法切身体验到我所体验到的成就感。

“抛开经济独立，还有一点，我确切地感觉到自己变牛了。”我说。

“是什么呢？”

我侧头看了眼杨其奥，确认她还没有睡着：“我不装了。”

杨其奥一时没懂，又问了我一遍。

“我的这里变强大了，我不太在乎别人怎么看我了。”我点点我的胸腔偏左边，那是我心脏所在的位置。

我想到一件好笑的事，笑着和她讲：“我有一次相亲，相亲对象约在了一家比较高档的意大利餐厅。菜单上几乎一半的菜我都不知道是什么，我就从上往下挨个问服务员，直到确认我点的东西的确是我想吃的。”

杨其奥又打了个哈欠：“啊？你还要相亲？我以为你和唐祁都结婚了。”

“喂！”我指出，“你重点搞错了吧！”

杨其奥眨眨眼，困得眼泪淌下来：“所以那家餐厅好吃不？”

“不好吃……”我说，“你重点还是错了。嗐，算啦，是不是对于你来说，这是很正常的，不算什么壮举？”

杨其奥说：“确实。我刚才就想说，如果是我的话，我肯定也要搞明白每道菜是什么。但是转念一想，对于你来说，这确实非常不容易。你超要面子的！”

“哼哼，长大后的我可大不一样！丢人算什么？大人最不怕的就是丢人了。”我得意地说，“如果谁说给我一个亿，你信不信我敢在军训汇报演出时给大家表演双节棍？”

杨其奥在被窝里爆出一声尖笑，宿舍里其他人嘘她，怕引来教官。她笑得用气声说话：“你会双节棍啊？”

“不会！”我自豪地说，“但那可是一个亿呀！给我一个亿，我啥都可以会，双节棍算什么？”

杨其奥哧哧地笑，觉得我说的话又世故又滑稽：“那你说，大人不怕丢人，大人最怕的是什么？”

“没钱，孤独，还有后悔。”我不假思索地说出三样，说完以后我停顿了一下，再之后发觉自己接不下去了。

小小的沉默在我和杨其奥之间蔓延。

是杨其奥打破了沉默：“宋周淼，其实我感觉，你回来最大的目标不是嫁给男明星……”

伴随着最后一声哈欠，她闭上眼睛，声音越来越轻：“但是你不说，我就不会逼着问。你就悄悄地、自己努力去弥补你的后悔好啦，我会为你加油的。”

不同于杨其奥，这一晚我没有很快睡着。不知道是不是徐卿卿说的“事实折叠”这么快就又应验了，大人才有的失眠落在了我身上。

宿舍里闷热不通风，大家怕再飞来虫子，窗子是关着的。杨其奥和我挤在一起，先睡着的人是老大，她霸占了大半张床，肆无忌惮地把脚跷到我的肚皮上。

我不得不小心翼翼地将她的脚抬走，然后撑着坐起来，坐到床角，用后背贴着墙降降温。

除了那黏稠凝滞的空气外，整个宿舍静谧又安逸。这样安静的夜晚是非常不可思议的。月光温柔地洒在青色的水泥地面上，外面应该是有风的，窗外树影簌簌。

我的视线于是就停留在那里，然后我看到了奇异的画面。

一只透明的亮白色甲虫从遥远的黑夜里飞过来，试图进屋无果后，收起薄薄的发着光的翅膀趴在了窗台上。

出于好奇，我蹑手蹑脚地下床，没穿拖鞋，屏住呼吸光脚走向窗边。

待我走近后，我看见和我一窗之隔的家伙并不是寻常的甲虫，而是一只黑色大白星天牛。

我认得它是因为小时候我爸带我抓过一只。

那时候工体东门过条马路是一片停车场，停车场后面就是我家居民区。我爸带我去停车场滑过旱冰，打过羽毛球。

天牛就是在这里捉的。是深秋，我穿着我姑婆给我织的高领花毛衣，身上裹得鼓鼓囊囊，我爸穿着绣着 NBA 公牛标志的夹克，在一棵杨树上发现了天牛——在那之前我没见过天牛。

黑色的大天牛身上有星星状的白色斑点，长长的触角一截黑一截白，趴在白色的杨树干上吸吮树汁。

我爸问我想要不，我重重点头。我爸说这可是害虫，我重重点头。我爸说：“我闺女真厉害，不怕虫子？”我还是重重点头，点完头又狠狠摇头，大声喊：“不怕！”

然后我爸咧嘴笑了，拍了拍夹克，翻遍全身，最后从假冒伪劣的夹克的刺绣上拔下了一根长长的线头把天牛拴住，我一路提回了家。

后来呢，那片停车场被改造成了红街，里面经营着半死不活的高级餐厅、高级眼镜店、高级面包店，还养活了几个偷过往行人手机的小偷。

所有的老杨树都被砍了，连根拔起，卡车运走。原来种杨树的地方重新栽了一排必须用架子支起来的金贵花树，我再也没在它们上面见过天牛。或许是有的，但我和我爸再也没像小时候那样一起出门过。

借由这只奇异的发光天牛，朦胧间，我想起了更多和我爸有关的回忆。

我爸其实是个玩心很重的人。我从没见过比他更有童心的大人，打我记事起，我家就不富裕，可是我爸总能想出花样来逗小孩。

我家附近的公园每年都办书市，那时候人们版权意识不强，所以一百块钱就能买好几摞闲书，够我看一年。

每年春秋两季，我爸都会在兜里揣上一百块钱，豪气干云地和我说："走，闺女，爸带你去逛书市。"回家后，他先把所有买回的书过一遍，把错别字改正，再给我看。

我家附近的那个小公园就是我俩的大本营，小时候他带我去那里骑唱歌的小马，小学时带我去书市买书。每年春节庙会，他都会给我买一只风车，买一串糖葫芦，而我总会将糖霜沾到风车上。

上小学后，我去社区的精诚补习班上英语。我爸会在我放学时买好附近的卤鸡爪、卤豆皮，骑车回家前还会带我去附近的书店看一会儿漫画。

我们最后一次集体出游，是他带我去动物园。我们早早出门，辗转于公交车上，玩了一天，最后累到不行，坐在亭子里看天鹅和鲤鱼。白天鹅从水上掠过，我爸用碾碎了的薯片喂鱼，喊我过去看。

往事的回忆在我脑海里一片片闪过，明明都是我经历过的事，我却惊讶地发现它们于我来说有些陌生。

我想，可能是人脑自带保护机制，当一个人令我感到痛苦时，它会自动地隐藏关于这个人的所有事——哪怕是好的回忆。

因为这可恶的机制，我成年后回想我爸，就只总记得他和我妈吵架的夜晚，他光着膀子骑摩托车送我去姑婆家，在红灯前刹车，因为惯性我冲向前，贴在他后背，沾了一脸汗水。而不记得天牛、书市、漫画，还有薯片鲤鱼了。

我沉浸在回忆中，不知不觉窗外的天牛越来越大，最后变得和宿舍的窗子一样高。

它的脑袋转动，长长的触角一颤一颤，圆圆的眼睛看向我，我俩对视着。我看清了它脑袋下面有一根线头。那线头也是发着光的，另一端飘扬在夜晚的风中。

这让我想起了童话里的守护神。

我踮起脚，试图去抓住那根线头。它就是我的天牛，是我爸爸给我抓的。虽然我的守护神是害虫，可我很想抓住它。就在我拼命努力时，我发现自己已经站在非常非常高的楼顶边沿。

下一秒，我的脑袋往下坠，重重地磕在膝盖上，醒了。

我下意识往窗边看，窗外是一片漆黑的宿舍区，黑风、黑夜、黑树，月光都有些惨淡，并没有什么发光的巨大天牛。

原来刚才那只是错误的睡眠姿势导致的一段短暂的奇怪梦境。我怔怔地看着那里许久，突然很想记日记，把刚刚梦到的内容全记下来。

我应该不会像杨其奥那样写长篇大论，日记里我只会这样写：

在对很多事情依旧茫然无知的情况下，我明确地知道命运的走向已经在微妙处发生了改变。

有些是弹性的，有些是范性的。虽然不清楚所有的复杂最终会将我引向哪一个简单的结果，但我坚信梦到这只天牛是个好的开始。它将本应该属于我的记忆还给了我。

真好，原来我也有我的保护神。

军训之后的几天里，在没有手机、没有电脑的封闭环境下，我除了顶着大太阳认真训练，确保不再捅娄子以外，就是在心里暗暗盘算回去后要上网进一步确认一些事情。

关于 Jonas 的生平，徐卿卿是在一个外国论坛扒到的。别的不说，发帖人既然知道 Jonas，那么他那里肯定还能挖出更多的信息来。

关于军训本身，可以说没什么新鲜事发生……嗯，其实是有的。

一个就是最后一天评选军训标兵，每个班两个名额，我竟然被选上了。

评选时我觉得没什么意思，都这么大人了，根本不在乎这些虚头巴脑的荣誉，所以我就去上厕所了，把我的选票给了杨其奥，让她帮我决定。

等我从厕所回来时，全宿舍开始鼓掌，坐在小马扎上的教官站起身鼓掌：“宋周淼，大家选你当军训标兵。”然后递给我一张奖状。

理由也很简单，我每天晚上都帮大家捉虫子，人缘空前地好。

之前我说的那个初中三年没说过什么话的女生，她叫齐榛桢，会后还跑到我跟前说：“我两票都写的你！”

我受宠若惊。

而男生那边的标兵居然是梁禹。这个“居然”用得不太贴切，印象里当时男生标兵确实好像是他，只是过了这么多年，再次经历十五岁，再次得知梁禹被评选成标兵的理由还是深深地震惊到了我。

据小道消息，梁禹这个“新来的”之所以在短短的几天里赢得了绝大部分男生的好感，原因和我的同样离谱：他偷偷带的MP3能听收音机，大晚上男生们集体听他公放午夜电台。

这令我颇有些不服。我是不在乎这个标兵名头，可是我当选是因为我兢兢业业给大家捉虫子，靠我的真材实料获得好感，到头来居然和一台MP3得到的待遇相同……真是小刀刺屁股，开了眼了。高中生真是不行。

而这件事造成的后果是我没有预料到的，这也是第二个“新鲜事”。军训最后一晚的晚会，所有班级的标兵要坐在第二排，而我要和梁禹坐一起。

杀了我吧。

排队入会场时，我向远处大部队里的杨其奥投去无助的眼神，而杨其奥则兴致勃勃地拉着一旁的齐榛桢冲我坏笑。

我当然没和杨其奥说我之前和梁禹的事，所以她觉得我和帅哥坐在一起，我还像要了命一样，多少有点儿不知好歹了。

可能是因为在市体育馆打球很厉害，且在网上贴吧小有名气，打一开学，梁禹在学校和班级里人气就很高。得亏唐祁没有上贴吧的习惯，不然当他知道他从第七下滑到第八，原因是梁禹空降到了第四，不知道唐祁会怎样。

唐祁不在乎这个，就跟我不在乎军训标兵一样。也同样的，我不在乎当不当标兵，但是梁禹也当了我就不爽。那唐祁大概也是类似的想法吧。他这么放荡不羁的人，平时可劲儿糟践自己的外貌，第七、第八无所谓，但是梁禹排在他前面，他肯定也不爽。

我是这么类比的，可惜不能去向唐祁本人求证他的心情。

说到唐祁，唉，我也有点儿头大。

我说了，成年人最怕的三件事里有一件是后悔，现在我就很后悔那天晚上牵了他的手，而且还第一次向他袒露自己最真实的心情。

如果说之前我和唐祁只是心照不宣，那么那一晚之后，我俩之间进入了非常微妙的全新阶段。

我觉得我俩现在就属于他一直觉得他是主动方，且十分享受进攻的过程。而那天我忽然小主动了一下，却把他吓到了。回去以后，他意识到我俩拥有了独属于两人的秘密。而现在无比纯情、羞涩，又强撑装自己也没那么开心，怕被人发现他二十好几了却依旧是个不折不扣的纯情处男，于是乎他将自己成熟、稳重、克制的一面翻出来了，以掩饰自己的没出息。

而他这么复杂的心路历程，被我一眼看穿。我俩独处时没以前那么自然了。训练时他依旧每天挥洒汗水给我换西瓜吃，但是他把西瓜给我时，会硬邦邦地塞我手里，说一句“吃西瓜”，然后转身离开去男生堆里坐，装着和大家聊天。

这也令我有些不知所措。在我有限的知识储备里，梁禹和唐祁是不折不扣的两种人，梁禹是猫，唐祁是狗，我既没有驯好猫，也没有理解狗。我不能从和梁禹过往的恋爱关系中得出什么有用的预测，我不知道唐祁这样的症状会维持多久，也不知道这之后的阶段症状是什么，只能提心吊胆地等。

军训晚会开始前，大家都已经落座。梁禹坐我左边，我的手放在膝盖上，目视前方。

舞台的红色丝绒布还没有放下来，我就盯着那些褶子数数，比前排的首长坐得都严肃。

而我的座椅坐垫和椅背连接处的轴承恰巧有点儿问题。电影院那种座位，前面抬得比较高，我坐下时如果向后靠着背，脚没办法全脚掌落地，这样前后稍微动一下，轴承那里就嘎嘎作响。

梁禹见我正襟危坐，用胳膊肘轻轻碰我，我抽搐了一下，屁股底下的座椅嘎吱一声。

梁禹看我："要不咱俩换下位置？"

"啊？"我像一条被太阳晒傻了的鱼，眼睛无神地转向他，"为什么？"

他指指我的椅子："你这个座位好像有问题。"

我一时没明白："你能修？"

梁禹打量我，然后嘴角上扬一个弧度："没，我个子高，腿能支在地上，坐着比较稳，不容易响。"

"不用了。"我果断回绝他。

因为我俩在悄悄讲话，坐在前排的教官转头，给我俩一个犀利的目光。我立马闭嘴不发声，冲梁禹摇头，没再理他。

主持人讲话完，红色的帷幕缓缓拉开。第一个节目是合唱。

在歌声和掌声中，梁禹递来他的文曲星牌 MP3。

我不明所以地看他，结果他点点屏幕，文曲星的 MP3 是电子词典，既可以查单词又可以听歌，怪不得他的没有被没收。

蓝色光芒闪耀的屏幕上，他打了一行字。

不知道是不是我的错觉，你是不是讨厌我？

我盯着这行字发呆，一时忘记了自己正勉力维持座椅靠背和底座的平衡，椅子又发出嘎吱一声响——

前面的教官转回头扫视，我赶紧又用后背顶着椅背，腿撑地面。

手握着文曲星，不知道该如何回复。我该写什么？

那是当然，在全世界讨厌的男人里，你曾经排第二。但你猜怎么着，以前第一是我爹，现在我不讨厌他了，所以你排第一了！

对啊，没错！就是看不惯你……你个猪头瘪三！

……

虽然很想这样写……但是我肯定不能这样写。

为什么？第一个原因是我已经是成年人了，成年人要保持风度。

第二个原因是，我被所谓的意识回溯搞得有些混乱。我情感上的确把梁禹这个人人都爱的跩哥当成大鼻涕。可我的理智告诉我，所有的过去种种，现在实际上还没有发生。

所以我用那种态度对待他，好像有那么点儿不公平。话还是说回来，毕竟我心理年龄二十五岁，他现在十五岁，我不想和他计较。

可我又实在没办法控制自己这种生理和心理的双重厌恶。思来想去，我在他的文曲星上狠狠地打下一行字：

你想多了，只是你的牙齿上有菜叶。

我打完，胡乱将文曲星扔回到他腿上，心里暗暗期待他尴尬的反应。我肩膀上站着一只手持三叉戟的红角小恶魔，它也正在仰天长笑。

以我对他的了解，这位哥平时非常在意自己的形象，也十分在意旁人是否崇拜他。在唐祁、黎元那俩大傻子只会对着镜头比剪刀手傻笑时，梁禹就知道自己哪个角度照相最好看；我爸四十多了还不知道每天要洗澡、换袜子，梁禹小小年纪就明白要把自己从头到脚搞得香喷喷的。

这样的梁禹肯定不能忍受自己牙齿里有菜叶。

我全程没有看向他那边，依旧目视前方，大家都鼓掌时我也跟着鼓掌，非常合群。只是大家不鼓掌时，我还在开心地鼓掌，直到再一次遭到前排教官的白眼。

文曲星落到梁禹那边，他沉默了好一会儿。我的余光看到他又在打字，随后很快地又交到我的手里。

从头到尾你都没看我，怎么知道我的牙齿里有菜叶？还是说，你在我不注意的时候这么关注我？

因为内心翻涌出恶心，嘎吱一声，椅子响动时，我瞥到梁禹将手臂架在我俩中间的扶手上，食指抵住嘴唇，好像在掩盖笑意。他一定觉得这样做很帅，但实际上我只在意他霸占了共属于我俩的中间扶手。

可恶，又被他油到了。我真是纳了闷了，怎么也想不明白我当初看上他哪点了？想到这里，我在屏幕上继续打字回应。

对不起，请你停止这要命的自恋。

过了几秒钟，他回复我：

自恋也需要资本，你也觉得我帅对不对？谢天谢地，原来你是个正常人。

我深呼吸三下，心口还是堵得慌。我宋周淼在打嘴炮上可是从来没输过，毕竟从小和唐祁斗到大，排除唐祁让我的可能性，我俩也几乎是五五开。我怎么可能输给梁禹这个劈腿的自恋瘪三？

我抓起文曲星毫不留情地回击：

你知不知道一米八以下的男生没资格这样讲话?

他当然有一米八，这我是知道的，可我就是往他身上泼脏水，他肯定要气死了。我深知男人的痛点，可以说他丑，可以说他穷，但是一旦你质疑他身高，他能脱光了站在你面前逼着你看尺子上的三个大字：一米八。

果不其然，梁禹安静了许久。

台上正在表演其他班的小品节目，又尬又不好笑，台下的人看得面面相觑，只有我在底下发出桀桀怪笑，而且在鼓掌时还不忘用胳膊把梁禹的胳膊从共用扶手上顶了下去。面对讨厌的人，我就是个锱铢必较的人。

晚会持续了两个小时，最终观众起身散场时，梁禹都没有再和我进行文字互动。

撤场时从后排开始疏散人群，我们在前排，站在那里排成一队等。梁禹站在我身后，我感觉他在盯着我后背看，这样的目光持续了几秒钟，他拍我肩膀：“喂。”

我假装没听见。

梁禹非常有毅力，喊了我好几声，我忽然回头瞪他：“干什么？”

“刚才我没再回你，是因为没电了。”他说。梁禹的语气倒是非常平静，不像是气急败坏的样子，这有点儿令我惊讶。

“哦，真棒。”我非常敷衍。

会场有些嘈杂，梁禹微微垂头：“说真的，我还是想不明白，我是不是真的哪里惹到你了？”

我没想到他还在纠结一开始的话题。或许这就是那个经典的烂俗桥段吧：“女人，你对我毫不在意，这引起了我的注意。”这个猜想令我起了一身鸡皮疙瘩。为了防止事态往那个方向发展，我绞尽脑汁想了个理由出来。

“你想多了。只是之前我妈给我算命，让我不要和名字里带‘禹’的人有过多的交集。因为我命带三水，而大禹治过水，所以你克我。”我郑重其事地说。

说完，我飞快地看了他一眼，试图判断他信没信我。可是梁禹认真听着，没有立即回答我。

他嘴角的弧度淡漠，眼里却带着恰到好处的神秘笑意。我非常熟悉这神情，是他对着镜子练过无数遍的招牌帅哥脸。淡漠一分不多，笑意一分不少。要想人前帅得轻松，随时随地收获新迷妹，人后他经历了多么努力的训练。

“看来你不仅练铁头功，还挺迷信。”梁禹说道，“其实是想求你件事。现在看来，你不太想和我做朋友。”

我说：“你朋友那么多，不差我这一个吧。再说了，什么事非要麻烦我呢？”

居然说有事求我，真是破天荒。想当初我俩谈恋爱，有大半时间他都在玩失踪，后期更是高冷得不行，电话不接，短信不回，忙着跟人鬼混，现在居然有事求我？真是信了他个鬼。

梁禹没有在意我话中的阴阳怪气，平静地说：“朋友确实不少，可是只有你知道我家的真实情况。周末我要带我爸去医院复查，我兼职的电影院找不到人替班，本想麻烦你帮我去看半天班。”

见我不说话，梁禹没有解释前半句，而是就兼职工作进行了解释：“不难的。你就在每场电影散场后进去检查大家有没有离场，有没有丢失贵重物品就行。你只需要看上午场，下午我就回来了。如果你能帮我这个忙，我那天的工资全给你。一百五，别嫌弃少。”

梁禹那难得一见的不油腻的笑容又浮现在了他的脸上。他带着商量、恳求，还有谈及家事时略微羞赧抱歉的神情，让我的内心产生了一种说不上来的感觉。

不是怜悯，绝对不是。

那所有背后的含义，非要说的话，我可太熟悉了。因为之前的我就是这样的。

和他不同的是，在与他交往的过程中，我非常小心地掩藏了我家的破烂事，保持了最起码的体面。而重来一遍的人生中，他的秘密很不幸地被我发现了，于是他只能向我寻求帮助。

我这该死的共情能力又开始发酵了。死渣男有什么好同情的？我至今记得他十九岁大一结束回来和我提分手的前一周，QQ 空间还发了去参加学妹生日派对的照片。

哎，等等，梁禹家既然没我想得那么有钱，那么他是怎么去国外的呢？这个短暂的疑惑很快被我心里波涛汹涌般泛滥的纠结掩埋了。

我的拳头握紧了又放松，放松了又握紧，终于，我说：“这关我什么事？”

可是我这句话说出来，气势明显少了讽刺和底气。我咬紧嘴唇，赶紧转过身，多看一眼他脸上的表情都可能令我改变想法。

梁禹没说话。虽然周遭喧闹，但我俩间一种难挨的沉默蔓延开来。

我们安静地随着队伍往出口走，出来后人流分散，各自往宿舍走，分开前他叫住我。

“宋周淼，我有没有一米八，你应该很清楚吧？”梁禹看着我的眼睛说道。

我瞪大眼睛，一开始没明白他为什么突然说这个，随后意识到他的语气非常不同——是那种熟稔的语气，仿佛我俩认识许久许久了。

而且什么叫我应该很清楚？照理说，我俩刚认识，他怎么这么有底气说我应该很清楚？

我呆立在熙熙攘攘的人群中，被人撞得踉跄一下，梁禹手插兜，看我笑话。

“你说什么……”我话没说完，梁禹打断我：“这周六早上七点半，我家门口，别迟到了。帮我顶替上午的班，之后有什么想问的随便问。”

撂下这句话后，他就走了。

军训结束，回去是个周五下午，大巴车停在学校门口。等过一个周末就算是正式开学了。

赶上其他年级放学，学校正门对面的路边停满了私家车，都是来接学生的家长。我们高一这帮人，雪白雪白地去，黝黑黝黑地回，一个个从大巴上下来像是野人。

我困得不行，在大巴上睡了好长一觉，下车时还是蒙蒙的。杨其奥问我周六上午有没有时间，要我陪她去剪头发，她实在受不了自己的刘海儿了，要改成斜龙须。

“周六上午，可以啊……”我随口回应，双眼无神地看着一个个学生从我眼前经过，然后看见了过马路的梁禹，整个人一激灵。

我瞬间清醒了，猛摇头：“不行不行，周末我有事。”

杨其奥问："什么事啊？我可以先陪你去，然后你陪我去剪头发。"

我哪里敢说话，闭口不谈，这样的行为引起了杨其奥的注意。她站到我身旁，甚至微微弯腰达到和我同样的高度，这下意识的举动不得不说是一种侮辱。

杨其奥顺着我的目光往马路那边看："你在看谁？"

徐卿卿此时像个小学生一样双肩背包一蹦一蹦地过马路，我赶紧指他："我在看徐卿卿！"

我俩就这样目送着徐卿卿同学拉开一辆黑色轿车的门，杨其奥像是懂了我为什么在看徐卿卿，她表现得有些惊讶，评价道："没想到徐卿卿家还挺有钱。"

"啥？"我表示疑惑。

杨其奥也很疑惑："你不是在看徐卿卿吗？我以为你是在说他家的车，不然你在看什么？"

我看看载着徐卿卿远去的车，我压根不懂车，只觉得作为一辆私家车，它未免过于长了。并且车灯像是长了好几只眼睛的蜘蛛，丑得很。

我只好硬着头皮说："我在看他双肩背书包，这年头谁还那样背书包啊，好好笑！"

说完，一个女生双肩背着书包从我俩跟前走过，听见我这样说，她十分受伤地看了我一眼，赶紧把一边书包带撤下来，跑走了。

"我没看错吧，唐祁……徐卿卿家竟然开宾利。真是人不可貌相，他连一块钱的矿泉水都要蹭咱们的，家里竟然开宾利！"黎元的声音由远及近。唐祁和他一起走了过来。

"杨其奥，宋周淼，我刚约唐祁来的，顺便也问问你们，要不要周六咱们一早先去好伦哥吃饭，然后去糖果唱 K？上午去价格实惠，有打折。"黎元问。

听了头就大，我赶忙拒绝："算了吧，小孩子才唱 K。"

黎元瞪大眼睛看着我："刚才我问唐祁他也是这么说的。所以我想听听，你们俩大人周末一般怎么过？"

我说："周末肯定是补觉啊！"

黎元更加惊讶，用胳膊肘撞了下唐祁："我去，唐祁也说了一模一样的话。这算是心有灵犀哦！"

唐祁搡回去："滚。"

杨其奥接了句："不对啊，宋周淼，你不是说你周六有事吗？"

我感到三个人的目光同时落到我身上。我僵住了。

黎元先反应过来："哦哦哦！我明白了！原来你和唐祁有约会不打算告诉我们啊！怪不得两人说辞都一样！"

他假装扇了自己一巴掌："我这臭嘴，说出来干什么……杨其奥，这咱不得成全哪？过来，你过来我这边。"说着就把杨其奥拉过去，把唐祁推过来，让我和唐祁排排站好。

我和唐祁四目相对，唐祁显然把黎元的话当真了。

我们当然没有约会的打算，所以我的反应让他有了误会。

一向懒散的唐祁此时站直身体，他低头看我，喉头滚动，声音带着点儿沙哑："你……"他一句话没说完整，此时微风吹过，吹散他额前耳旁的碎发，我看见他耳朵隐隐发红。

完蛋了，他一定以为我为了约他所以才推掉了所有人的邀约。

我能怎么办？我只好硬着头皮上啊！我几乎没有过脑子，脸上浮现出巨大的夸张笑容，一把拉住唐祁的手腕，他明显一颤。

我不管不顾了，大声宣布："没错！唐祁！我周六想找你去看电影！你去不去？"

黎元和杨其奥倒吸一口冷气。唐祁瞳孔震颤，硬汉吃惊。他把头别过去，另一只手捂住脸。

说实话，我都被自己突如其来的决策惊呆了。我在想什么啊？如果徐卿卿的车没走，我真想一头撞死在上面。

半晌，唐祁终于看向我，脸上还有没来得及褪去的红色，声音却淡定不少："宋周淼，你先把手松开。有什么事儿咱回去说，别当着外人面抽风行不？"

"啊啊啊好……"我松开他，唐祁立马转动手腕，显得我把他弄疼了一样。

第六章 看电影

周六的早晨如期而至。

闹钟没来得及响就被我关掉，确切地说，我一晚上没睡着。我想，任何人如果知道今天是他的死期的话，那么他前一天晚上也一定会失眠的。

我刷牙的时候手都是抖的，不是激动，不是兴奋，单纯就是害怕。我已经在心里给自己鼓了一万遍气，加了一万遍油了，我对自己说：宋周淼，你可以的，你这么聪明，一定可以既帮梁禹兼职半天班，又能稳住唐祁，还能从梁禹那里套出话！这注定是完美的一天！耶！

七点钟出门前，我在内心过了一遍计划。

首先是地点。梁禹兼职的电影院就在我们这一片，可以说我们从小到大去看电影都是去这家，所以我肯定要和唐祁去这家看，如果忽然约他去很远很偏的电影院看电影一定会引起他的怀疑。

不过没关系，地点不能变，反而是好事，方便我打时间差。

梁禹让我帮他兼职半天，准确来说是上午七点五十到中午十一点五十。我不可能约唐祁下午特别晚的时间，不然就前后矛盾了。

为了体现我周六上午本来就想约唐祁看电影，但又不能去得特别早，因为我还要完成梁禹的工作。我约唐祁十二点看，完美卡点。

唯一的一个小小问题，就是上午没什么特别热门的电影。

十二点的场次只排了非常小众的文艺片《X》。我看演职人员表，没一个人认识的。我看海报，上面只有一个大大的叉，根本揣摩不出来它到底讲的什么故事……

唐祁听到这个名字时都愣住了，问我这是演什么的，确定一定要看这个吗？

我信誓旦旦："确定一定以及肯定！我想看很久很久了！长大后我重刷过好几遍，回到2008年，有了这个机会在影院看，我一定要把握住这个机会！"

怕唐祁再提出异议，我加了一句："这是我最最最喜欢的电影，我想拉着你也看一遍！"

说这话时我俩是站在我姑婆家的楼道里。在等唐祁回复时，我看见红色又在他脸上蔓延，而声控灯适时地灭了，我刚想咳嗽一声把灯喊亮，唐祁轻声制止我："别喊。"

黑灯瞎火中，我俩静静站着，过了一会儿，他敲了下门框把灯震亮，撂下一句："那就这么定了，你快回家吧。"随后他转身上楼，背着身冲我挥手，"明天不见不散。"

我出门的时候可乐也刚醒，小爪子嗒嗒嗒地跟着姑婆进了厕所，随后被一拖鞋轰了出来。

"淼淼，出门啊？"姑婆在里面问。

或许是做贼心虚，面对这无比正常的询问，我打了个激灵，精神高度紧张："嗯……"

"那个什么，厕所里没《知音》了，帮我拿一本进来。"姑婆说道，并没有要询问我行踪的意思。

我忽地松了口气，走到姑婆床头翻找："要哪本？"

"随便……快！"姑婆咬牙切齿地答道，听声音像是已经在酝酿。

于是我赶紧抽出一本来，封面上几个耸人听闻的文章标题，其中一个是《震惊！一女子玩弄男子感情，上天台被杀》，我太阳穴一跳，赶紧把书塞回去。又抽出一本《女王驾到：有技巧的说谎才是无坚不摧》来，把上一本塞回去再抽出一本《情感十年路：那些年她错过的真挚爱情》……

到最后我颤颤巍巍地从厕所门缝里给姑婆塞进一张纸，踉踉跄跄开门奔出去，身后是姑婆的喊声："怎么半天拿了一张房地产广告？"

路上我的大脑里无限循环那几个标题，它们就像《西游记后传》里五毛钱特效一样在我大脑里渐强蹦出：咚！咚咚！！咚咚咚！！！最后我几乎是一只手捏着自己的人中，一只手捏着捏人中那只手的虎口才走到梁禹家所在的胡同。

我到得有点儿早，他家大门紧闭。我靠在青色的墙边站着，因为紧张感到有些缺氧，又因为缺氧感到有些眩晕。电线杆上的麻雀叽叽喳喳，似乎在嘲笑我是世界上最没出息的人，一丁点儿秘密就让我神经成这样。

说真的，我也不知道自己在紧张些什么。

紧张梁禹真的也是意识回溯者？仔细想想没什么好怕的，如果他真是，那么此梁禹就是彼梁禹，我可以明目张胆地踹他。

紧张又要见到梁禹那恐怖的爹了？也没有，至少我相信他今天是清醒的，清醒得应该就不会随便骂人、打人。

还是紧张唐祁知道我替梁禹加班？紧张唐祁误会我和梁禹的关系？经过短暂的剖析，我发现我的大半紧张竟然不是和梁禹有关，而是和唐祁有关。

不知道从什么时候开始，我这么在意他的想法了。他接我去酒店投宿好像已经是20世纪的事了，但是我清晰地记得，成熟的唐祁撑着门的样子。那样子令我没来由地心慌意乱。

门里的吵架声打断了我的思考。确切地说，是在大声对骂，梁禹和他爸。

下一秒，门被一样东西砸开，我没来得及看清那是什么，身体就率先一步反应，跳到一边。

咣啷啷——不锈钢盆在胡同的路中央打了几个转儿才停下，门开了一半，我看清院子里正发生什么。两个男人在互殴。

梁禹一边的脸肿得老高，毫不犹豫地抬手回了他爸一巴掌。他爸抬脚就踹梁禹肚子，骂骂咧咧地喊着“小兔崽子敢打老子”。院子里另外两户人家亮着灯，显然有人，却没人出来劝架，似乎院子里上演的是寻常的戏码。

这对我来说可不寻常。虽然说我们这一辈的小孩子哪个不是被揍大的——我爸妈算好的了，印象中只是因为我小时候挑食揍过我一次，唐祁被他妈用擀面杖揍是家常便饭——可是我是头一回见人这么“教育”孩子，这哪里是父亲和儿子啊？完全是两个仇人啊！

我彻底被震撼到了，胡同里有自行车伴着丁零零的铃响骑过去，我把路中央的盆拿起来，站在一边大气不敢出，动也不敢动。

战斗在十分钟后有了胜负，梁禹用膝盖顶着他爸的下巴，将那么一大男的压在泥土地上，他啐了一口血到地上，对着那两边眼睛都青了的男的说："今天你是去也得去，不去也得去。大不了我把你打晕了，扛着你去做检查。"

他爸剧烈地咳嗽了几声，放弃抵抗，哼哼了几声然后开始断断续续大笑，像个疯子。

"瞧瞧我这孝顺的好儿子啊！当初就应该让你妈把你也带走，带去国外过好日子，守着我这么个爹还要让你这么费心。"

"你也不用阴阳怪气，是我坚持留下来的。"梁禹见他爸不再拧着劲儿，错开膝盖，站起身，"你是我爸，我不能不管你。"

他爸破罐破摔，烂泥一样瘫在地上。听语气不像是喝酒了，可是刚才这话说得非常难听。我惊讶于梁禹的好脾气，谁要是和我这么讲话，我肯定转身就走，用这话刺激谁呢。

少年站在院子中央，胸口起伏，从打架中恢复体力。他垂着头，和他爸对视，两个人都沉默了几秒，梁禹向他爸伸出手："起来吧，老头，我们早去早回。"

他爸由他拉起来，身上背上全是灰，讷讷地叨咕了句："抽血是不是不能吃东西？"

梁禹嗯了一声："给你带了鸡蛋油饼，抽完吃。"

一切好似都恢复了正常。

诡异，太诡异了。如果不是我刚才亲眼看见了那场惊心动魄的干仗，如果不是两个人身上都带着伤，任谁也不能相信前一秒还在互扇巴掌，此时就父慈子孝了。我不能理解，非常不理解，甚至感到有些害怕。

手里的不锈钢盆碰到墙壁，咚——他爸望向门外，梁禹顺着他爸的眼神也望出来。

一个眼神空洞，一个眼神疲惫，两人浑身带血，这忽然的平静让我起了一身冷汗，我贴紧背后的墙壁，一句话也说不出来。

梁禹看见我了，他用手背随意擦掉嘴角的血迹，并不打算就刚刚的事情做什么解释，也或许他根本不在意我怎么看待这场闹剧。就好像是，现在的我已经知晓他的秘密，被他拉到统一战线。他没想展现体面，之前的油嘴滑舌只是本能，但归根结底，在他眼里我都不再是可以被他攻略的女生了。

他冲我撂下一句：“等我一分钟。”飞速进屋拿了包，拽着他爸往门外走。梁禹预约了出租车，红色富康开进来停在电线杆前，几乎将胡同塞满。

他爸路过我身边时，我一直往后退，极不情愿地出于礼貌本能地小声说了句：“叔叔好。”结果梁禹和他爸都非常惊异地看我。他爸更是从头到脚把我打量一遍，冲我笑眯眯地说：“梁禹的朋友啊！以后来家里吃饭……”

话没说完，就被梁禹不耐烦地打断：“爸，你先上车，我和她有几句话要说。”

他爸乖乖坐进出租车，和司机师傅非常热络地打招呼，嘘寒问暖——吃了没？吃了啥？师傅辛苦了……

我不由得皱起眉，这样窝里横到极致的男人真是第一次见，我在心里把他爸和疯子画上了等号。

梁禹将后车门关上，用身体隔绝我看向车内的视线，冲我说道：“我和经理提前打好招呼了，你直接去就行。影院位置你知道吧？”

我点头。

“这个给你。”梁禹将一团棕色的衣服塞给我，我抖开看，是件褪色的旧马甲，上面印着：金星影院。

“这是我的工服。不过那里管得不严，要是经理要求，你就穿上，不要求，你就不用穿。每场观众退场后，你进去巡视一圈就行，不是特别累的工作。顺利的话，我中午之前就能赶回来。”梁禹简短地叮嘱。我在一旁哦哦哦应声。

最后他的视线落到我手里拿着的盆上。“这个给我。”他接过去，然后一抄手，盆被他扔回院子。

梁禹的脸惨不忍睹，一边的脸颊已经开始发青，眼眶边一圈的瘀血，像是杰克罗素梗。我已经尽量控制自己不要去看他的脸，但还是被他发现我在偷瞟他的伤，他轻轻拍了一下我的肩膀：“还是老规矩，帮我保密，OK？”

我扯了下嘴角，算是同意。可能是刚才的事着实把我惊到了，我忘记管理脸部表情，也忘记问他上次说的事到底是什么意思。

梁禹看我一副吓呆的样子，主动挑起话头："对了，上次答应你，你帮我值班我就告诉你的事，现在跟你说，我不是。"

"哈？"话题太跳跃了，我一时没懂。

"我说，不管你们说的意识回溯是不是真的，我反正不是。"梁禹说。

我想了一下："那你怎么知道……"

车里司机摇下车窗催促，梁禹说得简短："骗你的。不这样你不可能答应我。还有，宋同学，给你个建议，下次再有什么秘密，千万不要说给夜里讲梦话的人听。军训时我和徐卿卿是头对头的床铺。"

可是这不能完全解释他之前那和我十分熟稔的语气。大概是看透我的疑问，他看了眼车里，又看向我，嘴边浮起笑："你自己可能没意识到，但是你对我那莫名其妙的敌意真的很明显。如果你真是意识回溯来的，那么就算是傻子也能通过你的表现推断出我们两个之前肯定有什么。"

"鉴于我的种种前科，那我猜……咱俩是不是在后来的日子里谈过？"梁禹挑了一下眉。

那得意的样子令我很想一拳把他另一边眼眶也打青。

"哈，真好笑，头一次见人这么不要脸。"我说，"你猜错了，我对你有敌意只是因为你欠我五百万没还而已。"

听我这样说，梁禹的脸上依旧带着胸有成竹的笑，根本没信。恰到好处的笑容弧度，又是计算好的表情。

我本应该觉得恶心的，但此时此刻或许是因为梁禹脸上挂着彩，滑稽的感觉压过了油腻，也或许是他虽然说话措辞轻佻，但是眼神并没有染上他刻意营造的无所谓。

那里黑黢黢的，像是深不见底的井，在我看来那根本不是少年人应该有的眼神。我甚至觉得此时挂着笑，眼神却忘记掩盖的梁禹，竟有一丝丝可怜。

我之前可能没有说过梁禹的长相。其实他和唐祁的气质非常不一样。唐祁从小到大给人的感觉都是很硬的小子，线条硬，骨头硬，简单利落，干脆清爽。虽然人狗了点儿，但也仅仅是狗而已，不是一个很复杂的人。

梁禹则不同，单论脸，他可以算得上精致，睫毛比很多女生都长，眼睛没有过分大，但是眼角柔和，清秀。这样的一张脸，看多了，却又总带着一种冷漠和狠劲儿，说任何话都可能是谎话，没有半分真实。

我觉得他有时候因为过于自信总是装腔作势而油腻，那也或许是因为他嘴里没一句真诚。不真实才是油腻的根本，他本来就是一直戴着面具在生活。

想到这里，我不自觉地带了些惋惜的神色，觉得这样或那样的梁禹也没什么神奇，青春期对他的滤镜变成了某种由高至低的审视。

而这一切被面前的少年敏感地捕捉到了，他细细打量了我，黑黢黢的眼睛似乎有了一些小波动，我感觉他因为我短暂地看透他而慌了，因为他紧接着就迅速地说了结束语，还不忘刺我一句。

“好吧，随便你承不承认。不过我也很纳闷，因为你根本不是我会喜欢的类型。”他用稍显刻意的语气调侃着，拉开前面的车门坐了进去，“我该走了。不管怎么说，谢谢你替我值班。我们中午见。”

我没有再就他刚才那句反驳做出回应，红色的富康扬长而去，我依旧站在原地不动。

“好奇怪，宋周淼，按理说你根本不是我会喜欢的类型。可是我发现我喜欢你，怎么办啊？”这句话是之前梁禹和我表白时说的，我甚至记得他说这话时的场景和他的表情。

那是一个下午，冬天，天空飘着雪。可能表白、谈恋爱对他来说已经驾轻就熟，所以他说这话，就和说中午吃什么一样自然。

我忘了我当时怎么回答他的了。可能光顾着脸红，没来得及说上一句完整的话。大片的雪花从空中纷纷扬扬地落下来，那时候我觉得一切都特别不真实。只有心跳声，怦、怦、怦……

这个场景我之所以记得这么清楚，是因为不管我俩之后如何，那句表白依旧给我惨淡的青春里留下了一丁点儿光亮。现在看来却有些可笑。

梁禹这个人，分明就是个缺爱的臭小孩。宁可他渣天下人，不能天下人渣他，仅仅是因为他在家里得不到的爱，要从别处加倍得回来。真是个可怜的人。

我看着门缝里被砸凹的不锈钢盆这样想着。

金星影院从我爸妈那辈就存在了，非常老。我爸妈他们之前都是五十四中毕业的，据我妈说，他们上高中时学校组织看电影就来的这里。一直到我们这辈，学校组织看电影还来这里。

这家影院开了二十多年，几乎没有翻修过，只有五个影厅，每个影厅的后面都有两根大柱子。之前我妈是班上的生活委员，负责发电影票。我爸每次都主动请缨要大柱子后面的票——那里啥也看不见，只看得到一根柱子，根本没人愿意坐那里。但我爸乐此不疲——男人为了追女生真是啥事都干得出来。

上午的工作总的来说还算顺利。2008 年北京已经有非常多新潮的电影院了，故而金星影院没什么生意，上午排片也寥寥，听说下午人才会多，所以我并不累，大部分时候站在卖票处和其他工作人员闲聊。

梁禹口中的经理是个岁数和我爸差不多的地中海叔叔，系着皮带，皮带上面一串钥匙，走路丁零当啷。陈经理人不错，看得出来非常想融入年轻人的队伍。我俩闲聊时他和我说他有个上初中的女儿，到了叛逆的年龄，开始懒得搭理他，问我我们这个年龄的女孩子是不是可嫌弃爸爸了。

我想了一下，和他列举了几条我爸的“罪状”：在家光膀子，甚至有时候只穿一条宽松平角裤，让人很尴尬；晚上回家总要拖到很晚才去洗澡，脚臭到别人闻了头昏脑涨，根本做不了数学题；贬低我的偶像，不喜欢流行天王，说人唱歌听不清，长相像匪兵乙；过于自大，眼里谁也容不下，总批判别人，不反思自己……

几乎我每说一条，陈经理的脸色就差一分，最后直接打断我，大手一挥：“停。”然后唉声叹气地说去后门抽支烟。我一拍脑袋又想起一条我爸的罪状：“一直说戒烟一直没有真正戒掉，在外面偷偷抽了烟回家就是嘴硬说自己没抽。”给陈经理说得一愣，烟盒都掏出来了又塞回兜里去。

但是他没有生我气，反而还问我想不想也来这里做兼职赚赚零花钱。我比那个梁禹好太多，在这里还能和他交流青春期孩子心得，梁禹那小子酷得不得了。

然后我们就聊起了梁禹。我其实对梁禹的事不感兴趣，可是陈经理八卦得很，很想说。

因而我知道了，除了电影院这份零工，梁禹还在外面辅导小孩子英语。对了，在梁禹十八岁去国外之前，他从未出过国，也没有留学经历，但是他的发音特别好听，跟NBA解说一样，地道又流利，这我是知道的。

“梁禹这孩子很早就在我这里干活了，按理说他当时还不够年纪，我完全是看着和他父母的交情才同意他在这里兼职。”我说想抽烟时就吃糖，能有效缓解烟瘾。陈经理剥开一颗我给他的悠哈牛奶糖，放进嘴里嚼。

“嗯？您认识他爸妈？”我好奇。

“老同学了，住一片儿的。小学、初中、高中都在一起，太熟了。”牛奶糖黏牙，陈经理伸手把黏在门牙上的奶糖抠下来，送回嘴里。

我咝了一声，陈经理怪不好意思的：“又被嫌弃了，对不？”

他继续说：“这孩子也挺不容易的。爸妈很早离婚，他妈改嫁，又生了个弟弟，后来带着二儿子去国外。问他去不去，他不去，留下来陪他爸。好像是说，平时家里家务、做饭什么的都是他弄。”

“你见过他爸不？”陈经理问我，我下意识摇头。

“噢。早年被一个特别好的熟人骗破产了，打击太大，人一下子精神就不太正常，现在整个一醉鬼。”陈经理一下子兴致索然，“还以为你俩很熟呢！梁禹这小子似乎没朋友，你是我见过的唯一一个他的同学。”

他摆手：“要面子得很。之前有他一起打球的哥们儿来影院旁边的游戏厅，他直接换班，问就是说身体不舒服。其实我理解，小孩儿，怕被同龄人看到。

“梁禹这小子也挺逗。其实他妈每个月给他打足够的生活费，所以我就好奇为什么他还要出来打工。结果他和我说，打工赚的钱又不是生活用的，只是为了买球鞋、买球衣。咱也不知道他说的真假。”

陈经理呵呵哼哼笑着，中年男人的笑总是这样，以呵和哼为主，兼以伴随抖肩，和我爸一样一样的。

听完陈经理讲的，有一点我十分疑惑。按理说梁禹的时间排得很满，你看他又是兼职、又是打球的，这要多么强的自制力和时间管理能力啊！

还有一点，据我所知，仰慕梁禹的女生不少。但是陈经理又说我是他见过的唯一一个梁禹的同学，这就很奇怪。还是说，碍于面子，梁禹根本不让女生来影院找他？

“那你和叔说……”陈经理一下子压低声音，神秘兮兮，“你俩是在处朋友不？”

我吓一跳，疯狂摆手：“什么啊？根本没有！首先我不会早恋，再说了他不是我喜欢的类型！”

陈经理拉长噢了一声，我也不知道他信没信，只听他告诫我：“和你聊天很开心，看见你就让我想起我女儿来。你也甭叫我经理了，喊我陈叔。陈叔告诉你一句话，早恋不好，长大了后要谈朋友的话，也别找梁禹。”

我当然知道不能找梁禹，我可太知道了，只是好奇为什么陈叔和我爸说了同样的话，于是我问：“为什么啊？”

“梁禹这孩子，能吃苦，学习也不错，独立，要强，长相也好。但是就一点特别，这样家庭出来的孩子永远最爱自己。”

陈经理意味深长地说：“我不是说这样不好啊！爱自己当然好了。但是和这种人谈恋爱容易吃亏，尤其你们这种涉世未深的女孩子。别找，真的，别找。不管你听不听得进去，反正同样的话我也这么和我女儿说的。我说闺女，以后等你长大了，到了谈恋爱的年龄，一定要找个你喜欢他，他喜欢你，简简单单又义无反顾的人。”

我觉得有一点儿好笑：“想不到陈叔这个年龄了还挺童话的。”

“再来一颗糖。”陈经理伸手，嚼上奶糖后说，“我也不知道现在小孩子怎么了，总把不相信爱情挂在嘴边。要我说，人越大，反而越应该相信真爱。童话怎么了？真正的感情都是纯粹的。需要反复考量的，那是利益，不是感情。想当年我和我老婆，那家伙，我俩……”

不知怎么的，这次奶糖又卡在陈叔牙缝上了，他用手去抠时我竟不觉得嫌弃，反而觉得他抠牙的样子非常哲学。

到了十一点，人终于开始多了起来。我反复看手机，陈经理问我：“你今天是替他全天吗？”

我说：“不是，我只替半天，十一点五十我就撤……”说到这里，我想我和陈经理已经建立起了一上午的革命友谊，于是我又说，“对了，叔，就是吧……”

我还有点儿扭捏。

“就是吧，中午十二点其实我约了人看电影。”

“这里吗？”

“啊，对，就是咱影院。到时候你可不可以……不要告诉梁禹我还留在这儿看电影？就说我走了。”

陈经理没明白：“为什么？”

很难说。我哼哧了半天，最后决定豁出去：“因为我是和我们班另一个男生一起看，我不想让梁禹知道。还有就是，我不想让那个男生知道上午我在这里值班。”

陈经理脸上浮现的笑意让我知道他想歪了，不过他没戳穿，而是说：“哦，没事的。下午我不在这里，我带女儿去辅导班。”他看了下表，“我一会儿马上就走了，下午是另一拨人上班，他们反正也不认识你。”

十一点五十的那场电影结束时，我进影厅巡视，同时接到了唐祁和梁禹的短信。

唐祁：“我在外面，你在哪里？出门时去你姑婆家，你姑婆说你一早就出门了。”

梁禹：“我大概晚半个小时，帮我和老陈说一下。工服你放检票口。”

我攥着手机，匆忙从前排走到后排，一对情侣还在座位上磨磨蹭蹭互相喂最后几颗爆米花，我盯了他们一分钟直到把他们盯走。

我还没来得及回唐祁，他的电话就进来了。丁零丁零响，伴随着振动，手机差点儿从我手里掉出去。

“喂、喂……我、我马上到！”我几乎是冲刺到售票处，将马甲从头上脱下来塞给老陈，“梁禹的工服……我得出去了！”

老陈了然，指了下后门：“没锁，推门出，小道右拐到前面。”

我抱拳：“谢了叔！”

我气喘吁吁地从后门绕了一大圈跑到影院正前门时，看了一圈竟然没看到唐祁。

“好啊你，告诉我你到了其实你没到……”我打通他电话，来了个恶人先告状。话没说完，有人拍我肩膀。我回头一看，一个浑身上下发着光的男生站在我背后的上一级台阶上。

唐祁当着我面挂断电话，看不出是高兴还是生气，面无表情地说：“我一直就在你旁边站着，看着你从我面前跑过来、跑过去。”

我举着手机看呆了，忘记回答。抛开他抱了一只巨大的毛绒熊不说，他今天整个人都不对劲儿。一个最最最不让我习惯的改变是，他竟然没有穿夹脚拖鞋。

唐祁他……穿了正常的板鞋！

要知道，自我认识唐祁起，除了数九寒天和上学，他基本上都穿夹脚拖鞋，再搭配短袖和大裤衩。全靠他那张脸撑着，我从没觉得不习惯。

今天的唐祁反而显得不寻常。

我宋周淼何德何能，能在一年当中的九月，看到不穿拖鞋的唐祁。不光如此，他穿了黑色的直筒长裤、简单的长袖卫衣，卫衣里面竟然看到了白色衬衫的领子！！！

不止这些，他居然还戴了一顶黑色棒球帽，身上散发着沐浴后的清香。我严重怀疑他早起出门前刚洗过澡。

这哪里是唐祁？这是顶配版的唐祁——就像从漫画里走出来的一样。

唐祁实在看不下去，将巨大的毛绒熊往我怀里一塞，语气颇为不自然："送你的。"

随后他自己叨咕了一句："傻死了，和熊一样高。"

我还在盯着他看，熊脑袋挡住了我的视线，我压住熊的半圆耳朵，直勾勾地盯着唐祁："你今天……阿嚏！"

熊上面的香水熏得我打了一个巨大的喷嚏。唐祁说："我往上面喷了我妈的香水……"

我没理会，继续补全刚才的话："好好看！"

唐祁浅笑了一下："你喜欢这只熊就好。"

我摇头："我不是说熊，我是说你！"

唐祁微微别过脑袋，手插兜，拉低帽檐儿："怎么那么啰唆……难道你没意识到我是故意理解错的吗？"

然后他踢了一脚并不存在的空气石头，非常短暂地看了我一眼："你今天……也很好看……"

我、我、我无地自容。

不知道是唐祁瞎了眼还是我疯了。我今天完全是处于完成任务的敷衍状态，所以根本没有打扮自己。

想到这里，我迅速转身打了自己脸颊两下，转过来时冲唐祁说：“确实，你看我抹了腮红！”

我这样说他还真信了，唐祁若有所思地欣赏了几秒钟我的“腮红”，我有些怀疑他是不是连腮红是什么都不太清楚。

唐祁仔细端详了我一会儿，然后抬起手向我伸了过来。他的手缓缓靠近，外加上他意味不明的眼神，我瞬间打了个激灵。

我大声喊道为自己壮壮气势：“你、你干啥？”我躲了半步，高抬双手和他见招拆招，两个人打起了太极。我满脸发烫，刚才那几巴掌“腮红”白打了，估计我此时全脸都是涨红的。

可是唐祁并不耐烦和我比画拳脚，他有些不耐烦地啧了一声，随后充分发挥手臂长的优势，一只手攥住我的两个手腕，另一只手绕到我脑袋后面去。

我缩了下脖子，发现我这该死的自作多情……只见唐祁揪住我脖子后面的什么东西，愣是揪到我侧面来给我看：衣服商标。

“衣服穿反了，笨蛋。”他放下我的衣服后领，语气带着极淡的嘲讽，“我说你，天天脑子里都在想什么？”他指了指送我的超级大熊，“熊穿得都比你利落。”

“哈哈哈……”我装作傻笑着，实际恨不得找个地缝钻进去。早上太紧张了，随便拎了一件衣服出来胡乱穿上，然后一上午又都穿着梁禹的马甲工服，根本没注意到这件事。

唐祁说得没错。他送我的熊穿着水手服，蓝白相间的条纹，胸前用白线绣了海鸥和锚，尖尖的三角领子，还戴了一顶特别精神的海军帽子。

虽然我早已过了喜欢毛绒玩具的年纪，但是不得不说，这头大熊看起来神气极了，我能理解唐祁为什么选择它。当然啦，也或许他选择这只熊的原因仅仅是他没有过喜欢毛绒玩具的年纪。

唐祁说完这话，我感觉他还想说一句，但是他没说，把到嘴边的话咽了回去，随后他带着些许懊恼插兜转身，没有要等我的意思。

“快走啦！”他说，“进去找厕所你换一下。”

我抱着熊，站在低几级的台阶上看唐祁拾级而上的背影，心里忽然有些五味杂陈。我猜他刚刚没说的那句话可能是：喂，宋周淼，你找我看电影，又不当回事，是不是根本就是敷衍我？

这么想想，无论从哪个角度说，我都太糟糕了！

可是如果我在这里、在此时和他坦白一切，我觉得我的下场会更惨。唐祁不是个记仇的人，从小到大我俩就是一路拌嘴掐架过来的，哪一次他也没有真生气。但我不确定我把这事坦白交代他会不会生气。

大概因为《X》这部电影实在冷门，放映这部电影的影厅在最里面。整个厅好像就我们俩，外加一只熊。

电影开始前有着冗长的广告，天花板顶灯亮着。出于弥补心理，我一直在烦唐祁。

“唐祁，我去买饮料吧！”

“唐祁，你吃不吃爆米花？”

“唐祁……”

唐祁可能是有点儿热，扯了几下领子，我马上狗腿地献计：“你要热可以脱掉。里面不还有件衬衫吗？”说着我就上手，唐祁吓得直接按住我：“你干啥？”

我一脸天真：“帮你拽着衬衫。”

唐祁紧抿唇，把我的手摆放回我的膝盖上：“不劳驾您了。”然后抬手飞快地把卫衣脱掉，我根本没看清他怎么脱的，只觉得一阵清新的风带着体温的热度扑面而来。随后他的卫衣出现在我怀里，“真要闲，就帮我抱着。”他说。

“唉！得嘞您！”我故意学北京店小二的语气回答他。唐祁笑了一下，我俩间的气氛终于有所好转。

我有一搭没一搭地和他聊天：“你为什么会想到要买熊？”

唐祁靠着座椅后背，语气闲闲：“没有为什么。之前回家路过一家小店觉得……就买了。”

“觉得什么？”

“觉得那只熊傻了吧唧的样子很像你。”

我很无语：“哦，我还以为你专门买的。”

“怎么可能？！”唐祁语气有些嫌弃，“就是凑巧。”

随后我抱起唐祁的卫衣细细闻了闻，领子那里，还有袖子那里，有一股非常典雅的花香，带着柑橘调，淡淡的，不刺鼻，只是不适合唐祁这种男孩子。

“唐祁，”我有些不确定，鼻子持续抽动，“你是不是给你的卫衣也喷了阿姨的香水？”

“你胡说些什么呢？”唐祁情绪有了起伏，伸手把我怀里的卫衣抢回去，扔到稍远的位置上，“抱着这家伙一路，估计是沾上了味道。”

他卫衣兜里掉出一包益达口香糖。

我不甘心，拉起唐祁的衬衫袖子一路闻到他肩膀：“可是你衬衫上也有啊，衬衫穿在里面，怎么也能染上？”

“闻着像是……香奈儿五号？”我说。

唐祁一面推开我，一面惊讶道：“我去，这你也能闻出来？”

“对啊！”我认真点头，“这香水我送过我妈一瓶。所以呢，你为什么要给自己也喷香水？”我眨眨眼望着他，完全是下意识地，又指了指地上的口香糖，“这是你的吗？不捡一下？”

“我没……”唐祁矢口否认，弯腰去够座位底下的口香糖，捡起来又胡乱塞进兜里。

我看到那个是青苹果味的，而我最喜欢青苹果，嘴比脑子快：“咦，你什么时候也开始嚼口香糖了？”

问完，唐祁看了看我，我看了看他，空气有那么一瞬间的凝滞。我重重地靠回椅背，眼睛一动不动地看着大银幕上的东风汽车广告，不再看他。

唐祁那边也没了动静。

横亘在我俩之间的椅子把手给了我不少安慰，直到我余光看到他悄悄地把手臂搭在上面。

天花板的顶灯依次熄灭，正片要开始了。

唐祁那边发出微不可闻的一声嗤笑，手臂越过来用胳膊肘撞我：“至于这么紧张吗？”

我感觉他已经从刚才短暂的尴尬中回满血了。我狠狠转头，手指放在嘴边：“嘘！开始了！”

虽然没指望这电影有多好看，但鉴于我压根就不知道这是演什么的，我还是在内心祈祷它至少正常。

如我所愿，电影的开场特别正常。

一家废弃的工厂，杂草丛生，断裂的钢筋，遗弃的设备，远处一声枪响。

我心说，哦，悬疑片，肯定死人了。

镜头转过，地上一摊鲜血，镜头里只有一只苍白的、没有生气的手垂在地面。画外音是一阵可疑的窸窸窣窣。

我心说，哦，惊悚片，肯定在毁尸灭迹。

再然后，镜头缓缓沿着那只手往上移，整齐的切口以及鲜血淋漓——那是一只断手。

我咽了口唾沫，好像……有点儿血腥。大银幕给那只手的截断面一个特写，太真实了，血流汩汩，筋、骨头，还有我叫不上名字的组织。实在记不太清了，2008 年时影院居然还能放这种？

我垂下眼眸，绝不是因为害怕！我只是想用余光偷偷观察唐祁的表情。他面容淡漠，根本没有被血腥的镜头带起任何情绪。他的手放在我俩中间的扶手上，食指正有一搭没一搭地点着。

我正观察着他手指的节奏，试图从他打的节拍里看出他也感觉有点儿害怕，忽然，那根手指停住了。此时电影里的音乐也变成了阴森弦乐。我持续关注着唐祁的那只手，没有看银幕，音乐逐渐急促，一声惨烈的断弦声中，唐祁的手臂诡异地抽了一下，随后歪倒着扑向我的手臂。我像踩了电门一样激灵了一下，随即疯狂地无声甩动着手臂，毕竟在电影院，虽然没人，我也不敢发出太大的声音。他的手像是章鱼触手一样，我越甩他越贴着。

唐祁被我的反应逗笑，在那边发出闷闷的笑声，他整个肩膀颤着，胸膛里发出轰隆隆的声音。

唐祁笑完，偏过头，眼睛黑白分明，眼神里的戏谑不再。他用来吓唬我的那只手缓缓伸过来握住我的手腕。

“你要是害怕，我这只手给你。”他说。

屁嘞！明明是他握住我，我又没有主动握他。

可是对于他这个提议我并没有反对，因为下一秒，屏幕上出现了断手的主人，那是一个死去不久的年轻男子，脸上带着惊愕，表情狰狞。

另外画面中央还有一个浑身是血的妙龄女子，贞子那样的，她匍匐在草丛里，发出不知所以的咯咯笑声。

幸亏这个场景没有放很久，画面切换，黑屏，随后片头缓缓出现。

我整个人僵在座位上，这什么剧情走向？简直震惊我妈一百年。

“咳……”趁着片头，唐祁装出一副见过世面的样子，状似无意地起了个话头，平平常常地说，“那个什么，你说这是你最喜欢的电影？”

我强打精神，语气生硬：“嗯！别说话了，后面越来越精彩。”

“哦。”他说。

度过了刚刚让我俩如坐针毡的片头，接下来的剧情竟然还不错。

屏幕反射的光影在我俩的脸上交错，我和唐祁维持着他握着我手腕的姿势，安静地看了下去。

这部电影怎么说呢，文艺、慢热、冗长。用超长的时间铺垫女主角是如何从纯粹的白色变成纯粹的黑色。演到一半，我大概明白了这部电影为什么叫《X》。

X，代表未知，女主角每次经历不幸，都面临着她想要成为什么样的人是未知的。可是她的人生前二十多年几乎可以说没有遇到过任何好人，在每一次她试图做个好人时，都会有坏人出现把她拖入更深的深渊。

我偷偷瞟唐祁，他竟然也皱着眉头。他感觉到我看他，也转过来看我，随即我意识到我自己也在皱眉头。我俩苦大仇深地看着彼此。

我皱眉头：“好无聊哦。”

唐祁皱眉头：“确实……这不是你最喜欢的电影吗？”

我：“啊，是的，我喜欢的是有意思的剧情，谁喜欢看这个呀？！”

唐祁若有所思：“也对。”

我：“那个啥，我不害怕了，你别握着我了。”

唐祁猛然松开，大赦般说：“嗯……好。”

他的手松开，只是我俩的手都放在同一个把手上，小指间维持着默契的一毫米距离。

镜头再一次回到女主角窗前的小花上，暴风雨即将到来，小花耷拉着脑袋。我和唐祁同时舒出一口气。再看向彼此时，都在对方眼里看到了如释重负。

我自言自语：“这种不咋地的片子怎么进电影院的？”

唐祁：“不清楚……”

我瘫软在座椅上，刚才一直挺着腰，现在腰酸背痛。

接下来的一小时里，我俩津津有味地看着女主角用不同手段复仇，直到电影结束。

影厅的灯次第亮起，银幕上开始放演职人员表，为期两个多小时的“苦修”结束，我又活过来了。

我伸了个懒腰：“我工作后好久没来电影院了，这次来看电影，还有点儿不习惯。你呢？”

唐祁竟然眼神躲闪了一下，他假装没听见，站起身手里攥着卫衣，指了指我身边的熊：“别忘记拿。”

我不肯罢休：“你上次去电影院是什么时候啊？”

唐祁假装找出口：“咱从哪边出？这边，还是那个门？”

我拉住他，迫使他和我面对面：“唐祁，你不会……”

唐祁轻声笑：“什么啊你，说什么呢？”

他转头到旁边，我跟过去，他转到另一边，我又转过去和他双目相对，直到我从他的眼神里确认了我的猜测是对的。

“你没去过电影院？！我是说，除了咱们初高中学校组织的活动，你……没去过电影院？”

我震惊到无以复加：“你大学没去过？毕业后没去过？哦，你毕业后就去当兵了，没去过也正常。我是说，你大学四年没去看过电影？”这已经足够令我震惊了。

“啊，对对对，满意了吧？”唐祁有种被戳穿后的无奈和愤懑，“这怎么了，又被你抓住笑柄了，宋周淼？啊？”

“满意”当然不能形容我此时的心情。我有一种夺走了唐祁第一次的感觉。

我甚至有些内疚，唐祁第一次和人出来看电影，我竟然带他来看这种没营养的片子。

我记得我第一次去电影院，是我爸带我去的，小学三年级，我爸爸带我去看了《星球大战》。那可是当年的全球票房冠军。超好看的，回家后我拿扫把当光剑舞了一周。

我俩拌嘴期间，影厅的工作人员来巡视影厅。我的眼神往那边一瞟，呆住了。唐祁也往我看的方向望去。

穿着马甲的梁禹从上面的门往下走，挨行巡视，他看到我们俩了，没特意打招呼。

他走到我们身边才指了指座椅上的熊，说了和唐祁一样的话："随身物品别忘记携带。"

正当我以为他要装作不熟而放松精神时，梁禹用一种再自然不过的语气和我搭话："哦，对了，今天谢谢你帮我值班。宋周淼，改天请你吃饭。"

说完这话，梁禹便继续他的工作。他路过唐祁身边时，不知是有意还是无意，明明那么宽的过道，他偏偏用肩膀撞了下唐祁，撞完才说："劳驾。"

唐祁没说什么，垂眸侧开身让梁禹，等梁禹巡视完从前门出去，唐祁抬起眼看我。那眼神不怒不笑的，甚至连询问都没有。

我感觉他要说什么，结果拉开前门的梁禹站在那边，略为不耐烦地喊了我俩一声："咱们要清场了啊！下一场观众要进来了。"

被他这一声打断，唐祁没再看我，手插兜就往下走。路过梁禹时，两个人有了那么一瞬间的对视。

老剧场高高墙面铺着的暗红色天鹅绒幕布垂下来，那一瞬间看得我心惊胆战。从我的角度看不太清唐祁的表情，却能看到梁禹摆出一脸不知情的表情，甚至冲唐祁笑了笑。只是那笑很欠揍。唐祁扫了他一眼，直接迈步走开，等都不等我。

"唐祁！"我赶紧追上去，心慌得不得了。可以说我从来没见过唐祁这个样子。不说话，看不出情绪，真的有点儿可怕。

唐祁走得极快，我下几级台阶的工夫，他已经不见人影。梁禹用后背顶着门，抬手一指："他往那边走了。"

他不装好人还好，这么一句话直接点燃我的火，我狠狠瞪他："你故意的是不是？"

梁禹的笑焊在他脸上："什么故意的？你俩间的事我又不清楚，我只是正巧看见你在这里，刚才给你发的短信你也没回，想起来顺便说一下而已。"

"怎么，你俩什么关系？"梁禹眯起眼睛打量我，又补了一句，"那咱算是扯平了，你帮我家的事保密，我帮你这件事上保密，谁也不欠谁。"

我很想说，我俩都是二十五岁的灵魂啊！话到嘴边，我又觉得可笑。

我没时间和他多解释什么，急匆匆地往唐祁离开的方向跑，刚跑出去一步，手臂被梁禹一把拽住。

“你干什么？”我眼睛要喷火。

梁禹的笑容隐去，一本正经道：“你的熊没拿。”

“哦哦……”我都快急哭了，冲回座位抱起熊。那只熊太大了，几乎和我一般高，下楼梯时看不见脚底下，我还绊了一跤，狼狈得不行。

再赶出去时，梁禹站在旁边不咸不淡地说了句：“慢点儿跑，外面下雨了。”

我默不作声地又折返回去，照着梁禹的脚就重重踩上去。

嗞——梁禹疼得暗暗吸气。我什么话都没说，冲进了大雨。

北京黑天暴雨，雨是直接泼下来的那种，行道树的树枝都被雨打弯了，雨实在太大了。

我脱下长袖卫衣，一股脑儿罩在熊的头上，往下扽，能多罩住一点儿就多罩住一点儿。我的卫衣下面是可以当睡衣穿的宽松短袖，脱无可脱，只得委屈大熊的下半身被雨淋。

雨大到我的眼睛几乎睁不开，也幸好唐祁个子高，路上行人中我一眼就看到了他。

少年除了把连帽衫盖在脑袋上，完全没有做任何防雨措施，插着兜稳稳往前走，和一众弯腰躲雨赶路的人形成鲜明对比，他压根儿没把下雨当回事，留给我这么个背影。我心说还好还好，他没坐车光用走的，我安慰自己唐祁是想让我追上的，他给了我一个解释的机会。

我狂奔了三百米，匆匆忙忙地在绿灯还剩一秒时冲过了马路，拉住唐祁的衬衫袖子。

“唐祁……”我气喘吁吁地说，“电视里遇到误会总会有‘你听我说，我不听我不听’的桥段，我不想这样的事在我们之间发生，所以我直接和你说了！梁禹之前听见了徐卿卿的梦话，知道意识回溯的事，然后我误会了以为他也是意识回溯的。他说如果我想知道答案，就替他值班，所以我今天上午确实是在电影院给他值班的。这就是我一开始的计划！”

我的语速很快，声音也很大，却被雨声盖过了一多半。

“当时我们几个人说起周末的打算，我不想当着你、黎元还有杨其奥，说起我和梁禹还有这层利益交换，所以我骗你了！骗你说要和你看电影，骗你说那个电影我很喜欢，其实我根本没看过……对不起、对不起、对不起！”说接下来这段话时，我感觉我在边说边拼命忍住眼泪，想哭的心情并不是委屈，只是心情起伏太大，我既紧张又激动。

我们站着的地方，一边是马路，一边是长满青苔的灰墙，墙的另一边是公园，瓢泼大雨打在地上，雨声中传来公园凉亭里老头组合弹三弦、唱京剧的悠扬曲声。

天地间的时间似乎都被这场暴雨模糊了，我似乎等了一个世纪那么久，才听到唐祁的回应。

他的眼睛半隐在额前碎发后，碎发的前梢儿被淋湿，滴答着水。我努力仰头才能看清他的脸。

“所以呢，他是不是？”他问。他的声音也说不上是冷淡，只是给我一种他虽然问了问题，但是对问题的答案并不感兴趣的感觉。

“啊……”我反应过来，猛摇头，“他不是，诈我的，他……”

唐祁打断我：“宋周淼，其实我很好奇，也可以说是我想不明白，你骗我的目的是什么？是担心如果他真的也是，你俩之前只是误会一场，你会和他把之前的误会解开，两个人重新在一起，然后一直瞒着我，把我当个傻子吗？”

“你其实一直还是喜欢他的，是不是？你生气、纠结，一聊到他就跟吃了枪药似的，赶在他回国时也借调回北京，实际都是你放不下他的证据。你之前否定，我也自当信了，懒得揭穿而已。我心里有那么一丝侥幸，回溯之后你和我的未来是有可能的。”

“真的不是！！！”我大吼，疯狂制止唐祁的胡乱猜测，但是因为我脑子里也一团糨糊，除了拼命否定他的论断，什么有内容的解释也说不出来。

不是不是，真的不是！我的内心也跟着怒吼着。接着，我几乎是咬牙切齿地骂起来：“你在说什么狗屁！现在这件事里只有你和我，你懂不懂？和其他人没有关系！！！”

“哦。”唐祁说，“所以你为什么要撒谎？在一开始。”

“我、我……唐祁你这个大笨蛋！！”我这样说，却觉得有一堵无形的墙在我和唐祁之间竖了起来。甚至雨到了我俩之间都变得泾渭分明，他在他的逻辑里无懈可击，他的所有自信都变得不确定，而我的拼命解释也显得苍白无力。

唐祁的语气云淡风轻，仿佛在谈论一个和他并无关系的客观事实：“宋周淼，如果你此时此刻和我说实话，我不会生气的。哦，或许会有失落吧，毕竟如你所知，我的确一直对你……”

说到这里他笑了：“也不怕你笑话，我活到二十几岁了，没谈过恋爱，没喜欢过别人，甚至没有单独和人看电影的经历……”

我真的被气到飙泪，眼泪和雨水混杂在一起，早已分不清布满脸颊的到底是雨还是泪。所有情绪涌上心头，我在他直击心灵的问题下丢盔弃甲，此时，一个冲动在我心里生出来。

我一只手拉住唐祁，蹦了起来，我自己都不清楚自己想做什么，只是想用这样的亲近表明心意。

唐祁明显误会了我，他皱着眉头偏开，并不喜欢我这样的不由分说，甚至我的行为在他看来是某种敷衍和冒犯。

咝——唐祁倒吸一口气。我蹦得太高，又因为他的偏头，下巴撞到了他的嘴唇，他的嘴唇压到了自己的牙齿上，一股鲜血从他唇上淌了出来，汩汩的，然后被雨水冲掉。

他用食指蹭了下嘴唇，看了看血迹，又用那种带着嘲笑的眼神看我，好像在说：这就是你道歉的方式？也太逊了吧！

“对不起。”他说，语气故作轻快，想要激怒我的心思非常明显，“你的表现似乎不怎么样。”

我的眼泪唰地下来了。虽然我已经猜到唐祁在说气话，可我十分后悔，第一次觉得自己有些廉价。他怎么可以这样说？

唐祁离开时，我的脚被钉在了原地，一动不能动。我所有的勇气消耗殆尽，所有的热情也被雨水浇熄。我什么话都说不出来了。

他真的戳到了我的死穴。我感觉自己的心在隐隐作痛。

在某个瞬间，我似乎终于想明白了自己行为的不合理。

我和唐祁重新见面，说起梁禹时我像是吃了枪药，根本就不是因为我还喜欢梁禹。我才没有放不下，只是因为我在唐祁面前是自卑的。和他的坚定相比，我觉得自己才是那个傻子。

如果让我重新活一遍，我希望我最好的青春和最值得的人在一起。

我的初吻是和唐祁试探着、摸索着亲吻，我坐在他的自行车后座，一路笑着背对着夕阳回家，我们一起度过大学，进入社会，在家长的祝福下走入婚姻殿堂。我们之间不会有任何乌七八糟的事情发生，这是最好的结局。

我表现出的所有过来人的行为，仅仅是因为我希望别人觉得我从来没有后悔过。我装作游刃有余，是个一切向前看的大人。

在唐祁面前，我是只鼓起所有漂亮羽毛的鸟，虚张声势，就怕他哪一天得意扬扬地和我说："宋周淼，早知道我这么好，你当初为什么不选择我？"

我静静地听了一会儿墙后面的京剧，抱着大熊缓缓靠在了潮湿的墙壁上。

大熊下半身的毛变成一缕一缕的，我的卫衣罩了个寂寞，都是无用功。

我赌气般把卫衣拼命往下扯，结果一把把大熊自带的海军蓝领子扯断了线。

"哇——"我把脸埋在熊里嗷嗷大哭起来，"对不起、对不起、对不起——"

我道歉的声音和雨声、雷声不相上下。

第七章 星星

九月军训后高一正式开学。开学第一周连着下了四天的雨，灰白色的天空像我姑婆家的棉被，又旧又厚。

不知道是一直下雨的原因，还是开学的缘故，又或者是我和唐祁在进行奇怪的冷战，我的情绪一直不高。

没错，关于我和唐祁的冷战，我用了“奇怪”这个词。

他也不是不理我，不是那种严格意义上的、一句话不说的那种，而是冷处理。我和他的关系一下子退回到了比普通同学还不如的水平。

我知道是我有错在先，都这年纪了，也不再习惯于逃避和找借口。那天我哭了一大场，回去冲了个热水澡就去敲唐祁家的门。

是他妈妈开的门，他们一家正在吃红烧牛肉面，他爸光着膀子边吃面边看军旅片，他妈热情地把我拉进去也给我盛了碗面。

但是唐祁的房门紧锁，自始至终没出来和我说话，他妈说他好像有点儿发烧，吃了药在睡觉。结果我要离开时，唐祁穿着大裤衩子睡眼惺忪地推开门，扫了我一眼，径直去厕所尿尿，尿完又晃晃悠悠回屋锁门继续睡。

他爸咣的一下把面碗放下，去踹唐祁的房门：“你小子这什么态度？！还不快给老子滚出来！”这时电视里正好演到团长喊二营长拉来意大利炮轰鬼子城门，吓得我赶紧把面全扒拉进嘴里，稳住他爸：“叔，让唐祁睡吧，我没啥要紧事。”

再有就是开学第一天。我和楼上同时开门、出门，这个时间点也就只有学生上学。我顺着楼梯把手的缝隙往上看，果不其然是唐祁。

我试探地叫他：“唐祁，一起走不？”

他随口嗯了一声，听声音囔囔的，感冒没好。

“你先去吧。”他回答我，转身又开门回去。门没关严前，我听见他妈问他怎么又回来了，他说忘记拿什么东西……我就懂了，他不太想见我。

之前也不是没和这小子吵过架，以他那直来直去的性格，我俩顶多热战几回合，互掐互损就过去了。这次性质不一样。这搞得我也有点儿不知所措，我再怎么样，也是个女孩子，不好太主动认错。

就这样到了周五，终于不下雨了。全班都欢欣鼓舞，因为周五最后一节是体育课。

上体育课前，李老师赶来班里宣布一件事：我们这届宣扬素质教育，高一每个班要分成小组去做社会实践，每小组五到六个人，自己组队，课题自己定，最后要课堂展示成果。

这事我有印象。之前社会实践，我被梁禹收留，和他那个圈子的哥们儿一起去北大清华逛了一圈，PPT 写得特别高大上，实际体验巨无聊。这次我有点儿不一样的想法。

杨其奥迅速和我组了队，只是我们还差三四个人。男生们不知道在说什么，聚在教室后面换篮球背心，时不时还爆发出哄笑。

我往后面看，找唐祁，唐祁正在脱校服。我赶紧闪避眼神，还是被他抓住，然后就看唐祁一脸严肃地攥着球服往厕所去换衣服，生怕被我占便宜似的。

“我们还找谁啊？要不我去问问黎元和唐祁？”杨其奥提议说。说完，她就隔空喊话黎元，“黎元！你们有队伍了吗？”

黎元在教室后方用腚拍球，随口答：“我们都组好了。”

杨其奥有点儿疑惑，转过头和我说：“奇怪，唐祁他竟然不等你，那咱咋办哪？”

我一面说“没事没事”，一面也有点儿生气：“随便他们，我们找我们的，最好找女生。”

杨其奥环视一圈教室：“可是好像其他女生都组好队了。”

就在这时，徐卿卿科学怪咖小团体三人和我们对上了眼。

“要不……”徐卿卿将自己这边的三个人画了圈圈，又指指我和杨其奥。

我和杨其奥叹了一口气：“也只能咱们几个了。”

徐卿卿推了下眼镜：“喂，你们这是什么态度？”

最后一节体育课，天空特别漂亮。西边高阔的天空滚动着紫红色的云朵，空气中有着雨后的清新和凉爽。

我们先跟着老师学了一套新的课间操，随后排队练习三步上篮，全班轮流练一次，练完就可以自由活动。

男生先做，给女生做示范。没轮到的学生在操场边坐成一排，平时几个常打篮球的男生做这个简直是小儿科。

梁禹第三个上，我可真服了他，您说您老人家就不能老老实实做吗？非要显摆。他最后腾空跳起来摸了下篮板，底下的男生几乎都给他鼓掌叫好，女生们也噢了几声，我白眼都快翻到天上去了。

接下来几个男生也学他那么做，非要拼个高低，比谁摸篮板位置高，篮板被拍得砰砰响。

最后体育老师实在忍不住，在一旁抱着记分板吹哨，面无表情地说：“大家不要这样学，考试没分的。接下来都按照正常的动作做。大家都做完，你们该打球打球，蹦天上去也不拦着你们。”

梁禹本来浮着一脸笑，听老师这么说，瞬间笑容就凝滞了。

我在底下没忍住，笑出声，随后呱唧呱唧鼓掌。我鼓掌时看见梁禹往我这边看，我丝毫没在怕的，鼓得更起劲儿了。可是当我不小心看到唐祁时，唐祁的脸黑得可怕，一排学生脸上都是夕阳红，就他整一大阴影，我赶紧转过头当没看见，不鼓了也不笑了，缩回地面当鹌鹑。

等男生轮完，解散去其他篮筐下自由活动，轮到女生。我学号靠前，很快就到我。

我抱着球站在规定的起步点。实话说，三步上篮是我一生之敌。我去机场推个行李箱都能平地摔，更不要提这种需要手脚协调性的体育运动。

“先走左脚还是右脚来着？”我小声问杨其奥。杨其奥比画了一下动作，告诉我：“右腿先伸。”

于是我像老太太扭秧歌一样往前跑了几步，抬手把球送上去，然后就在篮筐下仰脸张大嘴等着看球进没进。

咚的一声，球出其不意地落下，砸到了我的脑袋。

“噢……”我抱着脑袋弯腰。

体育老师在一旁无语，在记分板上打了个叉：“走步、手伸错、球没进……还砸到脑袋。宋周淼，你回去要多练啊！找会的同学多问问、多学学。”我点头称是。

我坐场边等杨其奥时，男生那边打比赛已经换了几拨人了。唐祁气喘吁吁地从场上换下来，介于我和他之间处于微妙的冷战，我以为他会绕开我。结果他径直走向我，然后在我身边一屁股坐下。

我愣住了，只直愣愣地盯着他看，以为他终于要和我和好了。

唐祁坐过来了，却没理我，扭开一瓶冰镇矿泉水，咕嘟咕嘟仰脖灌。他喝水时眼睛盯着场内，以他那专注程度，我以为场上是什么 NBA（美国职业篮球联赛）总决赛。

水顺着他的嘴角淌下来些许，流过喉结，我眼睛都看直了，深深怀疑他是故意的。谁喝水这么大嘴巴？我最小的侄子喝奶都不会漏。

唐祁不会不知道我在看他，可是他偏不转头，留给我一个冷漠的侧脸。

我的确是一直想同他和好，也做好了这次低声下气认错的准备。但是看他这样，又当着这么多人，我有点儿不好意思和他套近乎，外加上刚才组队时心里有气，我就想故意试探一下。

于是我就脚蹭着地，稍稍往远处坐了坐。我也看向场内，不再看他。

而场内正好是梁禹的 showtime（表演时刻），他先是一个闪身晃开防守队员，然后退到三分线外跳投，以我对梁禹的了解，这球肯定能中。于是我赶紧低头抠塑胶操场上的颗粒，坚决不能看到这么精彩的一幕，多看一眼让他显摆成功都是我亏了。

就在这时，唐祁整个人向我这边歪，他飘扬的腿毛触到我的腿，我心一惊。下一秒，他直接抬臂挡在我脸前，把梁禹投歪砸篮板的球挡走，防止我的脑袋二次遭殃。

“行不行啊你？不中的话也看着点儿人。”唐祁粗声粗气，迅速瞥我一眼确认我的脑袋完好无损。

梁禹startswith他：“我有那能耐让球听我的啊？”

唐祁捏着空水瓶塞我怀里，头也不回地站起来往场上走。

我一句“谢谢”卡在嗓子里，看了唐祁一会儿，然后举着空水瓶乖乖找个垃圾桶扔掉。心里不由得疑惑：这算什么啊？算和好还是没和好啊？

扔完矿泉水瓶，我没敢再回那是非之地，正好杨其奥练完三步上篮来找我。

徐卿卿的科学怪咖三人组不爱参与男生们猿猴一般的打篮球活动，总是作为边缘人游荡在单杠边聊天。

我拉上杨其奥直奔他们而去。

“徐卿卿，咱定下社会实践的课题吧。我有个超级好的想法。”我说。

“啊？可是我们三个打算去天文馆。”徐卿卿煞有介事地说，“就算投票的话，我们是三票，你们两票，所以你们的提议不重要。”

另外两个人跟着点头。徐卿卿算是他们中的话事人，另外两个更孤僻，我几乎没见过他们和女生讲话。就算是和女生讲话，眼睛总要看天空。

“你傻啊！”我没忍住骂出来，现在我可不吃徐卿卿少年老成这一套，直接说，“我还没说我的呢，你怎么知道你们中谁不会变卦？”

徐卿卿撇了撇嘴：“好，为表民主，那你也说说你的。”

我竖起一根手指，大声说：“我的社会实践课题是——调研老北京民俗文化之地的街头食品生态。”

徐卿卿三人包括杨其奥瞪大眼睛。许久，我才说：“嗐，就是吃一圈民俗文化街的小吃。”

杨其奥肯定是和我一拨，没想到徐卿卿的两个狗腿也迅速倒戈，搓着手期待道：“咱还可以划白天鹅船，嘿嘿嘿。”徐卿卿瞪他们，难以置信。可是那两人已经开始计算起五个人一艘船，浮力多少，吃水多少。

我用徐卿卿刚才的话术打击他：“四票，天文馆没戏了。”

他脸都快憋紫了，不说话不表态。过了一会儿，他把我单独拉到旁边的双杠上，窃窃私语：“去天文馆是有理由的。”徐卿卿双眼亮晶晶，“那边有个引力体验屋，我想试着意识回溯。”

徐卿卿看见我皱眉头，重重点头，自我肯定道：“既然你都能，我觉得我也能。我想在意识里再看一次我爷爷。我不贪心，我就看他一眼就好了，求你了，宋周淼。”

“别，你别用‘求’这个字眼……”我双臂交叉，顺带把靠近的徐卿卿往后顶。

徐卿卿见我怕这套，他把平时拍老师马屁练就的一身识人眼色的功夫全都用在我身上，变本加厉：“求你了，求你了，求你了，求你了……”

“你，闭嘴。”我深呼吸，恨不得伸手在他白面馒头的脸上打出红色的巴掌印，但是话说出口还是软了几分，“意识回溯哪里是那么简单的？我和唐祁只不过歪打正着。如果你想回就能回，那世界还不得乱了套？你别异想天开了。”

我并不觉得徐卿卿能回溯成功，阻止他单纯是想到他一个十五岁的小屁孩，仅仅是在我的身上看到了回溯的可能性，自己就决定要去尝试什么傻事。这样我可不敢放任他去天文馆胡闹。

徐卿卿顶了下眼镜：“你也说是歪打正着，那为什么我一定不能歪打正着呢？再说了，试试我身上又不会掉块肉。不管怎样，如果你们社会实践一定要去民俗文化街，那我自己一个人成一组，自己去天文馆。天文馆六点闭馆，我买票进去闭馆前找个厕所猫着，没什么的。”

我用食指戳他脑袋，气得牙痒痒：“你这人怎么这么轴？！”

双杠这边堆着上体育课同学的书包，下课前有不少人过来这边拿书包。现在是周五下午，体育课又自由活动，大家可以早回家。

因为我说话有些激动，有个同学奇怪地看了看我俩。我赶紧拉着徐卿卿蹲下继续打击他的密谋大计。

我和他说：“你真幼稚，这世界上那么多人，你问谁愿意随随便便意识回溯啊？我们也只是不得已被困在了这里！”

徐卿卿不置可否地笑了一声：“哦，是吗？那看来二十五岁的你比十五岁的你生活幸福。可我并不认同你的说法，这世界上这么多人，如果有机会的话，我相信百分之九十九的人都想回到过去。而你这样的人才是少数。再说了，我又不是想嫁给男明星，我只是想……想回去看看我爷爷。你劝不动我的。”

科学怪咖组的其他两个人问杨其奥：“他俩在偷偷说啥？”

杨其奥靠着单杠：“在竞选小组长吧。”

我看看他们，转回头压低声音：“就算你要去，那你为什么不能改天去呢？我、我可以到时陪你去。你别自己一个人瞎闹。”

“不行。”徐卿卿摇头，眼神坚定，“必须这周末。这周末赶上满月。”

我简直抓狂：“满月怎么了？！”

徐卿卿看傻子一样看我：“你忘了，是你告诉我，你们回溯来的那天是月食。月食只可能发生在满月的日子。满月这天月球刚好运行到近地点，地月之间引力最强，这时引力对人意识的影响最大，意识回溯成功的概率最高。”

我假装思忖，实际想能往后拖就往后拖：“下个满月不行吗？”

他看穿了我的敷衍，随后对我进行了灵魂拷问：“说真的宋周淼，你难道不好奇吗？如果我这次穿越成功了，那么你在这个世界就能知道我徐卿卿意识回溯以后的事情。”

我有些不确定：“你……说什么？”

徐卿卿伸出手指头给我细数：“你从 2018 年回溯到 2008 年，你有没有想过，2018 年的那个世界里，昏迷后的你变成了什么样子？有没有那么一种可能，2018 年的你的意识来到了 2008 年，而 2008 年的你的意识去到了 2018 年？还是说，自始至终只有一个你，你的意识来到了 2008 年，2018 年的你昏迷不醒？还有，你在 2008 年做的所有努力是不是有用的，潜意识究竟会不会影响你的现实选择？2018 年的你是不是成功嫁给了男明星，你不好奇吗？

“另外，如果我能找到意识回到过去的方法，那我也能帮你找到回到未来的方法。当然，如果你想回去的话。”徐卿卿说得非常认真，认真到我开始思索他说话内容的合理性。到最后我完全镇定下来，居然有了一丝丝动摇。我俩你瞪我、我瞪你许久。

“你听我说。”我冷静下来，一把按住徐卿卿的脑袋交代道，“这样子，周日白天我们正常去社会实践。然后那天晚上闭馆前，我们进天文馆。”

徐卿卿有些激动：“那我们要不要告诉唐祁？”

我心念一颤，眼神不自觉地去找不远处打篮球的唐祁，偌大的操场找了半天没找到，可能他是去上厕所了吧。

“算了。”我部署道，“此事关系重大……先不要和他讲。”

话音刚落，我和徐卿卿同时被大力按住了肩膀。

唐祁那颗头在我俩中间出现，他说："宋周淼，又有什么事情不打算告诉我？"

徐卿卿迅速倒戈："我告诉宋周淼我周日要溜去天文馆尝试意识回溯，她说她和我一起，但是不要告诉你。"

唐祁饶有兴味地点头。

我做贼心虚，指着徐卿卿时冲他挤眼睛："我明明是阻止你来着。好，你等着，周日我就站在天文馆门口拿着大喇叭，你出现我就去喊门卫大爷来抓你，说到做到！"

周日如期而至，唐祁的出现和秋季难得的好天气则不在我预期之内。

我们约在鼓楼前面见，我戴着遮阳帽准备出门搭地铁时，楼上传来开门声。

我和唐祁认识这么久，早已练就一身听开门声识人的本事，有时候我的耳朵比可乐的都灵，所以我一听就知道是他。

"早啊唐祁，我们小组今天社会实践，我先走了！"我边说边一步下两级台阶往楼外狂奔，然后一着急，一脚迈空在台阶上掉了三级才止住，屁股疼得要裂开，我坐在原地龇牙咧嘴。

"急什么？咱俩一起走啊。"唐祁气定神闲地下到我身边，伸手拽我起来。

我拼命暗示："我是去社会实践！"

"对啊。"他说，"我也去社会实践。"

我："那你、去啊……你去你的，我去我的。"

唐祁眨了下眼睛："我是你们小组的啊！"

我梗着脖子嚷嚷："啊？什么时候的事？我是我们社会实践小组的组长，我怎么不知道？"

唐祁说："现在你知道了。"

我就这样稀里糊涂地又坐上了唐祁的自行车后座。不过我心里很清楚，唐祁这是来监视我和徐卿卿的。

前一天，也就是周六，刮了一整晚的妖风，那风吹得窗户砰砰作响，可乐叼着姑婆的拖鞋来和我一起睡。

今天则是晴空万里，风依旧大，天空蓝得出奇，一丝云都没有。

唐祁顶风骑到一半，我才意识到一个问题，于是问了句。

风声大到他没听清：“嗯？”

我扶着他肩膀站起来，在他耳边大声说：“我忽然想起来！咱俩不是还在吵架吗！”说完我喝了一嘴的风。

唐祁没回答，等转过路口不再正面顶风才说：“你说呢？”

我仔细端详他的侧脸，刚才的风给唐祁做了个发型，额前的头发竖起一排。这乱七八糟的发型竟然还不赖，果然时尚的完成度全看脸。

这张脸板着，嘴角却有一丝上扬，那我不就懂了吗？于是我就说：“噢，你的理智告诉你还在吵架，你的情感已经原谅我了。”

唐祁嗯哼道：“前半句说对了。”

我坐下，用遮阳帽的帽檐戳他后背，像鸭子啄草，我质问他：“后半句不对吗？不对吗？”

帽檐顶到他痒痒肉，唐祁抖了一下：“宋周淼，你不要太过分。关于昨天徐卿卿的事，咱俩还得说道说道。”

我继续用帽檐顶顶顶，装傻：“啊？你说啥？”

这一天的社会实践总体来说还算顺利。杨其奥扛着单反负责给我们的社会实践照相。我们在炒肝店比剪刀手，在斜街口喊“茄子”，但是我们没有进去，因为里面都是坑老外的，还去了名人故居，石头剪刀布谁输了谁喝豆汁，最后天色向晚终于排队划上了天鹅船。

人力船蹬起来很累，男生比较有力气，于是我和杨其奥两个人分开上了不同的船。

我、唐祁还有徐卿卿乘一艘，租了一小时的。起初还好，船划到湖中央时唐祁便停下不动，任船缓缓地随着水波原地起伏。

我没忍住看了看表：“租的是一个小时的啊！太阳落山前，咱得把船还了。”

唐祁打量我：“急什么？如果时间超了，多付钱就是了。”

徐卿卿则直愣愣地说：“天文馆周日关门早，我们如果要去的话，得赶在闭馆前进去。”

我坐立不安：“谁说要去了？这个计划不是被毙掉了吗？”

徐卿卿瞪大眼睛：“什么？可是你昨晚还给我发信息，说今天正常实施的呢！”

唐祁笑了笑，学徐卿卿说话：“对啊！正常实施呢！宋周淼。”

徐卿卿没搞明白状况，和唐祁确认：“噢，你最终也决定参与是吧？那太好了！”

我看着湖面，寻思这水有多深，有种想跳船的冲动。

事已至此，我不能再硬着头皮装傻，于是我开门见山：“唐祁，这事我希望你不要参与。”

唐祁微不可察地挑了下眉毛，直勾勾地看着我：“为什么？”

徐卿卿也疑惑：“为什么？”

为什么？我也这样问自己。我昨晚听着风声，闻着可乐的小狗臭臭香想了一晚上。

开学这段时间以来，我的第二次高中生活并不是十分顺利。

不仅和唐祁闹着小别扭，初中学的知识几乎全还给老师了，除了英语这个科目我有着不同以往的令人惊艳的表现，语文科目中规中矩，其他科目都一塌糊涂。

数学就记住了韦达定理，并且刻入骨髓。

可是我们开学讲的是解析几何。什么椭圆公式、双曲线公式，小测十分钟，人家十道选择题都做完了，我第一题的图都还没画出来。

唐祁那边我不太清楚，因为我俩没怎么说话，但我猜他应该也没好到哪里去，因为他开学一周被各科老师叫到办公室十五次……

说完全没有产生回到 2018 年的念头是假的。

我整个人被分成了两半，一半在想当学生真的好难，还是当大人爽，经济自由，想干吗干吗，不用写作业，不用考试，下班回家就可以躺床上刷剧。另一半则是想，如果给这次“回来”找个使命，我的使命就是改变我和爸的关系。

根据徐卿卿的理论，现在的我之所以很少感到脑袋里有巨大的力量在阻止我做出和之前不一样的言行，是因为 2018 年的我的意识已经在 2008 年待了足够久，我的所有不一致言行累积产生了质的变化。弹性形变的初期阶段过去了。

我的潜意识、我的意识与行动都在给命运的范性形变添砖加瓦。

在我和唐祁的身上已经发生了太多过去不曾发生的事情，包括这次看电影然后大吵一架，包括我得知了梁禹不为人知的另一面，也包括我的出现让徐卿卿决定尝试意识回溯……太多太多。

改变越是多，我越是没来由地心慌。这种虚无缥缈，无异于在荒漠中行走，我根本不知道自己的意识会引领我去向何方，最终抵达绿洲还是海市蜃楼，谁也不清楚。

所以我不敢轻举妄动，要我打电话给我爸：“爸！我爱你！你要好好活着千万别死！”我爸会觉得我疯了，然后一个激动弄出个脑梗，殊途同归，这也不是不可能的事。

徐卿卿说的那些可能性，我也仔细考虑过了。如果2008年的我的意识去到了2018年，那个我可真是屁都不懂。既不能用娴熟的英语和客户打电话发邮件，也不能游刃有余地处理上下级关系……她一定会把我千辛万苦升职后的工作搞得一塌糊涂！

如果是昏迷不醒这个选项就更糟糕了。抛开我妈会急疯不说，我和唐祁是在哪里消失的来着？漆黑的酒店安全通道。

如果我的意识回溯到了2008年，而2018年的我和唐祁一直躺在那里，要是一个月都没有人发现我俩，那我俩很可能尸体都腐烂、发臭了……到时候社会新闻的标题：一男子与一女子在逃生通道偷情遇难……可真是糟糕哪。

想到所有种种，或许徐卿卿说得对。

必须有个人让意识回到更远的过去去验证一下，他在彼时做的一切改变，能不能像海浪一样触及此刻。

我们必须证明过去的努力对当下是有意义的。

至于我为什么不想把我和徐卿卿的计划告诉唐祁，也不想拉着他一起去实施……可能是某一瞬间，我害怕了。

我忽然意识到，唐祁和我、徐卿卿不一样，我们的意识回到过去都有事情要做，而对于唐祁来说完全是无妄之灾。

他的爷爷奶奶、姥姥姥爷都还健在，也没有爸爸要去拯救。回到小时候，对他来说仅仅意味着又要遭到爸妈的混合双打，还有各科老师的请喝茶。

所以我要做的，并不是拉着他回到更遥远的过去，而是在完成我要完成的任务后，想尽办法带我们的意识一起回到2018年，在2018年的现实里苏醒。

内心无数想法翻涌，最终我硬邦邦地道：“我欠你太多了，这次不想拉着你一起冒险。”

“哦。”唐祁简单回答，“现在说这个，是因为意识到自己还关注梁禹，所以急着和我划清界限吗？”

徐卿卿瞳孔地震：“你关注梁禹？”

我脑子里一团乱，倏忽起身：“或、或许吧！你开心了吗？现在放我去岸边！我和徐卿卿要去天文馆！”

“你去可以，但是去之前得把话说清楚。”唐祁也站起身，冷淡道，“所以呢，是，还是不是？给我个准话，不要说什么或许。”

我毫不示弱：“和你说了多少遍了，不是，不是，是不是非要我说是，你才满意？你一个大男人对自己这么没自信吗？”

因为我俩的突然起身，船身摇摇晃晃，迎面而来的是杨其奥那艘船，她还忙着举着单反记录素材，冲我们招手：“对着镜头 say hi ！”

我和唐祁谁也没转头附和，而是死死盯着彼此，发射吵架脑电波。

眼看着船头要撞上，徐卿卿在船后面像仓鼠一样猛蹬，他大喊：“你们别吵了！谁来掌握一下方向？！”

没人理他。他赶紧冲杨其奥那边挥手：“你们向左！左！要撞上啦！！”

我和唐祁同时转头吼徐卿卿：“靠边！”千钧一发之际，唐祁抬手，将方向盘往右偏了偏。

岸边唐祁和我对峙，其余人远远看着我俩，谁也不敢上前。

和刚才在船上的剑拔弩张不一样，上岸后唐祁的情绪柔和很多，脸上一直挂着那种不咸不淡的笑，好像我们在说什么好笑的事。

他眼眸低垂，语气轻飘飘：“宋周淼，你和我讲自信，我为什么没自信你心里不清楚吗？”

我摇头，笃定道：“我还真不清楚，我只知道你当兵时一直给我写信，退伍后得知我要回国，一下子差不多半年没理我。那我能怎么想？不就是……”

唐祁扬了一下眉毛：“不就是什么？”

我撂狠话：“不就是𡎺了吗？你说你很早很早就一直喜欢我，好，我信。那你二十岁不说，二十五岁好像是说了，又好像没全说，我要回来见你，你还左怀疑右怀疑我是因为梁禹才回来的！你不是㞞是什么？唐祁，你就是特别㞞！”

话说出口，我不由得打了个冷战。不知道是不是我的错觉，唐祁周遭的空气在迅速降温。

他眼眸渐深，声音低沉：“你是真的忘了还是在这里给我装？”

我皱眉：“什么？”

唐祁抬起头，轻笑一声，状似看了看周遭，太阳西沉，日光正在一寸寸移到湖的那边去。我们被夜幕笼罩。

“宋周淼，我被你搞不懂了。之前我一直以为你是在装傻，现在我甚至怀疑你根本就忘记了。真好笑，亏我一直还记着。”唐祁重新看向我，声音冷得不像话。

我被他这一番质问搞蒙了：“你到底在说什么啊？”

“那一年，你说要去学校地道探险。”

唐祁一字一句说：“我们一起去的，本来男生们都知道我要趁这个机会和你表白，可是你先在那里和我表白了。”

我脑袋轰的一下炸开。

唐祁继续：“你说唐祁，我喜欢你。那我们好好努力，读完大学，那时候再在一起。我说好，我们一起加油。”

“然后发生的事情，不用我多说了吧。”唐祁声音越来越轻，我甚至怀疑他要被我气哭了，“我为什么没自信？你说呢，宋周淼？一个人清清楚楚明明白白说过的话，转眼你就疏远我，和梁禹玩一块儿去了。你让我怎么自信？”

有那么一瞬间我忘记了呼吸，缺氧和莫名的紧张令我几乎站不稳，不得不靠着河岸边的柳树。

我诧异地看着他，半晌才意识到自己只是意念回复他，而没有真的发出声音。我咽了口口水，艰难地道：“你说的这些，我全不记得了。”

“没指望你记得。”唐祁说。

“不是不是不是……”我捶了下脑袋，那里痛得很，就像有一条裂缝，缓缓蔓延碎裂。

我内心挣扎，一定要让唐祁明白我说的话，即使它听起来非常离谱：

“我的意思是，我根本一点儿印象也没有！你确定你说的这些真实发生了吗？我不是怀疑你胡编乱造，而是……我真的、真的一点儿记忆都没有！”

我没有撒谎。这不是简简单单的时间久了记忆淡忘的事情。更何况像我这样的人，明星八卦如数家珍，十几年前上映过的电影、电视剧都依稀有印象。就算是记不清的事情，一说也能记起来。

不会像现在这样，唐祁抛出个事情，我一点儿记忆都没有。太诡异了。

看到我这样的反应，唐祁的眼神里出现一丝古怪，随后那古怪变成了动摇：“你如果说要证据，我没有。地道里只有我们两个人。你当时说了什么，只有我听见了。从地道走出来，你若是翻脸不认，我也没有办法。”

“你还是没有明白我的意思。我没有要逃避的意思。”我一把抓住唐祁的手腕，他吓得后退半步，我坚持拉着他，仿佛这是唯一真实的存在，“唐祁，求求你再好好想想。当时在学校防空洞里发生的事情，我要你把所有细节说出来！”

唐祁：“你……确定？”看着我坚定的眼神，他也换了一个态度对待此事。

“你让我想想。”他顿了几秒才开口，“当时你听说其他人去了，就非常好奇，说你也要去探险。这你还有印象吧？你当时坐在……”他凭空比画了下我们当时的位置，“当时高考完，班里刚拿完分，很乱，我拎着书包到你位子处站着，我记得你当时还在喝纯牛奶，袋装的。”

“嗯。”

我心说这事我的确有印象，但是当时喝牛奶这么细节的事你居然也记得，好变态啊！

“你一边捏着牛奶袋子，一边犹犹豫豫又想去，胆子装得很大，但实际很菜，我当时、当时心里也有鬼，被其他男生怂恿，想趁你在防空洞里害怕，还能保护你，然后顺便表个白……”说到青春时期的小九九，唐祁耳朵红了。

“结果没想到我一邀请你，你立马就答应了。进防空洞后里面很黑，你开始有点儿害怕，一直抓着我校服一角，离我远远的，我很不爽。后来我假装吓唬了你一下，你立马攥住我的手。我第一次表白，想酝酿下再开口，一拉手就表白显得我太没出息了。可是下一秒，你就先我一步表白了……我当时心里开心到爆炸，可是没有明着回复你，想的是我要撑一撑装深沉……不能让你觉得得到一颗少男心太轻松，怕你不珍惜……”

“哎，你等下。”我打断唐祁，“这里到之前的片段我依稀是记得的，可是你确定？你吓唬我，我没有揍你？我应该是揍你了吧！而不是手拉手！”

这怎么听也不像是我当时的性格啊！

唐祁被我说得也开始怀疑，他想了想，说：“没记错，咱俩当时确实手拉手了。我第一次和女生拉手，还在想你们女生是不是没有骨头？为什么能这么软，还很滑，泥鳅似的……当时我使劲儿也不是，不使劲儿也不是，纠结半天，出了一手的汗。我记得很清楚。”

我还是不信：“我揍你了，肯定没有拉手！”

随后我俩开始了三秒钟的皱眉头对视，彼此都不是很信服。

“不对。”我俩同时说道，说完又开始沉默。再开口时，我先说：“唐祁，你有没有发现不对劲儿？”

他缓缓点头：“嗯……”

“我的意思是，你有没有发现，咱们两个的记忆在这个点上出现了偏差？”

他又缓缓点头：“嗯……”

我说：“我在想……”

这次没等我说完，他就接道：“嗯……”

说完，唐祁回头，喊徐卿卿：“咱们现在就去天文馆，现在，立刻。”

一众人骑上自行车浩浩荡荡往天文馆出发，我坐在唐祁的车后座上，徐卿卿他们租的是景区双人自行车，轴承很涩，骑起来分外艰难。

他勉力跟上唐祁的速度，大口大口地喝风也要和我讲话：“你们发现什么了？”

杨其奥在徐卿卿双人自行车的后面，一边蹬一边说：“喂，咱们现在什么情况？谁能给我们几个不知情的解释一下？”

我看向杨其奥，简短回答：“我们想再尝试意识回溯，去搞明白一些事情。”

杨其奥："什么？"

徐卿卿落后又跟上："搞明白……等等，不是为了让我回去看我爷爷的吗？"

我说："你可以看你爷爷，但我也要回去！"

唐祁偏头："也算我一个。"

因为刚才和唐祁掰扯那些陈年旧事耽搁了一阵，为了赶在天文馆闭馆前进去，我们挑了胡同小路走，抄近路，还没红绿灯。

今晚本应能看见月亮，但傍晚时突然起了雾，现在太阳落山了，天格外黑。胡同的路灯昏黄，我感觉我们在这条路骑了很久，久到周遭完全黑下来，夜雾也起来了。

我一心想着意识回溯，脑海里拼命回想着小时候和我爸发生的种种事。等我察觉到不对劲儿时，周围已经变得十分安静。浓雾笼罩过来，前路像是个黑黝黝的无边无底的洞。

"唐祁！"我大喊。唐祁和徐卿卿的声音同时响起，可他们的声音像是从很远的地方飘来的。

唐祁也在喊："宋周淼！你在哪里？"

不对啊？我不是坐在他自行车后座上吗？我甚至抱着他的腰。可是当我细看时，我抱住的是一团雾，唐祁早已不见踪影。而自行车还在往前冲，往那个深不见底的黑洞里冲……

徐卿卿则大喊了一串地址："南三屯 ×× 楼……"

当我彻底失去全部意识前，我脑子里就记住了徐卿卿最后说的话："如果我的意识去不了，你就帮我去我爷爷家，我刚才和你说的地址！一定要告诉他，我考上了科大！学了天文物理！和他一个专业！我还交到了两个最好的朋友！"

我猛吸一口气醒来。

夏夜，晚风，不停后退的行道树，满是汗的后背。

我坐在我爸的小摩托后面，他光着膀子，我嫌弃得不行，努力往后坐，生怕挨上他的大汗背。

"去了你姑婆家，别告诉她我和你妈又吵架了，知道不？"我爸在前面嘱咐我，"我和你妈的事不要担心，我们都是大人，就算是以后离婚了，我们都是爱你的，你老爸我虽然没什么本事……”

啰里啰唆的。

我恍惚了一阵，伸出手看看自己，好像自己又小了。可能是十二岁，也或许是十一岁。

我又摸摸我爸的后背，一手的汗。

我爸被我摸蒙了，他偏头看我：“咋啦？”

我没回答，而是抱了上去，抱住他微微发福的肚皮，脸贴住他的后背，什么话都说不出来。

就像我之前说的，我爸妈还没离婚时，大晚上一吵架就会把我送到姑婆家。

到姑婆家小区门口时，我自觉地从后座跳下来，低着脑袋往小区大门走。没走几步，被我爸叫住：“淼。”

我回头不解地看他：“我明天上学要带的书都带了，怎么了？”

我爸也很不解，呆呆地站在那里，像只呆头鹅，等待着什么一样。

除了提醒我带书，我实在记不清还有什么仪式了。我肩膀上的书包确实沉，都说小学减负减负，我包里起码背了十几本书，怪不得我个子不高。

我爸和我就这样呆呆地对视了好几秒，直到他挠挠头露出羞赧的笑，点点自己的面颊，腼腆道：“你走之前都亲一口老爸的。”

我目瞪口呆。我有吗？这是什么时候的事，我怎么不记得了？

我爸显然对我的遗忘一无所知，他看我站在原地不动，也不勉强，只是脸上有些落寞。他什么话都不用说，我都能看出来，他心里一定是在说：唉，养闺女总有变生疏这么一天的。

只是这一天早不来，晚不来，偏偏赶上我又意识回溯的这一天来。

夜里昏黄的街灯正巧站在我爸身后，给他的脸上投下一片阴影。这个光膀子的汉子重新跨上他的小摩托，抹了一把脸上的汗，说：“也是，这大热天的全是汗，别亲了。爸走了，周末来接你。想想到时候吃什么好吃的。”

趁他转动钥匙启动时，我什么都没想，急匆匆地跑过去，极不情愿地踮起脚轻轻亲了他脸颊一口。

这张糙脸，黝黑，又带着汗味，还有几个年轻时抠青春痘遗留的痘坑，我实在不想亲。我爸并不丑，以前也挺白净的，后来不断换工作，越换工资越低，越换工作越累，生生把自己这张脸给晒黑、晒糙了。

面对我突如其来的助跑亲亲，我爸显然开心了。他也太容易知足了，完全无视我用袖子擦嘴这一动作，咧开嘴冲我笑呵呵。

我嫌弃得不得了，冲他挥手：“快走吧，路上小心。”

小摩托突突突地消失在夏夜小路的尽头。

姑婆家小区还是一如既往地黑。草丛里蟋蟀的叫声和树冠里小鸟的啾啾声时不时传来，我却一点儿也不怕，毕竟我也二十五岁了。

大人真是不容易啊！这是我长大后的感想。很多时候事情就是会事与愿违，运气有时候就是会一直很差，谁也没办法的。而像我爸这样，屡败屡战，屡战屡败，从三十五岁往后就没一件事顺心的男人，还能该吃吃该喝喝，踏实工作，没闹自杀什么的，已经够可以了。

心里一阵唏嘘，随后我想到我自己。

我现在面临着两个窘境，一个是我一个人回溯到了更早的过去，唐祁没有跟过来。刚才我看了下书包里的课本，小学五年级，很好，很好……我从二十五岁变成了十五岁，现在又成了十一岁。

另一个是，我现在有点儿呼吸困难，就是字面意思。

起初我以为是仲夏夜的缘故，天气闷热，可是从刚刚下车开始我就开始有点儿喘不上气。两个鼻孔已经不够用了，我从小区门口走到姑婆家门洞口这么短短的路，已经开始大口大口呼吸了。

就好像是到了氧气稀薄的高原，我的肺缩小了，我必须拼命张大嘴，才能让足够多的氧气灌入身体。之前刚回溯到十五岁见梁禹时的感觉又找上门来，就是那种眩晕感，脑子里有只小鸟一圈一圈地飞。

我猜，是因为我陷入了更深的过去，就好像人潜水，越往下身上的压力越大。

身体里那股巨大的反作用力好像随时要把二十五岁的我的意识弹出这具身体——我当然迫切地想要回到有唐祁在的 2008 年，可我深知，趁目前我还能勉力维系正常的行动，必须把该做的事情做了，努力践行咱中国人的传统美德——来都来了。

楼道里都能听见唐祁家鸡飞狗跳的。这是这倒霉孩子最惨的几年，天天都要遭受爸妈的物理超度。搁以前我是幸灾乐祸，觉得他活该。换现在我实在心里不落忍。于是我又往上爬了一层楼，去敲他家的门。

门敲响后，门后面迎来了暂时的宁静，过了好一会儿，门开了。

唐祁那小身板抵着纱门，他撩起门帘，屁股疼得龇牙咧嘴，还要拼命装作若无其事："什么事？"

阿姨就站在身后，手里还拿着擀面杖。

我心里一咯噔，我没少去他家吃红烧牛肉面。他妈做的面是自己手擀的，特筋道。现在想来，我吃进去的牛肉面，那擀面杖白天擀面，晚上擀唐祁屁股，四舍五入我吃了唐祁的屁股……呕……

我赶紧制止自己更进一步的遐想，强作镇定编瞎话："阿、阿姨，我来找唐祁问作业……"

话说出口，我、唐祁、唐祁他妈三个人都露出了难以置信的表情。

说唐祁那时候是猪吧，他真喘。我说完，他一脸坦然说："你要哪科作业啊？反正我都没写。"丝毫没意识到我是来救他的。

我内心里的小人在捂脸，带不动，真带不动。

他妈直接伸手拧他耳朵，他嗷一声。阿姨声音高了八度："没写？明天就周一了，你大周末的干什么去了？"那架势把我也吓一跳。

我赶忙说："没、没写？没事没事，那我有题不确定，你能来家帮我看看吗？"

唐祁完全不上道，那张臭嘴又大剌剌地说："哈？你不会的我更不会了，问我干什么？"

我瞥眼见到阿姨的怒气值已经由红变紫，抢先一步把他拉了出来："不会的话咱商量着啊，这么晚了别磨叽了！快来一起写作业吧！"

阿姨放下唐祁的耳朵："把你作业拿上，去淼淼家好好写！今天不写完晚上别进家门！"

他妈说着，还把擀面杖塞我手里："淼淼，你帮阿姨好好监督着，他不好好写你就拿这个揍他！"

就这样，我一只手牵着不情不愿的小屁孩唐祁，一只手拎着擀面杖，脑袋瓜子嗡嗡的，回到了姑婆家。

第二天学校课间，我蹲在学校墙角盘算着翻墙出学校找徐卿卿爷爷。这对十一岁一米四五的我来说不是简单的事。

更何况我今早起来在卫生间喘了十几分钟才缓过来，身体里那种撕扯和挤压的感觉越来越重，已经到了无法集中注意力的程度。我心里有种预感，或许是今晚，也或许是明早，总之不会太久，我的意识可能就会回到十五岁的那个世界。说来惭愧，在这样的糟糕状态下，上课时老师让我回答小明何时追上小红，我都没列出方程式来……

操场上男生追跑打闹，女生聚众踢毽子，唐祁的小身影一路东张西望地溜达。他看见我时，便直直向我走来。

“喂。”他站在我面前，跩得不得了。

小学生唐祁长了一张不知天高地厚的赖皮脸，实话说，我要是他妈妈我也忍不住揍他。还好昨晚放他回家时我把阿姨祖传的擀面杖交给可乐保管了，这能保唐祁一时安宁。

我顶着大太阳站起身，比他高上半头，简直太爽了，谁也没告诉过我穿越到十一岁还能体会一把我比唐祁高半头的快乐啊！当然，我深知这样的快乐享受不了多久。印象中我俩上初一时就一样高了，而后我这不争气的身体停止生长，而他一个夏天拔高了十五厘米，简直犯规。

我居高临下地说：“喂什么喂？你这是和救命恩人说话的态度吗？”我边说还边用手比个子，没错，现在的他比我矮好多！嘻嘻。

唐祁语塞，退后半步，妄图用这种方式让我们的身高差没那么显眼。

“你那个……”他踢了一脚并不存在的石子，支支吾吾。

“我哪个？你找我什么事？”我不耐烦地回答。

唐祁脸上出现红晕，他躲闪着眼神：“你怎么一个人蹲在这里啊？为什么不和女生去踢毽子？被排挤了？”

“才没有，我人缘好着呢！只是太晒了。”我没直接回答，总不能说我计划着要翻墙逃课吧。

唐祁狐疑地看看我蹲着的地方：“可是你在的这个地方也很热啊！一点儿阴凉也没有。”

我直接问：“到底什么事啊？快说！”

“那个我、我其实是想问，你在学校没人欺负你吧？”不等我说，唐祁大声说，“以后要是有人欺负你，你就和我说，我、我以后都罩着你！我以后也不和你抢电视了！鸡腿儿也都让给你吃！”

小屁孩时期的唐祁忽然郑重其事地和我承诺，令我有些猝不及防。合着他是才反应过来昨晚我的雷锋行为，真是有够迟钝的。

我转头看了一眼太阳，可恶，中午的太阳正当空，并不能判断是不是从西边出来的。

唐祁说完，见我没反应，他忽然有些恼怒，使劲儿呼了一下自己后脑勺，恨恨地自言自语："我这是发什么傻！算了，你当我什么都没说好了！"说着转身就要走。

我赶紧叫住他："嘿，别走。"

唐祁看我，我有些不好意思："那个什么，既然你想表达感谢，就帮我一件事……"

"你能蹲下当板凳吗？我需要踩着你翻墙。"

"一、二、三、起！"唐祁自己念着口号，然后咬紧牙关颤颤巍巍努力站起来，用他那小身板愣是把我扛到了墙头上。

等我安稳地跨在墙头往下看，唐祁正满头大汗仰脸看我。大太阳把他的眼睛晒成一条缝。我嘱咐他："要是老师问起来，你记得要说什么吗？"

唐祁嘴上应承着，脸上却写满了担忧："我知道，就说你肚子疼去医务室了……可是宋周淼，这年头我都不逃学了，你到底要去干什么啊？你说的这个徐什么卿卿，是男生还是女生啊？我怎么不认识？"

我回答："是个男生。"

唐祁一脸的不自然："哦……你去看他干吗？"

"我是去替他看爷爷，又不是去看他。"

看唐祁还皱着眉头，小男孩的苦闷心情都写在脸上。

我忽然郑重道："嘿，唐祁，这个徐卿卿是咱们两个共同的朋友。以后他会帮我们很大的忙，所以我必须还这个人情。"

"以后的事你怎么会知道？"唐祁没明白我在说什么，我也不想多做解释，只是笑眯眯地看着他。

唐祁转过脸嘟囔道："总觉得你从昨晚到现在都怪怪的。"

"算了，不管了……那你路上要小心。"唐祁双手插校服兜，低头踢空气石子撂狠话，"太晚回来我可要告诉老师的！说好了我只替你打掩护两节课。"

我看着唐祁小朋友那颗毛茸茸的圆寸头，脑壳正中央还有被老师扔来的粉笔头的白色粉屑，忽然心里起了温柔。我知道今晚的"我"可能不会回来了，等他晚上见到我，说不定就变回了十一岁的我。十一岁的我和十一岁的唐祁可谓水火不容。

于是我打断他："唐祁，如果今晚你见到我，我又对你凶巴巴的，你不要觉得奇怪哦。你、你记得让让我。你如果和我好好说话，我也会对你好好的。你对你爸妈也是，他们其实很在乎你，只是吃软不吃硬，你别总拧着来。但凡听话一些，他们也不会总揍你。"

唐祁看我，黑亮的眸子里写满不解："你在说什么啊？喂，我什么时候没有好好说话了？！"

这个年龄的男孩子根本不愿意听说教，对任何事都无所谓，听我提到他爸妈，更是像被踩到了尾巴的猫，毛都竖起来了："他们揍我我又不疼，揍就好了！管那么多……啰里啰唆的。"

我不管他理不理解，继续说道："你看你，现在就没有好好说话啊！呛呛的，你是不是以为这样很酷？女生都喜欢温温柔柔的男孩子，你以后就后悔吧你，将来长大了追我追不到就赖你小时候总凶我，活该二十五岁还单身没女朋友！"

唐祁瞪圆眼睛："我哪里凶过？不对，我长大才不要追你呢！我又不喜欢你，你胡说什么啊！"说着他像猴哥一样开始抓挠手臂，好像想到喜欢我是件让他浑身不舒服的事情一样。

"女朋友想想就麻烦，我一辈子不会找女朋友的，我要和陈秦、屈晨、王缤滨玩一辈子！"唐祁信誓旦旦地说。

我简直内心要笑死，他说的这几个人都是他小学的男生死党，别说玩一辈子了，上了初中就没联系了。

"喂，你刚刚怎么脸红了？"我冲他做鬼脸。

"脸红是因为晒的！"他把自己鼻子顶成猪鼻孔，也冲我做鬼脸。

看他这样，我佯装生气："我不和你说了，爱听不听，我要走了。"说着，我就要扒墙翻身下去。

唐祁在下边赶忙叫住我："哎，别走！"

我重新撑起来，趴在墙上煞有介事地问："什么事啊？"

唐祁一边生气一边扭捏："那个什么……我刚刚和你说的，关于我罩着你的事，可不可以不要和别人说？"

我逗他："怎么，反悔了？为什么不要告诉别人？"

“没有反悔！我答应你的事说到做到！但是不要告诉别人，我怕我的兄弟们会笑话我……我和他们说我和你是死对头，说我觉得你一点儿也不好看。”

我笑到要从墙头掉下去。等我笑够了，看唐祁有点儿紧张地等我反应，我又变回严肃脸，答应他：“好啊，我保密。”虽然我心里想的是，答应不答应的也没大区别，晚上的那个我不一定记得这件事。

课间结束的铃声回荡在操场，我是真的要走了，于是我抓紧最后一点时间和他说：“喂，刚才说的话你不要不听，而且我很负责任地告诉你，你以后会成为一个非常厉害的大人！你去当兵，拿过奖章，帮老乡捉过鸡，挑过粪，还在海岛发洪水时救过人！”我绞尽脑汁想一些唐祁曾在信里给我讲的事迹，以此鼓励十一岁的他。

最后我说道：“当然啦，未来会有一个全世界最最可爱、最最漂亮、最最有趣的女生喜欢你。”

唐祁张大嘴，眼里写满兴奋：“我这么牛的吗？谁啊？”

我大言不惭，笑得灿烂：“就是未来的我呀！”

唐祁的笑容肉眼可见地垮掉，从惊喜到惊吓只用了0.1秒：“嗐……无聊，自恋。信你才怪。”

已经从墙上翻下去后我才想到之前徐卿卿对我进行的一系列灵魂拷问：“你怎么证明你过去的意识会影响到你未来的选择？”

我隔着墙喊：“唐祁，你还在吗？”

墙那边窸窸窣窣，过了几秒钟，唐祁的脑袋出现在墙头，他竟然凭借一己之力就攀上了墙：“在啊！啥事？”

我浑身上下翻了个遍，试图找点儿什么东西交给他，最后我在校服裤子兜里翻出了一个已经被挤扁的、不知什么时候放到口袋里的黄色卡纸星星。

“接着！”我扔给他。唐祁努力伸出手臂接住：“这是什么啊？星星？”

“嗯！”我仰脸大声说，“这是信物！如果你再见到我，我是说现在的我。”

我使劲儿点点自己：“你再见到我，就把这颗星星还给我！如果你不小心弄丢了，也没关系，到时我会问你，我给你的星星是什么颜色的？

你回答黄色，我就知道我们在此时此刻见面的事情是真实的！”

唐祁懵懂地点头，我朝他挥手：“那我走啦！拜拜！”

他一只手捏着星星，另一只手下意识冲我挥，然后他双手同时脱离墙头，下一秒就从墙上掉下去了。

徐卿卿说的那个地址我知道怎么走。

很奇妙的是，他爷爷家住的那片有一群旧楼，后来拆迁了，我之前在那边补习过英语。117 路公交车能直达，除了在一个左转路口堵了二十来分钟，路程中一切顺利。

那是一片和我家差不多一样旧的老旧家属楼，就连外观都很像，我之前来这边时还走错过路。

有点儿出乎我意料，我以为徐卿卿家那么有钱，爷爷应该住别墅，再不济也得是个高档点儿的商业小区，家里十个保姆照顾那种。可是当我踏入小区，路面坑坑洼洼，前一晚下了雨，小区门口井盖是敞开的，两个检修的人蹲在那边观察，说是下水道堵了。

院子里坐着两三个晒太阳的爷爷奶奶，我询问了一下。他们看我只是个小孩，不是推销骗子，就给我指了路。

徐卿卿爷爷家在一楼，比较偏，窝在两楼交界处。今天太阳这么大，我走过去都觉得阴凉。起先我还走错了，走到阳台那面，窗台上摆着一排茉莉、月季和文竹。当我踮起脚往窗户里看时，一个矮矮的白胖老头和我大眼瞪小眼。徐卿卿简直和他爷爷是一个模子里刻出来的。

“您是徐卿卿的爷爷？您好哇！我是徐卿卿的同学，他让我来看看您！”我大声打招呼。

老头把窗户开了一道缝，淡淡的花香飘出来。

“同志您好，我是徐景材，请问您怎么称呼？”老头回答得严肃恭谨，努力把手从窗户缝里伸出来，俨然是一副要和我握手的架势。

那只长满老年斑的手伸到我面前时，我看到爷爷手里还攥着一块掉渣的桃酥。

我愣住了。这是什么情况？他管我一个小孩叫同志，还要和我握手。

就在我不知所措时，老爷爷身后传来声音，是保姆：“外面谁呀？你在和谁说话？如果是推销的，千万不要理！”

保姆走过来，看起来是个五十上下的阿姨，见我是个小孩子，舒了口气。我重新做了自我介绍，阿姨指了指正门："来，从这边进。"然后她用手挡着嘴，小声和我比画，徐卿卿的爷爷得了阿尔茨海默病，脑子不好使。

小小的两居室，其实按现在的规格只能算作一居室，因为老房子没有正经的客厅。保姆的临时床铺就摆在电视机旁，屋里说不上来是什么味道，像是食物坏掉了，又好像是动物园里的尿臊味。

徐卿卿的爷爷走路非常慢，一步带半步地往前蹭。裤子那里鼓鼓囊囊的，我看了一眼，立马反应过来是穿了成人纸尿裤，于是我赶紧移开视线，不再看了。

老头上身穿得却十分体面，微微发黄却十分平整的涤纶白衬衣，扣子扣到最上面，左边口袋上别了一支钢笔，露出一角格纹手帕——老一辈知识分子的装扮。

阿姨问我喝什么，我说随便都行，她便给我倒了一杯冰可乐，端给我时告诉我："徐卿卿爱喝可乐，天天家里都备着，就等孙子来喝。可自从老头脑子不好使了，不认得人了，那小子就再没来了。"阿姨放低声音，"唉，也不怪他，一时接受不了也很正常。别看老头现在这样，年轻时可厉害了，是科大最早一批的教授。"

"但是可乐没过期啊！"阿姨爽朗笑道，和我保证。阿姨张罗完就去小卧室了，她说刚才老头尿床上了，她要去清理一下。

我一口一口啜着可乐，老爷爷一直笑眯眯地看着我，特别有礼貌，说话慢悠悠的，一会儿问我在哪个单位上班，一会儿问我院长派我来是不是有新的工作交给他，他保证不负使命，努力做好研究工作。

虽然那些问题都很离谱，我却不想随意敷衍。

问我在哪里上班，我说的就是我正在做的工作，包括公司做什么产品的，都详细给他讲，一点儿也不敷衍。老头听得津津有味，但我也不知道他听懂了多少。

"徐卿卿您还记得吗？"我小心翼翼地问道。

老爷爷眼里显示出些许迷茫，他看着我头上方的墙片刻，随后指了指我手中的可乐："他爱喝这个。"

我赶紧点头："是的是的。"

爷爷笑眯眯地说：“我和他下棋。他可聪明了，八岁以后我就下不过他了，小时候追着听我讲天文物理。”

我不敢打断，因为我也接触过阿尔茨海默病病人，这样的老人意识清醒是一阵一阵的，有时候能记起来，有时候就完全沉浸在年轻时。而我今天还算幸运，赶上了爷爷清醒的时段。

“只是那孩子有点儿内向。”爷爷摇头叹气，“小学时总被欺负，交不到朋友。”

听到这话，我才想起自己此次前来的使命。我的意识再次回溯，徐卿卿大喊着让我告诉他爷爷两件事：一件是他一定会上科大，一件是他交到朋友了。

第一件事我有些犹豫。这件事过于重大，我不敢轻易说出口，意识回溯这件事过于奇妙，谁也不知道这对未来会有什么影响。

第二件事我却可以说，于是我轻轻拉住爷爷的手，说道：“徐卿卿让我告诉您，他交到了好朋友。有两个呢！一个叫许迪，他这个人超级逗，回答问题一紧张就爱扭。

“另一个叫谢甲鼎，哈哈哈，他的发型挺放荡不羁的，而且他很爱留小胡子。他们两个和徐卿卿组成了一个小团体，每天都聊好多我们听不懂的话题。虽然他们三个是有些奇怪啦，可是他们人很好，很善良，下课主动去老师办公室帮着发作业……”

不知不觉，我就把徐卿卿和他的两个好朋友的事迹全都讲给了他爷爷听，有些诸如拍老师马屁的行径，也被我包装成了热心班级事务，主动帮老师做事……

我说的时候，老爷爷非常安静，没有打断，也没有不耐烦。或许他都听进去了，嗯，一定都听进去了，有时候人即使什么都不说，看眼神也知道的。我看见，徐卿卿爷爷的眼神十分清澈，十分专注。

说到最后，我实在没有任何故事可以讲给他听了。爷爷开口说道：“真好啊，真好啊！”

我说是的，确实很好很好。

爷爷又说：“卿卿小时候回来和我哭，说小朋友们都说他是怪人，不和他玩。他是不是只要变得正常，就会交到朋友。我告诉他，你只要做好自己，不用改变什么，总会遇到和你一样的人，他们会成为你的好朋友。在遇到他们之前，你只需要学会勇敢和坚强。看来他做到了。”

我只有点头。对的，对的。

一念之间的事，我忽然说：“徐卿卿他以后一定能考上科大的。他让我告诉您。”

爷爷听到“科大”这两个字时非常安静，似乎是想起什么，抬手摸了摸别在衬衫口袋上的钢笔，拔出来，我这才发现那只是钢笔帽而已。家里人大概是怕钢笔墨水不小心染到衣服，便用笔帽应付他。

爷爷看到笔帽也是一怔，眼神开始变浑浊，随后开始嘟嘟囔囔：“不行啊，不行啊！要找到才可以给他。”

阿姨这时抱着床单、被罩从小卧室推门走出来，看到我俩在讲话，笑着说：“你倒是能和这傻老头说到一块儿去。”

我有些着急地站起来：“爷爷刚刚还好好的，现在好像又糊涂了。”

阿姨摆手：“很正常，这种病后期恶化得很快。现在一天当中很少有正常的时候，神道着呢！”

我听到这话，忽然感到有些悲伤。不是因为徐爷爷得了这个病悲伤，而是想到，他为数不多清醒的片刻一定很寂寞吧。

在我告辞时，徐卿卿的爷爷已经完全变回了一开始的模样，他在家里走来走去，嘴里不停地念叨着什么院长派任务，自己要好好工作，时间不够用这类的话。

阿姨问了我怎么回去便没再留我。我踏到门边时，徐卿卿的爷爷忽然冲过来，激动地握住我的手，塞给我一块桃酥：“拿上这个路上吃。回去好，回去好，早点儿回去吧，回到你来的地方。谢谢你来看我，谢谢。”

从徐卿卿爷爷家出来，我就觉得不太对劲儿。明明这么热的天，我却感觉浑身发冷，是那种发烧感冒时由内而外的冷。

我抬头看中午最烈的太阳，却发现天上分出了两个太阳，一个发绿，一个发红，两个太阳时而交汇，时而重叠，我眼中的世界时而艳丽，时而黯淡。整个世界像罩了一层诡异至极的滤镜。

我眼花得不得了，吓得我赶紧闭上眼睛。可再睁开时，周围的事物开始围绕着我旋转，脑袋和胃疼得人一抽一抽的。

我的第一反应是刚才喝了太多的冰可乐，一股想吐的感觉从嗓子眼里翻涌上来。整个人从头到脚都不舒服，我只好扶着墙停下来。十一岁的我像根虚弱的金针菇，歪斜着靠墙站着。

坐在马扎上的老奶奶发现我的不对劲儿，远远地问我，我实在没有力气回答。我整个人就像要被撕成两半，呼吸不了，心跳加速。我睁着眼睛看开裂的水泥地，我眼中的世界在震颤，有一种世界在缓缓抽离的感觉，我的意识也从这具身体里被生生剥离出去。

又疼、又冷、又晕、又想吐，我现在是一种难以形容的难受。

奶奶们围上来，她们的声音虚虚地飘浮在我脑袋的上方。

“这孩子怎么了？眼珠转得吓人！”

“大太阳底下就中邪了！按她人中！”

略带粗糙的手按上我的人中，上嘴唇压在牙齿上疼得我一时间分不清是升天了还是入地了。

我眼前开始出现奇怪的场景。是很小的时候在我家破旧的楼道见到的那只大蜘蛛。它织了一张巨大的可以笼罩世界的网，所有我认识的人，爸、妈、唐祁、杨其奥、徐卿卿，还有他爷爷……都稳稳当当地站在网的上面，面无表情地看着我。

只有我身下是一个巨大的洞，我开始不停地往下坠、下坠……

伴随着下坠，很多画面像幻灯片一样出现在我眼前。它们贴在一条长长的发着冷光的丝带上，一帧帧地飘过我面前。我被迫看它们，有些画面我熟悉，有些我并不清楚是什么时候的事情。

彻底失去意识前，我的耳边响起了两句话。

一句是徐卿卿爷爷临走时和我说的：“回去吧，回到你来的地方。”

一句是熟悉又陌生的叫喊：“醒醒，醒醒！宋周淼！”

第八章 回到那年称王称霸

小伙伴们争先恐后地挤到我脸前，争夺我视线范围内最大的空间。

我睁开眼，又闭上，再睁开，脑子一团糨糊。

安静的胡同，清晰的夜空，东倒西歪的自行车，还有焦急的同伴。

“你们，别离这么近，晕。”我虚弱地抗议道。唐祁和杨其奥稍稍离远，徐卿卿、许迪、谢甲鼎的头又挤进视线。几颗头挤挤挨挨的，一下子更晕了。

我浑身一点儿力气也使不上来，后脑勺很疼，我试图去摸疼的地方。

唐祁率先回应了我的疑问，他制住我的手：“别碰后脑勺。”

他有些抱歉道：“我往前骑着骑着感觉后座一轻，你整个人栽下去了……就撞到了脑袋。”

我想了一下，晕的感觉没有彻底消失，组织语言能力彻底丧失，像个初学说话的小孩。

“起雾了，你们都不见了，我一个人冲进黑洞里。我是不是消失了？感觉我从一个洞往下坠，坠回了现在。”

唐祁几个人看看彼此，交换着复杂的眼神。

我先是看徐卿卿，迫切地告诉他：“我看到你爷爷了！他……”

徐卿卿打断我，有些欲言又止道：“宋周淼，你之后单独和我说，成不？”眼神里有祈求的神色。我想了一下，明白他的难为情，于是我点头。

我转向唐祁：“这次你的意识没有和我一起回去。”

唐祁表现得比大家都镇定很多，他先是点点大家，问了我几个问题：“我们的名字还叫得出来吗？”

我一一喊出大家的名字。他点点头，继续确认：“我们今天出来是干什么的？”

我想了一下才回答道：“社会实践，是个周末。我十五岁，哦不，实际上我是二十五岁。你也是二十五岁，你和我一起意识回溯回到了2008年。”

大家脸上都浮现出欣慰的神色，就好像看到动物园的猴子成功计算出三颗苹果加两颗苹果等于五颗苹果一样。

唐祁这才和我说：“你的身体刚刚没有消失。”他的语气里是刻意修饰过的冷静，但我还是察觉到了一丝不寻常。

他保持着平静，说出了一个结论：“宋周淼，我们要想办法回去。”

他的逻辑太跳跃了，我没跟上他的思路。他顿了一下解释道：“在你意识回溯的时候，你在这个世界的身体是失去意识的。”

我的脑子嗡了一下。因为我知道唐祁的话意味着什么，这意味着我和唐祁在那个世界——我指的是2018年——肯定也是昏迷的。

“我晕了多久？”我坐起来，蜷缩着身子，这让我稍稍舒服些。

徐卿卿看了一眼电子手表：“十分钟三十六秒。”回答完后他立马问我，“你的情况说一下。你意识回溯到哪一年，在那边待了多久？”

我只能说个大概：“看书包里的小学课本，我应该是到了五年级。具体待了多久……嗯……可能是一天吧。不到一天。”

徐卿卿嫌弃我的不精确，声音抬高：“啧，不到一天，那是多少小时？二十三小时？二十二小时？”

我还没回答，就见唐祁拍了下徐卿卿后脑勺：“你声音那么大干什么？”

徐卿卿刚想反驳，见杨其奥也叉着腰瞪他，不敢作声了。半晌，他嘟囔道：“我这不是做学严谨吗？要是时间给得精确，我就能算得精确些。”

我问：“算什么？”

徐卿卿开始端起架子来，故意慢悠悠地说：“用你们的意识在2008年待的时间换算你们在2018年的昏迷时间。”

“但是我们的数据太少了，我基本只能靠猜。你的意识回 2004 年实际上过了差不多一天时间，但是你在 2008 年只昏迷了十多分钟。那如果按最粗略的计算，给你们一个范围，你们在 2008 年待半年，你们在 2018 年可能要昏迷两天到两周不等。”

“两周？”我声音瞬间抬高八度，吓得唐祁太阳穴一跳。

“不可以、不可以。”我拉住唐祁的手，他和我是一根绳上的蚂蚱，我说，“唐祁，如果是在应急通道里昏睡两周，咱俩肯定成人干儿了。”

唐祁语速平缓，保持理智：“别担心，我们大概率会被酒店的人发现。正常情况下咱俩肯定会被送进医院。不正常的情况下……如果没人发现咱俩晕在那儿了，我的身体能量储备会比你多坚持一会儿再死。”

一旁的谢甲鼎补充：“两周成不了人干。你们会先经过巨人观状态，那会持续一段时间。”

许迪说：“巨人观也不会持续两周啊！而且你没有考虑到空气中的湿度，那会加速腐烂。”

我虚弱地翻了个白眼：“谢谢你唐祁，谢谢你谢同学，谢谢你许同学，知道这些信息真的是十分有帮助呢！”

唐祁不置可否：“不过我应该也挺不过两周，要死肯定一起死。不用担心。”

拜托，我更担心了好不好？

而且我更担心我自己的名誉问题。死本来就是一件很恐怖的事情了，比死更可怕的是我要不明不白地和唐祁死在安全通道里，这要让我妈知道了她肯定要犯心脏病。

徐卿卿耸肩：“我说了是粗略的估算，比这更糟或者情况稍好也说不定。”

杨其奥则完全在担心不同领域的事情，她忧心忡忡地说：“我说你啊宋周淼，你也别执着于什么男明星了。虽然我很舍不得这样成熟的你离开，但是如果你在 2018 年会有生命危险，你还是和唐祁早点儿回去吧！”

“那我也得能回去啊！现在完全没有头绪怎么回去。”我有些懊恼，这时胡同口传来汽车的鸣笛声。

短促的嘟嘟两声，车灯开了双闪。

徐卿卿站起来，一副挥斥方遒的劲儿：“我家司机到了。太晚了，我让司机送你们回去，有事我们上学说。”我真是没想到，在我的世界里，竟然是十五岁的徐卿卿扮演了霸总的角色。

我茫然地看向远处晃人眼睛的车灯：“我还是有点儿晕，不想坐车。”

唐祁了然：“没关系，那我骑自行车载你。”

我点头，小步蹭着跟唐祁去找他的自行车，想到什么回头问徐卿卿：“你家车是宾利吗？”随后我又下了好大决心，就这样与坐宾利的机会失之交臂，“算了，就算是火箭我也不坐了，我怕我会吐车上。我家又赔不起。”

我依依不舍地看唐祁。唐祁说道：“别看我，你搁 2008 年我也赔不起。”

回去的路上。北京秋夜的风十分凉爽，吹走了几分我的晕晕乎乎。

唐祁并没有骑，而是让我坐在车座上，他在旁边推车走。他说怕我再栽下去。我说我哪有那么逊？唐祁按了下我的后脑勺，我立刻嗷了一声，他说你瞧，就这么逊。

我这才发现我身上罩着他的外衣，少年上身只穿着一件单薄的短袖，风一吹身上全冻透了。

“那个，你冷不冷啊？”我说。

唐祁摇头：“我不冷，你穿着吧！你醒之前一直在喊冷，我就把衣服给你了。”

我有些惊讶：“我刚才失去意识的时候说话了？”

唐祁笑着说：“反正没那么安静。一直在嘟囔，有些我们听清了，有些听不懂。像是你自创的语言。我们本来想叫救护车的，但是想到你这情况不太敢叫，怕医院查出不对劲儿。”

我问：“你们是怎么意识到我意识回溯了？”

唐祁回答：“我和徐卿卿骑在前面，你栽下去的时候我们都看见雾了。杨其奥他们在后面没有看见。我们最开始还以为你是没坐稳摔下去了，正要打急救电话呢，雾正好散去，你躺在地上一动不动。徐卿卿看到天上的满月，就想起咱们之前和他说过的第一次意识回溯的场景，他就推断出来了。”

我皱眉头说：“好奇怪。”

“确实。”唐祁说，“不过意识回溯本身就是一件奇怪至极的事情。话说回来，在你醒之前，我脑海里突然涌入了一些……新的回忆。”

说到这儿，我忽然想起一件重要的事，一件我这次回去的任务之一。我要验证下我过去的意识能不能影响到现在。

于是我有些激动：“什么回忆？”

唐祁停住，安静了片刻。他看向我，眸子比夜晚的夜色更黑，且亮：“是黄色的。”

我的心跳漏了一拍。他答对了。

但是他没有继续往下说，似乎那涌入的新的记忆只提供了这么一点点可怜的信息。

“所以你给了我什么？我只记得你在墙那边啰里啰唆和我说了好多话，但我没什么印象了。随后你给了我一个很小的东西，黄色的，我给弄丢了。”

我有些沮丧，没有回答他的问题。我过去的意志，是蝴蝶效应，也不完全算是。

蝴蝶在海岸那边扇了一下翅膀，并没有引起什么飓风，仅仅是一阵微风，吹散了一株小小的蒲公英。那么我要怎么做，才能改变我和父亲的关系呢？我要刮多大的风，才能扇走父亲命运里的阴霾呢？

我不抱希望地问：“其他人呢？”

唐祁说：“其他人不清楚，没和他们交流。但是我觉得徐卿卿也有，只是他没说而已。他找你的时候，你可以问问他。”

我说：“我肯定是要问他的。”

“嗯。”唐祁似乎看出了我的心事重重，他说，“宋周淼，我知道现在不是提这件事的好时机，但过了今晚，我不知道自己还有没有勇气说。”

“什么？”

“退伍前的那半年，我忽然没联系你——你下午坐船和我吵架时提到这件事。”

“啊，你说。”我忽然想起来我第二次意识回溯前还在和唐祁吵架。

“没联系你确实是我故意的。”唐祁坦荡承认。

“哦。”

“那年我们所在辖区发洪水，我们去抗洪抢险。一直到天黑，还有很多乡亲没有被转移到安全地带。整个连的人全被水冲散了，我一个人，身上的装备就剩一根绳子。洪水冲刷街道，水位到胸口，中间有一棵树上抱着两个人。一个大人，一个小孩，都快坚持不住了。我去救他们，但我的方法也只是抱住小孩，然后把大人和我绑在一起，等待援兵。”

“我身体素质比他们要好很多，但也不是铁打的。三个人都靠意志力撑着，我努力想话题聊天，发现他们并没有血缘关系。那个中年人是来这边做生意的，叫陈焕发。他有口音，我也不知道是哪几个字。我们在的小城，夏季会来好多外地客商。小孩子则是本地乡亲的孩子，我认得他，叫黄小海。

“那一夜非常漫长，我本来抱着小孩子，实在没力气了，就换到肩膀上扛着。中间水位还在持续上升，几乎没过我的嘴。你没有经历过洪水，一般水位到小腿肚，以那个流速正常人就很难站稳了。男人看我一直被压着喘气都困难，就去解绳子。等我反应过来时，他已经把绳子还给了我，平静地和我说，一根绳子拴我和那小孩就好。他有个孩子和小海差不多大，读书很好，希望我和小海能撑到天亮，然后他就撒开手，被水卷走了。”

我忍不住打断：“那他后来活下来了吗？”

唐祁的眼神平静无波：“第二天救援队找到他时，他趴在一块断裂的广告牌上。人被沤得膨胀，早就没有气了。但是真正让他丢掉性命的不是洪水，是他被冲走后，撞到了这块牌子，铁杆戳进了他的腹部。也就是说，当时如果我坚决一点儿要他留下，他是不会死的。

“因为在水里泡的时间太长了，水温又低，我的肩伤就是这么来的。又因为救了一个孩子，我的奖章也是这么来的。但是我开心不起来，总觉得自己当时是有能力救陈焕发的，虽然我俩素昧平生，可我知道他是个好人。如果我是他，我不一定有他高尚。回部队后我一直在接受心理疏导。那半年我什么话都不想说，陷入了一个怪圈。”

唐祁低着头，夜风里像一棵孤零零的、笔直的树。没哭也没什么，单就这份沉默就很让我心疼。

我从他站着的那侧跳下自行车，努力踮起脚，安静又用力地抱住了他。

我环抱着唐祁，不知道过了多久，天空开始掉雨点。

“好像下雨了。”我说了一句。

唐祁从喉咙里咕嘟了一声当作回答，随后他狠狠揉了一把我的脑袋，拉起自行车车把，指着前杠对我说：“你坐这里，我载你回家。”

我故作不满地跳上去：“早知道就坐宾利了，哪里还需要坐这么硌屁股的位置？”

唐祁的下巴枕在我的脑袋上看前方：“宋周淼，我觉得你很有意思。明明给我的感觉不是那种很市侩的人，却总要说什么车啊、钱啊的。”

下雨伴随着刮风，我眯着眼睛防止雨水被吹进眼睛，回答道：“可千万别给我戴什么高帽，我才没有那么高尚。谁不爱钱啊？我们家要是有钱，可能也不会是现在这个状态了。”

唐祁问：“那会是什么状态？”

我想了想，说：“别的不说，就说房子。咱也不贪心，能住个好一点儿的两室一厅，小几十平方米，每天让我上下学坐公交一小时也没关系。这样一来爸妈也不会因为这个总吵架，后面也不会离婚……”

说到这里我卡壳了。其实内心来讲，我觉得爸妈离婚很大因素是性格不合。我妈是那种眼里不揉沙子的狮子座大女人，我爸又属于那种什么事情都要埋心里的水瓶座。房子这个事只能算是导火索。所以讲到这个话题我有点儿没底气，像是硬要把这个事情当成我论点的佐证。于是我赶紧混过去，继续说：“我爸呢，如果有点儿积蓄，就不会去做那些明显就是坑的工作，后来身体也不会那么糟糕。你知道他胃不好，我们家胃都不好，有霸总的病没霸总的命。唉……”

唐祁冷不丁问：“刚才和你说的陈焕发也算是有钱人了，在发洪水的时候，有钱能改变命运吗？”

我撇嘴：“那、那如果他真的特有钱，或许也不会去那个小地方做生意……”

唐祁没说话。

我率先反省：“好吧，是我在抬杠。生、老、病、死，似乎没有一件是能拿钱衡量的。钱当然不是万能的啦……”

唐祁这时候说:“那我再问你，当年的你喜欢梁禹是因为他有钱吗？”

我立马反驳：“你可别提了，我现在喜欢的是……喂！你故意让我说对不对？”

唐祁表示遗憾：“啧，那你倒是说啊！”

我哼了一声：“我才不说，我喜欢的是……”

之后我罗列了一堆人的名字就是不提唐祁，气得他一只手扶把手，另一只手过来捏我的脸，迫使我变成金鱼嘴。即使是这样我还在含糊不清地嘟着嘴嚷嚷，最后实在想不起还有谁了，连醋熘肉段、红烧茄子都给说了出来。

唐祁脸黑得不行，他推车进自行车棚，雨点打在塑料棚上啪唧啪唧的。我站在他身后笑到岔气。

我实在是经历了太漫长的一天。在唐祁和我讲他的故事后，我和他就自然和好了，但是有些事情还是亟待解决——关于已知的未来，和未知的过去，很多事情都还不明朗。我笑得多么开心，仿佛这时候拿他打趣能缓解内心的不安。

唐祁默不作声地弯腰锁好车，转身看我，他转过来了我当然就不能那么明目张胆，只好笑嘻嘻地看他，得意得不行。

唐祁抿唇不语，我乘胜追击，阴阳怪气道：“啊呀，你怎么不说话，不说话不会是生气了吧？”说着，我还故意用胳膊肘拱他胸膛。

自行车棚里黑洞洞的，前后两排车，我俩站在狭窄的过道里，棚外的雨越下越大。这样的黑暗和嘈杂仿佛成了我恶作剧的保护色，我嘻嘻哈哈没心没肺，完全没意识到唐祁的变化。

猝不及防间，唐祁忽然伸手抓住我的手臂，把我往他那边拉近。

我俩离得好近好近，他睫毛的抖动我都能看得一清二楚。

他的眼神可算不上纯良，有点儿愠怒和懊恼，还带着某种黏腻的热度，几乎把我吞没。

外面雨声那么大，我脑海里那个小人边翻滚边呐喊：啊啊啊，他不讲武德！

我紧张兮兮的样子引得唐祁心软，他无奈道：“就这么嫌弃我？”

我说：“不是嫌弃……只是你这张脸是十五岁的，感觉很奇怪。”

听到这话，唐祁终于肯放开我，他直起腰，低头思索了片刻，问：“二十五岁的长相就可以了吗？”

我和唐祁一前一后进了楼道。楼道里的声控灯要很大声地喊才会亮，可是现在已经很晚了，我们不好意思发大声吵邻居，只好摸黑上楼。黑漆漆又狭窄的地方让人很容易联想到我们走过的学校防空洞。

我自觉和这个危险又可恶的人保持半米距离，直到他走着走着忽然停下。

我以为他又要做什么，吓了一大跳，浑身激灵了一下。唐祁被我这一惊一乍的反应逗笑了，故意说："别害怕。"

我故作放松："嗐，谁怕谁啊！"

唐祁没有要继续和我斗嘴，而是换上了严肃的语气："哎，话说……你是真的一点儿印象也没有了吗？"

我当然知道他在问什么，问题是我真的一点儿也不记得我曾经和他表白过的事情了。这件事的确也困扰着我。与此同时困扰着我的还有另一件事。

于是我说："唐祁……其实，我还有件事要和你说。"

"你说。"

"第二次意识回溯，我的意识不是回到十一岁的时候吗？我有种很奇怪的感觉。就是我和我爸的关系……似乎也没那么差。这和我印象中的感觉很不一样。印象中我好像很小的时候就和他疏远了，我爸呢，也是闷葫芦，不善表达，总而言之我俩之间就是别别扭扭的。"

唐祁有些为难："你和叔叔之间的事我并不是很了解。"

"没关系，不是让你给建议。我之所以和你说这个，是因为联想到你说的这件事……咳，就你说我和你表白过，可我完全没印象了。和我爸也是，明明印象里我和他关系很早就变差了，可是这次回去我发现，我俩……至少他对我是一副絮絮叨叨的样子，和我记忆中的不太一样。我觉得这两件事中间有着某种关联，但是目前我还没有任何头绪。"

说到这里，莫名地，我后背冒起一股冷气。

关于记忆的前后不一致：过去的那个我既向唐祁表白过，玩过楼道里的大蜘蛛，又立马喜欢上了梁禹，对自己的一切讳莫如深；过去的父亲絮絮叨叨，会带我去书市，也会期待我在他的糙脸上亲一大口，但是他又是个闷葫芦，不善交流，冷若冰霜。

到底哪个回忆是真的，哪个回忆是假的？这让我有些害怕。

想到这些令我纠结害怕的事情，这时，唐祁一脸严肃地指着我身后，什么都没说呢，我整个人一个激灵大叫：“啊啊啊，什么啊啊啊！！”我吓得扑上去拉住他的手。

楼道里的声控灯应声而亮，楼上的可乐也听到了我的声音，对着门汪汪大叫。

世界又变得明亮、嘈杂起来，刚才那一瞬间的不安烟消云散。

唐祁心满意足：“吓你的，瞧你那小胆儿。”

他把我送到门口，我开门前，听到唐祁和我说：“没事的，所有的一切我们大家一起想办法，别担心。”

我低头抠锁眼：“嗯。”

他拍拍我肩膀：“学校见。”

转天过来就是新的一周，周四下午是计算机课，我在自由上机的时间做社会实践成果展示 PPT。

自那天冒雨骑车回家开始，深秋的雨就开始没完没了。

我在电脑前坐着，机房的白炽灯亮得晃眼。身后的窗户外电闪雷鸣，风吹得学校操场上的树东倒西歪，天地间阴沉沉的。

杨其奥的计算机作业没完成，正在最后一排最犄角旮旯的地方用“一指禅”一个键一个键地敲。

我们学校高一的学业还算轻松，还有一些像计算机、音乐、美术之类的闲课要学。像计算机的话，一学年的大作业是建立一个网站，主题随自己定。杨其奥做的网站谁也不准看，搞得神秘兮兮的，其实大家都知道她在给她喜欢的流行乐团做应援网站。

唐祁和黎元的网站早就完成了，被语文老师喊去年级大办公室抄书。他俩一个网站是盘点 NBA 球星数据，另一个网站全是葛优的艺术照和新闻……只能说风格非常直男。

科学怪咖的其余两位成员留在班级做扫除，也没到场。

我一只手支着下巴思考，得先把名字定下来，社会实践 PPT 标题叫什么？要个简单响亮的，再做一个飞出的效果，把大家镇住。

杨其奥拍了好多照片，但主题太单一了，李老师一看就知道我们是去吃喝玩乐了，所以我还得把内容包装充实一下，不然不好交差。

这时，咣的一声，一摞书拍在和我桌子并排的电脑桌上。

“哎，宋周淼。”徐卿卿说。

“啥事？”我看了他一眼便转过头继续设计 PPT。

徐卿卿拉开椅子坐下，半天没吭声。我用余光看他，他带来的都是物理竞赛书，翻开一本看目录，不像是认真读书的样子。

“哎，宋周淼。”他又叫了我一声。

这次我等了会儿才应声，他还是不往下说。

“到底干什么？”我推开面前的键盘直视他。

徐卿卿埋进物理书里的侧脸开始涨红，随后听他声如蚊蚋地飘出一句：“谢谢你啊！”

“噢，”我颇不在意地摆手，“没事，做 PPT 我擅长。”几年职场混下来，最拿手的技术就是做PPT。华丽之余不失专业，专业到顶即优雅。每次在公司做 PPT，就和带薪拉屎一样轻松。

“我不是说这个……”徐卿卿有些扭捏，顺带着开始抖脚，脚上的鞋套窸窸窣窣的。

前排同学转身龇了他一声，徐卿卿便不抖了。

“我是说你去见我爷爷的事，我一直没来得及道谢。”

“啊，噢，嗯……”我不太擅长应付这样的场面。

徐卿卿那边窸窸窣窣，掏兜拿出个东西推到我眼前：“给你看这个。”

小小的长方形塑料盒被推到我眼前，一支钢笔静静地躺在红色绒布上。塑料盒上面印了烫金的标志：英雄牌钢笔。

我轻轻摸摸盒子，没打开：“这是你爷爷的钢笔。”

上次见到它，它只有一个笔帽，别在徐爷爷的衬衣口袋上。

“嗯。”徐卿卿点头，“你上一次意识回溯后，爷爷之前的保姆忽然打来电话，说爷爷生前嘱咐过她，把这支陪伴了我爷爷一辈子的钢笔留给我，只是当时她忘记了。”

徐卿卿取回我眼前的钢笔盒，打开它，拿起钢笔，甩了甩笔水，随后翻开随便一本教材的任一页开始做题。

他边写边说：“我爷爷是个老学究，一辈子投身研究。他希望家里的后辈们都能成为科学家，但我爸没有继承我爷爷的衣钵，随便混了个毕业就下海经商，赚了点儿钱。他俩关系不是很好，打我记事起，我爸送我去看爷爷从来都是只送到小区门口，他自己不去看。”

“和我爸不同，我和我爷爷关系特别好。我觉得他讲的那些知识特别有意思。我五岁的时候就向他宣布，以后我要成为像他一样的大科学家。去读他任教的大学，研究他喜欢的天文物理。全世界我最崇拜的人就是我爷爷了。在我眼里，他不仅是我爷爷，还是我最好的朋友。小学时我在学校没朋友，攒了一肚子话放学都要讲给爷爷听，只有他能懂我。”

徐卿卿讲这些话时没耽误做题，做一道翻到最后几页对一道的答案，然后再翻回来继续做。

但是他的心思完全没有在题目上，因为我瞥见他做一道错一道。

“后来他得了阿尔茨海默病，脑子不如以前了，会对着我的脸喊我爸的名字，带我出去吃肯德基。我去买吃的回来，发现他跑到了马路中央被交警拦住。我写作业，他会一遍遍过来讲一些奇奇怪怪的话打断我。我俩下棋，他甚至连棋盘都忘记怎么摆。明明是讲过的知识，要不停重复，忘记自己讲过……

“那时候我太小了，三、四年级，没有办法接受这一切，并且开始对爷爷的症状感到厌烦，渐渐不敢去看他。保姆告诉我，爷爷清醒时会问我什么时候来。我知道他盼望我去看他，可是因为烦躁的情绪，我假装不知道他在想我，越来越少去那里。

“你说，我是不是很坏、很自私？我是不是一个只关心自己的人，对其他人都很冷漠？”徐卿卿问我。

我一时语塞。

“是有一点儿”说出口前，被我替换成了别的话。

“和最亲近的人的爱往往是以伤害的方式体现，你烦躁和逃避，可能是因为接受不了爷爷的变化……我和我爸有时候大概也是这样的关系。我明确地知道我爱他，可是他说话、做事还是会让我嫌弃。这个谁也控制不了。”

“是吗？”徐卿卿顿住了笔尖，看向我。我发现他的眼睛红红的，钢笔在薄薄的练习册纸上留下一团墨渍。

“嗯。”我答。

他垂下眼睛：“后来爷爷去世，家里人发现他留下了一封遗嘱，字迹工整，我们猜是他还清醒时写的。他给自己的每一个孩子、孙辈都留下了一段寄语，唯独没有提到我。我十分懊悔，我觉得他肯定是恨我的，才不给我留下任何话。

“就在你意识回溯后的晚上，我接到保姆阿姨的电话。爷爷去世后她就回老家了，和我们家一直也没联系。电话里她说她忽然想起来，爷爷后面糊涂的时间居多，总是絮絮叨叨拉着她说，说卿卿要是来，给他喝可乐，然后给他钢笔……”

“爷爷的老房子一直没有卖。这周我管我爸要了钥匙回去了一趟。家里很久没人住，没有打扫，家具上一层厚厚的灰。钢笔是在爷爷的枕头下找到的。这里……”徐卿卿拉起钢笔下垫着的绒布，“爷爷在这里留了一封信给我。”

他拿出一张薄薄的折了三折的信纸递给我。

我询问：“我可以看吗？”

徐卿卿点头：“就是带给你看的。”

我展开信纸，纸上的字迹歪歪扭扭，有些难辨认，似乎是徐爷爷后期写的。

我只勉强看出了“卿卿我孙，见字如面”这第一行。

徐卿卿直接越过密密麻麻的字迹，点了点最后几行字，他说：“如果不耐烦看全部的话，那你看这里。”

我努力辨认他指的地方，上面写着：

你的朋友来看我，很遗憾我记不得她的名字了。

她是个有想法的小姑娘，也很有耐心。她和我说了很多关于你的事情。她说是你让她来的，我十分感激她。

爷爷很开心你交到了值得珍惜的朋友，也欣慰你坚持了自己本来的个性。

看到这里，我猛地抬头看徐卿卿：“你爷爷记得我去看他的事情！”

“是。”徐卿卿说，“而我想，爷爷之前之所以没有在给大家的遗嘱里提到我，或许是因为他……他相信我一定会去看他，他想把这些话留到我去找他时面对面和我说。”

徐卿卿有些哽咽：“而你的到来，让爷爷明白我可能不会去了，所以他在最后的时刻把想对我说的话写了下来。”

“所以我很感谢你，宋周淼。虽然我觉得你要嫁给男明星很蠢，但是我还是想鼓励你，你在过去做的事情是有意义的。”

我有些难以启齿：“其实……我之前骗了你们几个，我这次回来不是为了什么男明星。”

徐卿卿的眼神明显如释重负：“啊，真的？太好了，我一直想说这也太蠢了！”

我尴尬地干笑几声：“我其实是为了我爸，嗯，我和他之间有些事情要解决。”

徐卿卿恍然大悟：“也是跟我和我爷爷差不多的事情吗？”

“差不多……嗯，对。具体说来话长，我不是很想说。”我回答。

“没关系，我也不是很感兴趣。”徐卿卿合上笔帽，咔嗒一声，刚才深情回忆的徐卿卿又变回了唯真理与自己独尊的臭屁小孩。

“我今天要和你说的话就是这些。”徐卿卿抱着书站起身，“那么，祝你好运，祝你能够完成此行的目标。因为你帮了我，作为回馈，我不仅不要你的神座，还会免费给你提供查询资料的服务。有任何信息都会及时和你更新。”

他看着我空白标题的PPT，思忖片刻，指着那个文本框说道：“我有个好的标题送给你。”

“你说。”

“标题就叫——回、到、那、年、称、王、称、霸！”徐卿卿一字一顿，神采飞扬。

“改变既定的过去确实很难，你和唐祁回到未来的方法也暂时没什么头绪。但是有一点不会错，按照你认为对的，尽情去做，过去的波澜壮阔一定能在未来留下丝缕痕迹。就像爷爷留给我的钢笔。”

以前我对徐卿卿这人的印象，他一半时间在和小团体嘀嘀咕咕高深话题，一半时间跟在班主任后面老师长、老师短，几乎从不爱和我们这些凡人多打交道。他身上展现出这样有人情味的瞬间，说出这样激励人的话语，真的不太多见。

或许是应了那句话，几乎从不夸人的人夸你一下才是真正有价值的夸奖。我也一下子被他那句“那不如就……回到那年称王称霸！”实实在在地鼓舞到了。

有时候人就需要一点儿“但行好事，莫问前程”的气概，不是吗？

隔天放学时，我把我的想法和计划说给唐祁听。一旁拿着篮球的黎元十分不耐烦，恨不得把唐祁扛到操场上去：“有什么事你俩不能回去再说呀？”

“嘘。”唐祁按住黎元的脑袋把他推到一边，“你先去，我一会儿找你。”

黎元并没有走，而是每隔三秒钟点一点唐祁的肩膀：“祁祁，走不走？祁祁，走不走？”

唐祁应付完黎元，转过来认真和我说话：“你的意思是说……”

他斟酌用词，试图让这句话听起来不那么中二：“你我两个无论是为了回去，还是为了改变谁的命运，只需要……”

后面这个词我知道对于他来说很困难，是个理智的成年人都无法不尴尬地说出来，于是我替他说了：“对，没错！就是‘称王称霸’！”

黎元：“祁祁，走不走？”

我瞥他一眼，硬着头皮继续：“你还记得徐卿卿告诉我们的有关意识回溯的理论吗？他说如果我们改变了足够多的过去，意识运转机制为了阻止一系列改变，会发生两件事。”

黎元：“祁祁，走不走？”

我深呼吸，伸出食指和中指：“第一，因果弹性形变。第二，因果范性折叠。我也是忽然醍醐灌顶，我在想，与其绞尽脑汁地去想做什么事情能和我爸缓和关系，不如想到什么就做什么，大张旗鼓，轰轰烈烈，尽我所能去改变所有的事情！这样一来……”

黎元：“祁祁，走不走？”

唐祁按住他的嘴，黎元挣扎，唐祁则尽量平静地思考：“这样一来，我们身上会因为积累了太多的弹性，我们的意识就会被弹回到2018年，也会加速既定事实的折叠，那么就在不好的事情发生之前尽全力去阻止它的发生。”

我使劲儿点头：“对的对的！不过呢，这只是我不成熟的计划，你愿意和我……”

不等我说完，唐祁直截了当：“好！”

黎元的话从指缝里飘出来："祁祁，走不走哇？"

唐祁暴喝一声："你给我闭嘴！"

我和黎元都被吓了一跳。不过我惊讶的是唐祁就这么直接地答应了，赶忙确认道："你不再考虑考虑，万一有什么危险呢？"

唐祁一脸坦然："我觉得你说得有道理，既然有道理，我们就试试。不然也没有其他更好的办法了，对不？"

"不过有个问题想问你。"他说，"关于这个……嗯，称王称霸，你有没有什么具体的计划？是咱们揭竿而起，篡李老师的权还是怎么的？我不太明白这个措辞。"

我摆手："这只是夸张说法。说白了，就是我们去尝试一些之前根本不会做的事，完全反着来。拿你举例，你学生时代除了学习什么都干，现在你就要一门心思好好学习，再举个例子，你有没有想过扭转自己在贴吧帅哥榜单上的名次？还比如……"

黎元接茬："我觉得还是篡权这个事比较带感，我早就看李老师不爽了！"

"说什么呢，黎元？"李老师端着个茶缸子突然从我们仨身后窜出来，顶着一张朴实无华的国字脸说最凶的话，"篡权？你怎么不上天呢？我正要找你，听语文老师说你连着一周背诵默写拿零分，走！跟我去办公室！"

黎元大声喊冤："不是呀，李老师！冤枉啊！是宋周淼、唐祁想出来的！"

我心一慌，转头看唐祁也战略性地摸鼻梁。

李老师说："我看是你和唐祁见天的两人凑一块儿不学习！"

耳边终于清净下来后，我俩却陷入心照不宣的沉默。

唐祁说："我去操场上打会儿球等黎元，你先回家吧。"

他往前跑了几步，我巴不得他赶紧转身走，可是唐祁停下来，又转身回来找我，站在我面前开始垂头细细地打量我。

我整个人绷紧，瞪大眼睛应付他的打量，脸颊上的热度蔓延到脖子上。

"看什么呢！"我故意凶巴巴的，"有病啊你。"

"我没病，你是不是生病了，脸这么红。"唐祁故作关切，嘴角则挂上心满意足的浅笑。

被他猜透心事，我气不过，便一把夺过他手里的篮球狠砸他，继续嘴硬："滚哪！"

唐祁一个闪身避开，抄起球离开，吊儿郎当地笑，实在是嚣张，他说："我打球去了。"

我必须承认，我和唐祁的关系变得有些微妙。

在学校、在外面、在公共场合，人多的时候，我俩一如往常。在自行车车棚里非常罕见地讲出过往，流露出脆弱的唐祁又被他很好地隐藏起来，平日里他还是那个嘴时常损、手偶尔欠、什么都不太在乎的"拖鞋散人"。

可是到只有我俩两个人的场合里，事情变得有些不一样了。有些时候我甚至怀疑他在给我设什么圈套，希望我做那个率先按捺不住的人。可我实在不想看他太得意。好希望他还是那个傻不愣登的小子呀！总好过这头披着纯情外衣的大尾巴狼。

我回到家，姑婆正在厨房里和肉馅，可乐在她脚边蹲着等。

"我妈打电话说什么？"我在门口换拖鞋时听姑婆说我妈刚打电话来。

姑婆端着一盆肉馅进客厅："你妈今天下午的火车回北京，估计这会儿都快到了！你打电话问问她到哪儿了。"

下午六点，我妈的大嗓门儿传了进来："开门儿！"

我趿拉着拖鞋颠颠儿地去给我妈开门，只见门外站着两人——唐祁和我妈。

我有些无语地看着唐祁，希望他能读懂我的眼神：你怎么来了？快走哇！

但是他根本不理会我，公事公办的样子，越过我走进屋："请让一下。阿姨，这行李我给您放这儿了啊！"

我妈红光满面跟在后面："刚到楼下就碰到小唐，这孩子你说，嘿，真是热心肠，主动说要帮我提行李。"

唐祁一脸"您不必夸了，我应该的"的腼腆表情，动作倒不客气，大剌剌地直接换鞋："姑婆好，哟，包饺子哪，用帮忙不？我洗个手先。"

我妈去厨房洗手，我站在她旁边，她看了一眼客厅开着的电视就开始数落我：“你看人唐祁在学校写作业这么晚才回家，你呢，就知道看电视。”

写作业？我挑起一边的眉毛回身找唐祁，他坐在我刚坐的位置上打量我包的那一批东倒西歪的饺子。

我十分不服气：“妈，他这么晚回来是因为……”

唐祁开口道：“姑婆，这一盘饺子一看就是宋周淼包的，干脆换我来吧，我姥说我别的优点没有，包饺子又快又好。”说着，他就拿起一张皮，当着我姑婆的面耍开了，三下五除二就包好一个。确实还不错，但我绝对不承认比我包得好的饺子出世了。

我妈甩着手上的水进屋：“小唐，留下一起吃晚饭吧！”

我着急：“别……不用，他……”

唐祁打断我：“哎，好嘞，谢了阿姨！姑婆和的馅儿肯定好吃。”唐祁一边说着，手上的动作也不停，一个个饺子白胖硬挺，他故意摆在我包的饺子旁边磕碜我。

我声音拔高了八度：“你洗手了吗就包饺子？”

唐祁：“洗了啊！我刚才在卫生间洗的。”

我心里想赶他走，他在这儿我可太别扭了！于是我又找碴儿：“你坐的是我的位置！”

唐祁：“现在换我包，姑婆都发话了。是吧，姑婆？”

“哎哟，让我喘口气先。”我妈拿了扇子坐下，“淼，人唐祁多好的孩子，你就不能好声好气地和他讲话？唐祁，我家淼淼平时在学校脾气大不大？”

唐祁低眉顺眼，笑眯眯的：“还成吧，在学校不多言不多语的。”

我妈用扇子沿儿指我：“她呀，也就窝里横。跟你说，她这点一半随我了。我娘家人脾气都冲，也就她爸刚和我谈恋爱时能忍得了。”

唐祁说：“我觉得挺好的，女孩子脾气大不容易吃亏。”

我妈被哄得喜笑颜开，和我姑婆叨叨：“小姑，您瞅唐祁这小孩多会说话，哈哈。”

我姑婆意味深长地微笑。

吃饭时，唐祁又找到了他表演的大舞台。我妈刚说了句“小伙子得能吃才行”，他本来都撂筷子要去洗碗了，听这话又干了两盘饺子下去。那两盘要是剩下，是轮得到可乐的，可乐都等了半天了，它这下急眼了，叼着唐祁的一只拖鞋疯狂甩。

我呢，气唐祁还不走，在饭桌底下踹他。唐祁装作呛到，咳嗽一声。我妈问他怎么了，他一脸无辜地说：“宋周淼踹我，可能嫌我吃得多吧。”

我妈批评我：“人家饿，想吃，你为啥不让人吃？”我当时的表情和可乐一模一样，只想说：做个人吧你。

闹剧一样的晚饭终于过去，晚上我和我妈在姑婆家洗澡，挤在不到三平方米的小厕所里互相搓背。

她这次回来待不了几天，主要是回公司述职，然后过几天还得去外地的分公司。

说起来，我妈这人风风火火的，一生要强，性格刚上加刚，眼里不揉沙子，给我搓背能搓秃噜皮。

我坐马桶圈上，我妈说：“脚趾张开。”我听话地大张脚趾，我妈蹲着帮我搓脚趾缝。

脚举在半空时，我忽然想到什么，开口问：“妈，你说你脾气冲，也就我爸能包容你。那你和我爸为什么离婚呢？”

她手上动作没停，我妈搓得卖力：“离都离了，问这个做什么？”

我之前也问过妈和爸的事，她总以为我是小孩子，不和我详细说。说也是像现在这样，很是敷衍。

我不太甘心，鼓起勇气追问：“你不要把我当小孩子，我是你们的孩子，你们俩的事和我也有关系，我想知道。”

我妈站起身，打开花洒的水：“站起来冲。”

我站起来像挂炉烤鸭一样缓缓转身冲洗，又说了句：“妈，你就说说吧！”

我妈不胜其烦：“嗐，有什么可说的？恋爱时什么都好，能包容，结婚就不一样了。时间久了，耐心、爱情都会消耗的。”

我却觉得那并不是真正的原因，又问道：“你们离婚是因为总吵架，总吵架的原因是没房、缺钱、杂七杂八的琐事？但大部分家庭也都有类似这样的问题，可不是所有夫妻都要闹离婚啊！”

我妈往我身上打泡沫，装作仔细研究我前胸上的红色小痣，我打断她的研究："这是上火起的包，不是痣，过几天就消了。"

"噢，我说怎么之前没发现。"我妈有些尴尬，想起来认真回答我了，"我和你爸……离婚倒真不是因为房啊、钱啊的，吵架也不全是因为这些东西。"

我有些好奇："不是吗？我一直以为是，所以到底是因为什么？"

我妈将我翻了身，在我后背上打泡沫，她的声音笼罩在水汽氤氲和香皂的薄荷味里。

"你现在让我回想，其实我和你爸并没有什么根本的实质矛盾。非要说的话……就是我感觉你爸有一天性格忽然变了。"

"嗯？"

"具体怎样也说不上来。我猜可能是这么多年又赔钱，又被人坑，被磨灭了心气儿。整个人忽然对一切都不感兴趣了，开始喜欢藏着掖着，什么事也都不和我说了。夫妻间最怕这样，我受不了这种对彼此有隐瞒的关系，于是和你爸先是越来越频繁地吵架，之后则渐行渐远，最后才到离婚这一步。"

我妈将我身上冲得干干净净，然后捧着我的脸看我有没有黑头，结果什么都没发现。她就叹口气，她之前最喜欢帮我爸挤黑头了，说我爸脸上都是黑头宝藏。

叹气完，她不忘说一句："你这皮肤得亏随我了，随你爸的话就满脸坑，糟糕了就。"

我失笑，我爸脸上的坑有一半都是我妈给瞎挤的，她还好意思说。

刚才我妈那番话让我有些共鸣。我能感觉到那是她的实话，因为她说的这个问题我也察觉到了，现在的我爸就是很爱躲着我。

明明十一岁回去时他是个碎嘴唠叨的人。明明记忆里他是个会带我去书市，去公园，捉天牛的温厚男人。然后就像我妈说的，忽然有一天，具体是什么时候我忘记了，我和我爸之间有了很深的隔阂，他的大门对我和我妈关闭了。这令我十分不解。

晚上睡觉时，我香喷喷地钻进被窝，正好收到唐祁给我发的信息。

唐祁问："我回家后阿姨有没有给我什么评价？"

我却没什么心思和他讨论这事，瞎编道："说你太能吃了，以后不让我找你这样的，说家里负担太大，满意了吗？"

唐祁不干了："阿姨真这么说的？我不信。"

我回他："爱信不信。哎，对了，唐祁，有件事我想和你说。"

然后我就把我妈和我说的话转述给了唐祁。

我开玩笑："你说，我爸不会是在外面偷偷有新的家庭了吧？其实这事也困扰我很久了。虽然说那时候我和我爸关系变糟糕也有我的一部分原因，可是要说我爸一点儿问题没有也不准确。"

唐祁终于正经点儿了："你说叔叔有什么问题？"

我也不能准确描述："哎呀，这挺难形容的。但就这么和你说，记忆里我爸是个很侠义的人。他对人热情，性格浪漫，家里虽然不富裕，但他总能搞出花样来哄我开心。然后忽然有一天，他整个人就蔫了，开始不爱讲话，不爱交流，没有热情。"

唐祁很无语："所以你就猜叔叔有外遇了？宋周淼，你的想象力真的很匮乏……"

我很理直气壮："啊，那不然呢！都说了是猜测，是猜测！我实在想不到还有什么理由。不是有句话是这么说的吗？人的精力和爱都是有限的，不给你就会给其他人。"

唐祁出了个馊主意："你与其这样猜测不如去跟踪你爸。"

这下换我无语了："跟踪？"

他说得有模有样："对啊，看看叔叔是不是真的把热情给了其他人。我没在开玩笑。既然你都怀疑了，那不如玩票大的。就按你说的，称王称霸什么的。"他学着我的语气说道。

我有点儿犹豫："我再想想。"

唐祁继续鼓动我："别想了，就这么定了，胡思乱想不如付诸行动。对了，咱妈真嫌弃我吃得多？不能够吧。我这可是在践行你关于改变命运的提议才这么表现自己的。"

我真无语了："我提议让你好好学习，你践行了吗？贴吧帅哥榜的名次刷了吗？"

他又开始油腔滑调："在咱妈心里的榜单刷上去就行。"

我翻了个身，打下几个字："别套近乎，你妈是你妈，我妈是我妈。"

隔了半天手机才响："早晚我妈是你妈，你妈是我妈。"

"滚。"

就在我盘算着我和唐祁各自的称王称霸事业时，上高中以来的第一次大考悄然临近。

高一还未分文理，期中考试要考语数英、物化生、政史地九门课。两天半才能考完，这安排堪称魔鬼。

班级次序随机打乱，为了防止学生提前商量好联合作弊，考场和座位要第一天考试早上才在年级走廊公布。我背着书包站在楼道里仰头找考场时，碰上了梁禹。

他神色淡漠地走上楼梯，拐过来看名字。外面阴天，楼道这一段灯坏了，有些暗，走到近前他才发现我。

梁禹戴着一侧的耳机，另一侧耳机垂着，还是他那上古时代的文曲星，支棱在校服兜里，掉漆的边角一半露在外面。垂着的耳机里传来音质很差的英语听力。

“嘿。”他有些没礼貌地和我打招呼。可能是耳机太吵，他声音大了些，他也意识到了这个问题，掏出文曲星按了暂停键。

上次在电影院他故意说那些让人误会的话，我本来还要找他算账。但是之后又发生了一系列事，久到我和唐祁从吵架到和好，久到我都忘记这一茬，干脆就算了。只是对他敬而远之。

在学校里我俩交集不多。偶尔，课间我擦黑板，他进班时会随手拿起黑板槽里的粉笔头往黑板最上方画一道印子，然后好整以暇地等我求他帮忙擦掉。这种情况下我都不搭理他，默默搬来椅子踩上去擦掉。他可能发现了我对他的冷淡态度，久了也就不自讨没趣了。

不，不能说没趣，他在学校里并不无聊，很多男生因为篮球都爱捧他臭脚，其他班级好多女生也关注他。

“你名字在这里。”梁禹手臂伸长，点点名单最上方，“你被分到了十班三列七座，是不是贴太高了看不见？豆丁。”说完他笑了一下，很满意他给我起的外号。

我眯着眼睛确认了一下，果然在那里。虽然我很不愿意承认，但我刚才确实一直在我的海拔范围内搜寻。而这边光线幽暗，找半天没找到也很正常。

“呵呵，”我象征性地干笑两声配合他的嘲讽，“一点儿也不好笑，谢谢。”

梁禹扫了一眼名单，跟过来：“我也在十班，一起去吧。”

他见我没理他，又补充：“我座位在你斜后方。”

我心想，你坐哪里和我有什么关系？这么想着，我嘴上来了句：“那你可别抄我的。”

梁禹心情莫名地开心：“那倒是不会，毕竟我还想拿个好名次。”

我撇嘴：“哟，篮球小霸王、年级花美男还在乎名次？”这俩称号是我说出来故意恶心他的。

梁禹接得飞快：“是啊，毕竟家里穷，贪图年级前五的奖学金。”

我就算再烦梁禹，听他拿自己的真实情况自嘲，心里也是软了一下，没接着往下讽刺。

梁禹倒不是很在意，悠哉地跟在我后半步的位置，一路上还会和人打招呼。

之前我俩互相隐瞒，彼此装模作样，架子都摆在那里；而意识回溯后，我阴差阳错地率先知晓了他的底细，他反而松弛下来。

十班在顶层，我俩爬楼梯时他用闲聊天的口吻说：“我上次带我爸去体检，检查结果出来了，各项指标都还好。我之前还担心他总喝酒，肝有问题。”

我气喘吁吁：“哦……我并没有主动问你，你和我说这个做什么？”

梁禹一派轻松：“无所谓，我想主动告诉你。毕竟因为替我代班，你还和你的朋友吵了一架。对了，你和唐祁很要好？”

他还好意思说这个？

我顿住脚步，语气很冲：“关你屁事！”

见我成功地被他招惹到情绪有起伏，梁禹笑得更加畅快：“关我的事啊！我如果想了解你，不得提前问下情况？”

周围路过三两个同学，纷纷侧目。我脸唰的一下就红了，但这不代表我是害羞，单纯就是觉得有些丢脸。我转身就走：“神经病！”

梁禹再次跟上，阴魂不散：“我开玩笑的。我的意思是，你们两人是朋友，我也可以了解你吧。”

“呵呵……免了吧。”我实在不想和他多废话，脑子里本来在背的课文，都被他搅和得忘了第二句是什么。

到了十班门口，我刚要进去，梁禹伸手臂拦住门，挡着我说了一句：“对啊，你才发现吗？我虽然年纪不大，但是早早就进社会赚钱，对这些事都看得很开。再说了，管你们是不是二十五岁，是不是什么意识回溯来的，只要是我想要的，不择手段我也要得到。”

梁禹的眼神非常严肃、认真，我被他说得愣了半晌，反应过来时心里的火才噌噌往上冒。毫不犹豫地，我抬起膝盖就是一顶。

梁禹捂着重要部位疼到弯腰，支在墙上的手臂也松开，给我放行。

我进班前说：“拜托你别瞎想了，小屁孩儿！”

第一场考试考语文，考三个小时。

卷子发下来我率先翻到课文默写那一栏。早上吃饭时我临时抱佛脚，把必考课文过了一遍，然后一路上默背着来学校。

携来百侣曾游，忆往昔峥嵘岁月稠。__________，__________；书生意气，挥斥方遒。

线上是什么来着？我早上明明背得烂熟。

我咬着笔尖，脑门上紧张得汗都渗出来……求求你了，老天爷，背诵默写可是拿分项！

情感告诉我都怪梁禹那个神经病，让我现在脑子里一团乱，明明应该是滚动循环播放课文的，结果现在全是他那句“只要是我想要的，不择手段我也要得到”霸总发言。

理智却告诉我，背不出来怨不得别人。

好吧，我摊牌，这两个月来，在学习上我实在没什么太大激情和长进。就和之前的学生时代差不多，我依旧是一个成绩勉勉强强、在班级里排不上号的存在。

人的劣根性之一是任务总拣简单的先做。在我看来，让我学小燕子绕操场跑一圈边跑边喊“我有哥哥了！我有哥哥了！”都比认真学习要简单得多。

也或许是抱着自己和唐祁总要回去，成绩就留给之前的那个我操心的想法，所以我在学习上非常懈怠。

“唉……”我心里默默叹口气，翻着卷子拣一眼看过去会写的题做。

最令人头疼的大阅读，我决定放到最后再胡诌。

翻过大阅读，就剩下作文。

作文有两个题目任选，议论文好难，跳过。

另一个我仔细看了给的材料，前面先啰里啰唆写了一堆谁谁谁说了什么，最后一句话是题眼：

如果有个时光机器可以回到过去，你想回到过去的哪一年？做出什么改变？为什么？请围绕该题材写一篇作文，八百字，题材不限，诗歌除外。

我眼前一亮。虽然意识回溯后的我依旧学习一般，但是和之前的那个我不同，受徐卿卿的启发和鼓舞，这一次我全副身心投入班级事务中。

上周年级组织的踢毽子大赛我踢了一百三十六个，拿了年级亚军，然后右腿废了三天。体育课三步上篮我也终于不绊脚了。还有那次的社会实践，PPT 我拿出了招待甲方的本领去做，不仅把杨其奥拍的照片充分利用上，还搜罗了好多老北京之前的资料和照片，展示时反响相当不错。

这种感觉非常微妙。以前的我并不爱学习，大部分时间都在玩，还要当个忧郁、孤僻，恨不得全世界都把我遗忘的小孩；现在的我依旧对学习提不起兴趣，却带着对除了学习以外所有事情都很热情的态度在生活。

很神奇的是，我对现在的我并不觉得陌生。我不是在装开朗，装自信，这种干劲儿十足的状态就像天生存在于我的血脉里一样，我只不过解除了某种封印。

我也不清楚为什么会这样。不得不说，这种感觉真爽。但我同时也在想，如果最开始的那个我，也是这样该有多好。会不会很多事情都会变得不一样？

往事汹涌，我提笔写下了作文题目：《回到那年》。

老实讲，很难说我确切地想回到哪一年。

或者贪心一点儿，好多时间我都想再回去看看。原因无他，想去经历之前忽略掉的人和事。1998 年，我家路口的小超市门前常年停着一辆卖鸡肉串的车。卖的鸡肉串巨好吃，肉大鲜嫩，还入味，有股天然的烟熏味。那里天天五点多下班时间排长队。

我爸妈谁下班早，晚上又不太想做饭，就会推着自行车去那里排队买几串。这样晚饭炒个小青菜，鸡肉串捋下来，孜然和刷酱拌进白米饭，一家三口就着小方桌就是一顿饭。

我妈说她见过跳孔雀舞的舞蹈演员站在那里等鸡肉串：穿着民族风的大花朵喇叭裤，长发飘飘，飒得不得了。

她的这个说辞我现在回想起来，感觉不大可信，一定是她看走眼了。人家可是跳民族舞的艺术家，现在的杂志不是都说她非常自律吗？连米饭都很少吃的人，大概也不太会吃鸡肉串吧？

不过不管怎么说，我想回到1998年去亲眼确认站在那里的她到底有没有吃鸡肉串。

千禧年，我爸的事业开始走下坡路。亲戚不理，朋友疏远，眼看着家里愈加困难，我爸决定元旦时带全家去庙里烧香拜佛。

这也是没有办法的办法，我们仨一进门就开始拜，稀里糊涂的，逮着个菩萨就求啊求。

我爸说拜的时候心里要对菩萨恭敬，我记住了，所以心里对着菩萨说的第一句就是："菩萨老师行行好。"之所以喊菩萨为老师，是因为那个时候的我心里，最厉害的人就是学校老师。菩萨如果厉害，那菩萨也一定是老师。

还是听我妈说，她在庙里看到了当时最红的、戴着墨镜的电影演员。

那时候我太小了，不知道电影演员谁最红，不认识谁谁谁，只知道寺庙烟熏火燎，人山人海。大人们都带着虔诚，一年伊始，好兆头和好盼望都写在脸上。佛像悲天悯人，人间熙熙攘攘。

如果可以的话，我想回到千禧年看看流行天后，问问她去庙里拜的是哪尊佛，是不是也对菩萨说"菩萨老师求您行行好，助我渡过难关"？

2002年，城市越来越繁华，去哪里玩都要花钱。我爸干脆带我去家门前的停车场滑旱冰，捉天牛。停车场随便进，不像公园要花钱买门票。

春天柳絮漫天，还有长得很像毛毛虫的杨树果实，弄得水泥地上全是褐色的汁液。

这个城市就是这么奇特，不是吗？最贵的社区和最老的居民楼交汇，最有名的明星和最普通的百姓拜同样的佛，吃同款鸡肉串。而我们每个人，不论男女老少，有钱的、没钱的，也都经历着同样的变迁。

有些人变迁着变迁着就没了，有些人变迁着变迁着就成了另外一个人。

如今的我已经两千五百一十五岁，再回想从前时，已经不大记得清当时家里有多苦、多难。

我只记得美味的鸡肉串，满怀希冀的人们，粉色的旱冰鞋和长须天牛，热腾腾的米饭，人山人海的寺庙，飞絮漫天的柳树。

哦，我这才意识到，我想回到过去的真实原因。

我才不关心舞蹈演员有没有吃烤串，流行天后拜的是哪尊佛；我最喜欢的也不是天牛、柳絮、杨树果实。

我挂念的，是那年的他们。

对明星八卦如数家珍的我妈，省钱小能手的我爸，和没有尝过人世间聚散离合的我自己。

……

年级判卷出分非常快，周五下午考完最后一门，大家都回自己班时，几个任课老师轮番抱着卷子进班发卷。说是回去用周末时间总结错题，然后周一回来老师要讲卷子。

我的几科分数发下来，一个比一个让人心里咯噔。看到最后我都不忍心算分，几张纸被我胡乱盖在脸上装死。

之前说不在意分数是真的，可是我的分数也太低了，免不了被老师一通找。我现在只寄希望于唐祁，希望他考得比我还烂，这样我也不至于太丢人。

发卷子的徐卿卿却告知了我第一个坏消息：唐祁物理竟然考了满分？！他一定是作弊了！

语文陈老师进来时，我正趴在桌子上感到浑身一阵虚脱，有种被唐祁背叛了的心酸。

我的座位挨着讲台，全班乱哄哄的，算分的，怪叫的，还有用头顶篮球的。

陈格站在我身后抱着一大摞卷子，怒气冲冲大声喊："年级这次作文跑题的很多，咱班也不例外！总分就没几个上 110 的。我念到名字的人，周末回去把作文重新写一遍！"

"黎元……徐卿卿……杨朔……许迪……"

念了差不多有十几个人的名字，最后陈格大声喊：“宋周淼！”

“宋周淼！人呢？”

喊了几遍我都没听见，趴在卷子堆里发呆。最后是班上同学提醒陈格我就在她身后，只不过被埋着，陈格回身把我从卷子里扒拉出来。

“啊？啊！”我站起身，卷子哗啦啦全掉地上了，“到！”

陈格神情严肃地发给我考卷，我已经债多不愁了，面无表情地接过来看分数。

分数那一栏写着一百零八分。

嗯……嗯？我瞳孔放大。这比我想象的分数要高，高很多。

我前面瞎答的，后面作文完全放飞，写的通篇大白话。一千两百来字，密密麻麻写满了边框，估计得扣卷面分。自己估分差不多九十出头。

就在我疑惑时，我听见陈格用那种既痛心又欣慰的矛盾语气说：“前面的背诵默写，我之后再找你算账。阅读也给我瞎写是吧？”

她揪过我卷子开始念我的答案：“这处描写表明了作者被贬谪后的郁闷之情……搁这儿给我瞎套答案呢是吧？这篇文章讲的是父爱！”

陈格的一颗唾沫星子喷到我左脸颊上，我伸出手慢慢地擦拭掉。

只听她话锋一转：“啊，不过作文还不错，年级上五十分的就三个，你是其中一个。判你卷的吴老师可能比较受触动，一开始给了五十七分，超过五十五分的我们年级组要集体重新改分，最后给到五十二分。”

“写得不错。”陈格最后说道。

第九章 往事追我

期中成绩和排名出来了，具体多少我就不说了……只能说，我的作文救了我一命。它让我成了陈格那里的香饽饽。别的语文老师说起我来都是：“哎，陈老师，你们班那个谁谁谁，怎么辅导的啊？也给我们班分享下经验呗。”

我被李伟揪到办公室里写其他科目的检讨，陈格端着茶缸子笑眯眯地说：“我看这孩子不错，就是这次失误了。检讨什么的就免了吧！”

作文虽然救了我一命，但按照惯例，我们学校每次大考完要全年级印高分作文册，每个班里的每个人都发一份。

这下可好，不仅年级的语文老师们都知道我爸妈离婚，我家过得惨兮兮，全年级同学都知道这事儿了。

我一下子以一种莫名其妙的方式火了。

走在楼道里，同学们纷纷向我投来既敬佩又带有一丝同情的眼神。有一次我在食堂和杨其奥面对面坐着吃饭聊八卦，有位并不相熟的女同学捧着一碗红烧牛腩过来说给我吃，让我多吃点儿，正长身体呢！不要缺营养。那眼神要多像母爱有多像母爱……

随之而来的，还有更离谱的事情。就是我的异性缘忽然好了很多。

不至于像梁禹那种受欢迎程度，却也绝不是我自作多情的错觉。

譬如说，下操时会有外班男生三两个，在我身边你搡我我搡你，最后推选出一个脸最红的来找我搭话；和其他班一起在操场上体育课时，会有人在女生跑八百米时忽然大喊一句“宋周淼加油”，使得我在冲终点线时岔气；我在年级大办公室改作业错题时，都有人找我讲话，说你成绩这么好还要改错题啊？吓得我赶紧把自己的期中考试总分和排名亮给他……

这种离奇的事件越来越多，放学后刷刷贴吧，竟然还能刷到几条和我有关的帖子。帖子里说我觉得几几班的宋周淼很文静，成绩又好，性格又温柔——这个不实的判断惊出我一身冷汗。

唐祁也刷到那个帖子了，他只是呵呵冷笑两声，不予置评。我问他呵呵是什么意思，唐祁说这事要是让可乐知道了，估计它也是同样的反应。我追问呵呵到底是什么意思，他说呵呵的意思就是呵呵……

我将这一切不合理解释为大家对作文好的女生有滤镜。所以试图让周围的人明白写作文也算是艺术创作，而艺术创作都有夸大其词的成分。

但我越解释，大家越觉得我的形象又高大了，觉得我苦中作乐，是个生性乐观的坚强女孩儿。

杨其奥对这个现象给出了一针见血的评价：“不是因为大家觉得你作文好、有才华才喜欢你，而是大家喜欢自信大方的人。这条对男女皆准。”

而她说这句话时，梁禹被几个男生簇拥着走进食堂，我指指他：“那这位爷呢？”

杨其奥撇撇嘴：“他就算了吧，和你这个自信还是不太一样。”

我十分欣慰杨其奥也学会了透过现象看本质，她之前还觉得梁禹痞帅痞帅的，很吃那一套。

大考过后，年级组织排演《茶馆》，各班选派一两个人参演。

不出所料，语文老师大力举荐我，而梁禹也因成绩名列前茅被选上。

我原以为，他这种性格的人会拒绝，况且排练那天他放学后我记得要去电影院打工，不会有时间排练的。结果他一口爽快地答应了出演。

我们班就我们俩参演，选角色时语文老师的意思是尽量选戏份多的、角色正面的，演好了她肯定有面儿。可我有其他的想法……于是各班选派的人聚在一起开会时，我举手，说话掷地有声：“请给我庞太监这个角色，谢谢。”

大家面面相觑，根本没人跟我抢。

排演老师埋头翻剧本，她都忘记有这个角色的戏份。

我早在来开会前就仔细研读了，所以自信地说：“您别找了，发的剧本里庞太监有五句话和一句‘嗨哟’。”

我对这个角色势在必得，必须用一场精彩的表演说服大家，我并不是大家想象出来的那种人。

就在我成功拿到庞太监这个角色后，站在一旁的梁禹举手：“老师，那我演小太监甲。”

小太监甲是老师为了丰富剧情添加的原创角色，他的主要目的就是为了更加衬托庞太监的阴险狡诈。简单说，就是给我捧哏的。

庞太监每说一句话，小太监甲就要在一旁附和：“嗨哟，可不是，就说是啊，这前儿闹的……”

和我一样，这角色根本没人和梁禹抢。梁禹不费吹灰之力就拿到了这个角色。

陈格在一旁脸都绿了。能不绿吗？我们班总共出两人，还都演太监。

她把我俩拉到一边去苦口婆心。我情真意切地和她讲：“老师，您放心吧，即使只有这么点儿戏份，我依然能镇住场子！庞太监这个角色我觉得很有可塑性，您还是劝劝梁禹同学吧。”

梁禹也淡定得很，学着我的语气说：“老师，您放心吧，即使是演太监，我依然相信自己能给观众留下深刻印象！小太监甲这个角色我觉得很有人物张力，您要劝还是劝宋同学吧。”

我呸！我不明白梁禹到底要做什么，上赶着演我跟班小太监这个行为也太离奇了。

而关于我和梁禹要演话剧这事，我们几个中午凑一起吃饭，大家都在笑话说什么梁禹竟然去演小太监甲，真是想不到……唐祁没参与八卦，也没接茬儿。

周三五点放学后，要去大礼堂排练。

放学后，唐祁就不见了踪影，我本来还想和他说声别等我了，先回家。

梁禹坐在教室里不紧不慢地转笔，书包也不收拾。为了避开梁禹，我让杨其奥掩护我，假装陪她一起手拉手去厕所，然后我在厕所蹲着，等杨其奥报信。

她趴在厕所门口往楼道看了许久，来到我的坑位前报告：“现在安全，梁禹刚从教室出来上楼了。”大礼堂在次顶层，梁禹上楼就是去礼堂。

我又按捺住耐心等了会儿，估摸着梁禹就算是爬也爬到了，才从厕所鬼鬼祟祟地出来。

杨其奥下楼：“那我先回家咯。”我冲她摆手，随后背起书包要往楼上走。

五点后的学校逐渐安静，除了各班打扫卫生值日的同学，就是留在年级办公室改错题的。

天也黑得早，我从楼道的窗户望出去，夕阳只余紫色的余晖，学校的树枝在墙上勾勒出黑色的剪影。

操场上打球的男生零星几个，黎元坐在场边喝水，而唐祁站在三分线上安静地立定投篮，有一搭没一搭地和他聊。

我看着他，有点儿郁闷地在心里想：好家伙，跑那么快原来是去打球了……

我站在窗边看了一小会儿，只见唐祁伸手，压手腕，一记漂亮的三分球刷网进篮。

进球了也不见他多开心，唐祁这个人，不说话安静时一张臭脸，又冷又跩，让人看不懂他在想什么。

只见他百无聊赖地转头看周围，非常凑巧地，一阵秋凉晚风吹过，窗框边的棕红色爬山虎叶沙沙响，唐祁的视线正好扫到我站着的窗。

我使劲儿冲他挥手，挥了几下又狗腿般冲他比大拇哥，只是离得太远了，不知道他看不看得到。

他似乎是没看到，因为他只是往这边扫了一瞬就回身去捡球了。

我本无所谓的心情莫名有了一丝惴惴。我挥散掉这莫名其妙的低落，转身要去楼上礼堂。

走在楼道里，我的手机响了，有短信进来。

唐祁：“刚看什么呢？”

我有些惊讶，埋头打字：“看你正巧进了一记三分！好厉害！”

唐祁：“什么叫正巧？什么时候看我都能进。我三分很准，只是你从来不看。”

我：“夸你一句就臭屁起来了。刚才给你比画来着，你看到了吗？”

唐祁：“看到了，你给我比心。”

我：“放屁！给你比画了大拇哥。”

打完这句话，我都能想象唐祁在电话那头偷着乐的样子，于是我把这句删掉，改成了：“你故意的是不是？既然看到了，为什么装作没看到我，转身就去捡球？我又哪里惹到您老人家了？”

唐祁：“废话，隔那么远，我还要喊话吗？全学校都能听见。”

我：“你今天下学跑得那么快，我要和你讲话都没见到你人。”

唐祁这次回得没那么快。等了几秒，我才收到短信。

唐祁：“我如果说那会儿我正心塞着，你会不会觉得我很没出息？”

啊……我的手指顿住，随后打了一句愤怒的文字：“会！傻死了！”

唐祁：“是很蠢，所以我就先走一步。”

我：“心塞还能进三分？”

唐祁：“这大概就是成熟男人的大心脏吧。”

我：“要吐了。”

唐祁没多迟疑，最后发：“踏实排练，我在操场等你。”

看到唐祁这句话，我微微扬起嘴角，把手机重新塞回书包的侧兜，一派轻松地往上走。我拐过楼梯角，猛地看到一个人坐在楼梯上，少年在光线昏暗处静静坐着，我吓得第一脚踩空了，踉跄一下才站稳。

“你、你没事躲在这里干什么？！”我大声指控梁禹。

书包被他扔在低一级的台阶上，随身听像长在他耳朵上一样。他在漆黑的楼道里摊开一本练习册在看。感觉他在那里坐了有一会儿工夫了。

梁禹站起来，居高临下地俯视我：“说躲的话，躲着的人是你吧。我看到你让杨其奥放风了。”

他并没有前进一步，我却因为心虚以及为了和他保持距离，边讲话边自动后退。

“你也太自作多情了吧？我肚子痛去厕所就叫躲你？那全年级女生不要上厕所了，都说是……啊！”

话没说完，我整个人向后仰了过去，刚才上楼踩空，这下往后又踩空。

梁禹眼疾手快，一把抓住我面前的书包带，随后我像一只小鸡仔一样被他拎回平地上。

我用沉默平复心情，而梁禹则静静地等在一旁。他虽然什么都没说，可我愈发感觉今天他身上的气场和以往不同，像是有心事，不苟言笑。

他这个人就是这样，我想同情他时，他就开始油腻，于是我就从同情转为恶心；但每当我恶心他好久时，他又会突然散发出一种孤独的宁静感，让人又对他多少产生一点点同情。

我用余光偷偷打量他，我发现他校服里面露出的衣角是白色衬衫。

不同于男孩穿的棉布格子衬衫，光看他的衬衫领子就板板正正，是男士穿在西服下面的非常正式的衬衫。

不知道的人，还以为他等下要去开会。

更奇怪的是，梁禹今天并没有穿篮球板鞋，而是穿了一双不那么休闲的鞋，显得怪正式的。

梁禹看着我神情变换十分丰富的脸，皱起眉头："其实我有话想和你说……"

我根本不听他说话，贴紧墙壁慢慢往楼上蹭。

梁禹伸出手臂想阻止我，我直接低头弯腰从他手臂下方钻出去，噔噔噔地跑上楼，飞快逃走。

第一次排练并不是很顺利。

除了排练时我俩必须站在一块儿表演，我说他附和以外，排练间隙大家散开休息时，我都是去和跟我相熟的、其他班的女生聊天，而不是和梁禹这个同班同学坐一起喝水。

梁禹今天整个人就是不对劲儿，翘掉了兼职，还在校服底下穿得一身正式，任谁都会胡思乱想。

偶尔他的眼神会飘过来，我是根本没勇气和他对视的。

那眼神有着某种审慎的打量，有些心事重重，落在我身上感觉是有重量的，我的整个后背开始发麻。

忍受了将近两小时的折磨，排练完后我迅速背起书包，生怕被梁禹揪住，在众人惊讶的目光中像一枚火箭一样冲出大门。随后三步并作两步往下飞奔，到了一楼一路猛跑去操场。

"唐唐唐唐唐唐唐祁——"我狂奔到操场，此时太阳已经完全落下，操场上亮起了大灯。黎元也回家了，只有唐祁在篮筐下站着，远处几个田径队的也背起书包往校门口走。

唐祁十分惊讶，用手托住我的手臂，止住我狂奔的势头："怎么了？"

我看鬼一样看向身后，所幸梁禹并没有跟上来，我心有余悸地说：“没、没事。楼道里是黑的，我怕鬼。”

“咱回家吧！赶紧的！”我抓住唐祁就往自行车棚走。

从操场到自行车棚，再从自行车棚到校门口这段路，我陆陆续续看到排练话剧的同学从校门出来，而这些人里并没有梁禹。

难道他还留在楼里不成？

我想到他今天的古怪穿着，出于好奇，我假装转转脑袋，环视了一下学校周围。

随后，我竟在对面的马路上看到已经背上书包走了好远的梁禹。梁禹走的方向并不是他家的方向。

原来他并没有要纠缠我的意思，害我这么神经兮兮。可是这么晚了他不回家吗？

“找谁呢？”唐祁问。

我转过头：“没什么。”

说是这么说，我心里却升起一种隐隐的介意，再结合今天梁禹所有奇奇怪怪的举动，我还是没忍住往那边看了一眼。

这次我注意到，停在学校路边的一辆黑色汽车启动，汽车缓缓跟在梁禹后面，他转弯进了胡同，车也转弯进了胡同，没有打转向灯。

不，不是没有打转向灯，而是整辆车色调都是暗的，所以我才觉得不对劲儿。

“唐祁……”我已经跳上后座又跳下来，抓住唐祁的书包，“也许是我想多了。”

我指指梁禹拐弯的小胡同，神情严肃：“好像是有车在跟踪梁禹。”

可能是我的语气过于严肃，我和唐祁并没有进行什么“你听我解释、我不听我不听”的戏码，几乎没有迟疑地，唐祁抬着自行车头转向，大步走起：“跟上来。”

他和我确认：“那辆京F是吧？刚才我也注意到了。”

我哪里记得什么车牌号，支支吾吾：“就是一辆黑色的、破破的车。”

唐祁点头，说了一个车的牌子以及型号，这完全是我的知识盲区。

我亦步亦趋地跟在他后面，忧心忡忡地问他：“怎么办？我们要不要报警？”

“别急，万一猜错了呢，那就是占用警务资源。我们先过去看看。”

唐祁一脸镇定，可我的脑海里闪过好多不好的猜测。

梁禹打街球出名，在贴吧里是风光体面，可是也有很多匿名留言说得非常难听。外加上他太装了，说话做事很欠扁，有人看不顺眼想教训他很正常。

我们来到梁禹拐弯的那条小巷，唐祁把我挡在身后，自行车也交到了我手里。他贴着胡同的墙，稍稍探头往里看，连呼吸声都有意放轻。

“没有人。”唐祁冲我招手，我俩进了小胡同。

黑色的车停在胡同路边，非常不规范的停法，一看就不是胡同住户的车。胡同里的车停得规规矩矩，哪辆车不是贴着墙停的？这辆几乎挡住了大半条路。别说车了，人过去都艰难。

看到这种停车方式，唐祁的脸色比刚才难看了几分：“这样停是为了遮挡视线，还有一个原因是如果外面有车，有人进去，就会按喇叭，相当于给他们提醒。”

他下了结论：“基本可以确定那辆车里的人来路不善。”

我们缓缓绕过没人的车，来到一个丁字岔路口。

唐祁左右看看：“我对这边不是很熟，没怎么进来过。”

我说：“那我们分头行动？”

“想都别想。太危险了。”他盯着路牌和标志判断了一下，指路，“这边走。”

“你怎么知道的？”

唐祁走在前面：“不知道，猜的。我的想法是，如果我要找一个偏僻的地方打人，最起码要找一个凌晨会有人经过的地方。”

我不解：“啊？难道不应该找个没人经过的地方吗？”

唐祁走到一家虚掩的店门前停下，轻叹一口气：“我知道梁禹是傻，但我猜梁禹没有傻到让人想把他杀死的地步。顶多是教训一顿，所以打完人要把他撂在一个会有人经过的地方。”

“你看。”他抬手指。

我们两个站在胡同里一家十分不起眼的小店门口。旁边竖着招牌，荧光粉色写着六个大字：午夜情侣影院。

嗯……我瞬间懂了。这不像是什么正经地方，但午夜的确有生意、有人往来。唐祁说得没错。

我们又往前走了几十米，唐祁忽然警觉起来。他按住我：“你不要往前走了，自行车你推着，掉转车头原路往回，到我们进来的路口等我。如果十分钟后我不出来，你报警。车牌号你记住，京 F68567。”

我没反驳，真要是里面打群架，我只能是拖后腿的那个，可我也不想把他一个人留在这里。于是我给出折中办法：“我在电影院的门里躲着。”

唐祁也不是磨叽的性格，他深深地看了我一眼，说：“好。那你耳朵灵一点儿。”

说完这话，他把书包留给我，从里面翻出一本《5年高考3年模拟》，卷成圆筒往更深的巷子里走去。

等待的时间非常漫长，我握着手机的手心里出了好多汗。

我的手机是非常老的款式，没有背光白屏。幽暗的绿色屏幕被我一次次按亮，才发现时间只过去了三分钟而已，我却已经控制不住开始胡思乱想。

不提我和梁禹过去的那些幼稚纠葛，就算是和平分手后的男女都很难做朋友。我实在无法解释自己这多余的热心肠，拉着唐祁和我一起为了个连朋友都算不上的男生以身犯险。而更令我惊讶的是，唐祁竟也毫不犹豫地加入了这场跟踪和救援。

我冲动而来的立场或许很好解释，可唐祁是什么立场呢？

想到这里，我机械地不停按亮屏幕的手顿住了。

我的立场？我又有什么立场呢？难不成我的心底、很深很深的心底，还对梁禹残存一丝希望吗？

不不不！我猛地摇头，试图把这悄然滋生的，让我十分惶恐的想法甩出脑袋。

我拼命地给自己找借口，将这一切解释为自己成长了、成熟了，回顾过去，觉得不能把人一棍子打死，否定所有过去，就是否定那一刻的我自己。

人在分手后，总是倾向于把过去的种种都贴上错误的标签，可事实真的如此吗？我真的能对梁禹见死不救吗？

时间一点一滴过去，我内心万分挣扎时，电影院的门外传来杂乱无章的脚步声。

我扒着门边往外看，只见浓重的夜色里远远跑来两个人。

“车！车！”唐祁大喊着，我看不清他有没有受伤，只看见他架着一个人跑得踉踉跄跄，直冲我而来。

梁禹身体的一半重量都压在唐祁身上，他使不上力的另一半身体，一条腿拖在地上，没有骨头似的，面条般瘫软。

看到这幅景象的我，整个人汗毛都竖起来了，他被打成这样了吗？

唐祁和梁禹奔到我面前，唐祁将梁禹甩到前杠，用冷酷无情的语气说：“你自己抓紧。”借着微弱昏黄的路灯，我看见梁禹的脸上全是血和瘀青，一只眼睛已经睁不开了。他艰难地动了动喉头，说“嗯”的时候鼻孔里还咕嘟出一个血泡泡。

眼见这样的惨状，我浑身发软，赶紧转过眼去。

唐祁迅速安顿好梁禹，跨上自行车，对我简短交代：“一会儿跳上来。”

我听懂了他的意思。

唐祁蹬了一大步，车晃晃悠悠前行，随后加速，等速度起来后，我抱着两个书包助跑着赶上，跳上了后座。

唐祁一个人载着两个大活人，前面一个，后面一个，在胡同里左拐右拐，努力往前蹬，脚蹬子当风火轮用。

追兵滞后了两分钟才追出来，我闻声转头看，没太看清，依稀看到稀稀落落跑来四五个人。

有一个人跑得极快，几乎要捉到我的头发，我惊骇地大叫，掐紧唐祁的腰，大喊：“唐祁！快点儿！”

我整个人吓到飙泪，怕归怕，我边哭边伸脚踢翻路边摆了一排的大花盆，在踢翻第六个花盆时，那人应声绊倒。

骑出狭窄的胡同，到了灯火通明的大街，追兵没有追上来，唐祁放慢速度，我们仨齐齐松了口气。

因为梁禹，路上行人都在看我们，唐祁不敢回小路，只得硬着头皮尽量走路边，避开大家的目光。

等实在骑不动了，唐祁干脆下车让我扶着车把，把梁禹扛到车座上，他下车去街边小卖部买水买东西。

从小卖部出来，他隔空扔给我一包纸巾："擦擦脸，花的。"

他塞给梁禹一瓶水，他自己则拿了包口香糖。

"坐路边喘口气。"唐祁体力耗尽。

绝处逢生，我们仨或站或靠或坐，在北京街头的角落里，杨树阴影下，放空了好一会儿。

唐祁抽出两片口香糖嚼了几口，吐到垃圾箱，从我手里接过自行车把："我好了，咱走着回去吧。"

"对了。"唐祁看了一眼梁禹，"你是怎么着，给你送医院？还是喊你家人来接？"

梁禹自刚才就没了声儿，额上全是汗，疼到说不出话，在昏厥的边缘徘徊。他从牙缝里挤出一句话："不去医院，也不回家，随便把我放哪里就成……"

都什么时候了还要风度，我们怎么可能把他随便放哪里？

我一句拔高音量的"你"字刚出口，就被唐祁制止，他没有出言刻薄，而是平静道："如果你能忍的话，就先回我家。实在不行，我爸以前是体校教练，治跌打损伤算是半个医生。"

说着，他给我解释："我进去的时候，这小子的右脚已经不能动了，被人生生踩脱臼。那几个人非常会下手，挑不会出大事的地方打，是折磨人的打法。"

见我听得龇牙咧嘴，唐祁及时补充："除了他右脚，其余部分是皮外伤，只是血糊在皮肤上看起来比较惨而已。这种伤势就是疼，但其实还好，不去医院也问题不大。"

他转向梁禹："我们真要不管你，刚才也不会去救你。之后你爱去医院不去，爱回家不回，我只管你今天这个晚上。你自己看着办吧。"

梁禹沉默半晌，妥协了："好……医院我之后自己去，不用你爸。"

唐祁推车往前，面色铁青："随便你。"他不忘回头叫我，"淼，跟上。"

回到唐祁家，唐祁的爸爸在卧室内看电视，他妈妈则在厕所泡脚，听见开门声："谁啊？"

"我。"唐祁架着梁禹，声音尽量正常，"和我哥们儿。"

他妈接话："你哪个哥们儿？"

"就那个谁。"唐祁往卧室走，"他家长不在，来咱家过夜。"

"哦哦，欢迎欢迎。一会儿我和你爸先睡觉了哈，明儿还要上班。你让那个谁随意一点儿，不用客气。"他妈说完，便不再追问。

这段对话听得我目瞪口呆，我压低声音问唐祁："你妈怎么知道谁是谁？"

唐祁耸肩："没，我妈将我的狐朋狗友们统称为'那个谁'。"

我还是有些担心："那万一明早起来你妈发现她不认识梁禹呢？"

唐祁："不会的。除了你，我其他的朋友她谁也不关心。你指着梁禹说他是黎元，我妈顶多会问，黎元什么时候去拉了双眼皮儿。"

我的心里竟有点儿羡慕唐祁被这么粗糙地养大了。

随后我们听见他妈起身倒洗脚水，于是两人一起架着梁禹迅速溜进唐祁的房间，经过他爸妈的卧室时又和他爸进行了一遍刚刚上面的对话。

唐祁将梁禹放到床上时，没忍住骂了句脏话。我听见了，他说的是："怎么也没想到是你丫睡我的床。"

实话说，这也是我第一次进唐祁的房间。

作为一个青春期男生的房间，它出乎意料地干净整洁，床角摆着被子豆腐块，小书架上整整齐齐码放着一排体育杂志，还有几个旧旧的本子。

唐祁端着脸盆打来温水，盆沿搭着毛巾，他拧了一把毛巾递给梁禹："一会儿等我爸妈睡着了你再去洗澡，你现在先擦擦。"

梁禹接过毛巾开始脱衣服。为了避嫌，我立马转过身去。

染血的校服被揉成一团扔在卧室门口的地板上，唐祁找来塑料袋包住，他还要将梁禹脱下的脏污的白色衬衫一起扔掉，梁禹开口制止："校服可以扔掉，衬衫要留着。"

光着膀子的梁禹旁若无人地缓缓擦血，房间里的气氛因为这窸窸窣窣的声音变得有点儿诡异。

我假装在看唐祁的书架。

梁禹将身上脸上的血擦得七七八八，将毛巾甩回给唐祁："谢了。"

唐祁接住，随意给他拿了件自己的T恤："快穿上吧。"

然后他又对我说："转过来吧。"声音里带了点儿不满，好像他看穿了我的此地无银三百两。

梁禹穿上衣服，看了我一眼，说道："我明天恢复好就回去。今天状态不好，回家打不过我爸，没精力应付他。"

哦，我都忘记还有这一茬儿。胡同里梁禹和他爸互殴的场景也算是让我长了好大的见识。

唐祁并不知道梁禹和他爸的典故，听梁禹这样说，只是微微皱眉。在我听来，他这句话则是既好笑又心酸。

既然说起来，我小心翼翼地问："那帮人为什么打你？你是不是在外面又装模作样来着，被人看不顺眼了？"

一段难耐的沉默后，梁禹开口道："那些人是我妈的现任丈夫花钱雇来的。"

"什么？"

"对。上次替我代班，老陈那个大嘴巴肯定和你说过吧，我家的事。"

唐祁问："老陈？"

"影院的经理，就……上次那个事儿。"我扭着校服角说。

唐祁不置可否。出于尊重，他并没有追问梁禹家的事到底是什么。

梁禹却看开了似的，主动说起来，只是说得相当简略："我爸妈很早离婚。我跟着我爸，我妈再婚。她嫁的那个男人条件不错，一家搬去了国外。我弟和我同母异父。我妈一直也想把我接过去。"

他指了指那团染了星星点点血迹的白衬衫："最近我妈带我弟回国。今晚约了一起吃饭，无非是还想劝我和她一起走。"

我明白了："你后爸，我的意思是，你妈的现任老公不愿意你去他们那边儿？"

梁禹眼神带着自嘲般的笑意："这应当是很明显了吧。"

我点头，愤愤不平："他不仅是不愿意你去，我看和你还有仇。找人把你打成这样。对一个小孩儿这样做，真下得去手啊！你应该告诉你妈！"

"他对我妈还算不错……如果只是因为我，那就没必要告诉。"梁禹有些无力地摇摇头。本应是有几分洒脱的动作，顶着一张被揍成猪头的脸，看起来十分滑稽。

我想到他为了今天这顿饭，又是推掉兼职，又是穿白衬衫，到头来却是这样的结果，我在心里叹气。

我说："之前还以为你和你妈关系不好，所以你才留下来陪你爸，原来是这个原因。"

"倒也不是。"梁禹矢口否认，"我那时候不和我妈去国外，不仅仅因为这个。"

可能实在是疼，梁禹疼到眼神近乎涣散，他窝在单人床上，望着唐祁小屋的窗外，窗外相互交错的枝丫随风摇摆，秋夜肃杀。

梁禹闭上眼睛，精力用到极限，我和唐祁勉强听见他极轻的声音说："我想我只是不习惯和别人分享爱。当初选择留下来，也是觉得如果我是我爸唯一的依靠，那么我就能拥有他所有的爱……"

后半句没说出口的话我在心里替他说了：没想到留下来陪老爹，老爹也是个坑。相比之下，我们家、唐祁家这点儿小打小闹显得无比正常。

在一旁听完整件事的唐祁忽然说道："这在篮球里就叫打球独。你凭良心说，打球时是不是能自己单刀直入就自己来，不怎么传球给队友的？"

梁禹缓过神，侧过头，用能睁开的那只眼睛瞥了唐祁一眼，笑道："但我个人技术也过硬。菜鸡才会抱团。"

唐祁冷笑一声："那能惨成这样？当时真该把你一个人留在那里。"

梁禹不以为然，坦然在别人的床上躺平，对着天花板说道："唐祁，谢谢你。你比我想象的成熟，毕竟我跟你……不对付。"

唐祁站起身，扔了件外套在他身上盖住："不客气。但有两件事要纠正你，一，我本来就是二十五岁的灵魂，比你将近大一轮，看到小屁孩儿遇险没道理不救。二，我没把你当死对头，我和宋周淼两人的事儿和你本就没什么关系，别给自己加戏。早点儿休息吧。"

第二天早上不到六点，我被唐祁的电话振醒，接起来第一句话他说："梁禹走了。"

我困得睁不开眼，听这话心里突突了一下，从床上弹起来惊愕到口水淌下来："梁、梁渣渣死了？"

“啧，你清醒一点儿，宋周淼……”唐祁那边似乎捂了一下脸，“字面意思的走，‘走路’的‘走’。”

“噢。”我抹掉口水，重新躺回去，“不过梁禹确实是说他第二天就回去的。他不想欠咱们的。真要回家去咱们也拦不住。我们已经够仁至义尽了。”

我刚才动静闹得太大，把可乐给招来了，我侧躺在床上和可乐大眼瞪小眼，它以为今天终于可以提前出去尿尿了。

见我又闭上眼睛，它长叹一口气。

唐祁捂住话筒，声音闷闷的：“嘿，你先别睡，给你打电话是让你现在赶紧去找下人。”

我不解：“我？去找他？那你呢？”

“你听我说，我们昨天既然多管闲事，那救人救到底，送佛送到西，做事不能半半落落的。管他自己什么打算，我这么大一男的不可能和他一个小孩儿计较。再怎么着，伤没养好不能就这么放回去。”

唐祁似乎把自己关在厕所里讲电话，我听见他爸拍门的声音。

“你小子给我滚出来！长本事了啊你！”

我怀疑我听错了，问了句：“你爸在喊你？”大早上的为了抢厕所这么兴师动众吗？

“嗯……”唐祁叹了一口气，“早上我爸看见他了，以为是我把人揍成那样的。”

“我现在把自己锁厕所里，能挡一时是一时。我爸总不能把门拆了。你把梁禹薅回来就能解救我了。”

梁叔叔每砸一下门我的心脏也跟着怦地跳一下，没带任何犹豫，我使命感十足：“好！”

我出门时，可乐吧嗒吧嗒地跟过来，眼巴巴地看我，大大的眼睛上还挂着潮湿的眼屎。

我对它说：“不可以哦，我是出门干正事的，等姑婆醒了会带你去尿尿。”

可乐歪头，皱巴巴的脸上写满惆怅和等不及。

我看了它半晌，想到什么，拿起门前的狗绳蹲下给它套上：“带你也可以，要是梁禹他爸打人，你就冲上去咬那个糟老头，听到没？”

我领着可乐跑到楼下，楼上传来一声口哨。

唐祁从厕所的小方窗里扔下一串车钥匙，不忘叮嘱我：“注意安全！”

我感觉自己像是解救被困在高塔里的长发公主的骑士，冲唐祁挥手：“坚持住！我会回来救你的！”

唐祁抱臂靠在卫生间墙上：“你应该和我家厕所门说这句话。”

我骑上车，一路狂飙到胡同里。我跳下车去拍门：“梁禹？梁禹在吗？”

院子门紧闭，起初没人应声。我心里更咯噔了，梁禹状态那么不好，一只眼睛还肿着，要是遇到他爸耍酒疯，还不得真的被打死？梁禹要是死了，我揪谁回去交差啊！

我有点儿焦急地贴着门听，里面的某一家人骂骂咧咧，拖鞋踢踏着来开门。

门霍地从里面打开，梁禹家的邻居阿姨头包着干发帽，嘴里叼着牙刷：“大早上的这是在干什么？吵死人了！”

我探头往里看：“梁禹！阿姨您好，我们是梁禹的同学。他在吗？”

阿姨退回去半步看向梁禹家，满脸不耐烦：“不在！他爸也不在！估计哪儿喝酒去了！”

我疑惑地往里瞥了瞥，真的不在？可乐则趁这个工夫在院子门口的石墩子脚边来了一泡。

没找到梁禹，从胡同出来，我的担忧不仅没有减轻，反而加重了。

“那么大一活人，不回家，腿还瘸着，能去哪儿呢？”

我和可乐站在逐渐熙攘的大街边，神情严肃。

寒冷的秋日早晨，早餐车冒着热气。117 路车走走停停，到一站放下一批人，又挤上一批人。面前经过了大概四辆 117 路车，每一站都有戴着耳机听英语的学生下来，我忽然灵光一现。我转过头去，抱起可乐，向学校方向冲去。

在昨晚的小胡同深处，我一眼看到了梁禹。

地上的一片狼藉已经被环卫工人清扫一空，少年的背影瘦高，他弯腰在一个个垃圾桶里翻找着什么。

这一片比较偏僻，没什么人，我喊了他一句他才看到我。少年精神不振地点了点头当作打招呼。

经过一晚上，他的脸已经消肿不少，只是瘀血加深了，被揍了一圈的眼窝发紫。而他又瘸着一条腿，越看越像那种杂毛色、棕眼圈的流浪狗。这样狼狈落魄的梁禹，我是头一回见。

我走过去：“你是在找随身听吗？”

梁禹沉默当作回答。

我回忆了一下：“灰色的，外面缠着一圈耳机线，耳机线是橘色的？”

梁禹没有停下翻找垃圾桶：“对。但不是随身听，是随身词典，可以插耳机听歌。”

“我知道，文曲星嘛，我们一起找。”我领着可乐上前，可乐见到新朋友开心地冲了上去，扁平的脸一下子撞到翻垃圾的少年。

梁禹顿住，低头看可乐，可乐的舌头伸在外面，鼻头湿漉漉的。

和可乐那湿湿的鼻头相比，梁禹反倒像一只不那么健康的小狗。

我介绍他们认识：“它叫可乐，你让它闻闻你的手，它也可以帮你找。”带可乐来是为了对付他那醉鬼老爸的，结果没想到可乐的另一用途被开发出来。

梁禹没说话，艰难地蹲下来，伸出手。可乐热情地闻了闻他的手指尖，在梁禹的手上留下了一些晶莹剔透的鼻涕。

我有些羞赧：“但是不要抱太大希望，它这个季节会犯鼻炎……”

一丝天真的笑意在梁禹脸上浮现，这可真是难得。

随后我们分头行动，不仅仅局限在昨晚的胡同里，将搜索范围扩大到了纵横两条小街的所有垃圾桶。

早上八点多，在我们几乎要放弃的时候，可乐对着护城河的堤岸狂叫，我以为它又想尿尿，刚把它提溜过来就看见一抹亮橘色。

我指着那里激动大喊：“梁禹！”

梁禹的文曲星实在太老了，即使是2008年，也很少有人用那玩意儿了。如果地上找不见，没可能是被别人捡走，顶多是被当破玩意儿扫进垃圾桶。

我们找遍了所有垃圾桶都没有收获，最后还是可乐在护城河的河岸边发现了滚落的文曲星。

应该是打架后那些人为了出气所以把梁禹的东西全踢下去的。我们不仅在这里找到了文曲星，还翻到了唐祁打架用的《5 年高考 3 年模拟》……这我必须给他拿回去，不然对不起我们这么多年的交情。

累得筋疲力尽，我们俩，还有可乐，干脆在河堤上的草坪上席地而坐。

护城河到了冬天会干涸，现在还是一条浅浅的臭水沟，并没有什么优美的风景。这里地势低下去好一大块，二环路的熙熙攘攘似乎被隔绝开来，人来车往都和我们没什么太大关系。

整个城市最喧闹的时段似乎在这里止步。也是在护城河的河沟里，我爸在大雨天栽下来，躺了好久都没人发现，也没有人听到他的叫喊。

因为太累了，我的心里只充斥着找到东西的喜悦，其他无暇去多想。

可当我意识到我在单纯地替梁禹开心时，再想到昨晚唐祁的英勇救援，我有那么一瞬间的不真实感——和梁禹的命运交错让我有些恍惚。

秋日枯草连天，在这个瞬间，我甚至觉得我和唐祁意识回溯而来的这些时日里，所有为了改变某件事而做出的改变，在这高远无云的天空背景下忽然变得有迹可循。

一身狼狈的少年在我旁边摆弄着他的文曲星，检查有没有损坏。

“还好着呢？”我问。

梁禹解开一团耳机线，塞进耳朵里一只，翻出一首歌听。他捏着剩下的一只耳机：“要不要听听看？”

隔着老远就能听到耳机里电流的响声，我拒绝：“算了，能听就行。其实如果找不到，你还不如换一个呢，现在买一个新的也没多少钱。我实话实说啊！音质太差影响听力，而且你这好多按键都不灵了……哎？”

梁禹忽略了我的拒绝，直接把耳机塞进我的耳朵。里面是放到一半的流行天王的《爱在西元前》。

“还能听的，对不？”

“哦哦……嗯。”

我按了按耳机，梁禹意识到音量有些大，他把声音调小。我们必须非常安静，屏气凝神才能听到周董的声音。

也许是巧合，这首歌我俩之前经常放学一起听，他一只耳机，我一只耳机。

在气氛变奇怪之前，我想到了唐祁，于是不等一首歌放完，我摘掉耳机还给他，拍拍屁股站起来，公事公办："那个什么，休息得也够了，我的任务是现在赶紧把你带回去。唐祁他爸以为是他把你揍成这样的。"

梁禹没接耳机，也没站起来，抬眼问我："我说，你们真的是意识回溯的吗？"

我有些焦躁："你还不信啊？那你看哪个中学生这个点不去上学，陪你在这里翻垃圾桶。"

"也对。"

我转身要去街边取车，催促道："别坐着了，跟上来，我载你回去。快点儿。"

梁禹不紧不慢地站起来，在我身后说了句话："宋周淼，排练话剧之前我找你是有话要说。"

心脏不合拍地跳了一下，我敷衍："我知道……"

"认识你之后我的脑袋里涌进了很多我分辨不清是梦还是记忆的东西。十分混乱，它们困扰了我一段时间，我想和你确认下。"

梁禹站在河堤旁，手插兜，声音没有波澜："咱俩成年后谈过，大学分手了，分手是我提的，对不对？"

我本来急急忙忙爬坡去骑车，听到这话，我整个人定住，梁禹这句话像在我的脑海里投入了一颗炸弹。

我转身，难以置信地结巴了："你、你别蒙人了。事不过三，这次我绝不会上当了。"

他之前就为了骗我去替他代班，故意说些意味不明的话。

梁禹拖着那只脱臼的脚艰难地跟上，眉毛舒展开："上次是假的，这次的确是真的。这是我能理清的全部。"

我的精神在持续地被刚才那番信息狂轰滥炸，脑子里乱成一团。

徐卿卿说过他的脑海里忽然涌入过记忆，而梁禹现在也想起来了。这是不是说明，因果折叠在加快？而加快的原因，是我和唐祁努力的结果？

就在我试图搞清楚这一切的逻辑关系时，梁禹已经在我面前站定，没有了坡度的优势，我在他面前变成了他之前嘴里的"豆丁"。

"宋周淼。"他低头，"关于分手的原因我实在记不起了，可是有一点我能确定……我如果说我那时候还喜欢你，你会不会觉得过分？”

眼看着他凑近我，我脑海里的一切思考暂停，警铃大作，我发誓，这是我完全下意识的自保行为，不带任何犹豫抬腿就是一脚……

“当然过分了！你个浑蛋！”

推着车回到姑婆家楼下，唐祁看见我，推开厕所的小方窗，左右看不到梁禹：“人呢？”

我抬头，无情无义：“被我踹护城河里去了。”

唐祁愣住，又问：“好吧，那可乐呢？”

我大惊，车筐是空的。

“啊哦……”

之后的一周里，梁禹因伤缺席了《茶馆》话剧的后续排练和表演。

我们陪他去了医院，和医生描述伤势时，他对自己滚进护城河臭水沟的事只字不提。

我和唐祁帮他向李伟请了假，班上同学都在猜他到底怎么了，贴吧有人说他在外面打球惹到了黑道，人家把他的腿剁了……

面对越传越邪乎的谣言，知道真相的唐祁和我都心照不宣地保持了沉默。

对于梁禹这种死要面子活受罪的人，别人传他因球技过高而被揍，比别人知道他家的破事儿要让他坦然得多。

《茶馆》正式演出时，我一个人独挑太监的全部戏份，用捏着鼻子阴阳怪气的独到演技大放异彩。

年级同学说起我来不再是那个作文拿高分的女生，而是那个庞太监……我人生第一次体会到了火上加火的风光。

李老师觉得我这个文艺特长值得挖掘，还帮我报名了校园歌手大赛。大赛的冠、亚、季军可以在元旦年级晚会上表演，那时候家长也会被请来。我放学后的时间几乎被这新的活动排练占满了。

不知道唐祁是出于什么目的和心情，总之他强硬地留梁禹在自己家养了一周的伤。我猜他多少有点儿“淼真争气，学会踹人了”和“淼闯祸我替她善后”的矛盾心理。

而我觉得前者居多，他照顾梁禹时脸上带着傻笑，连梁禹都觉得毛骨悚然，不太敢喝他端来的药。

为了不欠太多人情，梁禹每天主动遛狗。我们对那一天发生的事情默契地不再提起。

梁禹返校的那天，李伟带头让全班给他鼓掌，欢迎他养好伤回来。我在台下也象征性地鼓了几下。

少年人就是恢复得快，梁禹脸上的瘀青几乎全消掉了。他一副让人熟悉的、一边耳机垂着的造型，在讲台上鞠了个躬，回应大家的掌声。

梁禹没多说什么，在全班鼓掌声中，淡定地走下台回座位。

梁禹路过我身边时，我听到他用极轻的声音说了声："谢了。"

我盯着黑板，他看着后方，我们两个谁也没看谁。

校园歌手大赛的初选在班级音乐课上举行。我没抱太大希望，不过重在参与。

以前上学时，我最怕上音乐课。音乐课在周五，最后十分钟老师总会让大家自由发挥，带自己喜欢的歌手的磁带或CD来课堂，唱给大家听。

不是随便唱的，算课堂分的。所以哪怕是自由发挥，每个人每学期都至少要上台一次。

我害怕极了。不得不轮到我时，我唱歌声音非常小，音乐老师为了听清我的歌声，会把伴奏调小。伴奏小声，我更小声；我更小声，伴奏更小……这样唱到最后，音乐老师会给我的平时分来一个大大的不及格，并且评价："声音小到完全听不清！"

我不是不爱唱歌，只是不喜欢当着那么多人唱歌。我怕走调，节拍错，更重要的是，我不喜欢让大家看见我唱歌时投入的样子。我觉得那样很蠢，大家一定会笑话我。

在家里洗澡时，我能举着花洒尽情唱歌，闭着眼睛，沉浸在故事里的小黄花中。在课堂上我则像个傻子，声如蚊蚋，满脸通红，磕磕巴巴，平时唱过八百遍的歌，也能紧张到忘词。台下同学的表情更是把我的所有勇气耗尽，我根本不敢看他们。

现在不一样了，和那时的我比，可是大大地不同。

这次我们班有五个人报名参赛，班级的第一名则可以登上学校元旦联欢晚会的舞台，参与冠、亚、季军的评比。

轮到我时，我大方上台，随后我拍拍手，杨其奥站起来走到讲台中央，为了配合我演出，她抱了把吉他。

音乐老师：“哎，同学，我们这边一个个来。不对啊？你们班不是只有五个人报名了吗？”

我指着杨其奥：“老师，她不唱歌，是我的伴舞。”

前面四个人愤愤不平地举手：“老师，没说可以有伴舞啊！作弊！”

杨其奥替我举手：“老师，也没说不可以有啊！”

老师思忖了一下，摆手示意那四位同学安静：“确实，原则上初选舞台自由发挥。那个伴舞同学，你也上来吧。”

随后我说了句“稍等”，从书包里翻出一个大家伙什儿。

姑婆今天应该会发现家里花洒不见了，因为出门时我把它拧下来，带来学校了。

不仅如此，我还带来了浴帽，自顾自戴上，和老师解释：“这是我唱歌时最自然的状态。老师，我准备好了，放伴奏吧！”

“啊，对，还有。”我对唐祁打了个响指，唐祁拿着浇花壶坐到我的位置上来，我闭眼唱歌时他负责往我脑瓜顶上洒水，以期最大程度还原我在家洗澡时唱歌的最佳状态。

我的歌声里全是丰沛的感情，没有半分技巧，一曲毕，老师、同学如坐针毡。

音乐老师没有任何评价，缓缓擦掉脸上不小心被洒到的水，手捏着评分表起身来到讲台，咳了一声，开口道：“接下来全班投票吧。班级投票占总分的 60%，老师的专业意见占 40%。”

我偷偷瞟了一眼老师已经打好的专业意见分数，我那一栏是个位数。

虽然不太抱希望我能登上元旦联欢会的舞台，可我还是有点儿惋惜，替老师惋惜，他缺少了一双欣赏真正艺术的耳朵。

唱票在放学后举行。那时候我已经收拾好书包准备回家，我肯定没戏的。

作为班长的徐卿卿在黑板上写了五个名字，分别在底下画正字。

他开始唱票：

“宋周淼，一票。”

“宋周淼，一票。”

“宋周淼，一票。”

……

他每掏出一张纸，念出我的名字，我就觉得屁股像扎了一根针。甚至有点儿恍惚，白天比的是谁唱得好对吧？不是谁唱得烂对吧？

等全班的票全念完，我名字底下画了一长列正字。班级投票那六十分一下子拉满，断崖式的高分晋级了。

为了庆祝，唐祁的妈妈让我晚上去他家吃红烧牛肉面。这是他妈妈的拿手好菜，牛肉炖得软烂又入味，比街角的台南牛肉面大王还好吃。

开门的是唐祁小学五年级的堂弟唐邑：“婶婶说今晚吃红烧牛肉面，叫我也一起来吃。”

随后堂弟冲我邪魅眨眼，他倚在门框上用偶像剧男主角的腔调说：“哟，美女，好久不见。听说你唱歌大赛晋级了，恭喜恭喜。”

唐祁给了他堂弟一脑瓜瓢：“哪儿学来的？”他看了眼在厨房忙活的妈，“叫姐姐。”

唐邑不服气，殷勤地帮我拿书包：“哥，你不会还对淼淼贼心不死吧？没关系，咱们两个公平竞争。听婶婶说你这次大考考得不错，很好，我看到了你的决心。不过我也不赖，期中考了双百分呢！”

唐祁从他手里夺过我的书包，挂在门口最高的钩子上：“你够得着吗你？对了，什么淼淼，这是你叫的吗？喊姐姐，没大没小的。”

堂弟冲着唐祁毕恭毕敬地喊了一声：“你不当我哥了？那……姐姐好。”然后回头问我，“淼淼，饿了吧？厨房里婶婶做了炸茄盒，你可以先垫垫。”

唐祁把他薅过去，脸越来越黑：“还叫是吧，还这么叫？”

堂弟扭着挣脱开，指着茶几上堆成小山的瓜子：“就叫！淼淼，这是我刚才放学回来给你嗑的。”

看着哥弟俩在前面斗嘴，我坐在沙发上边吃现成的瓜子仁边笑。

这事说起来有渊源了。他弟从小想养狗，但是家里不让，而我呢，会带可乐来和他玩儿，这小孩儿就向全家宣布以后要追我：“我要娶一个有小狗的女人，这样我就也有小狗了。你们管不着！”

吃饭全程两人不消停，你来我往，笑得我面条都要从鼻孔里喷出来了。

饭后我们仨坐在支起的小圆桌旁，唐邑在一场辩论中落了下风，他从座位上跳下去，进了唐祁的屋。

唐祁冲他说："对，吃完饭该写作业了，要不你妈来接你又说你。"他转头和我叹气，"终于消停了。五年级小孩儿真难带，成天不知道脑子里在想什么。"

唐邑在屋里不吭声，过了一会儿他出来，神秘兮兮地说："淼淼，给你看样东西，我哥的秘密日记。"

看到那个灰扑扑的本子，唐祁噌地一下起身，耳朵瞬间红了，要去抢夺日记本。

唐邑拉着我猴儿一样跑回唐祁的屋反锁上门。

唐祁在外面踹门："开门！"

唐邑笑得在地上打滚儿，把本子塞我手里："你快看，可逗了！"

我翻开本子的扉页，一行小字和四个大字。

M78 星云·光之国唐祁的日记

唐邑给我解释："我哥小时候觉得自己是奥特曼，你说他幼稚不幼稚？"

我点头，接着往下看。

第一篇日记的日期是 2004 年夏天，算一算还是五年级的唐祁。

送粥水 ×3 今天和我说了一些很奇怪的话，我一点儿也不喜欢她那个类型的女生，话太多。

没了。

我接着往下看，第二篇，已经是三天后。说是日记，实际上没有每天都写。

送粥水 ×3 居然不记得她和我说过的话了。好气。明明她那天说在未来她会和我做朋友的。无所谓，反正她长得很一般。但是班上男生都说她好看，嗐。

再往下看，第三篇，下个学期了。

我和送粥水 ×3 一样高了，耶。终于不会被她瞧不起了。说得就好像我很在意她的看法一样，根本没有！！

我往下看，看了几十篇……说是几十篇，实际上每篇都只有一行半行。和杨其奥那个规格的日记简直没法比。

而且太别扭了吧。每篇日记不是在给自己洗脑，就是在细数我的不是。

更幼稚的是，直到后来，他才不在日记里用“送粥水 ×3”指代我。

一本日记记录到初中毕业的那个夏天就没再记了。说他执着他也执着，隔个几天想起来记一笔，居然能坚持这么久；说他偷懒他也偷懒，四年多一个本子都没有写满。

我从头翻到尾，后面的没太仔细看，也是差不多的内容，和我认识的那个吊儿郎当的唐祁判若两人。日记里的他简直有一颗脆弱的少男心。我曾经总跟一个男生传纸条，都能让他骂骂咧咧，当然，那个男生我已经不记得他的长相了。

唐邑见我看完，他的手盖在日记上，一边嘴角翘起来，继续他那邪魅的笑：“看见没，我哥他根本不喜欢你这样的！这都是证据！整本日记我都看过了，都是在讲你的坏话！”

我无语了。唐邑还要说些策反的话，门砰地一下敞开，唐祁拿着钥匙站在门口，居高临下地走进来，把坐在地上的唐邑揪着后衣领子拎起来，拖了出去。

拖到一半他阴沉着脸走回来，把日记从我手上拿走。

“放开我，放开我！淼淼救我！”唐邑挣扎着，不小心打到我的手。日记本哗啦啦翻开，里面的纸散落开，掉在地上。

一样东西从日记后面没有写文字的书页里掉出来。

我和唐祁的视线同时落在那上面。

是一颗纸叠的星星。

我的心脏狂跳，我好像接近了某些真相，手微微颤抖着把星星捡起来，左右端详。

唐邑也因为屋里不寻常的氛围安静下来，撇嘴道：“什么啊，我哥居然还会叠星星……”

我举着星星，惊喜地冲唐祁说：“是我送你的那颗，原来夹在你的日记里！”

梁禹伤好后我们在学校里又变成了没什么交集的状态。再次收到他的短信是音乐课初选后的一个周末晚上。

我在外面遛狗，梁禹的短信进来："我在你姑婆家小区门口的马路对面等你，有事说。"

我正巧走到那附近，也没多想，就领着可乐过去找他。

梁禹手里抓着电影院的马甲，似是刚下班。男生穿一身黑，隐在夜色里，只是他那张脸确实有些出众，让人没办法不注意到他的存在。

"什么事啊？"我看没车就横穿马路跑过去。

梁禹微微抬了下棒球帽的帽檐儿，让我能完整看到他的眼睛："恭喜你啊！宋周淼。"

"嗐，可别说了。走了狗屎运。"我摆手。和唐祁他们我可以自信乃至自恋，当着梁禹不得不谦虚，毕竟我还是知道自己几斤几两的。

梁禹则是眼里带笑，不说话。

我瞪他："你笑是什么意思？"

梁禹顿了顿："徐卿卿是个大嘴巴，你知道吧？"

我点头："早就知道了，说梦话都能把我卖了。"

"嗯。"梁禹说，"不过他人还不错。从他那里我知道了你这次'回来'的目的。他说你想改变一些事实，而改变的方式就是要做些很不一样的事情。"

我有些不明所以："哦，然后呢，你想说什么？"

"没什么。"他迅速地抬手轻轻拍了拍我的肩膀，我没来得及躲掉，不过他这次很知分寸，拍了拍就垂下手，"不用谢我。"

"我谢你干什么……"我皱眉头，反应了大概三秒钟，难以置信，点点我，点点他，"你不会是说这次初选大家都选我是因为……"

梁禹笑得很灿烂："那可不是？我卖人情背地里帮你拉的票，就当还你人情。唐祁的那份人情他说先欠着，还没想好。"

"卖人情？！"

"哈哈，别误解，我答应咱们班同学，谁投票给你，谁就能去体育馆内场看一场街球。"

我惊诧到说不出话，毕竟我曾真情实感地觉得自己是靠唱歌时情感丰沛的演绎得到大家认可的，得知真相的我还真有点儿失落。

"你其实不用还人情的，我做这些，也就像你说的，是为了我自己。"

我有些别扭地说道。

梁禹拿出文曲星，在我面前晃了晃："还是要谢谢你的。这个对我来说很重要，是我爸送我的……在他还正常的时候——那是很多年以前了。

"朋友、爱人都可以选择，亲人没有办法，所以也最难放手。即使我爸现在是那副德行，看到文曲星时，我也总会心软。理智告诉我，离开他去跟着我妈或许对我的前途是个保障，但是情感上我做不了这个决定。"

我奇怪："说得好像你跟着你妈就不艰难了一样。还有你继父这头拦路虎呢！那晚被揍得那么惨，你现在全忘了？"

梁禹显然没料到我会这么说，他愣了片刻说："你说得对。"

他随即自嘲："这倒是帮我做了决定，跟着我爸似乎是更好的选择。"

可乐在我脚边呜呜直叫，它似乎想去树底下闻味儿，我放长绳子由它过去闻，同梁禹说："我之前觉得你既成熟又聪明，现在感觉你脑子不清醒。

"你说你离不开你爸是因为想要一个人唯一地依靠你、爱你，说之前的回忆让你做不了决定。要我这个旁观者说，你还不如趁早独立出来，既不养你爸，也不找你妈。你的人生不只有这两条路。你又不是没有这个能力。"

我发觉自己对梁禹的人生指手画脚太多，往回找补道："不过你说的关于你爸的事情，我大概能懂……嗐，我爸也差不多。中年男人真是世界上最奇特的物种，所有少年好像都会在某年某月的某一天忽然变成中年男人——没同理心，不爱交流，沉迷酒精和尼古丁，还美其名曰为生活所迫……

"而且你这还算好的，至少还有个文曲星能随时提醒你和你爸曾经的美好时光。我爸留给我的都不够隽永，小时候捉的天牛现在早死了……导致我现在总怀疑，我爸是不是被谁调包了。现在这个男人根本不是我爸，我觉得很陌生。我也没什么东西可做参考，让我想起，哦，我爸原来是很好很好的人。"

梁禹半笑不笑地听我讲完："你倒不用安慰我。"

"哦，对了，说到这里。"梁禹的嘴角回归严肃，"我从徐卿卿那里知道你和你爸有些事情……我不知道我说的这件事对你有没有帮助，但是我其实之前见过你和你爸。”

“也是那些‘回忆’里的吗？”

“不确定。也许是，也许不是。我无法判断。”

梁禹说：“很早之前，你爸带你来看一部科幻电影。那时候我就在影院卖爆米花的地方帮着看台，见过你们父女俩。”

他说科幻电影，我只能想起《星球大战》，可是算时间我爸带我去看《星球大战》是在我很小的时候，那时候梁禹没可能在影院打工。

我说：“不可能，我印象里我爸只带我去看过一次电影，就是小学时候的《星球大战》。那时候你就在影院了？”

梁禹摇头：“不，不是《星球大战》，也不是小学。是两年前吧，初中的时候。”

我依旧摇头：“不可能，你大概是认错人了。那时候我和我爸的关系已经很差了，别说去看电影了，交流都不多。”

梁禹眼神定定，直直地盯着我的眼睛：“我确信是你。因为你们两个给我留下了很深的印象……怎么说呢？我很羡慕你和你爸的关系，所以一直盯着你们看。你爸来柜台给你买了很大很大一桶的爆米花，买完还带你去门口的转盘机转娃娃。”

“我们中奖了吗？”

“嗯，你爸爸很厉害，转了三次，最后一次转到了头等奖，是一只巨大的海军风毛绒熊。”

梁禹说到这里，脸上的表情被来往车辆的车灯光照得变幻莫测，他说：“仔细想来，和唐祁那天送你的熊是一模一样的。”

嘟嘟两声，我身后忽然响起汽车鸣笛声，我浑身一个激灵，吓得跳起来，梁禹及时地按住我的肩膀：“怎么了？”

我惊魂未定，无法解释自己突如其来的神经质反应。

因果折叠，我当时脑海里想的是这个词。这个判断令我既激动又紧张，让我不寒而栗。

就像我不记得曾经和唐祁表白过一样，我也一点儿记不起来我爸曾在我初二的时候带我去看电影，更不记得他中过一个大熊给我。

这些矛盾的事情已经给我带来了太多的疑惑。

现在的我坚定地知道自己要做什么，以不变应万变。可是心里的那个声音也愈来愈强：是我的记忆出了问题，还是唐祁、梁禹在说谎？

“你还好吧？”梁禹看我状态变得有点儿不太好。

“哦，没事……谢谢你和我说这个，我该回家了。”我有些魂不守舍地和梁禹说了再见，浑身提不起一点儿力气来。

“宋周淼。”梁禹喊住我，我茫然地回头，以为他又要说什么石破天惊的话。

结果听他说：“我不清楚在我的‘回忆’里为什么要和你分手。但我觉得一定有我自己的原因，我应当是没有做过任何对不起你的事情。”

“现在说这些都没意义了，梁禹，我和之前的那个我很不一样。”

“好。那么有没有可能，未来我们可以重新开始？”梁禹问，“我是说，现在是朋友，以后如果你也喜欢上了我，我们重新在一起？”

我的笑一定很勉强，但是我说的话完全出自真心。

“说喜欢什么的……你现在还是好好读书吧，让你爸、你妈对你刮目相看。”

“算了，不要为了任何人变优秀，你要为了自己变强大。刚才我说了，以后有可能的话，你自己独立出来。不要养你爸，也不要找你妈。要唯一的爱，更不要来找我，我已经有喜欢的人了。你不如去养一只小狗，人靠不住，小狗可以。”我指着可乐说道。

“我很认真的。”

梁禹的那段话让我一连半个月都没睡好觉……是关于我和我爸的回忆的那段话。

他没理由随便编出个东西来撒谎。唐祁更没可能。

还记得我非常短暂地意识回溯到2004年那次，我和我爸的关系就像梁禹描述的那样好。我爸是个碎嘴叨叨的男人，和我说再见时要我亲他的脸颊，笑容既傻气又宽厚。

但是非常蹊跷。我曾回三里屯那个家翻找过他说的我爸赢给我的大熊。家里统共就这么几平方米，我不甘心，连抽油烟机都卸下来清洗了一遍，熊的一根毛也没见到。

那天唐邑给我看他哥的少男日记，我也留意翻过毕业前后那几天的日记。

唐祁说我毕业成年后在学校防空洞里和他表白——如果是这样，他一定会写进日记。可是也没有任何记载。

除了这两件事，还有那枚唐祁遗忘了却被我在他日记里找到的星星，徐爷爷想送出却始终没有送出，最终还是回到徐卿卿手里的钢笔，梁禹和徐卿卿因为我的出现突然拾起的回忆……冥冥之中我仿佛窥见了所谓命运和意识交织的庞大机器。

那是一本巨大的书，我像个小丑一样在书页间跳动，眼睁睁地看着一页标注着“过去”的密密麻麻的纸张缓缓落下，与一页标注着“现在”的空白书页重合。

如果大熊这事是真的，那么就是又一个因果折叠的实例：我爸赢给我的熊，以唐祁送我的方式再一次来到我的手中。

过往种种都以一种黑箱的方式映射到了现在。我只能意识到它们的发生，却始终无法知道它们如何发生、何时发生，以及是否会有所改变。

再多的实例都没有办法掩盖我心中逐渐升起的那股巨大不安——总觉得这份记忆错乱和我爸的病有着某种非直接的关系。

梁禹和唐祁说的事情，我不记得就是不记得，可是我的不记得总要一个理由。尤其是像我这样对娱乐圈八卦如数家珍的超强大脑，怎么可能忘记这么多事情呢？我爸前后的不同也需要一个理由。而我对此还一无所知。

另一方面，我的不安还来源于一个新的想法。

目前为止，我太执着于在唐祁与梁禹说的、和我的记忆之间分辨出一个对错。

但是如果，我是说如果……

梁禹和唐祁说的是真的，而我的记忆也是真的呢？

十二月份到来，北京下了第一场雪。2008 年的初雪格外腼腆秀气，和南方的姑娘一样，懒懒散散落下，在地上都积不起一层薄薄的白色。

北方人对这样的雪嗤之以鼻，甚至不愿意冠之以北京的第一场雪。也对，没有交通瘫痪，没有黑泥横流的街道，没有树坑下一米高的雪堆，怎么能叫下雪呢？

交通台的天气预报则信誓旦旦地向市民保证，今年的雪量之大将是近十年的高峰。未来的三个月里市民们要做好这个冬天迎接超大降雪量的准备。

所有人都不谈论初雪时，我则将此视为一个契机。我似乎隐隐有预感，有什么事情要发生。我决定去找我爸打一记直球。

学校组织元旦联欢会，发了通知要家长签字写回执，谁来，谁不来，学校要统计家长人数。而我作为上台表演歌曲的歌手，有充足的理由去找我爸写回执。

我爸工作的地方有点儿偏，我倒了三趟公交才到。

那是他朋友的朋友开的厂子，托这层关系我爸在那边混到了一个后勤部经理的职位——拿最低工资，干最累、最苦、最烦琐的活儿，一个月着不了几次家，把身体都弄垮了。他自己对此倒是没什么怨言。

到了厂子大门口，我喊门卫大爷帮我通报一声，让我爸出来见我。

我爸过了十分钟匆匆下楼找我。白色衬衫掖进卡其布仿西裤的裤子里，衬衫领口发黄，肩膀上还有可疑的汗渍，一看就知道他刚才又帮着搬东西了。

大冷天的，我爸拿厕纸擦汗，见到我有些着急："淼，这么大老远跑过来，是出什么事儿了吗？"

"没事就不能来看看你了吗？"我最烦他这么问，从书包里翻出皱巴巴的回执条，"学校元旦晚会，家长可以来，你来不？"

我爸在裤子上擦了擦手，摸摸兜，然后说了句"老花镜不在身上"，只好接过纸条眯着眼睛艰难地看。

"嗯……"等他终于看完，象征性地说了句，"一号啊……你让你姑婆去呗。我就不占这个名额了。"

我有点儿没好气地说："元旦元旦，不是一号是几号。"我说完就有点儿后悔，不该对我爸这个态度，心里又忍不住给自己的糟糕语气找借口：是他先敷衍的！

"那天我调休，不放假。"我爸讪讪地笑，把回执塞回给我。

"一个学生可以带两个家长。姑婆去，你也可以去。"我不肯罢休，"而且姑婆说她那天和老姐妹有约了，我妈回外地了，你要不去的话，我就没家长来了。"

"这个……"我爸面露难色。那个表情我很熟悉，就像我妈说的，一副逃避的态度，躲躲闪闪。

“你闺女要登台唱歌，你也不来吗？”

这似乎引起了我爸的兴趣，他细细地问了问我唱歌的事情，我几乎以为他心动了想去，结果他想了想，还是说：“爸爸真的腾不开时间哪！你再问问你姑婆。”

我忽然有些懊恼，带了脾气说：“随便你。”愤愤地把回执收回书包。

我差点儿忘记此行来的目的，背好书包后我说了句：“爸，你初二时给我赢的大熊，你给放在哪里了？我怎么找不到？”

我爸明显有一刻的愣怔，随后他挠头：“什么时候的事，我怎么不记得了？”

我盯着他，不放过他任何一个细微的表情：“你也不记得了？”

我爸一脸茫然：“你记错了吧？没有的事。”

我从厂子大门出来，倒三趟公交回家。

车身晃晃悠悠，我本来抢到一个位子，坐下不久后，我看见一位父亲领着小女孩上车。我想起来让座，结果那个叔叔摆手让我继续坐，自己则找了一处公交车前轮的大鼓包，让女儿坐在上面，自己围在边上不让别人挤到她。

女儿一直在大声地给父亲讲学校的事，讲自己把发的黄桃酸奶分享给同桌了，讲周记今天得到老师表扬了，讲体育课时学了跳山羊……父亲戴着眼镜，瘦得像电线杆，面对女儿时眼睛笑成眯眯眼，留给外人的则是一副宽厚又坚定的后背。

看着他们两个，一种无以复加的委屈和难以言喻的迷茫在我的心中升起。我觉得自己真傻。

直到下车时，我还在骂自己。宋周淼，你到底在期待些什么啊？

就像每个普通家庭的小孩都曾幻想过的那样，我也曾想过，我那个窝窝囊囊又不爱交流的爸爸是不是一个隐藏得很深的超人，或者是超级富豪，或者是武林高手。

而他之所以带我过着这样的生活，是为了锻炼我的心智。等到我长大后的某一天，他会突然亮出自己的身份，露出一排整整齐齐的白牙，边说话牙齿还会闪闪发亮，举起大拇哥对我说：“闺女！你老爸我，可是很厉害的呢！”

可现实就是，都没有，什么都没有。

我失魂落魄地下了车，唐祁迎面走来我都没有认出来。

唐祁喊了我一声：“淼？”

我抿唇。汹涌澎湃的情绪必须用鼓动成波浪状的嘴唇来压制。

它们找不到发泄口，只好继续往上，我感觉自己的眼眶发热。

下一秒，我像个孩子一样站在小区正门口仰天大哭起来。

“哇哇哇——唐祁——哇哇哇！我爸他，我爸他……”

“叔叔他怎么了？”唐祁吓了一大跳，赶紧过来用身体挡住我，不让过路的人盯着我看。

我什么也不管了，书包甩到地上，眼泪鼻涕一起流，甚至从唐祁的包围圈里努力探出头，对着天空发泄似的哭号：“我讨厌我爸！我讨厌他！这次回来……我和杨其奥和好了！我了解了徐卿卿！我们还一起救了梁禹！就连你，也告诉了我你当兵时的伤心事！所有人……呜呜呜，所有人都在变好！就只有我爸！我爸他……还是个‘废柴’中年男人！没有改变！我爸他……还是不愿意和我讲话！呜呜呜，我讨厌他！！”

第十章 如烟

元旦那天，北京下起了大雪。似乎是老天爷为了报复人们对初雪的看轻，今天的雪是从早上开始下的，一直到下午都没停。

鹅毛般的大雪从天而降，落到地上变成了厚厚的被子，给交通带来了很大的麻烦。

五点多的时候，同学们的家长陆陆续续来到。校门外汽车排起了长龙。好多家长也不管罚单了，随意找了个空隙停下，学生们出去接家长进校门，家长一边看手表一边担心自己是否来晚了。

我比较幸运，不用担心家长来晚了找不到好座位，因为我爸根本不会来。

六点钟，学校阶梯礼堂已经坐满了学生和家长。我的节目安排在第五个，我率先去后台等待。

杨其奥也在后台陪我，她负责给我化妆，化妆品是她妈妈的。

我有些提不起精神来，心不在焉地坐在位子上，任由杨其奥在我脸上抹抹点点。

妆化好后，杨其奥举起镜子给我看。

镜子里的宋周淼，眉毛像毛毛虫，嘴唇是有年代感的大橘红色，腮红打成了猴屁股，眼影是紫色的……杨其奥吞了口唾沫，自己都觉得不好意思，试图找补："嗯……那个，我再帮你调整一下……"

"没事，挺好的。"我说，"你快回去吧，你爸妈不是都来了吗？你去和他们一起坐。"

“啊，真的吗？你真的觉得挺好的？”杨其奥不敢相信，她坐在化妆台上，“没关系，陪陪你呗。”

“哎，你准备唱哪首歌？这段时间你一直偷偷准备，也不告诉我们。”

不想让杨其奥看穿我的低落，我故作俏皮：“保密。”

轮到我上台时，主持人递给我话筒。

我喂了几下试试声音。

舞台打光非常明亮刺眼，台下乌泱乌泱全是人。大概是没什么期待，第一次站上这么隆重的舞台，我的心里却无比平静。

我准备好的话有一大段。

我眯着眼睛适应光线，白色的光给我的额头上照出一层汗。

“大家好，我是高一五班的宋周淼——”

麦克风嗡了一声，我短暂拿远再拿近，等电流声停了以后再开口。

“演唱之前，我想感谢几个人。感谢唐祁帮我洒水，感谢黎元做好了后勤保障，感谢徐卿卿唱票——我不是说你作弊，我是说感谢你见证了我拿到唱歌第一。还有梁禹，感谢你帮我拉票……没有你们几个的帮助，我可能过不了初选，也就站不上这个舞台。

“还有我最好的朋友杨其奥。这段时间以来，我很开心我们能够和好，也很感谢你默默地陪伴我。所以这首歌，我是因为你才选的。我看到你计算机大作业设计的网站了，背景音乐选的就是我要唱的这首歌。你一定以为我会唱流行天王的歌对不对？那——你——猜错啦！

“我还要感谢这是 2008 年。感谢 2008 年 10 月 23 日，杨其奥喜欢的流行乐团及时发布了这张专辑。里面有一首非常感人的歌曲——《如烟》。献给大家。

“哦，对……”其实我还准备了一段话，因为我内心里在偷偷期待我爸会突然出现。当我环视台下，并没有看见他的身影，于是我又把这句话咽了回去，“嗯，没什么。老师，我可以开始了。”

阿信前奏的吉他声响起，拨片摩擦琴弦，节奏非常夏天，一下子把人带回到心里独有的那年。

我坐在床前

望着窗外回忆满天

生命是华丽错觉
时间是贼偷走一切
七岁的那一年
抓住那只蝉
以为能抓住夏天
……
有没有那么一种永远
永远不改变
拥抱过的美丽
都再也不破碎
……

唱到最后一句时，我再一次泪流满面。

泪眼蒙眬中，我仿佛在台下看到了我爸的身影。

他背着光站在后面的过道里。

所有人给我鼓掌时，他却推开了礼堂的门，转身要走。

我有些着急，将麦克风放在台上就要匆匆下场，主持人提醒我从后台走，我不得不从幕布退出去，绕了一大圈回到大礼堂。

等我回来时，已经看不到我爸的踪影。

徐卿卿在阶梯教室最上方的后门那里等我，我抓住他："看见我爸没？他刚才就站在那里。"

随即我意识到徐卿卿并不知道我爸的样子，于是我比画着身高给他描述："不到一米八，四肢瘦，肚子肉，脸上坑坑洼洼……"

见我这么激动，徐卿卿一把拉住我校服袖子："宋周淼，先别急着找你爸，有件事我要和你说。"

我根本听不进去，见徐卿卿根本没有要替我找爸爸的样子，我转身就要走，但是他拉着我不放。

"我现在有事要做，放开我。"我分外着急，想把他的手甩掉。

徐卿卿则说了一句话让我定在原地："宋周淼，我联系上乔纳森的儿子了，并且和他通了几封邮件。"

我几乎要把乔纳森这个人忘了，此时我根本不想管什么乔纳森、什么儿子，也根本不明白为什么徐卿卿要在这个紧要关头和我说这件事情。我茫然了一秒钟才意识到他在说什么。

徐卿卿也很着急，死命拉着我就是不放手。我俩你挣我扎的时候，他直接说了一句："我在邮件里问乔纳森的儿子关于他父亲的事情，他在邮件里说，父亲在世的时候，他和他父亲的关系并不是很好。甚至在他们举家搬到乡下的时候，父亲就像变了一个人一样。他时常把自己关在离家有一段距离的、只有钓鱼才会去的小屋里。之后他父亲又病了，人也变得孤僻和不爱说话。

"这曾经让年少的他很痛苦。他想不明白为什么父亲会变成这个样子，甚至在父亲死后相当长一段时间里，他对父亲怀有一种复杂的怨恨和歉疚的心情，并不愿意和别人多提及关于父亲的事。与此同时，他已经被医生诊断为一种失忆症，被记忆错乱折磨很久了……他关于搬家之前的记忆和别人的说法有很大的出入。"

讲到这里，徐卿卿停下。刚才他叽里咕噜说那么一大段话，我因为心绪烦躁并没有字字句句听得很清楚，但我听到了零星几个关键词，我有一种很缥缈的感觉，像是抓到了什么，但我又没有办法判断徐卿卿想表达的和我理解的是不是同一件事。

我的声音有些沙哑，咽了咽唾沫，头开始发晕，我艰难地说："对，没错，这和我与我父亲的情况很像。"

说完，我的大脑在这一刻停滞住了，脑海里迸发出关于"那个真相"的刺眼的光芒，和徐卿卿接下来说的话同时发生。

徐卿卿看着我的眼睛，一字一顿，无比严肃，我在他的眼底看到了一丝沉痛，这十分不寻常。

他说："所以你懂了吗，宋周淼，在乔纳森意识回溯前的那个世界，死去的是他的儿子，我想你应该记得。"

我跌跌撞撞，一路上不和任何人打招呼。有老师迎面过来，鼓励我刚才唱得很好，我都没有理会，一路冲出了教学楼。

雪下了一整天，此时太阳已经落下，天空笼罩着一层灰蒙蒙的厚云。世界却有一种很奇异的明亮。我知道是下雪的缘故，可还是有那么一瞬间的恍惚，恍惚间觉得这和我从2004年回来那天的天空很是相像。

身后传来了唐祁喊我的声音。我来不及等他，也来不及想太多关于天空的事情，脑海里控制不住地循环着徐卿卿刚才的那番话，我艰难地蹚过地上厚厚的雪，奔出了校门。

中学外面这条小街，交通已经完全瘫痪。不远处的二环路上也全是密密麻麻的汽车。轮胎轧过来不及清扫的雪，地上留下一道道又深又泥泞的痕迹。

在这乱糟糟的人车交错中，我瞥见我爸那辆小摩托，溜着路边往街口开去。我不管不顾地冲着他的背影大喊："爸爸——"并且一步一滑地，往他的方向奔跑。

身上那种久违的压力袭来，我感觉时间变慢了。又或是我周围的空气变得黏稠无比，每走一步都要顶着千钧的压力，才会有这种慢动作的错觉。

万幸的是，因为脑子里一团乱，我感受不到太多身体上的压力。一心只想着，我要往前走，我要追上我爸，我要问个清清楚楚。

就这样，茫然不觉中，我跑到了那天和梁禹搜寻文曲星的护城河边。遥遥望过去，父亲的小摩托栽在已经干涸的河沟里。

"爸！爸！"我喊着，侧着身子从陡峭的草坡上滑着下到最底下。在我走下来的时候，我注意到边上还有一道摩擦的痕迹。那应该是我爸的摩托车打滑失控，摔下去时留下的印迹。

护城河里堆满了雪，我爸的头磕到了河岸边的台阶上。他整个人躺在那里，一条腿还挂在摩托车上，另一条腿被压着。我一时判断不出来他是否还醒着。我能做的是使尽浑身的力气，把压在他身上的摩托车推开。

然后，我蹲在父亲跟前，拍着他的脸，大喊："爸，你醒着吗？"我知道我在说一句很蠢的话，和无数狗血电视剧里，出了事只会问"你还好吗"的主角没什么两样。可此时此刻，我只想不停地叫他，直到确认他至少还活着，我才敢放心。

我爸的眼皮动了动，眼神从涣散到凝聚在我的脸上。

他有些惊讶，叫了一声我的小名，得到我的回应后，厚如城墙般的疏离感又被他摆了出来。这次我没那么轻易地被他这种态度推开，我不由分说地一把抱住他。眼泪在我说话前争先恐后地奔涌出来，从我的眼角滑落至脸颊，再到下巴，这短短的距离似乎就结成了冰，导致我说话时整张脸被冻住了一样。

我说：“爸，我真的很讨厌你。”

话说出口，更多的眼泪流了出来，似乎为了印证我的委屈和这句讨厌的真实性。

随后，我又连着说了好几句：“我真的讨厌死你了！”

在这么多句讨厌过后，我放开我爸，看见他脸上的神情——那是一种欣慰的表情。我不理解。

我能感受到他此时此刻也应当是激动的，因为我看到他的眼眶也红了。那双饱经沧桑的、浑浊的眼珠，并没那么容易流下眼泪。他努力转头，不想让我看到他的失态。

我爸想开口说什么，却被我打断：“你不要说话，先听我说。”

“我知道我们两个交流不多，也知道是我不懂事。我之前觉得咱们那个家很丢脸。爸妈离婚也很丢脸。你在厂子里干又苦、又累、又没钱的活也丢脸。我真的很不喜欢你。但我又知道，这不完全是我的错。”

“我后知后觉地发现，我讨厌你，并不是因为你让咱家变穷了，也不是嫌你丢人。而是生气你总躲着我。我总感觉你和我的距离很远，有事情瞒着我和我妈，也不爱回家。妈说，你是因为之前事业受挫，整个人心气儿没了，才变得这么孤僻，死气沉沉，又窝囊又不爱讲话。”

“可我总觉得不对劲儿，周围的人也不断地告诉我，甚至连我之前的一个死对头都说曾见过我们两个一起去看电影，你帮我赢了一只很大很大的毛绒熊，这太令我困惑了，因为我什么都不记得。我记得的只有小时候那段很短暂的美好时光，而不记得之后的我们两个关系有多好。我几乎是认命了，觉得你就是一个被生活打败了的颓废中年男人，你没有以前那么爱我了，你只在意你自己的感受。但同时我又十分想让你知道，就算我有这么、这么、这么讨厌你，一想到失去你，我的下半辈子也不会有一天是开心的。”

我爸连一句完整的话都说不出，在我说话的时候，他只是时而点头，时而摇头，说：“爸知道，爸知道。”

“你什么都不知道，我必须让你明白，如果仅仅是为了让我活着，而让我和我在乎的人形同陌路，让我在乎的人受伤，那么就算给我一百条命，我也不愿意。”

我和我爸面对面，两个人的头上、眉毛上、衣服上，全都落满了雪花。

我看不到自己的样子，一定很滑稽。我的鼻涕被冻住了，我的眼泪被冻住了，因为激动，因为冷，剧烈地打着哆嗦，而我爸也没好到哪里去。在我试图搀他起来的时候，他弓着腰，眉毛拧成一团，他的手死死地按在胃上。

我的心里一咯噔，想到之前他就是在暴雨夜跌进沟里受了凉，急性胃出血，才进了医院。于是，我赶紧把他的手搭在我的肩膀上，此时全城交通瘫痪，不管怎么说，我得先把他扛出河沟。

“宋周淼！”唐祁的声音从桥上传来。我惊喜地大喊：“这边！”

唐祁从斜坡上滑下来，一句废话也没说，把我爸的手臂转移到他的肩膀上。

我一面说着：“我爸骑摩托摔沟里了。天这么冷，他胃病可能犯了。我们得把他送到最近的医院。”一面打开手机拨120。电话接不通，想也知道，现在雪下成这个样子，肯定到处都是事故。就算电话接通了，救护车也不一定能在拥堵的交通中及时赶到。

唐祁明白现在的状况，他说：“你去把叔叔的摩托车扶起来，我先把叔叔扛上去。”

摩托车推了上去，但怎么也打不着火。我和唐祁只能一人推车，一人架着我爸往主路上走，期待能找到可以送我们去最近医院的车。唐祁给我打预防针：“这个天气就别想了，车不一定有人走得快。”

我忧心忡忡，这么冷的天，唐祁的脸红得不正常，浑身散发着病气。我不小心触碰到他的手，他的皮肤滚烫。

我发觉不对劲儿，唐祁率先开口：“淼，你有没有发现……”我秒懂他在说什么，回答道：“刚才出校门，那种感觉就一直在。”

唐祁没再说话，他低头看了一眼。我顺着他的眼神望去，才发现，不知道什么时候，我的校服裤子上破了个大洞，就像摔了一跤一样，膝盖上也鲜血淋漓。可是刚才忙着和我爸讲话，我竟丝毫未觉，也不知道到底是什么时候摔的。

“你还记不记得……”唐祁的声音有些许沙哑，“我们来的时候的状态。”

我没懂他在说什么，不解道：“来的时候，你是说从学校出来吗？”

“不是。”他摇头，体力不支，开始摇晃，却不肯放开我爸，一步一步，深一脚浅一脚地踩在雪地里往前，“我是说现实里，2018 年，机场。你推行李箱摔了一跤，而我发着烧。”

我喃喃地替他补全了下面这句话：“肩膀还有伤……唐祁，你不要逞能了，让我来架着我爸吧！”

唐祁不愿意，执拗地往前走，似乎每多走一步就是赚到：“不用，这我还是行的。我只是说，我们要快点儿，宋周淼。”

我明白他说的快是什么意思，恐怖从我心中升起，再不快的话，我们的意识会回到 2018 年。2018 年的我们的身体状况已经反映到了意识里 2008 年的我们身上。如果我们的意识现在就被弹回去的话，我爸怎么办？

可越是着急，还没走到下一个红绿灯路口，那种压迫感、撕扯感、眩晕感就几乎剥夺了我的所有感官。

橘黄色的路灯照射在雪地上，光反射进我的眼睛里，变成了万花筒一样的画面。我眼前的所有景象，人和车全都像达利的画一样融化成一摊摊我叫不上名字的形状。

只有一份信念在支撑着我机械地向前行进。

就在我和唐祁终于坚持不住的时候，我们的身后，传来了徐卿卿的声音，他带来了一大帮人，梁禹、黎元、杨其奥，还有他科学小团体的人。

我听到唐祁对梁禹说了一句：“我要你现在还我之前的那份人情。务必把叔叔送到医院，拜托了！”

再之后，我仿佛瞥见飘着雪的夜空开了一道黑黢黢的深邃的口子，下一秒，我和唐祁就跌了进去……

我感觉自己坠入了一个充满了灰白色不透明液体的巨大的游泳池，到处都是颜色，却看不到任何一样具体的事物，以致我不知道如何才能从泳池里逃出去。

四面八方全是果冻状的、缓慢流动的液体。呼吸倒不是多困难，心里却有诸多不安，因为找不到任何可以当作时间、地点和方位的参照物。

我不知道要往哪里走，也不知道自己从哪里来。在虚无里漂浮了很久，直到眼前出现了一根发着光的细细的棉线。

出于本能，我的视线顺着棉线往它的尽头看，然后我看到了棉线的另一头拴在一只昆虫的脚上。

巨大的、莹莹发着光的天牛。

它太清晰了，以至于我可以看到它长长腿上的钩子一样的脚，以及翅膀上的每一道细纹。那是我爸爸给我抓的天牛，世界上有那么多天牛，但我十分确信这就是那年秋天，我们在体育馆对面的停车场的老杨树下抓到的那只，我就是知道。

于是，我牵住了棉线的这一头，身体感觉轻飘飘的，巨大的天牛那有力的双翅使劲儿扇起，带着我飞了起来，飞离了这一池混沌的压抑的水……

我醒来时，鼻子里是医院刺鼻的消毒水味。我想转动脑袋看看周围，却发现自己的脖子被固定住了，一动不能动，能动的只有眼睛。

一瞬间，心里有万千恐惧涌上来。

我大叫："我怎么了？！我是不是脖子断了？！呜呜呜……"脖子断了可不是小事，还有我的颈椎、腰椎不会都断了吧！

说完这些话，我听见的只是从我嘴里发出的婴儿般没有任何意义的单音节："呜里哇啦……"

什么？！我不会连话都说不出了吧？就在我要被自己吓哭的时候，小护士进来了，一脸司空见惯地摘掉了我鼻子里的管子。她观察了一下我的状态，对旁边的人说："病人醒了。"又看了一下我身边的机器，报出一串数字，说，"身体情况一切都好。家属不用担心。"

然后我就看见我妈和另外一个陌生男人的脸出现在我视线的正上方。我还没有太反应过来，脑子里的信息太多了，好像有一辆垃圾车把全市一周的废弃垃圾全倒入我的脑壳里。我来不及一一分辨它们。

伴随着一种微弱的眩晕感，我说出了醒来后第一句人类能听懂的话："妈，你不是刚去外地了吗？我爸怎么整容了？还隆了鼻子，割了双眼皮？"

我妈本来欣慰的神情平添了一丝忧愁。她抓着那个男人的袖子："你……你快去把护士找过来。孩子说胡话了！"

男人安慰她："刚才护士说了，像她这种从楼梯上摔下来，昏迷了将近十天的情况，脑子一时混乱是很正常的。给孩子一点儿恢复时间，不要吓到她。"

我又盯着那个男人看了几秒钟，才反应过来那是我妈的未婚夫。

随后，叔叔拉过病床边的小圆凳，拿起水杯，插一根吸管，递到我嘴边，耐心地问："淼淼，渴不渴？来，喝点儿水。"

我吸溜了一口，还是不放心我的脖子，问我妈："妈，我脖子怎么了？"

我妈看我说话语气没那么神经质了，也稍稍放心，回答："你脖子脱臼了。"

"哦……"

脱臼还好，我经常脱臼，之前笑得太大声，我下巴还脱臼过。

哎，等等，不对，脖子脱臼那像话吗？

见我瞪圆眼睛，叔叔在一旁赶紧补充一句："就是落枕，比落枕稍稍厉害一些……不要担心。"

可能是吃过药的缘故，没醒多久，浓浓的睡意又找上门来。我妈和叔叔看我情况稳定了，就说要先回酒店，让叔叔安顿下来。我出事后，我妈立马就从新市飞了过来，叔叔在那边处理完工作，昨天晚上刚到的。

我说让他们赶紧过去休息。现在我感觉自己跟刚才比好多了，除了这可疑的脖子脱臼，以及轻微的眩晕感，浑身上下哪里都不疼，并不需要两个人一起陪我。

就在他们快要走出病房时，我忽然问出那个我十分迫切地想知道又不太敢问的问题。

我的声音都有些微微颤抖，喊住我妈："妈，我爸他……"

"你爸？"我妈疑惑的语气，让我的心提了起来，紧接着，她好像在走廊里看到了谁，打了声招呼，"哎，你快来。闺女醒了，正说咱们换班呢！我带老李去酒店，放下行李。那这里就你看着吧！"

下一秒，一个高高瘦瘦的男人，拎着很有年代感的白盖红底儿保温桶，出现在病房门口。因为我脖子不能转动，我最大程度地斜视着，迎接着他来到我跟前。

爸以为我的视线是被保温桶吸引了，他说："鸡汤。"

我说："爸！"我眼睛湿润了，这是我爸，的的确确是我爸，是脸上有坑的我爸，是头上还飘着几颗头皮屑的我爸，是穿着十块钱一件的夜市棉T恤的我爸。但是他也有些不同，人瘦了不少。

我爸看我眼眶红了，再一次误解了我，只听他说："这么多天没吃饭净输液来着，瞧把咱孩子馋得。"

我妈在旁边补充："你说你爸多浮夸，你昏迷时没法吃东西，他每天都炖鸡汤提过来，说你要是醒过来，想吃了就能吃上。"

我不合时宜地接道："那前几天我昏迷着，不喝不都浪费了。"

我爸说："那哪里能啊？你的那个小朋友，叫梁什么，人家也天天来看你。大老远从外地赶过来，没喝的鸡汤都让他给喝了。"

听到我爸对梁禹的称呼，我瞬间不困了。小朋友？我的心脏狂跳。什么情况？我意识回溯的确是影响了一些事，不会连……紧接着我又想到，那唐祁呢？

"爸，唐祁呢？"我问道。

"你俩因为酒店停电，从安全通道的楼梯上摔下来。唐祁那小子抱着你，把你抱得太紧，用力过大把你的脖子按脱臼了……几乎没让你受太严重的伤，他比你严重一些。"

原来唐祁受的伤是滚落楼梯的伤，而我的伤是唐祁按出来的。

我有些紧张："那他……严重一些是有多严重？"

"手骨折，脑袋遭受撞击，目前还没醒。"

"啊！"我几乎要从病床上跳起来，被我爸一把按回去："小心脖子。"

"你冷静。医生诊断后说他并无大碍，脑袋拍了片子，没有发现内伤。只是可能摔得狠了，需要时间醒转……医生估计了，他和你差不多时间醒，你看你今天醒了，那小子也差不多了。"

我爸想让我快点儿休息，不让我再多说话，把我妈和老李赶走，自己则坐在我病床旁一言不发，盛了一碗鸡汤，吹到半凉送到我嘴边，看我喝了小半碗。

我盯着天花板，睡意全无。一方面有些担心唐祁，另一方面又想到我爸。于是我试探着问："爸。"一个字说完才发现自己没组织好语言。

我爸看了我一眼，把我额前的碎发捋到后面去。他的手指粗糙又温暖。

他好像知道我想问什么，却不打算全回答，说得模棱两可："爸做错了一件事。我以为离你远远的，让你讨厌我，你才不会把我当榜样。爸也自私过，曾经觉得，如果我闺女好好地活着，那么即使她和父亲关系疏远了，也是值得的。"

我似乎能理解他在说什么，又不完全明白。可是他不愿多说："等你好了以后，想知道什么，我都告诉你。只不过现在你的任务是养好伤。"

这话说完，他便不再提那些，而是用唠家常的语气问我："你看爸是不是瘦了很多？几年前闹那场胃病，人差点儿留在手术台上，胃切掉了二分之一，从那以后，你老爸我就减肥成功了。"

随后，他开始絮絮叨叨地和我讲述起这些年发生的、我不知道的事。在外人听来肯定很奇怪，我俩就像多年未见的老朋友一样——但这么说也没错，现实情况和这个差不多——当年我们大吵一架，他又闹了那场胃病，我有心结，我爸心里也矛盾着，这么多年了，我们只有过节的时候通通电话，再没有什么闲聊家常的机会，更没有深入沟通的可能。

他说他从那个厂子辞职了，身体不如以前，也不再想拼命，他过了那个要面子的年龄。自己去找工作，最后在公园找到了一份巡逻的工作。

我爸说到自己的新工作时可自豪了，说别看这份工作是个合同工，说出去也没多么体面。可是公园里古树参天，一年四季不怕晒大太阳。不仅如此，工资虽少，但杂事不多，见天儿在皇家园林里溜达，既陶冶情操，又能修身养性。四舍五入，他也跟皇帝差不多了。

我被我爸这种久违的乐观和贫嘴逗笑。我爸见我笑得剧烈，赶忙帮我捂着脖子，佯装生气："赶紧睡吧，爸不跟你说话了。"

我乖乖听话，整个人被一种由内到外的温暖包围，内心说不出来地充实和柔软。

但我想问的话还有很多，譬如说，我爸为什么会觉得远离我，我就能过得好？好多好多问题，话到嘴边又觉得不那么重要了。他说得对，等之后我再问他也不迟。

大概五点多，夕阳落山，紫色的晚霞映照在病房的白墙上。病房外传来敲门声，我爸起身和梁禹打招呼，脸上带着父亲那典型的见到女儿的男性友人时的尴尬和腼腆，主动提出自己要出去溜达一圈，给梁禹和我留下私人空间。

我心里大叫着“不要啊！我没什么要跟他单独说的，太尴尬了”，我爸却觉得自己非常识趣，带着奇怪的笑容走出门去。

梁禹坐在我身边，坐下时带起的风扫到了我的胳膊。我起了一手臂的鸡皮疙瘩，心中打起鼓来。他对我的紧张视若无睹，甚至十分自然地伸手过来。我以为他要摸我的脸，直接大叫了一声：“我没洗头！”

谁知他只是帮我微微调整了一下枕头的方位，这样我就不用一直斜着眼盯着他的一举一动。

“这样会不会好一些？”梁禹问。

“嗯……”我有些尴尬，“对了，谢谢那天你送我爸去医院。”

梁禹并没有立即接受我的道谢，他回忆了一下，才点头：“不客气。”

既然说到这儿，他又有点儿犹豫地笑了一下：“现在提这个似乎没什么意义了，但……”

“嗯？”

“我想起了之前和你分手的真正原因，你明白我在说什么……”

“啊，没事的，如果你不愿意说，就不用告诉我。”我说。反正我也并不怎么在意了。

梁禹却继续道：“不，这对我来说很重要，我必须和你解释明白。”

他说：“之前我去了国外，到了那边才发现生活和我想象的不太一样。有我继父在，我过得有些艰难。大概是不想在你面前丢脸，我一直骗你我在那边过得很好，还和你说过真希望你也一起过来这样的话。当你真正决定要来时，我却慌了。一眼可以望见的不幸，我不想它发生，于是便和你提了分手。”

我不知该如何作答，抠着床单。梁禹却舒了一口气：“不论如何，我要感谢你，宋周淼。细细回想，我也很讨厌之前的那个我，现在把所有向你隐瞒的一切都说了出来，这让我好受很多。”

“接下来，你有什么打算？”他问。

我想了想，随口答道：“没什么特别的，工作上的事情需要往后推一推。可能会把年假请了，好好休养一段时间。你知道吗？我现在脑子里有一堆奇怪的记忆，导致我没有办法好好思考。刚才我爸称呼你为我的小朋友，你懂的，长辈们爱把男朋友叫成小朋友。我当时脑子正乱得很，甚至以为时空错乱到你还是我的男朋友……”

我长舒一口气：“真是吓死我了。”等我意识到自己好像说话太直的时候，梁禹的脸色已经不太对劲儿了。他显得有点儿心不在焉，不像是生气，半笑不笑的，很是古怪。

“哎，说真的，宋周淼，咱们都这交情了，我想亲口听你说一句实话。之前的那个你，也的确是喜欢过我的吧。”

“啊……”听他这种往事随风的口气，我放松了一丝警惕，心想都这时候了倒也不必再说刻薄的话。并且平心而论，之前的那个我喜欢他喜欢到死去活来好吗？我并不想否认这一点。

于是我说：“我不喜欢说谎话，确实是喜欢你的，可……”

我话音未落，梁禹整个人靠近过来，说不上是严肃还是什么神情。我因为脖子脱臼，压根动弹不得，刚想大喊大叫“你要做什么啊啊啊？”，梁禹一只手捂住我的嘴，把我所有的“可是”捂了回去，然后轻轻地在我的额头上落下一个吻。

我整个人呈石化状态，只是觉得梁禹的嘴唇冰冰凉凉，贴在我的额头上凉丝丝的，他是不是用了薄荷牙膏？

对于这个吻的意义，梁禹没有解释。他只是轻声笑了一下，便放开了我。他的反应和他的吻完全超纲，我就算是骂人都找不到贴切的词。我也不知道他到底想干什么，而病房外传来东西落地的声音。

我的脖子扭不过去，梁禹却好心帮我直播：“别误会，我并不是想追你，只是恰巧发现唐祁在门口，不气他一下对不起我的机票。就当他给我报销了。”

我终于反应过来，挣扎着要下床，我本来想骂梁禹一顿，可心里最着急的是找到唐祁。梁禹却把我的枕头调低，故作关切地说：“反正他都等了那么长时间，再生几天闷气也没大碍。你先把脖子养好再说吧！”

我真是谢谢他了……

再往后的几天里，唐祁没有再出现。如此重要的话，我不能让我爸替我转述，只能按捺下焦躁，等着自己能够出院再说——也只能这样了。

很意外的是，我在医院还碰到了飞机上的那对母子。他们竟是来探望唐祁的。

这个世界真的好小，小男孩竟然是唐祁当兵时抗洪救灾救下的小孩，黄小海。

听小男孩说，当时他快坚持不住了，而那位当兵的大哥哥和他说：“乖，你不要撒手，你听哥哥说，哥哥的兜里有一颗星星，是哥哥最喜欢的女孩子送给哥哥的。哥哥要拉着你，没有手去拿星星，你帮哥哥把星星举高，哥哥不想让水泡烂它。拜托你了！”

凭着这一番明显是劝阻他不要放弃而编出的谎话，这个孩子支撑了下来。

救援队赶到时，他帮唐祁举着的星星，完好无损。

我正式把脖套摘了，等我可以出院的时候已经是一周后了，我爸来接的我。我们去了姑婆家。

隔了这么多年，我跟我爸的关系终于有所缓和，我也知道了更多有关我爸的事。我爸一个人还住在之前的那个家里，但是他说他要重新装修。而我姑婆又因为我小姨的工作变动，搬到了海南三亚。姑婆家的房子就这样空了出来。老房子装修时，我爸就住在这边。

我还打趣地问他，就他每个月赚那么仨瓜俩枣的，装修预算有多少钱啊，要不要我赞助点儿。

我爸伸出五根手指头。

我：“五千？”

“五万！”他说，“这么瞧不起你老爸？”

我在旁边哇了半天，当然是带了调侃的那种。要知道我爸一部手机能用十年，实在不行要换的时候，也是溜达着去迪信通问柜员最便宜的是哪款，人家说八百他还要砍价。

不知道他怎么就开窍了，而且我也想不明白，他怎么攒得下钱。我爸拉着我，算了半个小时的账，说他一个月到手三千五，吃，不用花钱，公园管盒饭；住，当然也不用花钱；就连行，一个月撑死了花不到一百，因为他每天早上五点多就醒了，溜达着就走到了公园，微信步数排行榜天天霸榜。

再说回为什么要装修，他说：“我还要陪我闺女活好久好久，住的地方可不得装修得好一点儿？这样以后的每一天都是享受。”听他这样说，我移开眼睛，吸溜了一下鼻子，说：“那你闺女给你出钱赞助台好点儿的热水器，之前在那个家洗澡，水不是烫就是凉，从没洗过一个踏实澡。这次既然装修，就换个好的。”

我爸笑得满脸都是褶子，都说油性皮肤的人不容易变老，也不容易长皱纹，但这么看的话，我爸还是老了。他笑着说：“好，好。唯一就一点，我闺女给我买的热水器是装家里的，没法出门显摆。”

我撇撇嘴：“那就给您再换部顶配手机，成了吧？”我爸大手一挥，拒绝了：“那可别，手机都是骗人的，接打个电话，发发微信，要那么贵干什么？”

住院的时候，穿的都是病号服，回姑婆家我才想起来，行李都在酒店呢！我爸说酒店房间早退掉了，至于我的行李，他也不知道。

我浑身一激灵，行李里倒是没有很贵重的东西，但我公司的电脑，还有平时上班穿的衣服和鞋全在里面，丢了很麻烦。就公司那破电脑，好几年前的戴尔，同时开五个以上的程序，都卡得不行。我真是醉了，谁偷这些东西啊？

于是我赶紧给酒店前台打电话。前台小姑娘核实了我的身份信息，她在电话那头敲着键盘，公事公办道：“哦，是这样的宋小姐，因为您和唐先生是一起办理的入住，唐先生退房时把您的东西也顺便都一起拿走了。”

我撂下电话，笑得比哭还难看。我爸关切地问：“行李还在吗？丢没丢？”我点点头，又摇摇头：“在是在的，就是比丢了还要难拿。”

我不敢贸然去找唐祁，上去就问：“我行李呢？”

我都能想到他怎么回我：“噢，不是找人来了，您找行李来了，合着行李比人重要是吧？”

而关于要跟唐祁解释之前病房里梁禹亲我这事儿也令我比较头大。

我不知道唐祁听到了多少我跟梁禹的对话，如果他只是从我那句“我是喜欢你的”开始听，紧接着就看到梁禹俯身亲了我……从唐祁的角度看待这事儿，那完全就是我和梁禹重修旧好，情到浓处梁禹和我亲吻了……

我要是唐祁，我肯定也转身就走，然后和宋周淼这个渣女这辈子连朋友都做不成。

还行李呢？肯定出门就给我扔护城河里了。

当然，我还抱着一丝希望，希望唐祁能够善待我的行李，毕竟那决定了我能不能保住我现在这份工作。

就在我一筹莫展，不知道怎么和唐祁开这个口时，我接到了黎元的婚礼请柬，于是心里有了打算。

黎元的婚礼规模比较小，就在一个小饭店包了场子，请的也都是最近的亲戚和最好的朋友，还有部分单位同事和领导。听他说也就是十桌，大家都能放得开。

婚礼在晚上举办。北方的习俗不怎么在晚上办婚礼，但是他媳妇儿白天还要加班，只能定晚上的场子。

我和他媳妇儿并不熟，新娘是黎元的大学同学，婚礼这次我和她是第一次见面。饭店外的礼金桌旁，黎元和媳妇儿小陈穿着中式礼服站在那里迎宾，和我打了照面儿。

他媳妇儿个子比我矮一点儿，小圆脸，笑起来有两个酒窝。她个子看着挺娇小，和人打起交道来大大方方的。之前没见过的人也都特热情地招呼着。见到我就夸我今天穿的裙子很好看，显腰身，问我在哪里买的，给我弄得怪不好意思的。

其实我今天大衣里面穿的就是一条倍儿简单的连衣裙，除了背后领子那里有一排小扣子，其他什么装饰都没有。我说咱俩体型差不多，你要是喜欢我就把链接发你，这裙子哪儿都好，就是脱的时候不方便，扣子在后面，领子也有点儿紧。

小陈抓着我的手说："真好，那你之后发我！你就是宋周淼吧？黎元说他中学有几个好朋友，你就是其中之一。"

新娘说话声音又脆，嗓门儿又大，一脸"黎元都给我说过你们的八卦"的笑容。

唐祁是黎元唯一的伴郎，他来得早，一直站得老远和司仪过流程——我进大门时就用余光偷偷侦查好了。

他背对着我这边，一身暗色西服，肩宽背阔，又是当过兵的人，体态挺拔，穿西服简直绝了，光是那个背影都特出挑。我没忍住多看了几眼。

我也不知道他是真淡定还是假淡定，也许他心里已经把我拉黑了。

我在这边和黎元、小陈说话，他一点儿都没转身过来看。这让我的心里有些忐忑，不知道今晚的计划能不能成功。

小陈继续说："我还以为你会和唐祁一起来，唐祁老早就来了！我还问他宋周淼呢？"

我故作淡定地笑，特意想听唐祁怎么回的，结果小陈这人比较跳脱，她说："要我说，你们男未婚女未嫁的，我和你一见如故，不用怎么说话就觉得你人好……我弟今天也在，他一九九四年的，比你小一岁，一米八三，单身，在设计院工作，一会儿我介绍你俩认识一下？"

黎元忙捅她胳膊："哎哟，媳妇儿，今儿咱俩结婚，你怎么做起媒婆来了？"

小陈拍开他："结婚了可不就可以给别人当媒婆了！多有意思啊！小宋，怎么样？我弟长得可帅了。"

我尴尬地笑，要是别人我还好敷衍，那可是新娘的弟弟，我怎么的也不能当场拒绝，于是我岔开话题："哦，哦，设计院工作，那挺好啊！我有个朋友好像也……"

小陈打断我："是！工作不忙，不怎么加班，福利、待遇方方面面都好。你看啊，你俩要是结婚了，我弟每天都能下班给你做晚饭，多好！"

得，又说回来了。就在我脸上的笑容要僵硬的时候，唐祁举着手机转身，眉毛微蹙，像是遇到什么紧急的事情。

他迅速地瞟了我一眼，眼神并没有在我的脸上停留，看我和看其他宾客没什么两样。我就像是人肉背景板。

唐祁指着电话对黎元说："新郎过来一下。花店打来电话，双方父母胸花忘记给咱们送过来了。这边需要有人过去拿一下。"

小陈那个爽朗的性格，并不觉得这是多大的事，她走过去："嗐，没送来就没送来吧，我就知道他们今天要出岔子。我们当时谈还说，父母的胸花是送给我们的。我看他们今天就是故意的。要不就算了，婚礼马上开始了，咱这边也走不了人。"

我自告奋勇："要不就我去吧？"唐祁好像这才注意到了我的存在，他定定地看了我一眼，眼睛还看向我身后一瞬。我立马就猜到他在找谁，他在看我是不是和梁禹一起来的。

我莫名地有点儿心虚，说话声音也小了："地址给我一下，我可以打车去。”

唐祁没多犹豫，从兜里掏出车钥匙扔给我，车钥匙从半空中划过，咣的一声，我接住钥匙，只听他非常迅速地和我说了一句：“开我的车去，地址我手机发你。”

小陈拉住我：“算了算了，哪有让客人去取胸花的道理？再说人家小宋也不知道你车停哪儿啊？车长啥样知道不？再走丢了。”

唐祁说：“她坐过，知道长什么样。我车就停在路口拐角。”

而我就像只缩头乌龟一样，小声附和唐祁的话。

我走到路口拐角，开车门时，注意到唐祁的钥匙串甩起来丁零当啷的，上面挂着一个小学生审美的小小许愿玻璃瓶。瓶子里流动着油一样的液体，里面泡着我送给他的那颗星星。

取胸花的过程很顺利。回来的路上我在想，唐祁又不傻，我和梁禹如果真的在一起了，那我们整个同学圈肯定都知道。而这段时间以来没有人提这事儿，我俩肯定没在一起。

而他之所以还对我这样冷淡，顶多就是气不顺……他就是在耍小性子，既然他心里还气，那我就给他个台阶下呗！这么想着，我心里的胜算多了几分。

婚礼桌上中学同学肯定是坐一起的。

我出事后，杨其奥特地从美国飞回来了。她陪了我几天，直到从医生那里得知我并无大碍后才订机票回去。她工作很忙，挤出四天已经非常难得了。所以自然也就缺席了黎元的婚礼，录了 VCR（视频短片）送上祝福。

如果杨其奥在，我肯定和她挨着坐。可是现在她没来，黎元的女性朋友又只有我俩，我只能坐在男生堆里，他们聊起从前学校的事时才勉强插得上话。

梁禹没来，他回工作地了，毕业后他彻底搬离了北京。而他没来的原因也很好笑，他说家里有五只狗，之前来北京时寄养在朋友家，但是那五只狗把朋友家拆了，他要赶回去善后。

值得一提的是，徐卿卿考上了科大。原因很奇妙，之前英语一直是他的弱项，而他因为帮我查资料、发邮件，英语突飞猛进，高考成绩稳稳当当进了他的梦校。

唐祁的车钥匙被我攥在手里，我一直找不到机会还给他。他作为唯一的伴郎，事情非常多，他一直站在舞台边，菜上来后新郎新娘开始绕圈敬酒，他又陪伴在他俩旁边帮着挡酒。

等他好不容易有空坐过来时，中学同学十分贴心，让他吃点儿主食，不然胃里难受。而他和我面对面，我俩坐对角。有男生敬给他烟，他只是夹在手里，别人要给他点烟，他轻描淡写地看了我一眼，摆手说“不用”。我拿起面前的红酒杯咕嘟嘟喝进去，假装没注意。

唐祁在桌上坐了没多久又被喊走，一直到婚宴结束，他还在张罗着送人回去。

宴客厅里眼见着人越来越少，我有点儿坐立不安。不知道是要装作自然地跟着大家一起出去，还是要等他……这时有人说他开车来的，没喝酒，他是往东边走，车上可以带三个人，如果顺路的可以一起走，他看向我：“宋，你要不要一起，我带你，还有那个谁，我记得你们两口子都住东边。”

我假装还在喝酒、聊天，又闷了一杯进去：“啊，不用不用，谢谢啊！我再和……聊聊天！”被我拉住的这个同学和我并不是很熟，他有些奇怪地看了我一眼：“我也打算走，太晚了。”

新娘听我们这边在分派着谁坐谁的车，她拉着一个高高瘦瘦的男孩子走过来：“哎，小宋，正说找你呢，我弟一直坐我家亲戚那桌，都没来和你打招呼。要不我让我弟送你回去吧？他新买了车！”

我觉得实在有点儿头大，左右为难，两边都等着我做决定。这时我身后传来唐祁的声音，他非常自然地揽了我一下，随后冲我伸出手，稍稍低头在我耳侧说：“车钥匙。”

“哦，哦，在这里。”我将车钥匙放在他手里，抬头看他。

唐祁今晚喝了很多酒，却不上脸，人也清醒得很。他接过钥匙塞进兜里，冲众人说：“大家就别管宋周淼了，她和我一起回。”

随后，他一副严肃口吻对我说“你不是说要去我那边拿东西的吗？”

我赶忙点头：“对、对……嗝……”今晚我也干了五杯红的，说话时打了个酒嗝。和唐祁不一样，我这人喝点儿酒就上脸，我今天穿的裙子没有怎么露脖子，可我猜都能猜到我此时脖子、前胸和后背肯定红了一大片。

大家有点儿担忧："能行吗？你们晚上喝这么多？"

唐祁回答得干脆："没关系，我其实还好。而且我家就在附近，不开车，走着就能到。"

就这样，我乖乖坐在位置上，等到快要睡着时，唐祁才来轻轻拍我的肩："走了。"

我一个激灵挺起来，心想，好嘞，现在换我演戏登场。

我之前的计划其实很幼稚，我想假装喝多，然后借着酒劲儿和唐祁撒娇耍赖。可谁也没想到，我今晚喝酒没打住，是真的有点儿上头了。

不是那种不省人事的醉，而是整个人轻飘飘、暖烘烘的醉意，看着唐祁时，我还没忍住冲他嘿嘿笑："终于可以回家了！我都困啦！"尾音也很软，我自己听了都起鸡皮疙瘩。

唐祁本来板着脸，和我这儿装了一天的冷漠，见我这样子和他讲话，脸上表情差点儿没挂住。他看看周围，得亏周围几乎没人了，只有婚庆公司在远处收拾布景，没有人看到我的模样。

他把我挡住，拉我起来，我脚下有点儿拌蒜，在他的搀扶下走出饭店。

北京此时是冬天，冷风一吹，我也不知道自己是怎么了，忽然啊一声，整个人跳着挂在唐祁身上，对着他的脸极近极轻地说了句："我冷。"

我呼出的酒气喷在唐祁的脸上，那似晕非晕的醉意给了我无限的勇气和灵感。我像只考拉一样抱着唐祁，我能明显感觉到他全身上下紧绷起来，在黑夜的笼罩下隐约能看到他的克制和隐忍。

就在我想靠近他耳后说一些平时根本说不出口的话时，唐祁默默半蹲下，伸出手钩住我的背和腿，我整个人腾空被他公主抱了起来。

唐祁的怀抱十分滚烫，我十分不喜欢这种主动权交换的局势，试着扑腾了几下，大声抗议："放我下来！"

"不是喝多了吗？走都走不了几步，那就老实一点儿。"唐祁不理会，用只有我们两个能听到的声音说道。

他这样抱着我往前走了几步，街上行人一个劲儿地盯着我们看。冷风吹去我大半的酒意，我开始觉得不好意思起来，小声投降："我……还行，能走，你放我下来。"

就这样，我稀里糊涂地跟着唐祁回到他家小区。他现在搬出来住，一个半新的小区，绿化和设施都不错，这个点小区里还有家长们坐在运动器材旁，看着孩子们聚在一块儿玩，吵吵闹闹的。

我们进到楼里等电梯，周围一下子安静下来，楼道里只有我和唐祁。可能是空气不流通，刚才散去的酒劲儿又慢慢找回来，我感觉我的脖子和脸颊的交界处在发烫，而我的心跳也在加速。

电梯叮咚一声下到一层。门开的那瞬间，我已经做好了落荒而逃的准备。

“啊，这么晚了！我要不还是先回去吧！行李我也不是那么急着要拿，我们可以约……”我话没说完，唐祁先我一步踏进电梯，随后一脸冷峻地把我拉了进去。

他按了数字“16”，一句话也没说，刚才拉住我的手也松开了。

我已经没出息地感到脚发软，对这样的气氛有些招架不住。可是又不想输人输阵，只好死死盯着电梯面板上的滚动广告，好像那里有什么好看的！

小孩补习班请拨打电话……

我对唐祁说：“哎！现在小孩子可真惨，咱们那时候也没这么多班……”

唐祁没说话。

网上买菜新鲜又实惠，请下载APP……

我对唐祁说：“你说这个能信吗？菜肯定都拣卖不出去的放网上……”

唐祁没说话。

男性功能障碍？请认准不孕不育医院徐医生，电话……

我刚想说什么，唐祁转过来看我，把我想好的话吓了回去。我指了指广告：“这个，你应该用不到，哈哈哈……”

唐祁终于开口：“到了。”

“哦哦。”我像只鹌鹑一样跟着他出去，不忘夸一句他家小区的电梯，“你们小区电梯又快又稳，真不错，物业费一年多少？”

唐祁默不作声地在门上按了指纹，推开大门。我咽了一口唾沫，唐祁又不是大老虎，总不能把我吃了。

他家里黑漆漆的，我站在玄关乖乖把鞋脱了，等着唐祁开灯。结果他径直走进厨房，不开灯，也不管我。

我不明白他要做什么，我沿着墙摸了摸，没摸到任何灯的开关，我站在这边问："太黑了，你把灯开开？"

厨房传来他倒水的声音。

不开灯倒也不是看不见，我傻站在那里不知道是什么情况，只好借着月色看看唐祁的家。

他家楼层高，视野还不错，是普普通通的商品小区，不是什么豪宅。可是我很喜欢他家的客厅，有两扇朝向的大窗户，沙发是L形的，正好摆放在窗户转角处。从沙发背后的两面大窗往外看，远处是一览无余的二环路。那里车流如织，灯光如昼，和家里的安静与黑暗形成鲜明的对比。

唐祁家非常非常非常干净整洁，让我这个女的都自愧不如。

之前去他爸妈家他的房间，我只以为唐祁是因为爸妈的唠叨才把自己的房间收拾得齐整，现在看来是他自己有极强的整理内务能力。

然后我注意到了客厅一角的我的行李箱。

我很难不注意到它，我的行李箱是这个家里唯一能"吵"到眼睛的存在——因为我经常需要出差，我怕在机场被别人拿错行李箱，便在上面贴满了各式各样的贴纸，还在把手上缠了好多不同颜色的飘带。

唐祁还不从厨房出来，我大致参观完他的客厅，只好去厨房找他。

他双手支在操作台上，等着水咕嘟咕嘟地烧开。旁边有接了一半凉水的杯子，杯子里有搅拌勺，一旁放着蜂蜜罐。显然他在等着水烧开之后把热水兑进凉水里，然后冲蜂蜜水解酒。

我进厨房前还看了看厨房的墙壁，可恶，我还是没有找到开关。难不成唐祁是个死抠门，家里不安灯为了省电吗？

"你今晚是不是喝多了？"我走到他身边，"那确实需要喝点儿蜂蜜水。"我心里开始感谢那个找不到灯开关的自己，昏暗的环境有平静人心的作用。唐祁自进电梯后就意外地安静，做事情就是自顾自去做，也不把我这个客人放在眼里。

唐祁微微侧头："这杯是给你的。"从他的声音里听不出来什么情绪。

或许是我的错觉，我总觉得他平静外表下的情绪在暗流涌动，说真的，他可能是想捏死我。

"我真的还好，我今晚就喝了……五杯红的。"我伸出手指，唐祁盯着我看，结果我尴尬地发现自己伸出的是两根手指，我默默把手放回去，"就、真的还好啦！"

我决定和他坦白："刚才装醉是为了'套路'你……我知道我们两个之间有点儿误会……而我又不知道怎么和你开口，于是就想借助一点点女生的小优势……嗯。"

唐祁似乎不能理解我说的，他的声音带着疑惑："什么套路？"

"嗯？"我抬头看他，打量他的神情，看他是装的还是怎么，结果唐祁就这样直直地看我，眼眸漆黑又直白，看得我心里开始打鼓，声音也没那么确定，"就是在饭店门口那样啊……"

"你本来打算哪样？"他又问。还是和我不在一个频道上。

"这样啊……"我鼓起勇气靠过去，一只手有些轻佻地搭在他肩上，他不为所动，靠着操作台等我亲近。气氛开始变得奇怪，我放在他肩上的手拿也不是，不拿也不是。

这时，唐祁的喉结滚动了一下，继而我后知后觉地发现他在婚宴上穿的西服早就脱掉，而领带也早在我进厨房前就被扯松，从喉结到锁骨处敞着一小片肌肤。我的视线落在那里时，脑海里没来由地觉得危险。我的手从他肩上放下，在我想要逃离厨房这一隅时，他的一只手已经紧紧地钩住我的腰。

唐祁不是把我拉近他，而是顺着我后退的脚步随我一起向后，直到我的后背抵住墙，而我被锁在他臂膀的牢笼中。紊乱的气息和烫人的温度无处不在。这可不是当时在自行车棚里那种小打小闹，十五岁少年的气场在这个男人身上荡然无存。

我的心脏开始狂跳，腹部也开始颤抖，心里一面大叫着"我错了啊啊啊"，一面又不抗拒他这样的强势和亲近，脑子完全昏掉了，只能随着唐祁的每一步动作做出应激的反应。

唐祁想吻我。他低下头，唇却先落在了我的耳后。

我整个人麻了一下，没控制住自己，极轻极轻地吸气着哼了一下。他听到了，本来还想再亲，却发现动作不自觉顿住了，抓在我腰上的手也紧了一下，他的嗓音微微发涩，用那种浑不懔的腔调骂了句不痛不痒的话，而后对我说："你真是精准地知道怎么折磨我，是吗？宋周淼？"

我被指责得委屈巴巴，甚至有点儿火冒三丈。恶人先告状，怎么就是折磨你了？再说了，我哪儿能控制得住啊？！是你非要亲那里的！

我偏过头，怒气冲冲地看着他，然后有些不自量力地踮起脚，直直对着他的嘴亲过去。

不得章法，也不顾后果，我就是要给他演示这才是正确的亲吻方式——根本不是亲耳朵后面这种奇怪的地方！

唐祁嘶了一声，我也撞得有点儿疼，但我忍住没有嘶，然后我将他的话还给他："你……你也真是精准地知道怎么折磨我，是吗？唐祁？"

我其实并不觉得他嘶的那声很性感，我纯粹就是为了报复他。谁让他取笑我哼唧来着？！谁没个敏感点似的！

然后我看见唐祁眼带笑意，嘴角轻轻上扬，之前的冷酷无情，刚刚的剑拔弩张，这时候都烟消云散了。

我需要时间消化他眼神的含义，与此同时他身后的水也烧好了，于是我为了支开他说道："水好了……"

唐祁没听见我这句话一样，扣住我的脑后，坦坦荡荡又不容拒绝地亲了过来。

我所有的借口和小聪明全被他的吻淹没，没有人告诉我一个接吻经验明明没有我丰富的人怎么能亲得这么有侵略性。

在唇与齿缠绵的间隙，我腾出一丝清明的意识小声求饶："唐祁……脖子，我的脖子……刚脱臼好……"

他的唇不依不饶地覆上来："知道，帮你扶着呢……"

可我还是不放心："还有你的肩膀，你的胳膊……"

唐祁不耐烦："哪儿那么多废话？"

我在唐祁家过了夜。

不过，因为没有避孕套，我俩什么都没发生。

他半夜跑去睡沙发，把床留给我。实际上，他也没在沙发上真正睡觉，而是四点钟爬起来大扫除。

他说这样有助于分散注意力，以及……他不知道我要来他家里，家里太脏了，要好好打扫一遍。我有些惊讶，你们家已经很干净了好不好！

我在六点钟的时候迷迷糊糊地坐在了餐桌旁的座椅上。唐祁则精神抖擞地买了早饭上来，我感觉自己被迫军训了。我对他的体力有些敬佩。

吃早饭时，我一边喝着豆腐脑一边吐槽他："要是可乐还在的话，它肯定爱死你了，有人能每天这么早带它去尿尿。"

说起可乐这只小狗。小狗的寿命就是短短十几年，这只小狗——从车轮下逃生，藏过唐祁妈妈的擀面杖，找到过梁禹的文曲星，是姑婆打麻将的忠实观众，我的夜间睡眠香薰骑士，唐祁拖鞋的一生之敌——在两年前安详地过世了。

唐祁见我有些失落，便抱来电脑，说他为可乐做了纪念网站。

我滚动着鼠标，看唐祁给可乐做的纪念网站，忽然想起一件事，是关于我的事。

“唐祁，是不是如果我改了网址后缀的这串‘kele’就会是另一个网站啊？”我指着浏览器的网址问。

唐祁说：“对，不过弹出来也可能显示不存在该网页。”

我点头，拉过电脑来，把网址里的“kele”改成“songzhoumiao”，按下回车。

网页刷开的那瞬间，唐祁明白了我在做什么。

他有些慌乱地伸出手想要阻止我，但和之前意识回溯时唐邑抢到他的日记本一样，这次，他还是没能阻止我看到他的日记。

网站里，唐祁是这样写的：

我认识的宋周淼，是个上课饿了，肚子咕噜噜叫也一点儿不难为情的女孩子。

宋周淼唱歌真的很难听，却总能在音乐课上大方上台，尽情演唱歌曲，唱到音乐老师堵住耳朵让她小声一点儿。

宋周淼去我家吃我妈做的红烧牛肉面，一口气能吃三碗，没见过有哪个女生这么能吃。

哦，对，她还有个好朋友叫杨其奥，两个人凑在一起就是大傻子遇见二傻子，傻上加傻。

宋周淼学习明明也没有多好，却总爱给我讲题。嗐，讲的好多都是错的，我俩又一起去办公室被老师批。

宋周淼做操也好搞笑，大张大合地跳，总觉得自己能被体育老师表扬，请她上领操台。实际上体育老师说她做的动作因为太大，是另一个极端的不标准。

宋周淼个子小小，胆子却很大，非要叫上我去学校防空洞探险，甚至说了些奇奇怪怪的话……

我和唐祁，我们一同经历了那么多风风雨雨，有那么多心里话还未和对方倾诉。此刻，唐祁也不再阻止我强行看他日记的不讲理行为。就这样，我们看了上千字唐祁对我的指控，看了几万字唐祁与我的青春回忆。

在网站的最后，唐祁写了这样一段话。

就是这样的女孩子，我觉得我这辈子都不可能喜欢她。但是等我们高中毕业分开以后，我却总是控制不住地想起她来。

我这才发现，她的开朗、热情、乐观，还有勇敢，一直是我生活中的太阳。上学真的很无聊，可是每天背上书包，我心里想的全是：不知道今天宋周森的发型是什么？

我喜欢和她斗嘴，也喜欢和她抢饭吃，喜欢载她去学校，也喜欢她在我家楼下大声喊我的名字。奇怪，我也喜欢听她唱歌，喜欢陪她一起被老师骂。

以她那样的大侠性格，谁的事情都要帮上一帮，那我一定会在每一个她需要我的时刻陪伴在她的身边，就算是意识流转、时间回溯这样离谱的事情发生也无所谓。

然后在经历过一切后，我会勇敢地告诉她，我也喜欢她，很久很久了。

她是这么勇敢又灿烂的人，我也不能输给她啊！

番外一 告家长

我脑子抽风，做错了一件事儿。我不是在唐祁家过夜吗？虽然什么也没发生，但我爸打电话来盘问我夜不归宿时，我还是下意识地心慌来着。

我一心慌就说谎，一说谎就错过了和父母坦白我和唐祁恋爱关系的最佳时机。

在一旁听着的唐祁对此颇有微词。

“所以，你就告诉咱爸你是被黎元他们安排去睡的酒店？”唐祁问。

我鹌鹑般点头：“嗯嗯。”

“你看咱爸信吗？你们家离那饭店左右没五分钟，咱楼下王大爷走路来回也撑死了三十分钟，你直接说你睡大马路上都比骗你爸你在酒店可信。”

我攥着手机嚷嚷：“咱爸信啊！他还让我十二点前退房，不然又得让人多交一天的房钱，让我退了房就赶紧回家。”

说到这里，我看了眼表，现在十一点二十九分，距离虚假退房还有半小时，也就是说……半小时后我怎么也得先回趟家。

我倚在门框上装虚弱：“唐祁，那你一会儿开车送我下？”我指了指客厅的两个行李箱，“这俩你也帮我给拎着啊。

“呵，在父母那儿连个名分都没有，就使唤上我了。”说风凉话的唐祁，正光着膀子在厨房里雕花——削桃子。

别看他手大，可是他削水果的技术非常一流。那运劲特别到位，桃子皮薄如蝉翼，一颗削好，桃子只受了皮外伤。并且他每次使劲儿时，手臂的肌肉和筋都会随之收紧和放松，线条赏心悦目。

不过咱也不敢问他为什么削水果要光膀子，可是看他腹部也随之收放时，我实在没忍住——手比脑子先动，我伸出手，眼神发呆地戳他腹肌。

那手感简直了，比砖头滑，又比面团硬，这世界上大概只有肌肉能做到这样矛盾吧——又硬、又软、又滑、又干。嗞，这男人的腰也贼性感……有两条线，我一时想不起那叫什么了，从肋下起，隐入他裤边。

可能是我太专注了，以至于唐祁叫了我两声我都没听到。

他举着削好的桃子说第三遍："你吃不吃？"

我流着口水说："吃……"

唐祁看出我不对劲儿："宋周淼？"

然后我吭哧一口咬住他鼓起的大胳膊，做了我一直想做又不敢做的事。

我俩四目相对，屋里十分安静，浪漫氛围倒是没太多，因为我像一条大嘴食人鱼啃在他手臂上，眨眼看他。唐祁试图把我甩下来，也不敢太大力，只是上下摆动手臂，我也跟着上颠下颠，直到牙齿有点儿酸才松口。

我抹了抹嘴："不好意思，人生第一次啃帅哥的肌肉，口感太好了，忘记松嘴……你这一身腱子肉批发来的吧？不要钱似的，怎么这么会长？"

唐祁有点儿无语地看着胳膊上的牙印儿："真狠哪你，宋周淼，还没怎么着你就开始欺负我。你今儿必须得跟你爸把话说清楚了，不然我就跑你家躺地上撒泼打滚让你负责。"

一听要和爸妈说，我头就有点儿大。

倒不是说我二十五岁了没有谈恋爱自由，只是我相信大家都懂，孩子再大，在父母眼里也是孩子。有些事对成年人来说很正常，对家长说就很难开口。要让我和我爸说我谈恋爱了，我就觉得自己还是那个心里有些忐忑的十五岁小姑娘。

我把皮球踢回去："那你有本事也跟你爸妈说啊！"

"说啊！威胁上了还？说得好像咱俩家不挨着一样。你要是不反对，我就带你回小区，然后在楼底下喊一声：'爸妈、宋叔，我和淼谈恋爱了！’住得近就这点好，喊一嗓子全街坊都知道了。”

桃子搁案板上，唐祁背过身哗啦啦洗手，完后回身问：“这主意怎么样？我觉得挺好，有效率，又直接。”

我呸了一声：“这主意好个屁！”给唐祁骂得嘿嘿乐，他推我：“走吧祖宗，开车送你回去，还有您那俩宝贝箱子。要我说咱今儿通知家长，你箱子也别拿了，直接放我这儿算了。”

我知道他说的什么，想到昨晚在被单下做到一半的事情，尤其是想到那个时候唐祁身上的温度和喘息……我的脑海里浮现出奇怪的画面，脸颊唰的一下红了，说话结结巴巴：“那、那可不行，我爸那辈人接受不了同居。”

“我意思是今儿就去领证呗，想不到啊，小宋，原来在这儿等着我呢。”唐祁笑得一副很不值钱的样子，“我和你说，你爸接受不了你和别的狗男人同居，如果是我的话咱爸肯定放心。要是哪天我欺负你了，跑得了和尚，跑不了庙。我爸妈就住你姑婆家楼上，我信叔叔肯定去我家泼大粪。就冲我爸妈相当于是俩人质，我肯定也不敢辜负你，一辈子给你当牛做马，任劳任怨。”

我举着桃子坐副驾驶座上时，唐祁正艰难地坐进驾驶位调位置。昨儿我开他车去取胸花，调了位置，现在这位置空间他一条腿迈进来都艰辛。

他嘴上不忘犯欠：“呵，瞧我媳妇儿这小体格。”坐进来后他不着急往后调，方向盘紧贴他胸，他转过头和我说，“淼，你帮我看看，我怎么感觉有什么东西压着我？”气得我用另一只没拿桃子的手狠狠抽他：“你闭嘴！闭嘴！说我腿短是不是？你这破车谁愿意开似的！”

我发现唐祁这人就是给点儿阳光就灿烂，昨儿冷着一张脸跟谁欠他几百万一样，经历了一晚上那条嘴欠的狗又回来了，我就不能跟他好言好语地讲话。

奇怪的是，他似乎也很享受我对他这样。男人心真是海底针。

从唐祁家开回去也就十来分钟，他的车没在小区里申请停车位，只能停外面。我俩下车后，小区门口坐着几个熟识的街坊老奶奶。

“淼啊，唐祁啊，刚从外面回来啊！”奶奶们笑眯眯地喊我俩。

可能是我心里有鬼，这上学时经历过的无数次打招呼，在我眼里都成了老奶奶在说：你俩昨晚在一块儿啦？你俩要结婚啦？

我原地支吾了好几声，还是被一脸灿烂的唐祁拉进小区的。

我真是临阵就尿，本来路上都想好了怎么说，看到熟悉的居民楼和窗户，我立马拽住唐祁："计划有变！咱今儿先缓缓……"

我话没说完，就听唐祁扯着嗓子喊："爸！妈！宋叔！"

全小区的狗都跑到窗户前汪汪叫，全小区的猫都嫌烦从窗台上跳回屋里。

我吓了一大跳，蹦起来伸手试图捂住唐祁的嘴，奈何他太高，我只能挂在他身上。

"爸！妈！宋叔！"唐祁又喊了一遍，随后他爸、他妈，还有我爸，同时出现在窗前，一脸茫然，然后两家家长还隔空问了声："早，您吃了吗？"

唐祁咧着一口白牙："我和淼在一起啦！妈，我问下，我的户口本在不？在的话今儿打算去领个证儿！我们赶时间，您给扔下来，唉，得嘞！就这事儿。宋叔早上好！早饭吃的什么啊？淼的户口本在不？"

唐祁他爸举着报纸愣住了，他妈转身就噔噔噔地下楼来薅唐祁。

我爸呢，先是石化，随后看见我不顾形象地紧紧抱着唐祁，一刻也不想分开，赶紧冲我摆手："哎呀，姑娘家，矜持一点儿！"

我求救般地说："爸，您别理……"

我爸居然回身进屋了！

过了几秒，我爸又出现在窗口，户口本套着塑料袋："我扔你接啊！可接稳喽！"

番外二 生活小日常

冬去春来，北京天气转暖，我家附近的室外篮球场重新开放。

天冷的时候，唐祁会和北京的几个战友约着周末去室内场打球。现在不比学生时期，放学有大把的时间。大家都忙，凑不齐人，唐祁球瘾又犯了时，就会在晚饭后拿上球，带我这个菜鸟去球场投投篮。

社区球场穿拖鞋的大爷居多，大爷们每次都特别热情地喊唐祁加入，还说——你让你媳妇儿也来打，别光在场边儿坐着，我们会让她的。

唐祁不敢和他们组队打球，私下里和我说别看大爷们一个个六七十岁了，打起球来又野又猛。关键是他们敢野，唐祁不敢对大爷们野啊！这要是撞出个好歹来，怎么跟他们子女交代？

于是我们在球场一隅的球筐下安静投篮，他投完我颠颠儿去帮他捡球。他想逗我时，就偏要我给他表演脚下拌蒜版三步上篮。每次球要砸到我时，他伸臂把球捞走，我就会说：“嘿，个子高了不起啊？”他说：“对啊！就是了不起，能娶到漂亮媳妇儿，你能吗？”

太阳西斜，霞光漫天，我俩回家前的保留剧目是他把我扛肩上，让我来个大灌篮。球轻松投进后，唐祁吹个口哨儿：“哟，我媳妇儿真厉害，走，回家！”

唐祁和我把“媳妇儿”这个名号合法化后，去他爸妈家吃饭时碰到了唐邑。

唐邑大学在北京上的，学校离唐祁爸妈家挺近。唐祁爸妈家那个小卧室腾出来了，偶尔周中唐邑想回家吃饭时，小屋子就给他睡。

小男孩儿现在也长成大小伙子了，十九岁，大一。我和他将近十年没见，唐邑个子已经和他哥一般高了。

唐邑和以前很不一样，之前能把房顶掀翻，一进家门就开始飞拖鞋，现在则一个人默默地坐在房间里戴着耳机打游戏。见到我，唐邑摘下耳机，声音小到几乎听不清，从喉咙里咕嘟出一声：“嫂子。”

唐祁偏要逗他弟：“哟，现在大了，知道喊嫂子了，小时候一口一个淼淼。”

唐邑撇嘴：“哥，你现在语气真的很像老年人。”

唐祁说：“见过这么玉树临风的老年人吗？”

唐邑干脆转过头：“老年人也可以玉树临风，瞧不起谁呢？你老丈人就挺帅。”

我抗议：“喂，我爸才五十岁，不是老年人！”

唐祁在一旁乐呵：“妈，听到没，我也是有老丈人的人了。”

唐祁他爸：“这话听着怎么那么怪？只听人说自己也是有媳妇儿的人了，没听谁惦记老丈人的。”

唐祁他妈：“呵，所以说，我儿子心里惦记着媳妇儿，你看你，我爸七十大寿也没见你表示什么。”

唐祁走到他弟身边：“我看玩什么呢？”

一群人突突突开枪，扔手榴弹，在厂房房顶上到处乱跑乱跳。唐邑把键盘鼠标推给他：“哥，要不要来试试？证明自己不是老年人。”

唐祁抽凳子过来坐下：“好啊，基本按键就还是那些呗。”

唐邑说了几个，唐祁点头说知道了，然后窝在小转椅上开始打。

一局游戏结束，唐祁向后靠：“怎么样，你哥还行吧？”

唐邑抱拳：“宝刀未老，宝刀未老！哎，话说……”他飞快地瞥了我一眼，脸莫名地红了，接着对他哥说，“哥，和我说说呗，你是怎么追到嫂子的？”

唐祁懒洋洋地回答：“靠自身实力赢得你嫂子的青睐。”

我和唐邑同时哕了。我说：“别听他瞎说，你哥当兵的时候给我写了几百封信呢！”

唐邑笑着说：“我去，真的假的？信还在吗？给我看看。”

唐祁：“给你看干什么？想照着抄啊？怎么，你有想追的人了？”

唐邑叹了口气，在小床上躺下。一个大男人抱着枕头蜷缩成虾米状，眼神里写满少女怀春："不知道怎么说，嗐，别问了，不想说。"

唐祁拉着我走出卧室，闻到厨房里藕盒炸好的香味儿："不说拉倒，走，媳妇儿，去吃藕盒。"

唐邑哎了一声，掏出手机扔给唐祁："别啊哥，救人一命，胜造七级浮屠，人姑娘问我要不要去看电影。我回了，但她那边半天没声了。"

唐祁看着唐邑给对方的回复："这部电影似乎不太好看，最近似乎都没什么好片子。"

我忍不住爆笑一声。

唐祁恨铁不成钢，用手机砸唐邑："就给人回这？我要是那姑娘我早给你拉黑了！你小子是就缺这一场电影吗？看出来了，你是真的很想看电影。"

唐祁指着我："你嫂子当时约我看电影，难看得跟屎一样，我不也去了？看得认认真真，开点儿窍好不好？真是给老唐家丢人！"

我声音拔高一度，嗯了一声，唐祁明显心虚了："不是，淼，你听我解释……"

唐邑乐呵呵坐起身，把枕头扔上天："打！打！嫂子给我狠狠揍他一顿！"

不过就像唐祁说的那样，当年约会看电影的体验确实有点儿糟糕，现在变回大人后，我们决定多去几回电影院弥补回来。

我们家边上有家新开的电影院，我们两人经常会去看午夜场电影。

午夜场电影，都懂的，题材比较广泛。有缠绵悱恻、尺度大的爱情片，也有血腥悬疑片，有让人看得云里雾里的文艺片，也有几十年前画面都摇摇晃晃的老电影。

偌大的影厅里，稀稀落落几个人，我和唐祁买好爆米花和饮料，坐在最后排的正中间。有时候我会睡着，有时候他会睡着。电影落幕后，我俩会手拉着手，慢慢悠悠地走在北京午夜稍显安静的街道上。

街旁风吹沙沙作响的白杨树，护城河边垂柳依依，行道两旁的洋槐和银杏，到了春天夜里散发幽香的白迎春。

我们看着路灯下两个人的剪影，我很喜欢影子里他碎碎的头发随风飘动，唐祁则喜欢对着影子戳我的脸。

偶尔有车在我们身边驶过，车里的人一定不会发现我们靠着墙，在树下、在凌晨，细细地接吻。

这个时候我们会问彼此很蠢的问题。譬如，你有多喜欢我啊？

两个人的答案会不约而同地显得委婉。

唐祁说，他想到别人，就是一个名字；想到宋周淼，脑海里就是很多连贯的画面，主角是一只张牙舞爪的小怪兽。

我说：“我想到别人，就是二十五岁的我该有的职业态度；一想到唐祁，就会不自觉地牙痒痒、手痒痒、脚痒痒，做出怪表情来，想捏死你。”

和唐祁无论是散步还是接吻，总会让我产生一种错觉，这个错觉就是我的青春是不会结束的。大概这就是青梅竹马在一起的好处吧！

有这个人在，那年春夏秋冬的花香、阳光、落叶和初雪，历历在目，就像昨天一样。

而我们所在的这座巨大的、沉睡中的城市，在黑夜里显得温柔又散漫。

日升日落，人来人往，不变的是岁月的蹉跎和世间的广阔。

当自己沉浸在幸福中时，我总是真挚地希望世间的所有情谊，无论是亲情、友情，还是爱情，都能如七月流火，一切如昨。

人们永远不会错过，永远打败因果。

番外三 唐祁的海岛日记

和唐祁去领小红本本的前一周，我俩就已经开始为搬到一起做准备了。

结婚这事儿在我俩身上没有太大实感，过家家似的。和电视里演得鸡飞狗跳，或是苦大仇深很不一样，一切发生得都顺其自然。

这事儿说白了就是，两家知根知底，又都是普通家庭，都盼着俩孩子好，没那么多幺蛾子。

他家什么家底儿我一清二楚。

他爸老早就出来做生意，赶上好的年份赚了点儿钱，但是差的年份又得勒紧裤腰带等回款。请人吃饭永远几千上万，讲究排场；而自己系的皮带却边角起毛，能省则省。怎么说呢？就是给人感觉又穷又富的。

以前唐祁和唐祁他妈可看不上他爸的体育器械生意了，说他爸就是穷折腾，见天在外面跑，一把年纪一身毛病，钱没几个，不知道图啥。

后来大学毕业唐祁不是去部队里待了几年吗？经过那几年，他成长很多，忽然就懂事了，不跟他爸对着干了，退伍回来二话不说就接手了他爸的生意。

我打趣地问他：“哟，咱们‘富二代’唐少爷怎么开窍了，知道靠自己不如靠老爸了？”

唐祁当时正在厨房剁鸡块儿，说要给我做正宗新疆大盘鸡吃。

听我这么问，他放下刀，我以为他听出我的淡淡讽刺，要砍我，结果他只是擦了擦汗，难得严肃开口说话。

他先是否定了我对他“富二代”的定义。

在得知我嘴里的“富二代”本身就打着引号之后，他苦笑了一下，说这还差不多。

随后，他给我讲了一下他的心路历程。

其实很简单，他想给在部队里认识的战友们留个退路。

唐祁说，如果只考虑自己的话，那他退伍回来找份工作不难。

他大学专业还可以，学计算机，而且大学期间发愤图强，成绩也还不错，凭着这份履历，再凭借一些校友关系，养家糊口不在话下。

他当时在一座海滨小城当兵，认识的不少人没有他这份底子——说是背景也好，说是学历也好，总而言之，转业对他们来说没有那么简单。

那时候唐祁就想，自己做生意，虽说公司规模不大，但好在有些话语权，富不至于，却饿不死，能够给那些退伍的弟兄留个饭碗。

听他这么说，我心里是有些感触的，接触唐祁越多，越发现这男人早就不是小时候那个因为不写作业被他妈拿擀面杖撵得满屋子跑的臭屁小孩儿了。

他有理想主义的单纯，又有现实主义的考量，我不担心他凭着一腔仗义被人陷害，也不担心他满身心眼儿去坑害别人。

这份恰到好处的平衡，很是迷人。

我意识到自己心里对他的迟来的欣赏，另一个念头渐渐从我脑海里生出。

等等，宋周淼，如果说你长大后才意识到自己对这个人的喜欢，以前你要多嫌弃他就有多嫌弃他，那么又为何在多年前就和他双向箭头呢？

我说的是，在所有的故事开始之前的那个宋周淼，那个阳光、开朗、小钢炮儿一样的宋周淼，那个正处在屁都不懂年纪的我，为什么要把唐祁骗去防空洞，策划一场真情流露呢？

姐这么优秀，小屁孩儿唐祁崇拜我那是应该的。可我那会儿看上他什么了？

没印象，不理解，想不通。

这个疑问一直纠缠着我，我又不好意思问唐祁。

我怎么问啊？嘿，小唐同志，你还记得那个时候的我怎么就对你上头了？

他准得跟我急，搁谁谁急。

但这个疑问实在让人心痒，直到有一天，唐祁他爸来家里帮我们盯着师傅换空调滤网，顺便带来了一箱子书。

我当时在和公司总部那边开会，开会开到一半的时候，摘下耳机问了一句：“爸，这都啥啊这？”

他爸告诉我说，是唐祁从小到大的书和本子之类的，具体他也不清楚，是我婆婆让他带过来的。搁在家里占地方，又不舍得扔，干脆送来我们小家，让我们看着解决，是扔还是留，他们可不敢做主。

空调换完他爸就回去了。那天唐祁有应酬，要晚回家。我下午下班后在家躺了两小时。太阳下山后才想起来客厅堆着的这个箱子。

我懒洋洋地起来，路过箱子无数次，终于忍不住好奇，忍不住拿剪刀把箱子拆开了。

夫妻间也要相互尊重，保护隐私，于是我给唐祁发信息：“你跟客户吃得怎么样？”

唐祁：“祖宗放心，熟人局，没喝酒。九点前回家。”

我又不关心这个，说正事：“哎，那个什么，你爸搬来一箱子你之前的书本和练习册，怎么处置啊？”

唐祁：“你看着办。估计都没用，想扔就扔。”

我：“噢，那我翻看什么的也没关系咯？征求一下你的意见。”然后我发了一个笑脸表情图。

唐祁则给我发了三个句号。

我问他：“点点点是什么意思？”

唐祁：“点点点的意思是，我的书本、练习册，我媳妇儿甭说看了，就算是烧成灰泡水喝我都没意见。”

我：“滚。”

唐祁把我刚发的笑脸又发回给我。

把手机撂下，我便开始一本本地往外拿。

我可不是什么窥探欲爆棚的变态，但我实在太想看中学时期学渣唐祁的小作文了。

我之前看过唐祁的日记，把我乐得不行，这要是再让我找出一本少男日记，我未来半年的乐子又有了。

《汽车杂志》、《体育资讯》、考零分的卷子、《漫画大师》、《中国功夫》、《四驱周刊》、一笔没写的寒假作业、皱皱巴巴的英语听说读写……

我一边看一边想，老说唐祁中学时代是学渣，真是没冤枉他，这都什么啊？

一箱子书快被我翻到底，也没翻出什么有点儿水平的课外读物。他这阅读量，高考语文居然能考九十分，也算是奇迹。

等我把这个最大号的硬纸箱翻到底，一个外表有些可疑的皮质本子出现在眼前。

我有些兴奋地搓手。

来了来了，是少男日记。

本子封皮写着什么什么保险，一看就是大街上写问卷送的那种破本子。

我打开本子第一页，在有些发黄的卡纸上，写着唐祁的狗爬字：

2015 年 × 月 × 日

咦？2015 年，那时候唐祁已经在部队了。

哦！原来不是中学唐祁的墨宝，而是兵哥哥小唐用蓝色圆珠笔写的日记。

我兴趣不减，乐滋滋地开始翻看。

看了几页后我感慨，唐祁这小子，自始至终不是个文艺青年。

中学少男日记三天打鱼两天晒网，就算是写，也是寥寥几笔糊弄完事。到了部队，二十几岁的唐祁，竟然依旧如此，愣是把一本日记写成了部队菜谱。

譬如：

× 年 × 月 × 日，今天吃土豆炖牛肉。

× 年 × 月 × 日，晚上吃大盘鸡，不如北京的正宗。开玩笑，北京的新疆大盘鸡就是最正宗的。

× 年 × 月 × 日，绿豆汤是不是馊了？晚上值夜跑了三趟厕所。

……

几十页纸，每一天几乎都是一句话概括今天吃了什么，我真想敲敲唐祁的脑壳儿：你无聊不无聊，谁家日记记这些啊？！

我想看的是这些吗？！啊！

哼！这小子在部队暗戳戳给我写了那么多封信，对我的暗恋在日记里却是只字不提啊！

我有些不耐烦地唰唰往后翻，中间有几页还记了退伍弟兄的手机号码，然后就是日复一日的菜谱，越翻越气，直到翻到中间某一页纸。

这页纸像是沾过水，所以皱巴巴、硬挺挺的，翻的时候黏着前一页纸，直接就翻过去了。

等我重新捻起它，小心地把它和前一页分离开，发现那一天的日记，唐祁记得密密麻麻。

我本来没想着他能记什么好玩儿的事，结果看第一句话，我便顿住了。

2015 年 4 月 4 日，晚饭时听新闻，说今晚月全食。

月全食？我想到，我们意识回溯的那个晚上，就是赶上月全食。出于好奇，我往下看。

唉，最近右眼皮总跳，原来倒霉的事儿在这儿等我呢，乌漆抹黑的月全食，轮到我巡逻值班。

可能是这几天训练太累了，值班后半夜走路的时候竟然睡过去了一会儿，还做了个梦。这梦实在有点儿意思，像真的一样。

话说我写这本日记的初衷是想在给宋周森写每封信前，先在这里打个草稿。

我这破字本来就难看，要先打草稿再誊到信上，怕有错别字，可是后来怕我们连那几个爱八卦的狗崽子偷看，就改成了菜谱大全。

可是我这次梦到的内容就是宋周森。这是放不到信里的内容，不写在这里，我怕我以后忘了。

不管了。

呵呵，所以你们这群狗崽子，谁要是偷看老子这篇日记，我祝你们吃鱼卡刺，出操摔跤，尿尿分叉儿。

……

此处省略八百字幼儿园水平的诅咒。

看到这里我很无语，好家伙，没诅咒到队友身上，最先偷看的人竟然是我。

还有，唐祁也真是啰里啰唆，写个梦境拐来拐去还不进入正题，看得人着急。

以前在城市里，好像也赶上过月全食，但是城市里灯多，没这么黑过。

刚才巡逻路过海边，夜是真的黑，海浪声拍着礁石，我驻足听了一会儿。

不得不承认，我的确矫情了一瞬间。

我想到自己和宋周森隔着十万八千里，不知道此时此刻她在干什么。她也真是沉得住气，我给她写那么多封信，也不见她回一封。好在我这个人有恒心、有毅力。

就这样发呆，然后我好像就睡着了。

我很少做梦，从来都是脑袋一沾枕头就睡到天亮。谁也没告诉过我，做梦的感觉原来是晕晕的。

梦里，我看到岸边一块大石头后面坐着一个学生模样的女孩儿。

想着要是老乡家谁的孩子，这大晚上的别出什么事儿了。我走过去，看见女生穿的校服蓝白相间。

她的头埋在膝盖间，听见我的脚步声，抬起头来看我。

梦里我的头很沉，我花了一些时间晕晕乎乎地认出校服，是我们学校的校服，那时候我隐隐感到不对劲儿。

我都毕业那么多年了，怎么可能在这小城海边看见我中学的校服？

再然后，我认出那张脸，是宋周森，是扎着马尾辫的宋周森。

我真是疯了。这一定是做梦，我捶了自己脑袋一下，以为自己会醒来，结果只是换来面前的女孩儿疑惑地看我。

宋周森皱着眉头看了我半天，最后撇撇嘴来了一句："唐祁？"

噢，她还嫌弃得很。

我看她慢慢扶着大石头站起身，拍拍土，试着向我走过来。我这才发现，她似乎是崴了脚，走路一瘸一拐的。

我问："这大晚上的，你怎么跑海边来了？"

她瞪大眼睛，看傻子一样看我："你说什么呢，唐祁？你是我见过的第一个把民俗文化街的喷泉池子当海的人。"

这下我完全不懂她在说什么，愣在那里。

看我没反应，宋周森白了我一眼，那表情我要多熟悉就有多熟悉，和她上学那会儿一模一样。

很久之前，我俩见面就掐架，在外打嘴仗，在家抢肉吃，水火不容。

她有些懊恼地说："这不是要社会实践吗？我和杨其奥组的小组要来民俗文化街这边研究老北京民俗文化，我事先来踩点，结果把脚扭了。"

我没忍住说道："研究民俗文化？研究小吃文化吧你们。"

她又白我一眼，随后嘟嘟囔囔着："奇怪，我明明给杨其奥发的信息，怎么是你来接我的啊？"

我也奇怪。因为我身上压根儿没有手机，能在这里遇见她，也压根儿不是收到了谁的什么短信。

对了，这里，是哪里？

我内心茫然，脑袋很沉，眼前的场景也虚虚实实。一定是这月全食闹的，海岛没灯，一片漆黑，搞得人也迷迷糊糊。

但是我内心有一个声音告诉我，这或许不是做梦。

不管如何，做梦，或是不做梦，我都不可能放她不管。

于是我问："你去哪里？我送你。"

宋周森有些不确定："这么好心？那个……我回我姑婆家。"

我答："嗯。"

宋周森左右看看，又不太确定："你没骑车？"随后她发出灵魂的拷问，"那我们怎么回去？"

我心里暗骂一句：这什么破梦，好不容易能在喜欢的女孩子面前当一回英雄，结果还装备不过关。

我没自行车，兜里又空空，一个钢镚儿都没有，坐公交都会被人赶下来。

想了想，我干脆直接蹲下，说了一句："上来，我背你回去。"

她吓了一跳。

“啊？”她说。

我生自己的气，第一次做梦，没经验，怎么把自己梦得如此狼狈？

我用凶巴巴的语气掩盖内心的无奈：“啊什么啊？上来啊！”

宋周森则见鬼一样盯着我看了半天，她莫名其妙地脸颊红了，小声说了一句：“你这小身板哪里背得动我？”

我低头看了看自己，奇怪，梦里我没钱，没自行车，怎么连身高都缩水了？

我动动胳膊动动脚，恍然发觉，好像我也回到了十几岁年纪的样子。

我嘴硬，说背得动就是背得动。她却不挪窝儿，犹犹豫豫的。

看她一副瞧不起我的样子，我补上一句，出口的声音是自己都没察觉的柔软。

我看着她说：“如果是你，我怎么都背得动。”

女孩儿哎呀一声，急忙往后蹦了一下，骂我：“说什么呢？你傻不傻！”

我乐了，好家伙，原来这人还知道不好意思。

“别跳了，脚本来就崴了。”我直直地看着她，“快上来吧，我背你回去。”

宋周森像傻子一样在那边站着，愣愣地看着我，半晌，爬上我的背：“那事先说好，不许说我沉。”

我暗笑：“没人说你沉。”

就这样，我背着她一路往前。

梦里这条路又黑，又硌，又长。

十几岁的我，和十几岁的她，在记忆里，我们相处起来从没有这般安静过。

我不知道她在想什么，但我知道自己在想什么，因为我能听到自己的心跳。

我梦到的这个宋周森，似乎不是那个我一直以来认识的她。

不管如何，有些话我要和她说。

“喂，宋周森。”我开口。

“干什么？”她有些警惕。

“我们休战好不好？”

“嗯？”

“我是说，你看我们从小打到大，见面就互相嫌弃，也都腻烦了。其实……其实我并不讨厌你。”

她不说话。

“你……讨厌我吗？”

“我不讨厌你。”

我心里莫名畅快。

“那就好。所以这么说，从今天开始，我们就是朋友了，休战好不好？”

“好。”

她答应我了，就是听声音好像有点儿犹豫。

就这样，我们在我的梦里达成了某种休战协议以及和平共识。

我又把她往上托了托。

她忧心忡忡：“我很沉吗？”

我说：“你不沉。”

她问：“你累不累？”

我说：“我不累。”

我知道十几岁的我后背应当很硌人，背她的步伐也摇摇晃晃，被背的人不一定比背人的人好受很多。可是女孩儿就像一只乖鹅崽一样，胳膊绕着我脖子，在我后背默不作声。

过了许久，我听她在我耳边轻轻说：“唐祁，我可以把我的作业借给你抄。”

……

就这样，走啊走，走啊走，走到最后，不知道具体从第几步开始，我忽地清醒。

我背上的重量忽地消失。

周遭的画面真实地重新包围过来，晕晕乎乎的感觉在离我而去。

我花了一段时间才清醒过来。

夜深人静，海浪依旧。

刚才发生的一切是真实还是梦境，我无从得知。但如果是梦，真是个好梦。

这篇日记到这里戛然而止，我看着这密密麻麻的文字久久不能回过神来。

这是唐祁的梦，还是我们的真实经历呢？

疑惑萦绕心头，与此同时，一种我自己也难以解释的如释重负随之而来。这是一种压倒一切的、尘埃落定的踏实感。

我想，世间的缘分好像是能够穿越时空的绳索。在未来系下的绳结，是为了千万次的过去的我总能依仗它们攀缘而来，寻找答案。缘分无始无终，答案却总在彼端。